RENDEZ-VOUS À GIBRALTAR

Titre original :
A Silent Death

ISBN 978-2-330-16532-1

PETER MAY

RENDEZ-VOUS À GIBRALTAR

roman traduit de l'anglais
par Ariane Bataille

BABEL NOIR

pour Jon Riley

À tous les fous, les marginaux, les rebelles,
les fauteurs de troubles, les anticonformistes.
À tous ceux qui voient les choses différemment.
À tous ceux qui n'aiment pas les règles.
Vous pouvez les citer, les désapprouver,
les glorifier ou les dénigrer, mais vous
ne pouvez certainement pas les ignorer,
car ils changent les choses.

STEVE JOBS

PROLOGUE

Au moment d'éteindre les lumières, en cette douce soirée de mai, il est loin de se douter que son geste va bientôt faire couler le sang. Et, finalement, entraîner la mort. L'innocence est souvent précurseur de désastre.

C'est la lune qui attire d'abord son regard. Une lune gibbeuse sortant de l'étendue noire de la Méditerranée pour se refléter sur une surface aussi lisse que du verre fumé. Il ne saurait dire si elle est montante ou descendante car, depuis une semaine, le temps est anormalement couvert. Cela fait une éternité, semble-t-il, qu'il n'a pas contemplé de sa terrasse un firmament étoilé, visible malgré la pollution lumineuse de cette côte andalouse surpeuplée. Mais les nuages ont répandu leurs larmes sur le sol aride et sont partis plus loin, laissant presque immédiatement de nouvelles pousses vertes dans leur sillage.

La chaleur est de nouveau là. Avec la promesse d'un retour au rituel quotidien du soleil éternel. Pourquoi, autrement, l'appellerait-on la Costa del Sol ? Il en sera ainsi tout l'été, jusqu'en automne, sans une seule goutte de pluie. Une chaleur féroce, impitoyable, qui atteindra son apogée au moment où les touristes viendront en masse dénaturer les plages, et vireront du blanc au rouge puis au brun, pendant que les gens du pays se déplaceront à l'ombre des rues étroites, dormiront aux heures les plus chaudes, attendront la fraîcheur du soir pour dîner.

Il fait bon maintenant, une légère brise marine agite les feuilles des palmiers, de l'autre côté de la piscine, et la stridulation des cigales envahit la nuit. C'est seulement après avoir éteint le spot immergé du bassin qu'il remarque une lueur au-delà du mur, où il s'attendait à trouver la villa voisine plongée dans le noir. Une lumière venant des baies coulissantes dessine les ombres allongées des transats sur les dalles en terre cuite qui entourent la piscine.

En voyant une silhouette bouger dans le vaste séjour et passer brièvement devant la lumière, il se raidit. Son cœur s'emballe. Il sent le sang pulser à l'intérieur de sa tête, sa pression artérielle augmente, il imagine déjà le regard désapprobateur de son médecin. A-t-il bien pris ses diurétiques ? Un homme de son âge doit être prudent.

Il a la bouche sèche. Il se souvient des quelques fois où il s'est assis sur cette terrasse avec Ian pour siroter du gin Harris dans des verres où les gros cubes de glace occupaient plus de place que le jus d'ananas. Un jeune homme sympathique, ce Ian. Écossais. Mais à l'accent raffiné, à l'intonation agréable. Et peut-être pas si jeune que ça, après tout. Quand vous abordez votre septième décennie, tous les autres vous paraissent jeunes. D'ailleurs, il ne s'est jamais demandé quel âge avait Ian. Quarante ans ? C'est si difficile à deviner de nos jours. Il a tout de même quelques cheveux gris. Son corps est mince, musclé, uniformément bronzé. Ah, comme il aimerait avoir de nouveau l'âge de Ian. Même s'il est conscient de ne jamais avoir eu son allure.

Il revoit son voisin en train de lui adresser, le matin même, un bonjour enjoué et dire, par-dessus le mur qui sépare les deux jardins, qu'il s'absente plusieurs jours avec Angela. Pour des vacances de printemps. À Barcelone. Plus une ou deux nuits à Sitges.

Vraiment ? Des vacances ? Quand on vit dans un endroit pareil, quel besoin de prendre des vacances ? Il repense brièvement à ses années passées à travailler à la City. Ses trajets quotidiens dans la grisaille des froids matins anglais avant de s'asseoir dans un bureau étouffant, les yeux fixés sur des écrans pour regarder les diagrammes financiers monter et descendre comme la houle d'un océan après la tempête. C'est bien la seule chose qu'ils ont en commun, Ian et lui. Leur unique sujet de conversation, d'ailleurs. Une fois celui-ci épuisé, ils lèvent leurs verres à leurs lèvres et comblent le silence avec le tintement des glaçons.

Quelqu'un est entré chez Ian alors qu'il ne devrait y avoir personne. Il envisage d'abord de traverser le jardin pour aller voir de plus près. Mais si jamais l'intrus l'aperçoit ? Dommage qu'il ne connaisse pas le numéro du téléphone mobile de Ian, il pourrait l'appeler, savoir ce qu'il en pense, en avoir le cœur net. Or jamais ils n'ont échangé leurs numéros. Pourquoi l'auraient-ils fait ?

Figé sur sa propre terrasse, il se demande pourquoi l'alarme ne s'est pas déclenchée. Puis il voit de nouveau la silhouette passer dans la lumière. Sans se cacher. Alors, vite il tourne les talons et va chercher son téléphone.

Ils sont trois policiers de permanence au commissariat lorsque l'agent de service à l'accueil reçoit l'appel.

En relevant la tête, il s'imagine que Cristina l'observait à travers la vitre et qu'elle s'est dépêchée de détourner les yeux. Il a toujours cru que les femmes le trouvaient séduisant. Même s'il a depuis longtemps dépassé l'âge limite et que ses liaisons successives ont invariablement tourné court dès que ses partenaires l'ont un peu mieux connu.

En réalité, c'est son propre reflet que Cristina regardait ; si elle s'était aperçue qu'il la contemplait avec intérêt, elle en aurait sans doute été la première surprise. Car elle vient justement de se dire qu'elle a l'air vieille et stressée. À trente ans, plus très loin de l'âge mûr, elle a déjà des cernes sous les yeux et des pattes-d'oie. Avec ses cheveux tirés sévèrement en arrière, attachés comme d'habitude en queue-de-cheval, on voit ses racines noires ; elle regrette d'avoir décidé de les teindre en blond. Trop d'entretien. Bientôt ces racines vont sûrement grisonner. Enfin, elle a au moins conservé sa silhouette, même après avoir eu un enfant. Elle est petite et mince. Ses collègues masculins la dominent tous – sans exception. Elle détourne la tête juste au moment où l'agent annonce :

— Soupçon d'effraction. À La Paloma.

Diego lève les yeux de son jeu de cartes. À l'inclinaison de sa tête et à la courbure de ses sourcils, elle devine qu'il veut qu'elle se rende là-bas à sa place avec Matías. Sa garde se termine dans trente minutes ; sa femme, épuisée par un accouchement récent et le manque de sommeil, l'attend à la maison avec leur nouveau-né pleurnichard.

Cristina soupire. Elle sait parfaitement qu'elle ne doit son boulot, ici dans ce club d'hommes, qu'à l'exigence des quotas. Et à l'obligation de faire effectuer la fouille au corps des femmes suspectes par une policière. Jamais ses supérieurs n'auraient choisi de l'affecter à une tâche plus importante que la circulation. Bien qu'elle ait obtenu son diplôme avec mention à la fin de ses études à l'académie de police d'Ávila. Et bien qu'elle soit immanquablement la meilleure d'Estepona aux exercices de tir. Mais si Diego y va avec Matías, il ne sera pas de retour chez lui avant plusieurs heures. Même s'il s'agit d'une fausse alerte, la paperasse lui prendra un temps fou.

— D'accord, dit-elle sans se douter une seconde que ce geste généreux va détruire sa vie.

Les rues de Marviña sont désertes lorsque le 4×4 Nissan blanc au toit surmonté d'une rampe de gyrophares bleu, orange et blanc sort du parking souterrain de la *Policía Local.* Matías est au volant ; il les conduit vers le rond-point, en haut de la colline, à travers les flaques d'obscurité stagnant entre les lumières faiblardes des réverbères. La lune baigne des hectares de vignes aux feuilles toutes neuves qui ondulent vers le miroitement lointain de la mer. Des zones d'urbanisation hideuses font tache sur les pentes autrefois vierges, certaines abandonnées, achevées mais inhabitées, victimes du krach financier ayant signé la fin du boom immobilier qui a ravagé ce littoral. Au-dessus d'eux, les montagnes de la Sierra Bermeja se découpent en ombres pointues sur le ciel étoilé. Plus bas, les lumières de Santa Ana de las Vides scintillent autour de la baie.

Matías négocie à toute vitesse les virages dangereux de la route qui descend vers la mer, dépasse le magasin de fruits et légumes situé au rez-de-chaussée d'un immeuble en briques rouges, puis le méli-mélo de maisons blanches nichées entre les plissements de la colline, sur leur gauche. Il leur faut moins de quinze minutes par l'A7, en direction de l'ouest, pour atteindre le rond-point d'où monte la route en pente raide qui mène à La Paloma, où de riches Européens du Nord, et plus récemment des Russes, se sont fait construire des villas de plusieurs millions d'euros avec vue imprenable sur la mer.

Celle dont l'adresse est notée sur la feuille de service a été enregistrée au nom de Ian Templeton, un expat britannique. Elle se dresse fièrement sur un rocher à pic, 17 mètres au-dessus de la route ; de là, on aperçoit l'autre rive de la Méditerranée où, en hiver par temps clair, se dessine la masse sombre des chaînes montagneuses d'Afrique du Nord. Au sud, éclairée par la lune, la silhouette imposante du rocher de Gibraltar domine l'horizon.

Une lumière est allumée dans la propriété voisine. Celle de l'homme qui a téléphoné pour signaler l'intrusion. Matías et Cristina ne se sentent pas obligés de s'arrêter d'abord chez lui car les grilles de la villa Templeton sont à moitié ouvertes. De grandes grilles noires en fer forgé. Une Mercedes Classe A est garée devant, deux roues sur le trottoir. Si on lui posait la question, Cristina ne saurait pas expliquer ce qu'elle leur trouve de bizarre. Or dès qu'ils s'arrêtent pour les examiner de plus près, ils découvrent qu'elles ont été forcées.

Matías saute du SUV et se passe un doigt de gauche à droite en travers de la gorge. Aussitôt, Cristina tourne la clé de contact pour arrêter le moteur. Le silence qui suit est rapidement couvert par les stridulations des cigales. Elle se glisse à l'extérieur du véhicule et rejoint son collègue. Par la vitre de la Mercedes, elle aperçoit une manivelle posée sur le siège passager. Ni l'un ni l'autre ne prend le temps de réfléchir à ce qui semble pourtant évident : peu de cambrioleurs conduisent des berlines Mercedes Classe A.

Matías sort de son holster un SIG-Sauer 9 mm, son arme de service. Cristina l'imite, la bouche sèche. L'arme est familière à sa main mais paraît plus lourde que pendant les exercices de tir. La peur lui ajoute du poids. Jamais elle n'a tiré sous le coup de la colère. Jamais elle ne s'est attendue à devoir le faire.

Matías franchit les grilles et s'engage sur une allée au pavage irrégulier qui serpente entre de hauts palmiers et une profusion de buissons fleuris. Cristina le suit de près, le canon de son pistolet pointé vers le ciel, coude collé au corps. Elle sent un parfum entêtant dans la nuit tiède et reconnaît celui du jasmin. Sur leur gauche, un sentier longe un garage double attenant à la maison ; il mène au jardin de devant où des hectares de terrasse dallée surplombent une piscine à débordement dont l'eau scintille. Juste devant eux, des marches conduisent à un porche et à une grande porte cloutée entrebâillée. Au-delà, c'est le silence, baigné d'une faible lueur jaune. Matías fait signe à Cristina de contourner la maison par la droite tandis que lui-même la contourne par la gauche. Il espère apercevoir les intrus à travers les baies vitrées donnant sur la terrasse. Mieux vaut déterminer qui ils sont et ce qu'ils font avant de pénétrer dans la villa.

Cristina atteint l'extrémité de la terrasse. Un rayon de lumière tombe en oblique sur les dalles, en direction de la piscine. Elle longe la maison avec prudence dans l'espoir de discerner quelque chose à travers les vitres. Des lampes dissimulées sur le pourtour du plafond éclairent une vaste pièce à deux niveaux. Elle distingue des fauteuils profonds, un grand canapé, un immense et somptueux tapis blanc étalé sur le marbre du sol. Un choix éclectique de tableaux modernes rompt la monotonie des murs blancs. Mais la pièce est vide, ainsi que le vestibule enfoncé dans l'obscurité.

Du coin de l'œil, elle capte un mouvement à l'autre bout de la terrasse et voit Matías trébucher dans le noir sur un objet invisible puis perdre l'équilibre. Un claquement résonne dans la nuit, suivi du raclement du SIG-Sauer qui glisse sur le dallage. Cristina a l'impression que son cœur lui remonte dans la gorge et va jaillir de sa bouche.

À l'intérieur, l'homme qui se fait appeler Ian Templeton sort d'une chambre au moment où le bruit provenant de la terrasse l'arrête net. Il tient plusieurs dossiers à la main. D'abord complètement immobile, tous les sens en alerte, il ne tarde pas à tourner les talons pour aller éteindre la lampe de son bureau. Il pose les dossiers sur le bois ciré, ouvre un tiroir et en sort un pistolet, un Glock 17 semi-automatique. Une fenêtre de la pièce donne sur le jardin ; il s'en approche en se collant au mur, et risque un œil dehors.

La lumière du séjour projetée sur la terrasse lui permet d'entrevoir une silhouette qui court dans l'ombre vers un bosquet de palmiers. D'une démarche étrange, bondissante. Il s'écarte de la fenêtre. Les traits de son visage tendus à l'extrême, il se plaque de nouveau contre le mur. Il s'est toujours douté que ça pourrait arriver. Qu'un jour ils finiraient par le retrouver. Qu'à un moment ou un autre ils viendraient le chercher. Et il a toujours su que ça se terminerait par un affrontement. Plutôt mourir que de se laisser prendre.

Malgré tout, il n'est pas loin d'être submergé de regrets. Récemment encore, il vivait sans connaître la peur. La mort ne signifiait rien alors, et la peur n'avait aucune prise sur lui. Mais maintenant... Maintenant, il a toutes les raisons de vouloir vivre car il a tout à perdre. Un bonheur inconcevable. Comment aurait-il pu imaginer qu'une telle chose était possible ?

Il se demande s'il doit la prévenir. Elle est dans leur chambre à coucher. Il décide qu'elle sera plus en sécurité si elle ne sait rien. Elle entendra les coups de feu, bien sûr. Mais tout sera fini, alors. Et ils n'ont aucune raison de lui faire du mal. Elle n'a rien à voir avec tout ça.

En resserrant la main autour de la crosse, il sent que sa paume est humide de sueur. Il se glisse sans bruit dans le couloir, dépasse la porte de leur chambre, éteint les lumières du séjour. La maison et le jardin se retrouvent plongés dans le noir ; au-delà du miroitement de la lune sur la surface de la piscine, il aperçoit la laque noire de la Méditerranée parsemée d'éclats d'argent. Il recule avec d'infinies précautions vers la porte d'entrée entrebâillée d'où filtre, en provenance de la rue, un étroit rayon de lumière qui tombe en oblique sur les dalles du vestibule.

Dehors, Cristina revient sur ses pas jusqu'à l'entrée de la villa. Elle s'attend à ce que Matías fasse de même de son côté pour la rejoindre. Aucune raison de se cacher davantage. Celui qui se trouve à l'intérieur sait qu'ils sont là. Pourtant, il demeure invisible. Elle passe la langue sur ses lèvres sèches et gravit les marches une par une jusqu'au porche. Par la porte toujours entrouverte, elle voit son ombre s'allonger sur les dalles du vestibule, annonçant sa présence à celui qui l'y attend peut-être. Mais, nom d'un chien, où est passé Matías ?

Paralysée par la peur, elle hésite sur le pas de la porte, intensément consciente d'une présence juste en dehors de son champ de vision. Rien, pendant ses années d'entraînement et de service, ne l'a préparée à une telle situation. Elle jette un coup d'œil vers le garage, en suppliant Matías d'apparaître. Toujours aucun signe de lui. Puis des pas étouffés se font entendre sur le marbre. Alors, sachant qu'elle doit prendre l'initiative, elle crie :

— Police !

Sa voix lui paraît à la fois faible et incroyablement forte. Son écho la propulse en avant. Le pistolet levé à deux mains à hauteur d'épaule, en position de tir, elle franchit la porte en pivotant sur elle-même, son arme braquée sur les ténèbres.

Il la voit se détacher en ombre chinoise. Même s'il n'était pas un tireur d'élite ce serait une cible facile. Son doigt caresse la détente lorsque, soudain, un flot de lumière inonde le vestibule derrière lui. Il se rend compte qu'il a été pris en traître. Le danger vient d'ailleurs. Il se retourne, aperçoit une silhouette à contre-jour sur le seuil de la pièce d'où a jailli la lumière, et tire. Une fois, deux fois, trois fois.

Il entend son hoquet de surprise. Puis le choc. Et enfin le long soupir qu'elle pousse en s'affaissant, son dernier souffle avant que son crâne vienne heurter le marbre avec la violence écœurante d'un poids mort. Un claquement pareil à un coup de fusil. Il ne peut retenir le cri d'angoisse qui lui déchire la gorge.

Sa main retombe, ses doigts lâchent le Glock qui, à son tour, vient heurter le sol avec un claquement de coup de fusil. À peine conscient de l'odeur âcre de nitroglycérine en train de se répandre autour de lui, il la rejoint en trois enjambées, s'écroule à genoux, sent immédiatement son sang imbiber son pantalon. Flaque presque noire sur le marbre. Le rouge avalé par l'obscurité. La lumière est pourtant suffisante pour qu'il puisse distinguer son visage, ses yeux ouverts, l'incompréhension de son regard aveugle.

Il la prend dans ses bras, la supplie de ne pas le quitter. Cette femme qui porte son enfant et tous ses espoirs pour l'avenir. Mais ses mots tombent dans des oreilles sourdes et, dans un flot soudain de lumière, il voit le rouge vif de son sang s'étaler sur les dalles froides. Il penche la tête pour regarder par-dessus son épaule. Une jeune policière, bras tendus en avant, pointe son arme sur lui. Il remarque sa pâleur, son visage exsangue, on dirait un fantôme ; ses mains tremblent sous l'effort fourni pour stabiliser son arme tandis qu'elle s'écrie :

— Ne bougez pas !

Quelle absurdité ! pense-t-il. Bouger ? Pour aller où ? Et pourquoi ? À quoi bon ? Aucun intérêt, désormais. Angela est morte. Une brusque colère s'infiltre dans chaque interstice de son être.

— Vous l'avez tuée !

Sa propre voix lui semble appartenir à quelqu'un d'autre. Des mots hurlés en anglais. Des mots chargés de souffrance. Est-ce vraiment lui ? Impossible que tout cela soit vrai. Puis une seconde vague de fureur le dévore et il se remet à hurler contre cet avorton qui continue à pointer son pistolet sur lui :

— Vous l'avez tuée, putain !

Tentant désespérément de garder le contrôle, Cristina tremble de la tête aux pieds. Elle secoue la tête :

— Non, c'est vous ! dit-elle en espagnol. C'est vous qui avez tiré sur elle !

Et tout comme l'homme agenouillé à ses pieds, elle a l'impression que quelqu'un d'autre a parlé à sa place.

Sa concentration est momentanément détournée par Matías qui entre derrière elle en boitillant, son pistolet braqué vers eux. Une éternité trop tard.

L'homme parle alors en espagnol, d'une voix non plus simplement chargée de douleur et de colère, mais de haine :

— C'est *votre* faute. C'est *vous* qui l'avez tuée. *Vous !*

1

Mackenzie sentait la pression monter. Il détestait arriver en retard. Il s'était imposé comme règle de toujours être à l'heure. Au point d'avancer de cinq minutes toutes ses pendules et sa montre. Mais il avait beau savoir que son monde avait cinq minutes d'avance, la tension psychologique n'en était pas moins forte. Se dépêcher. Respecter la ponctualité.

Même si cela lui déplaisait de l'admettre, il avait copié – ou peut-être hérité – cette habitude de son oncle, qui lui aussi avançait les aiguilles de chaque appareil de la maison indiquant l'heure, et punissait tout retard à coups de bâton. De canne, en fait. Une canne de marche à l'ancienne, au bois déformé par des nœuds espacés d'une dizaine de centimètres, avec une poignée en onyx. *M. Kane*, il l'appelait, en mettant l'accent sur le *K*. Son sens très spécial de l'humour et du jeu de mots. Ça faisait un mal de chien.

Aujourd'hui, Mackenzie s'était retrouvé bloqué dans les embouteillages du jeudi. Des travaux sur l'A4020. Des circonstances échappant totalement à son contrôle ; pour une fois, il se sentait soulagé de savoir qu'au lieu des vingt minutes annoncées par sa montre, il n'avait en réalité que quinze minutes de retard.

Son imagination débridée fit apparaître l'image d'Alex attendant devant l'école. Des retardataires le dépassaient sur Oaklands Road. Disparue depuis longtemps la longue file des SUV, monospaces et 4×4 parentaux qui, dix minutes plus tôt, auraient encombré la rue étroite.

En quittant Boston Road, juste après le bureau de poste de Hanwell Royal Mail, il accéléra en trombe devant les maisons mitoyennes aux petits jardins ridicules. Il apercevait déjà la silhouette solitaire de son fils, debout devant les grilles de l'école primaire édouardienne en briques rouges et jaunes. Dans son blazer trop grand. Ah, Susan et son sens des économies. Sa veste n'était peut-être pas à sa taille cette année, mais elle le serait l'an prochain. Et à moins qu'il grandisse tout d'un coup, il pourrait encore la porter une année supplémentaire. S'il avait fait plus chaud, Alex aurait pu l'enlever et la coincer en travers des sangles de son sac de sport. Mais comme un vent frais soufflait du nord-est, il s'était recroquevillé contre son sac, noyé dans son blazer. Ce qui le rendait encore plus pathétique aux yeux de son père déjà angoissé.

Quant aux retardataires, Mackenzie s'était trompé. La rue était déserte. Incroyable la vitesse à laquelle une école entière pouvait se vider. Les moteurs tournaient au ralenti au bord du trottoir, puis chaque véhicule démarrait à tour de rôle dans un ballet quotidien soigneusement réglé. Quand il était enfant, Mackenzie se rendait à l'école à pied, par n'importe quel temps. Bottes en caoutchouc mouillées irritant les mollets rougis, culottes courtes grattant les cuisses, manteaux étalés sur les radiateurs emplissant les salles d'un air moite, le matin en hiver.

Alex serait contrarié d'être en retard pour son match de foot à cinq avec le club de Hayes. Le centre sportif avait beau se trouver à dix minutes de marche de l'école, il avait pour consigne de toujours attendre qu'un de ses deux parents vienne le chercher. Pourtant, aujourd'hui, ce n'était pas le simple fait d'arriver en retard au match qui le rendait malheureux. Mackenzie s'en rendit tout de suite compte en s'arrêtant devant la grille. Tête basse, Alex ouvrit la portière, jeta son sac de sport à l'arrière et se glissa sur le siège passager sans prononcer un mot.

— Qu'est-ce qui ne va pas, fiston ? demanda Mackenzie en le dévisageant.

— Rien.

— Je suis en retard, désolé.

Le garçon haussa les épaules ; son père fronça les sourcils.

— Qu'est-ce que tu as ?

— Rien, répliqua-t-il sans cesser de contempler le plancher. On peut y aller, s'il te plaît ? Tu l'as dit, tu es en retard. Donc *je suis* en retard.

Mackenzie referma la main sur la mâchoire de son fils pour l'obliger à le regarder. Des traces salées de larmes séchées sillonnaient ses joues pâles, et il avait les yeux rouges.

— On ne bougera pas d'ici tant que tu ne m'auras pas parlé.

Le garçon se libéra d'un mouvement brusque, sans desserrer les lèvres.

— Je suis sérieux. Si tu veux jouer au football aujourd'hui…

À neuf ans seulement, il faisait déjà preuve d'un talent manifeste avec ses deux pieds.

Alex prit une profonde inspiration, expira lentement en frémissant, puis ouvrit son cartable d'où il tira une liasse de trois feuilles froissées qu'il jeta à son père sans le regarder. Mackenzie reconnut sur les deux faces l'écriture brouillonne de son fils. La première page portait le titre de la rédaction *Ce que j'ai fait pendant les vacances*. Tout en haut s'étalait en rouge un immense *0/25*, et dessous, en petites lettres serrées, *Écriture trop grosse et peu soignée !!!*

— Elle ne l'a même pas lue, bougonna Alex.

La colère de Mackenzie se manifestait déjà par le tremblement des feuilles dans sa main. Il arracha la clé du contact et ouvrit sa portière.

— Viens avec moi.

Alex lui jeta un regard alarmé :

— Qu'est-ce que tu fais ?

Mackenzie agita la rédaction devant son fils.

— On va voir ce qu'on va voir.

Il fit le tour de la voiture pour ouvrir la portière côté passager.

— Non, papa, s'il te plaît. Laisse tomber.

— Certainement pas.

Tirant Alex par le bras, il l'obligea à s'extirper malgré lui de son siège. Il avait vu une fois le professeur de son fils lors d'une rencontre parents-enseignants. Une jeune femme. Une jeune fille, en fait. Miss Willow. Sûrement pas plus de vingt-cinq ans et, à son avis, beaucoup trop préoccupée par son apparence. Il agrippa la main d'Alex et fonça à grandes enjambées dans le bâtiment en l'entraînant à sa suite.

L'école avait la même odeur que lorsqu'il y était élève. Peut-être celle du détergent utilisé pour laver les sols.

La salle de classe d'Alex se trouvait au bout d'un couloir du deuxième étage. La porte était ouverte ; assise à son bureau, Miss Willow corrigeait une pile de devoirs. Elle leva des yeux surpris lorsque Mackenzie fit irruption dans la pièce avec son fils. Et sa surprise se mua en inquiétude quand il s'approcha et abattit brutalement la rédaction d'Alex sur le dessus de la pile.

— Qu'est-ce que c'est que cette merde ?

— Je vous demande pardon ?

— Vous pouvez. Alex m'a dit que vous ne l'avez même pas lue.

— Je…

— Zéro sur vingt-cinq à cause d'une écriture trop grosse ? Vous plaisantez ?

— Papa, s'il te plaît !

Le visage rouge d'humiliation, Alex libéra sa main. Mackenzie n'y prêta pas la moindre attention.

— Vous auriez rejeté la théorie de la relativité d'Einstein sous prétexte que son écriture ne vous plaisait pas ? La sienne n'était pas trop grosse, vous savez, elle était trop petite. De vraies pattes de mouche. Et ces trois points d'exclamation, ce n'est pas un peu théâtral, non ? Soit dit en passant, les points d'exclamation étaient, à l'origine, appelés *points d'admiration*. Si vous aviez pris la peine de lire la rédaction d'Alex, vous auriez peut-être trouvé juste de lui attribuer plusieurs points d'admiration. Vous avez au moins un diplôme qui vous permet d'enseigner l'anglais à des enfants ?

Sur ce, il asséna une grande claque sur le bureau. Miss Willow était devenue livide, sa lèvre inférieure frémissait comme si elle se retenait de pleurer. Mackenzie tourna les talons, saisit de nouveau la main d'Alex et sortit dans le couloir. Ce ne fut qu'en arrivant à la grille de l'école, sa colère était alors un peu retombée, qu'il vit les joues de son fils inondées de larmes.

— Quoi ? Qu'est-ce qu'il y a ? demanda-t-il, sincèrement déconcerté.

— Je te déteste, cracha le garçon. Je te déteste pour de bon. Je suis bien content que tu sois parti. Maman devra me trouver une autre école maintenant. Je ne pourrai jamais retourner dans celle-là.

Brusquement, Mackenzie se sentit envahi de regrets. Il avait juste défendu son fils, comme n'importe quel père l'aurait fait. Jetant un coup d'œil par-dessus son épaule, il vit Miss Willow debout à la fenêtre de sa salle de classe et comprit qu'elle aussi pleurait.

— Allez, dit-il en ouvrant la portière. On va arriver en retard au foot.

Le garçon se jeta sur le siège, croisa les bras sur la poitrine, et marmonna à travers ses larmes :

— Je serai peut-être à l'heure pour le coup de sifflet de fin de match.

Ils avaient presque atteint l'embranchement de Westlea Road quand il aperçut le gyrophare bleu dans son rétroviseur. C'était la période d'accalmie entre la sortie des écoles et l'heure de pointe. Il n'y avait presque personne dans Boston Road – une large avenue bordée de platanes aux feuilles naissantes et de fausses maisons Tudor protégées par des murs de briques rouges. Il vit l'agent en uniforme, assis au volant, lui faire signe de s'arrêter.

Mackenzie soupira. Sans s'en rendre compte, il avait dépassé les 50 km/h pendant qu'il rejouait sa confrontation avec Miss Willow. Encore et encore. Sans jamais trouver comment il aurait pu la mener différemment, mais tout en sachant qu'il aurait dû se comporter d'une autre façon. À côté de lui, Alex était un trou noir irradiant la haine, et aspirant toute l'énergie de son père.

Lorsque l'agent se pencha vers lui, il baissa sa vitre.

— Permis de conduire et certificat d'immatriculation.

Il sortit les documents d'une poche intérieure et attendit en silence que le policier les examine.

— Savez-vous, monsieur, que vous rouliez à plus de 60 km/h dans une zone limitée à 50 ?

— Non, répondit-il, contrit. Je m'en suis rendu compte dès que j'ai vu votre gyrophare dans mon rétroviseur. Je suis vraiment désolé.

— Vous le seriez encore plus si vous aviez renversé un enfant à cette vitesse.

Après avoir jeté un coup d'œil au garçon renfrogné prostré sur le siège passager, il sortit un stylo et un carnet.

— Profession ?

— Officier de police.

Surpris, l'agent releva brusquement la tête.

— Flic ?

— Quinze ans à la Met. Et la semaine prochaine, je fais mes débuts à la NCA*.

L'autre rangea le carnet dans sa poche de poitrine.

— Vous auriez dû me le dire, monsieur.

— Pourquoi ?

— Parce que je ne vous aurais pas embêté.

Mackenzie fronça les sourcils.

— Je ne vois pas pourquoi. Je ne suis pas au-dessus de la loi parce que je suis flic. Vous voulez dire que vous m'auriez laissé partir ?

L'agent lui jeta un regard bizarre comme s'il se demandait si Mackenzie plaisantait ou non.

— Ça m'a en effet traversé l'esprit.

— Dans ce cas, je me vois obligé de faire un rapport sur vous, dit Mackenzie en passant le bras devant Alex pour prendre un carnet et un stylo dans la boîte à gants. J'aurai besoin de votre nom et de votre numéro…

— Peut-être que si vous aviez passé autant de temps que moi à la circulation, monsieur, vous sauriez que je suis entièrement libre de vous verbaliser ou de vous donner un simple avertissement, lança l'agent sur un ton glacial, presque menaçant. Dans le cas présent, je vous donne un simple avertissement.

Et sans rien ajouter, il regagna son véhicule.

Mackenzie tourna la tête vers Alex, qui le dévisageait d'un air méprisant.

— Avec un peu de chance, je pourrai participer au match de la semaine prochaine.

* NCA : National Crime Agency.

Hanwell avait changé depuis que Mackenzie et Susan s'y étaient installés. Sous l'effet de l'afflux d'immigrés arrivés de Pologne, de nombreuses boutiques polonaises s'étaient ouvertes dans High Street, qui avait connu des jours meilleurs. Partout on entendait parler polonais. Il y avait même une école polonaise dans le quartier. Ealing avait toujours été un peu plus chic que sa voisine, moins bien nantie. Mais comme Susan avait tenu à le préciser lorsque Mackenzie avait émis l'idée de déménager, tout changerait avec l'achèvement du réseau express Crossrail. Hanwell aurait sa propre gare et un accès direct au centre de Londres en vingt minutes. Les prix de l'immobilier grimperaient en flèche. Ce dont elle bénéficierait à coup sûr si elle réussissait à faire mettre la maison à son nom.

Comme d'habitude, il fut incapable de trouver une place devant la porte ; refusant de donner la main à son père pour parcourir les cinquante mètres qui le séparaient du numéro 23, Alex le devança, presque au pas de course.

Arrivé trop tard au centre sportif pour être sélectionné dans l'équipe des onze de départ, Alex avait passé la quasi-totalité du match assis sur le banc avant de remplacer un joueur durant les cinq dernières minutes.

Maintenant, il était pressé de rentrer chez lui. Dès que Susan ouvrit la porte, il passa en trombe devant elle et courut directement au premier étage. Bras croisés sur la poitrine, Susan se planta dans l'encadrement de la porte pour signifier clairement à Mackenzie que l'entrée de son propre foyer lui était interdite. C'était sa maison à elle, désormais. La maison dont Mackenzie avait remboursé l'emprunt pendant plus de dix ans.

— Qu'est-ce que tu as foutu, bon sang ?

Surpris par son ton, il ouvrit des yeux ronds.

— J'ai été coincé dans les embouteillages. Mais, finalement, on n'a eu que vingt-cinq minutes de retard.

Elle fit claquer sa langue et répliqua d'un air sentencieux :

— Je parle de ton attitude menaçante envers l'institutrice d'Alex.

— Menaçante ? répéta-t-il en fronçant les sourcils. Je n'ai menacé personne. Et certainement pas Miss Willow.

— Ce n'est pas ce qu'elle dit. Je viens d'avoir le directeur au téléphone. Il était furax ! Apparemment, elle s'est précipitée en pleurs dans son bureau après ta visite.

Mackenzie soupira.

— Oh, pitié. Cette femme a refusé de lire la rédaction d'Alex. Elle lui a collé un zéro tout rond, motif : écriture trop grosse. Point d'exclamation, point d'exclamation, point d'exclamation.

Susan se contenta de secouer la tête.

— Tu ne changeras jamais, hein ? Tu ne comprends donc pas ? Tu ne peux pas parler aux gens comme tu le fais, John. Combien d'amis as-tu perdus ? Combien de patrons as-tu exaspérés ? Ton cerveau a beau avoir la taille d'un ballon de foot, tu n'es qu'un pauvre crétin.

Elle leva une main pour l'empêcher de protester.

— Je sais, je sais. Parfois, ils l'ont mérité. Mais merde, John, il faut faire preuve d'un peu de bon sens. D'un peu de tact. Contenir tes pires débordements. (Elle soupira.) Non, pas toi, évidemment. Pas John Mackenzie.

Qui a toujours raison même quand il a tort, et qui le fait savoir haut et fort.

Elle marqua une pause pour reprendre sa respiration avant d'ajouter :

— Tu es un asocial, voilà ce que tu es. À quoi servent toutes tes conneries de diplômes si tu n'es même pas foutu d'être poli avec les autres. Si tu n'as pas la moindre notion de ce qui est socialement acceptable. Et devant Alex, en plus. Tu te rends compte à quel point c'est humiliant pour lui ?

— Je l'ai trouvé en larmes devant l'école, se défendit Mackenzie. Qu'est-ce que j'étais censé faire ?

— Me laisser intervenir. Ne pas t'en mêler. Surtout ne te mêler de rien. Inutile d'aller chercher les enfants à l'école désormais. Je m'en chargerai moi-même. Je ne veux plus que tu t'approches d'eux.

Elle fit mine de refermer la porte, mais il la bloqua avec son pied.

— Je veux voir Sophia.

— Elle ne veut pas te voir.

Il accusa le coup, puis se reprit :

— Qu'elle me le dise elle-même.

— Elle est occupée. Elle a dit qu'elle en avait marre de toi.

Exaspéré, il lança :

— Elle a sept ans, bon Dieu ! À sept ans, on ne dit pas qu'on en a marre de son père, sauf sous l'influence de sa mère.

Susan éluda la question.

— Je vais demander la garde exclusive des enfants avec un droit de visite limité. Si on me donnait le choix, ce serait sans droit de visite du tout. Et maintenant, retire ton putain de pied, lança-t-elle en lui frappant le tibia avec la pointe de sa chaussure.

Mackenzie recula, elle lui claqua la porte au nez.

Il resta plusieurs minutes sur le seuil, la jambe endolorie par le coup de Susan. Il faillit cogner de toutes ses forces sur le battant avec le gros heurtoir en fer forgé. Crier, faire du tapage, ameuter les voisins. Mais il ne réussirait qu'à s'humilier davantage.

Les poings serrés, il s'éloigna sur le trottoir et leva les yeux. La maison aux murs crépis datait d'avant la guerre, elle aurait bien eu besoin d'une nouvelle couche de peinture. L'équiper de doubles vitrages lui avait coûté une petite fortune. Susan et lui partageaient la plus grande chambre, Alex avait la sienne à l'arrière, et Sophia occupait la petite pièce donnant sur le jardin de devant. Il vit les voilages de sa fenêtre bouger et un petit visage triste apparaître derrière la vitre presque obscurcie par les reflets. Ravagé par le chagrin et la frustration, Mackenzie regarda sa petite fille, qui était la seule personne au monde avec laquelle il avait un lien aussi fort. Tout en essayant de sourire, il lui adressa un signe. Au bout d'un moment, Sophia leva la main à hauteur de son visage, dans un semblant de bonjour. Puis elle disparut.

2

Cristina était assise dans la salle d'interrogatoire. Les coudes plantés devant elle sur la table, la tête dans les mains, elle se frottait les tempes avec les pouces pour essayer de calmer sa migraine. On l'avait renvoyée chez elle après le premier débriefing, mais le sommeil l'avait fuie.

Miguel, le commissaire – ou *jefe* comme tout le monde l'appelait – avait été tiré du lit, ainsi que le supérieur direct de Cristina, pour les interroger séparément, Matías et elle. Il était important que leurs versions concordent, et Cristina ne voyait pas comment il pourrait en être autrement. Malgré tout, elle avait le sentiment que la faute serait rejetée sur son dos. En outre, elle ignorait totalement ce que Matías avait pu leur raconter.

Après le débriefing, elle avait tapé son rapport sur l'ordinateur de la salle de réunion. Un récit extrêmement détaillé de tous les évènements qui s'étaient produits entre le moment où ils avaient quitté le poste de police de Marviña et le coup de feu tiré à La Paloma. Elle n'avait pas vu le rapport rédigé par son collègue.

Peu après 8 heures, elle avait reçu à l'appartement un coup de téléphone lui ordonnant de retourner au commissariat. Là, un expert en balistique de Malaga l'avait accompagnée à l'armurerie, où elle avait déverrouillé le tiroir renfermant son pistolet. C'était la routine. Une simple vérification visant à établir si son arme avait ou non servi.

— Je n'ai jamais pressé la détente. Je n'avais aucune raison de le faire.

L'expert avait souri et hoché la tête avant de ranger le SIG Pro dans une grosse enveloppe en plastique.

Depuis, elle n'avait pas quitté le commissariat, et passé la plupart du temps dans la salle d'interrogatoire. Des haut gradés allaient venir de Malaga pour lui poser des questions, l'avait prévenue le *jefe*. Mais ils n'étaient arrivés qu'en milieu d'après-midi. Deux hommes en costume sombre. Le premier d'une cinquantaine d'années aux cheveux gris acier coupés court, le deuxième plus jeune, des mèches assez longues effleurant le col de sa chemise et retombant en désordre sur le front.

À présent, ils étaient repartis. L'entretien avait paru durer des heures à Cristina, obligée de répéter cette histoire déjà racontée plusieurs fois en détail. Elle était épuisée, son esprit commençait à s'égarer. Vers sa dispute avec Antonio au petit déjeuner lorsqu'elle lui avait annoncé qu'il devrait conduire Lucas à l'école. Vers son appel à sa sœur en fin d'après-midi, pour lui demander d'aller chercher Lucas après les cours – un appel qu'elle avait hésité à passer à cause de toutes les difficultés auxquelles la pauvre Nuri devait faire face.

Pour l'instant, elle avait l'impression d'être anesthésiée et se demandait qui l'observait à travers le miroir sans tain du mur d'en face. Quand elle rentrerait enfin à la maison, d'autres disputes éclateraient sans doute. À propos de problèmes qui ne pouvaient pas être ignorés plus longtemps, mais qu'elle n'avait aucune envie d'affronter – surtout après les évènements de ces dernières vingt-quatre heures.

Elle soupira, en s'interrogeant sur les raisons de sa présence prolongée ici.

Où était donc Matías ?

La porte s'ouvrit alors et le *jefe* entra, le visage sombre. C'était un homme de petite taille, avec une tendance à l'embonpoint, et une brosse de cheveux argentés hérissée sur le crâne. Il avait l'habitude de caler les pouces dans son ceinturon ou de croiser les bras sur la poitrine. Il n'abusait jamais de sa supériorité hiérarchique. Il n'en avait pas besoin. L'insigne sur son épaule, un bâton et deux galons, annonçait son grade. Mais il affichait son autorité avec la même sérénité que la croix pendue à son cou, ou les Ray-Ban accrochées à sa poche de poitrine. Il s'était toujours montré scrupuleusement juste avec Cristina, courtois, bienveillant ; elle l'aimait beaucoup.

— Que se passe-t-il, *jefe* ? dit-elle en se levant.

— Asseyez-vous, Cristina.

— Je suis restée toute la journée le cul sur une chaise, monsieur.

Il se força à sourire et croisa les bras.

— Malaga nous a envoyé l'identité de l'homme qui a tué la fille dans la villa hier soir.

Elle fronça les sourcils.

— Mais, on sait qui c'est. Ian Templeton. La villa est enregistrée à son nom.

Le *jefe* hocha gravement la tête.

— Oui. Mais c'est un nom d'emprunt. En réalité, il s'appelle Jack Cleland, et figure en tête de liste des fugitifs les plus recherchés par la *British National Crime Agency*.

Cristina en resta bouche bée.

— Il est recherché pour quoi ?

— Trafic de stupéfiants – et meurtre d'un policier.

3

Mackenzie vivait provisoirement dans le grenier reconverti d'une maison mitoyenne délabrée, aux confins du quartier. Les deux personnes âgées qui l'habitaient depuis leur mariage arrondissaient les fins de mois en louant la chambre que leur plus jeune fils, aujourd'hui décédé, avait occupée lorsqu'il était adolescent. Quand Mackenzie avait emménagé, les murs étaient encore couverts de posters. Nirvana, les Red Hot Chili Peppers, Pearl Jam. Le couple n'avait pas eu le courage de les enlever, mais ne voyait pas d'objection à ce que Mackenzie le fasse. Lui non plus n'avait pas eu le cœur de les retirer ; les photos de Dave Grohl, Flea et Eddie Vedder présidaient le foutoir qui lui tenait maintenant lieu de domicile.

Le mobilier avait connu des jours meilleurs : un fauteuil usé jusqu'à la corde d'où jaillissaient çà et là des bouts de mousse ; un canapé recouvert d'un châle des années 1970, jeté là pour camoufler les ravages causés par un chien mort depuis longtemps ; un antique bureau balafré poussé sous la lucarne. Sur ce dernier, un monceau de livres, cahiers et rapports écornés s'entassaient autour d'un ordinateur dont le clavier et la souris étaient engloutis dans la pagaille.

Le lit n'était pas fait, les draps et les taies d'oreillers auraient eu besoin d'un bon lavage. On distinguait la forme de sa tête sur l'oreiller, l'empreinte grasse de ses cheveux. Le soir, le simple fait de se mettre au lit exigeait de lui un véritable effort de volonté.

Dans un coin, il y avait un lavabo en porcelaine ébréché surmonté d'un miroir moucheté. Trousse de rasage, savon et déodorant se partageaient une minuscule étagère avec sa brosse à dents et son dentifrice.

Ce n'était qu'à quinze minutes de son domicile conjugal, mais à des années-lumière de la vie qu'il avait connue jusqu'à ces dernières semaines, lorsque Susan lui avait demandé de partir.

Sur le palier, il disposait de ses propres toilettes qu'il devait nettoyer lui-même, à la requête expresse de sa propriétaire. Au rez-de-chaussée, il partageait la cuisine. Mais il ne l'utilisait jamais. Redoutant d'être pris au piège d'une conversation avec le couple, il se faisait le plus discret possible afin de ne pas les croiser dans l'escalier ou le vestibule. Le matin, il prenait du lait et des corn-flakes dans sa chambre puis, en sortant pour aller travailler, s'achetait un café dans un Costa Coffee ; le soir, il rapportait chez lui un plat cuisiné.

Chez lui ! Impossible de considérer cet endroit comme chez lui. C'était un espace qu'il occupait en évitant autant que possible tout contact physique avec ce lieu.

La nuit était tombée quand il s'engagea sur la pointe des pieds dans l'escalier lugubre. Il venait de passer deux heures dans un pub, à ruminer ses problèmes, avant de trouver l'énergie de rentrer, avec un dîner chinois tout prêt.

Il n'allumait jamais le plafonnier – bizarre assemblage d'ampoules de 100 watts qui avaient survécu à leur interdiction et illuminaient la pièce avec la violence des projecteurs d'un stade de foot. Il revoyait son oncle et sa tante vivant, eux aussi, sous le feu insupportable d'ampoules trop fortes. Mackenzie préférait ne pas se confronter à la réalité de sa vie présente et se contenter du vieux lampadaire et de la lampe Anglepoise qui éclaboussaient l'obscurité de flaques de lumière sourde.

Il posa son dîner sur le bureau, repoussa quelques papiers et retira du fauteuil son exemplaire de *L'Art de la guerre* de Sun Zi avant de s'y affaler pour ouvrir le courrier ramassé au passage dans le vestibule. Des prospectus. Des lettres réexpédiées par Susan. Une facture d'électricité à régler par ses soins. Un aperçu de ses droits à la retraite envoyé par son employeur précédent. Une enveloppe encadrée de noir, au rabat gaufré, lourde et soyeuse entre ses doigts. Il n'avait pas besoin de l'ouvrir pour savoir de quoi il s'agissait ; la dépression s'abattit sur ses épaules comme un nuage de poussière.

Il n'avait jamais compté les années depuis son départ de Glasgow, sa ville natale. Il n'en avait jamais eu envie. Si la vie pouvait se comparer à un livre, alors les dix-sept premières années de la sienne étaient un prologue qu'il aurait volontiers coupé. Pour lui, la vraie vie commençait au chapitre un, avec son arrivée à Londres.

L'estomac noué, il déchira l'enveloppe. Et parcourut des yeux le faire-part. Il n'avait jamais détesté sa tante, ni éprouvé de sentiments particuliers à son égard. Rien à voir avec la haine qu'il nourrissait contre son oncle. Elle avait toujours fait de son mieux dans les situations difficiles créées par son mari. Sans pouvoir expliquer pourquoi, Mackenzie se sentait obligé d'assister à son enterrement. Peut-être qu'au fond de lui, même s'il refusait de l'admettre, il retirerait une certaine satisfaction à réapparaître au bout de vingt ans, juste pour emmerder le vieux.

Si seulement sa carrière à la Met ne s'était pas achevée d'une façon aussi honteuse. Mais son oncle ne pouvait pas être au courant, bien sûr.

Néanmoins… ce serait un nouveau départ après l'enterrement, la semaine suivante. Un autre chapitre. Peut-être un meilleur début pour le livre de sa vie. Bien qu'il y ait une limite au nombre de fois où on pouvait échafauder un nouveau début, et qu'il appréhendât de tourner, une fois de plus, la page. Un nouveau boulot, une kyrielle de nouveaux collègues à s'aliéner. La vie serait tellement plus simple sans les autres. Brusquement, il se rappela qu'il n'avait pas encore informé le DRH qu'il ne pourrait pas commencer avant mercredi, et nota dans sa tête de l'appeler dès le lendemain.

Et puis, bien sûr, il y avait la faillite de son mariage. Son oncle verrait là une trop belle occasion de pointer le doigt sur cet échec. Mais le vieux salopard n'avait pas à être au courant de ça non plus.

Mackenzie et Susan s'étaient rencontrés au tout début de sa carrière dans la police ; à cette époque, elle travaillait comme documentaliste pour un membre du Parlement qui siégeait au Comité restreint de la justice, à la Chambre des communes. Un vrai coup de foudre sexuel. Ils avaient fait l'amour sans arrêt pendant six mois – c'était du moins le souvenir qu'ils en gardaient. Avec une interruption soudaine pendant la première grossesse de Susan, mais seulement pour recommencer peu après la naissance d'Alex. L'arrivée de Sophia, cependant, avait tout changé, leur appétit sexuel se retrouvant amoindri par les nuits blanches, les pleurs incessants du bébé. Les responsabilités familiales avaient pris le dessus, et c'est à partir de ce moment-là, pendant les longues soirées, les week-ends, les vacances à la maison, qu'ils avaient réellement commencé à se connaître. Ni l'un ni l'autre, semblait-il, n'avaient beaucoup apprécié ce qu'ils découvraient.

Susan s'était mise à critiquer tout ce qu'il faisait et disait, comme si elle se rendait seulement compte à quel point il était socialement inadapté, comptant le nombre d'amis qu'ils avaient perdus, les gens qu'il avait insultés, les supérieurs qui l'avaient changé de service pour se débarrasser de lui et avoir la paix. En même temps, elle était devenue de plus en plus possessive avec les enfants, accaparant leur affection et l'excluant du trio mère-fils-fille.

En réaction, il s'était replié sur lui-même, restant tard le soir dans son bureau du grenier – quand il n'était pas de service –, s'immergeant dans l'étude comme si, d'une certaine façon, le savoir pouvait combler son vide intérieur. C'était devenu une obsession dont seule la petite Sophia était capable de le distraire. Curieusement, elle l'aimait, et Mackenzie savait pertinemment que l'amour porté à un père n'obéissait à aucune logique.

Sentant son téléphone vibrer contre sa poitrine, il l'extirpa avec deux doigts de la poche de sa chemise. C'était justement un message de Sophia sur l'application Messenger de Facebook.

— *Salut papa.*

Il cala l'appareil dans sa main et tapa avec les pouces :

— *Salut, ma chérie.*

— *Tu me manques.*

— *Toi aussi, tu me manques, mon chou.*

— *Dommage que maman ne te parle plus.*

Là, il marqua un temps d'arrêt avant de répondre :

— *Oh, je suis sûr que ça s'arrangera.*

Sophia posta un visage triste. Les enfants ne se laissent pas facilement duper.

— *Tu viendras au concert de mon école, mardi soir ?*

Il hésita un instant ; comme si elle avait lu dans ses pensées, elle ajouta aussitôt :

— *Je dirai à maman que c'est OK. Tous les autres papas seront là.*

— *Bien sûr que je viendrai, ma chérie. Je ne manquerais ça pour rien au monde.*

— *Je chante une chanson entière toute seule.*

— *J'ai hâte de l'entendre.* Pause. *Dis-moi, mon bébé, tu ne devrais pas être au lit ?*

— *J'y suis.* Un smiley.

— *Sous les couvertures ?*

— *Chut.* Plusieurs smileys.

— *Éteins ton téléphone et dors, maintenant. On se verra mardi.*

— *D'accord, papa.* Pause. *Je t'aime.*

— *Moi aussi, je t'aime, ma chérie.*

Il n'avait pas envie que cette conversation s'achève. S'il avait été à la maison, il aurait été assis sur le lit de Sophia, en train de caresser ses cheveux aussi doux que ceux d'un bébé jusqu'à ce qu'elle ferme les yeux et s'endorme. Il attendit un long moment, la suppliant presque d'ajouter quelque chose. Comme le curseur s'obstinait à vibrer dans le vide, il remit le téléphone dans sa poche et se leva du fauteuil pour ouvrir la barquette posée sur le bureau. Le plat serait froid, et il n'avait plus faim. Mais il fallait bien se nourrir.

C'est alors qu'il remarqua, à moitié caché par une feuille de papier posée en travers, le voyant rouge qui clignotait sur le téléphone de son bureau. Soulevant l'appareil, il pressa du pouce la touche de la messagerie : *Mackenzie, c'est Bill Beard. Je sais que vous ne commencez pas chez nous avant lundi, mais je me demandais si vous pourriez venir ici demain matin pour un briefing ?*

4

Le siège londonien de la National Crime Agency se cachait au milieu d'un ensemble de bâtiments industriels, dans Citadel Place, au sud des voies ferrées entre Vauxhall et Lambeth. C'était un immeuble quelconque en brique, verre et acier. Mackenzie l'aperçut depuis Tinworth Street et sentit la même dépression que la veille au soir s'abattre sur lui. Et pas une simple petite angoisse. Jamais, en intégrant la Metropolitan Police, il n'avait envisagé de se retrouver ici un jour.

Le soleil printanier saupoudrait de lumière le carrelage du hall quand il s'avança vers la réceptionniste pour l'informer qu'il avait rendez-vous avec le directeur Beard. Elle le pria d'attendre et décrocha un téléphone.

— On descendra vous chercher dans quelques minutes.

Six minutes et trente-trois secondes, pour être précis. Mackenzie avait regardé passer chaque seconde sur sa montre en les comptant. Arrivant lui-même à l'heure pile, il était chagriné que son nouveau patron n'ait pas organisé son emploi du temps de façon à respecter la même ponctualité.

Une femme d'une trentaine d'années, aux cheveux tirés en arrière d'une manière assez négligée, franchit la porte et l'accueillit d'une poignée de main ferme. Elle avait une silhouette mince et une démarche bizarre, dans ses collants bleus et sa jupe grise.

— Ruth Collins, dit-elle. Vous venez voir M. Beard.

Comme cela ne ressemblait pas à une question mais plutôt à une affirmation, Mackenzie ne répondit pas.

Ils pénétrèrent dans l'ascenseur en observant un silence gêné que Collins tenta courageusement de briser au moment d'appuyer sur le bouton du troisième étage :

— Vous commencez la semaine prochaine, lança-t-elle comme s'il pouvait l'ignorer.

De nouveau, il ne jugea pas utile de répondre, ce qui parut la déconcerter un peu. Elle fit une nouvelle tentative :

— Vous avez déjà rencontré le patron ?

— À l'entretien.

Elle sourit.

— Allez-y doucement, alors. Il est parfois imprévisible. Tout le monde le surnomme Grincheux, et ce matin, il n'est pas spécialement de bonne humeur.

Mackenzie hocha la tête ; ils retombèrent dans le silence jusqu'à ce que l'ascenseur arrive au troisième.

Beard disposait d'un bureau d'angle avec des fenêtres sur deux murs. Il était au téléphone lorsque Collins fit entrer Mackenzie : d'un doigt dressé en l'air, il leur fit signe d'attendre un instant. Ils restèrent donc inconfortablement figés sur le seuil de la porte, sans pouvoir éviter d'entendre ce qu'il disait.

— Mais putain, dites-lui de se bouger le cul !

Pendant que Beard écoutait la réponse de son interlocuteur, Mackenzie en profita pour le jauger. Son nouveau patron était un homme costaud, avec une tignasse de cheveux blonds bouclés au-dessus d'un visage rond et rubicond. Il paraissait de toute évidence à bout de patience. Son regard bleu acier devint glacial.

— Si le rapport n'est pas sur mon bureau à midi, je lui écrase les couilles jusqu'à ce que les yeux lui sortent de la tête !

Sur ce, il raccrocha brutalement et regarda Mackenzie, l'esprit ailleurs. Puis, soudain, il revint parmi eux et son expression changea.

— Mackenzie. Asseyez-vous.

Mackenzie hocha la tête et s'installa sur une chaise.

— Bonjour, monsieur. (Il essaya de sourire.) Je comprends pourquoi on vous appelle Grincheux.

Beard plissa les yeux.

— Qui ose m'appeler Grincheux ?

— Tout le monde, apparemment.

Mackenzie jeta un coup d'œil à la rougissante Mme Collins, qui paraissait avoir repéré une tache d'un intérêt exceptionnel sur le tapis.

Beard haussa les sourcils et tordit la bouche en un petit sourire.

— Sans blague ?

Collins décida de relever la tête et de croiser effrontément son regard.

— Je vous verrai plus tard, lui lança Beard en montrant la porte du menton.

Elle tourna le dos à son patron, jeta un regard venimeux à Mackenzie et sortit de la pièce. Beard s'enfonça dans son fauteuil pivotant sans cesser de dévisager Mackenzie avec circonspection.

— Vous ne seriez pas un brin casse-couilles, Mackenzie ?

— On me l'a déjà dit, monsieur.

— Ah oui ?

— Mais je ne suis pas sûr qu'un brin soit une mesure appropriée.

— Exact, vous m'avez plutôt l'air d'un casse-couilles intégral.

Sur le point de répliquer, Mackenzie fut assailli par un rare sursaut de retenue tandis que Beard tendait le bras vers une pile de dossiers posés sur son bureau pour en ouvrir un.

— Bon, qu'est-ce qui vous a poussé à croire que la NCA devait être la prochaine étape de votre carrière ?

— Je crois l'avoir expliqué au cours de l'entretien.

Beard lui lança un coup d'œil agacé.

— Vous avez le boulot, Mackenzie. Ce n'est pas un entretien d'embauche. Je veux la vérité.

— Je suis flic, monsieur.

— Pourquoi avez-vous quitté la Met ?

— Je n'ai pas vraiment choisi. (Il se corrigea.) Enfin, si. Mais on m'a obligé à le faire. Dans le jargon spécialisé, je crois qu'on appelle ça un licenciement déguisé.

Beard se cala contre le dossier de son fauteuil et croisa les doigts sur son ample bedaine.

— Racontez-moi, dit-il bien qu'il connût déjà certainement toute l'histoire.

Mackenzie prit une profonde inspiration avant de répondre :

— On me collait toutes les tâches merdiques, monsieur. Je passais plus de temps derrière un bureau à remplir de la paperasse qu'à exercer mon métier de policier. Et mes demandes de promotion étaient systématiquement rejetées.

— Pourquoi ?

— Parce que personne ne m'aime.

Il dit cela sans rancœur ni amertume. C'était juste une constatation.

— Pourquoi ?

— Il faut le leur demander.

— C'est à vous que je pose la question.

Mackenzie prit le temps de réfléchir à la manière de formuler sa réponse.

— Je crois que c'est parce que je dis ce que je pense, monsieur. Ma femme me reproche de ne rien filtrer. De manquer de tact.

— Vraiment ? J'imagine qu'elle est bien placée pour le savoir. Quelle sorte de relation entretenez-vous ?

— Rompue, monsieur. Nous sommes séparés.

Manifestement, Beard l'ignorait.

— Une décision de votre part ?

— De la sienne.

Le patron de Mackenzie fit la moue.

— Donc... vous croyez avoir plus de bon sens que les autres et ne craignez pas de le dire.

— Vous vous rendrez sûrement compte, monsieur, que dans la plupart des cas je fais preuve de plus de discernement que n'importe qui, et je n'ai jamais peur de le dire.

Surpris, Beard haussa les sourcils.

— Certains pourraient y voir de l'arrogance.

— Oui, monsieur.

— Mais pas vous.

— J'y vois de l'honnêteté.

Brusquement, Beard se pencha en avant.

— Bien, je vais être franc avec vous, Mackenzie. Vous n'êtes pas celui que j'aurais choisi pour ce boulot. Mais les autres membres du comité de recrutement ont été impressionnés par vos… (il balaya de la main le dossier ouvert devant lui)… qualifications. Pour ma part, je m'étonne qu'un homme diplômé en physique quantique et en mathématiques veuille devenir flic.

— Je n'ai jamais voulu faire autre chose, monsieur. Ces diplômes ne sont qu'un passe-temps. J'ai suivi les cours du soir de l'université populaire. J'ai d'ailleurs l'intention de continuer.

Une secousse quasiment imperceptible agita la tête de Beard.

— Et dans quelle discipline ?

— Astrophysique, monsieur.

Ce qui laissa Beard temporairement sans voix. Histoire de se ressaisir, il prit en main deux autres pages du dossier :

— Il est mentionné ici que votre père était officier de police.

— À Glasgow, oui. Il est mort en mission quand j'avais deux ans.

Beard examina la feuille qu'il avait devant lui et une ombre sembla voiler brièvement son visage. Il leva les yeux vers Mackenzie, les détourna, rangea les feuilles dans la chemise et la referma. Puis il s'enfonça de nouveau dans son fauteuil.

— Eh bien voilà : la raison pour laquelle je vous ai convoqué ce matin est votre don des langues. D'après votre dossier, vous parlez couramment français, espagnol et arabe.

Il cracha ces trois derniers mots comme s'ils lui laissaient un mauvais goût sur la langue.

— J'ai appris le français et l'espagnol au lycée, monsieur. Très facilement, en fait. Les racines latines. Je commence à parler italien. L'arabe a été beaucoup plus difficile.

— Ou-i, j'imagine, fit Beard sans sourire. En tout cas, c'est votre espagnol qui m'intéresse. Vous êtes parti de la Met depuis deux semaines, c'est ça ?

Mackenzie acquiesça.

— En théorie, vous ne commencez chez nous que lundi, je le sais. Mais je veux vous détacher auprès de mon homologue du groupe de recherche des fugitifs pour un petit boulot, en début de semaine, et j'ai besoin de vous briefer maintenant. Il m'a rendu un service, j'ai une dette envers lui. Si vous faites ça pour moi, c'est moi qui en aurai une envers vous.

— Un genre de *guanxi*, monsieur.

Beard fronça les sourcils :

— Gwanshi ?

— C'est un concept de la culture chinoise. Un service rendu est un service dû.

— Exactement. Et une bonne manière pour vous de partir du bon pied, vous ne pensez pas ?

— Pas vraiment, monsieur. Je présume que nous fonctionnons à partir d'un commandement, pas d'un renvoi d'ascenseur. Étant donné que vous êtes mon patron, j'obéirai à vos ordres.

Beard le fixa un moment avant de soupirer.

— Ça ne m'étonne pas que personne ne vous aime, Mackenzie. Je veux que vous alliez en Espagne pour ramener un prisonnier de Malaga. Il s'appelle Jack Cleland. Numéro un sur la liste des fugitifs les plus recherchés. Il dirigeait un trafic de cocaïne ici, à Londres, jusqu'à ce qu'une opération d'infiltration tourne mal et qu'il tue un flic en civil. Malheureusement, il s'est enfui. On l'a longtemps suspecté de se cacher quelque part sur la Costa del Crime. On entretient toujours de bonnes relations avec la police espagnole. Il y a quelques années, on a mené en commun une opération baptisée Captura qui a permis de prendre au filet plusieurs malfaiteurs planqués sur la côte ; mais on n'avait jamais pincé Cleland… Jusqu'à maintenant.

— Comment l'ont-ils attrapé ?

— Un putain de coup de chance. Deux flics d'un district proche de Gibraltar ont été appelés pour un cambriolage dans une villa d'un quartier ultrachic surplombant la Méditerranée. En fait il ne s'agissait pas du tout d'un cambriolage. C'était la villa de Cleland. Il y habitait sous un faux nom. Ian Templeton. Par dérision, apparemment, car son vieux proviseur, à Glenalmond College, s'appelait comme ça.

— Il est donc écossais ?

— Vous connaissez Glenalmond ? s'étonna Beard.

— Bien sûr. C'est dans le Perthshire. On le surnomme l'Eton du Nord.

— Vous m'en direz tant, répliqua Beard sèchement. Je suppose que vous ne voyez aucune objection à serrer un Écossais.

— Absolument aucune, monsieur. Surtout un aristo. Là-bas, on leur apprend à se comporter comme des petits Anglais.

— Pas comme ce putain de Cleland.

— Non, monsieur. J'ai bien dit aristo.

Beard lui lança un regard noir, mais ne décela aucune ironie chez Mackenzie, probablement incapable d'insincérité.

— Bref, lui et sa petite amie ont quitté leur maison le matin en prévenant les voisins qu'ils partaient plusieurs jours en vacances. Mais ils ont dû oublier quelque chose parce qu'ils sont revenus le soir même et se sont aperçus qu'ils avaient égaré leurs clés. Ils sont donc entrés par effraction dans leur propre villa, et ont coupé l'alarme avant qu'elle ne se déclenche. Mais un voisin a vu de la lumière et appelé la police. Bien sûr, quand les flics sont arrivés ils ne pouvaient pas se douter qu'ils n'avaient pas affaire à des cambrioleurs. Il s'est ensuivi une fusillade et, dans la confusion, Cleland a tiré sur sa petite amie. Morte sur le coup. Une citoyenne britannique. Angela Fry. Il a été arrêté, on nous a alertés, un mandat d'arrêt européen a été lancé. Il ne l'a pas contesté devant le tribunal, et les Espagnols sont ravis de nous le refourguer puisqu'il n'y a pas de victimes espagnoles. Il doit revenir ici pour répondre aux accusations de trafic de drogue et d'homicide.

— Quand voulez-vous que je parte, monsieur ?

— Mardi après-midi. Les Espagnols vous le remettront à l'aéroport. Après avoir réglé quelques formalités sur place, vous reprendrez l'avion avec lui. Escorte armée jusqu'à l'appareil. Vous atterrirez à Londres vers 11 heures du soir ; les policiers de la Met monteront à bord de l'avion pour le prendre en charge. (Il sourit.) Pas trop dur pour vous ?

Mackenzie se débattait déjà avec ses démons. S'il acceptait, il raterait le concert de Sophia à l'école. Mais, même si cela lui faisait une peine immense, il pouvait difficilement avancer cette raison pour ne pas se rendre en Espagne. Il se rabattit sur un autre prétexte, plus solide.

— Je suis désolé, monsieur, mais je dois assister à l'enterrement d'un membre de ma famille lundi, à Glasgow. J'allais justement prévenir le DRH. Ma tante. Je ne serai pas de retour avant mardi.

Beard se caressa le menton d'un air pensif, rouvrit le dossier et passa au crible les premiers feuillets jusqu'à ce qu'il trouve ce qu'il cherchait.

— Vous avez été élevé par votre tante et votre oncle après la mort de votre père.

Mackenzie ne dit rien.

— C'est exact ?

— Le frère de mon père et sa femme m'ont recueilli quand on m'a retiré à ma mère.

— Pourquoi vous a-t-on retiré à sa garde ?

— Elle était alcoolique. Apparemment.

— Qu'est-elle devenue ?

— Aucune idée, monsieur. Et je ne tiens pas à le savoir.

Beard le dévisagea un moment avec curiosité avant de refermer le dossier.

— Dans ce cas, je vais demander qu'on vous réserve une place sur un vol Glasgow-Malaga mardi. Vous prendrez le Malaga-Londres au retour.

Comme Mackenzie ne réagissait pas, il inclina la tête sur le côté et demanda, en ayant presque l'air de le mettre au défi de répondre par l'affirmative :

— Un problème ?

Mackenzie ferma les yeux. L'image du petit visage triste de Sophia crispé par la déception flotta un bref instant dans un brouillard rouge et il sentit les larmes s'accumuler derrière ses paupières. Il cligna plusieurs fois des yeux avant de lâcher :

— Non, monsieur.

5

Une odeur de vieilles chaussettes provenant de la cuisine le suivit dans l'escalier. Il n'avait pas la moindre idée de ce que ses propriétaires pouvaient y faire frire, mais ça empestait toujours le chou et les oignons. Une odeur déprimante devenue le symbole cette maison. Et de sa propre tristesse.

Un peu plus tôt, il avait arpenté Oxford Street à la recherche d'une cravate noire. Peut-être le noir n'était-il plus de rigueur aux enterrements, après tout. Il n'avait aucune expérience en matière de rites funéraires.

Le soleil brillait, le vent avait tourné au sud-ouest, c'était une douce journée de printemps. Tables et chaises encombraient les trottoirs. Assis devant les premières salades prématurées de l'année, les Londoniens profitaient de cet avant-goût de l'été. Mackenzie avait déniché un pub bien sombre où il avait mangé une tourte à la viande et des haricots blancs accompagnés d'une bière, repoussant le moment où il devrait affronter l'inéluctable.

De retour dans sa chambre lugubre, il s'autorisa un nouveau répit. Avec la lucarne orientée au nord, le soleil balayait le toit sans jamais pénétrer à l'intérieur de la pièce. Avant de se laisser tomber dans le fauteuil avec le dossier sur Cleland que son patron venait de lui remettre, il alluma la lampe Anglepoise.

Cleland avait trente-six ans. Soit dix-huit mois de moins que lui. S'ils appartenaient tous les deux à la même génération, leurs expériences au cours de la période que Mackenzie considérait comme un prologue pouvaient difficilement avoir été plus dissemblables. Ils ne partageaient pas même leur prénom, contrairement à ce qu'on aurait pu penser en toute logique. Car si, chez les Mackenzie, Jack était le diminutif banal de John, les Cleland, eux, l'avaient choisi comme véritable prénom.

Bien que sa famille habitât Édimbourg, Cleland avait été interne dès l'âge de sept ans à Fettes, l'une des écoles les plus prestigieuses de la capitale. À croire que son père et sa mère voulaient se débarrasser de lui. À douze ans, ils l'avaient envoyé à Glenalmond. Toutes les deux, des écoles très chères ; sans information sur le contexte familial, Mackenzie en déduisit que les parents possédaient une fortune personnelle.

Après Glenalmond, Cleland était allé à Oxford pour étudier l'économie et passer une maîtrise en administration des affaires. Ensuite, il avait mené une brillante carrière de trader dans l'une des plus grosses banques d'investissement de Londres, où il s'était forgé la réputation d'un homme doué d'un remarquable sens des affaires. Puis, à un moment donné, quelque part en chemin, s'était présentée l'affaire du siècle. À laquelle il avait été tout simplement incapable de résister. Seulement, il ne s'agissait plus de devises, d'obligations ou d'actions passant de main en main. Il s'agissait de cocaïne.

Il était devenu accro. Pas à la drogue, mais à l'argent qu'elle rapportait. Cependant, personne ne pouvant se livrer au trafic de drogue en toute impunité, il s'était très vite retrouvé en terrain miné. Un terrain contrôlé par le plus grand nom du milieu londonien de la drogue, un personnage hors du commun surnommé « Le Boss ». Ronnie Simms, alias Le Boss, un ancien flic d'une cinquantaine d'années, avait développé un tel réseau de relations qu'il était intouchable. Il blanchissait ses gains illicites à travers la vingtaine de clubs et de restaurants qu'il détenait dans la capitale.

Selon certaines sources, Simms avait pris ombrage des activités de Cleland et ordonné de le « neutraliser ». Mais les deux malfrats chargés d'accomplir le sale boulot ne faisaient pas le poids face à Cleland, depuis longtemps membre d'un club de tir et possesseur d'une impressionnante collection d'armes à feu, en plus d'un œil infaillible. L'histoire disait qu'il en avait abattu un du premier coup avant de torturer l'autre jusqu'à ce qu'il avoue le nom de leur commanditaire.

On racontait aussi qu'en apprenant la vérité, il s'était emparé de son fusil préféré, celui avec lequel il avait gagné un nombre incalculable de compétitions de tir au pigeon, et n'avait pas eu peur de débarquer dans l'un des clubs privés de Simms. Là, dans un bureau situé juste au-dessus de la piste de danse, il avait vidé les deux chargeurs à bout portant sur celui qui avait voulu le supprimer. Ensuite, il aurait déclaré à tous les ex-employés de Simms réunis devant lui : Le Boss est mort, vive Le Boss, et leur aurait proposé de les garder à son service en échange de leur loyauté absolue. Aucun n'avait refusé.

Devenu le successeur de Simms, Cleland s'était adjugé le surnom de « Mad Jock ».

Les circonstances dans lesquelles l'opération d'infiltration avait mal tourné étaient simplement résumées ; quelqu'un, quelque part, souhaitait sans doute qu'un minimum de détails apparaissent sur le rapport. Des policiers armés avaient pris d'assaut ce même club dans lequel Cleland avait supprimé Simms. Mais Mad Jock avait été prévenu. Il avait descendu le flic infiltré qui l'avait trahi, et s'était sauvé par l'immeuble voisin, acheté dans le seul but de lui offrir une issue de secours en cas d'urgence. Personne, en dehors d'un cercle d'intimes, ne savait qu'il en était le propriétaire.

Depuis, on ne l'avait plus jamais revu. Jusqu'à maintenant.

Mackenzie referma le dossier et le lança sur le canapé. Il sentit une étrange colère s'emparer de lui. Cleland était né avec une cuillère d'argent dans la bouche. Il avait reçu la meilleure éducation qui fût. Comme trader, il gagnait sans doute plus en une semaine que Mackenzie en un an. Et malgré ça, pour s'enrichir encore davantage, il avait utilisé ses talents à des fins criminelles. Mackenzie avait honte de ce compatriote écossais qui estimait que tout lui était permis, au mépris de la loi et de la vie humaine. Il éprouverait une satisfaction intense, sinon du plaisir, à ramener cet aristo en Angleterre pour qu'il y soit jugé.

Il resta un moment assis à ruminer cette idée jusqu'à ce qu'il ne puisse plus empêcher d'autres considérations de la supplanter.

Et surtout, Sophia.

Il en avait le cœur brisé pour elle. En outre, il imaginait trop bien ce que Susan dirait en apprenant qu'une fois de plus il laissait tomber un de ses enfants. Il sortit son téléphone de la poche de sa chemise, le garda dans sa main pendant deux, trois minutes, peut-être plus. Une pensée ne se concrétisait qu'au moment où on la transformait en mots ou en action. Il ferma les yeux, regrettant de ne pas avoir de meilleure excuse. Mais jamais il ne mentirait à Sophia.

Cliquant sur l'application Messenger, il rouvrit la conversation de la veille. Sa fille serait rentrée de l'école maintenant. Rien n'assurait cependant qu'elle soit en ligne. Le lâche en lui souhaitait qu'elle n'y soit pas.

— *Salut ma chérie. J'ai une mauvaise nouvelle, désolé.*

Il attendit, et son cœur se serra lorsque le visage de Sophia apparaissant dans un petit rond lui indiqua qu'elle était connectée et qu'elle avait lu son message.

— *Laquelle ?*

Sans préambule.

— *Papa ne pourra pas assister au concert de mardi soir.*

Il ne savait pas comment formuler cela moins crûment. Il attendit. Le curseur clignota un long moment avant qu'elle finisse par répondre.

— *Pourquoi ?*

— *Le travail, mon chou. On m'envoie en Espagne et je ne serai pas de retour assez tôt.*

Pas sa faute. Elle le comprendrait sûrement ?

Autre attente. Plus longue cette fois. Le clignotement du curseur devenait presque hypnotique. Puis, finalement, sa réponse apparut sur l'écran.

Un grand visage triste.

— *Je suis désolé, ma petite chérie. Je pourrais peut-être t'emmener quelque part mercredi soir, tu pourrais chanter ta chanson juste pour moi.*

Quand il appuya sur retour, le visage avait disparu, remplacé par un rond coché. Le message avait bien été envoyé, mais non lu. Sophia s'était déconnectée.

6

Ana sent sur sa peau le soleil qui entre à flot par la fenêtre. Même si ses récepteurs olfactifs sont beaucoup moins nombreux que ceux de son chien guide, ils se sont affinés au fil du temps. L'odeur de Sandro est enregistrée dans un tiroir interne, facilement accessible ; elle peut dire qu'il n'est pas loin. Presque à coup sûr en train de se prélasser, à moitié endormi, sous les rayons qui chauffent le sol.

Elle sent aussi le shampooing de Cristina. Une senteur florale. Mais chimique, sans rapport avec ce qu'on trouve dans la nature. Elle est capable de le distinguer du parfum de sa nièce. Mais, surtout, elle sent l'odeur du pistolet. Métallique. Âpre. Désagréable. Cristina lui a dit qu'il avait été pris pour des tests et qu'elle l'a récupéré aujourd'hui seulement. Peut-être l'a-t-on déchargé pour vérifier la balistique, car Ana est certaine de pouvoir identifier le relent acide de la nitroglycérine – souvenir du laboratoire de chimie au lycée. Comme ça paraît loin maintenant.

Dehors, des enfants jouent sur la plaza de Juan Bazán, dans la profusion de fleurs débordant des pots fixés sur les murs chaulés. Mais elle ne les entend pas. Et elle ne verra jamais les fleurs rouges et roses, ni les buissons de verdure autour des petites fontaines qui accrochent les derniers rayons du soleil de l'après-midi.

Bien qu'elle ne puisse ni voir ni entendre, elle perçoit autre chose. Quelque chose dans l'air. Quelque chose qui ne peut être que ressenti. Qu'elle devine au-delà de sa compréhension.

C'est la peur. Qui semble suinter par tous les pores de la jeune femme assise en face d'elle.

En temps normal, Cristina vient un jour sur deux, en alternance avec sa sœur. Mais depuis le début de la maladie de Nuri, elle lui rend visite plus souvent. Prenant la place de sa sœur quand celle-ci est à l'hôpital de Marbella, ou simplement trop faible pour sortir de son lit. Ana apprécie les visites des filles de sa défunte sœur. Une sœur de dix ans son aînée, morte il y a dix ans, en laissant à Ana le soin de la remplacer et de concentrer sur elle l'amour que ses filles portaient à leur mère. Ce sont des moments lumineux dans les ténèbres qui l'enveloppent, un délicieux soulagement à la monotonie de son emprisonnement. Même si la technologie a fini par la libérer des limites de son moi physique. En la privant de l'ouïe et de la vue, son propre corps a érigé une barrière impénétrable entre elle et le monde extérieur – elle est piégée à l'intérieur.

Assise ici à la fenêtre, avec la chaleur du soleil sur sa peau, elle a maintenant le monde au bout des doigts. Littéralement. Un clavier relié à un ordinateur équipé d'une plage braille. Elle peut surfer sur Internet en interprétant avec ses longs doigts sensibles les points saillant sur son écran, se tenir au courant des nouvelles de la terre entière, de l'avancée des recherches en histoire et en sciences, ou simplement des petites affaires familiales sur Facebook. À l'aide de son clavier, elle peut échanger en ligne avec les autres. Grâce à un opérateur spécial, elle peut passer des appels téléphoniques, parler à un interlocuteur dont elle reçoit les réponses traduites en braille. L'univers entier réduit à des points en relief sur un écran.

Parfois elle se remémore l'effet que cela faisait de voir et d'entendre, mais y penser est trop douloureux. On ne peut jamais regagner l'irréparable.

Accepter et s'adapter. Voilà son mantra depuis presque vingt-cinq ans, depuis le jour où elle a appris l'imminence de son emprisonnement à perpétuité auto-infligé. Cependant, même au bout de tout ce temps, l'acceptation de cette condamnation à vie est toujours aussi difficile.

Sa colère n'a jamais diminué.

Les gens croient qu'elle a trouvé un réconfort en Dieu. Son pèlerinage quotidien à l'église avec Sandro, dont elle tient la laisse avec une confiance qu'elle aurait du mal à accorder à n'importe quel être humain. Tout droit, jusqu'au bout de la calle San Miguel, le relief des pavés sous ses pieds, l'odeur de viande de la *carniceria*, de pain frais du *despacho de pan*. À gauche, calle Portada, la chaleur qui s'échappe par la porte ouverte de la *peluquería* en même temps que l'odeur piquante du peroxyde et du shampooing aux faux fruits. Les passants insouciants et pressés qui la bousculent, leur haleine chargée d'ail et de tabac dans l'air tiède du matin. À droite, calle San Antonio, la longue descente vers l'iglesia Nuestra Señora de los Remedios, plaza

San Francisco, le parfum des fleurs, l'arôme délicieux du café tout juste moulu et des tapas en préparation dans les bars du bas de la rue.

Elle sent la fraîcheur de l'église au moment où Sandro lui fait franchir les portes. Les gens viennent ici pour allumer des cierges, se prosterner devant la Vierge, prier pour des motifs divers : demander une vie meilleure, une grossesse, la richesse, la santé. Les yeux fermés, Ana s'agenouille sur les dalles froides et déverse sa colère sur le dieu qui lui a enlevé ce que les autres tiennent pour acquis. La vue, l'ouïe. Sa vie. Si seulement elle était née sourde et aveugle, ces sens ne lui auraient pas manqué, elle n'en aurait jamais fait l'expérience. Mais quelle cruauté de lui donner les deux et les lui retirer ensuite ! Quel genre de dieu peut vous jouer des tours pareils ?

Ainsi, ce que les autres prennent pour de la dévotion n'est en réalité que de la récrimination, de la colère qu'elle ne peut pas libérer. À qui d'autre s'en prendre ?

Pour le moment, installée à sa place habituelle, elle perçoit l'angoisse de sa nièce dans les assemblages de points qui saillent de son écran. Toute la sordide histoire en détails graphiques, depuis sa décision fatidique de remplacer Diego jusqu'à la mort de la fille dans la villa. Assise en face d'elle, avec son propre clavier et son propre écran, Cristina tape presque plus vite qu'Ana n'arrive à lire, chaque frappe chargée de tension, chaque mot chargé d'appréhension.

Ana est médusée.

— Ce n'est pas ta faute, *cariña* Tu n'as blessé personne. Cet homme a tué sa propre femme.

Cristina tape rapidement :

— *Mais c'est moi qu'il accuse, tante Ana. Il dit que si je n'étais pas entrée illégalement chez lui en brandissant mon arme, il n'y aurait pas eu de coup de feu tiré. Son Angela serait encore en vie.*

— Mais c'est lui qui est entré par effraction dans sa maison, pas toi. C'est lui qui était en possession d'une arme illégale. Et c'est lui qui a tiré sur cette pauvre fille.

— *Et c'est lui qui a menacé de me tuer, moi et tous les membres de ma famille si jamais il retrouve la liberté.*

— Oh, ma petite chérie, les gens disent ce genre de choses dans le feu de l'action, sous le coup de l'angoisse et de la colère. Au fond de lui, il doit bien savoir que c'est uniquement sa faute. De toute façon, on l'a arrêté, n'est-ce pas ? Il n'est pas en mesure de te faire du mal.

— *Il doit être extradé au Royaume-Uni. Le tribunal a accepté, et il n'a pas contesté la décision.*

— Alors, tu vois bien, *cariña*. Il sera bientôt rentré dans son pays et il t'oubliera. Quand est-ce qu'on doit l'extrader ?

— *Il revient de Madrid aujourd'hui. Un policier anglais arrive demain à Malaga pour le ramener aussitôt à Londres.*

Ana sent que ce n'est pas tout. Impossible de dire comment elle perçoit ces choses – elles s'assemblent en l'air autour d'elle, elle peut presque les toucher.

— Et ?

— *C'est assez ironique, tante Ana. La Guardia le conduira à l'aéroport dans un fourgon blindé, et Paco m'a dit aujourd'hui qu'il fait justement partie du détachement chargé de le surveiller. Mon propre beau-frère ! Heureusement que ce Cleland ne le saura jamais.*

Ana sourit.

— Eh bien, tu vois, *mi niña.* Il ne pouvait pas tomber entre de meilleures mains.

7

Le crématorium de Linn se dressait sur une colline, au sud de la ville et à l'ouest de Castlemilk, quartier bâti dans les années 1950 pour les gens expulsés des bidonvilles de Glasgow. Il avait été édifié autour d'une vieille demeure, Castlemilk House, elle-même construite sur le site d'un château du XIIIe siècle. Mais rien dans les rangées des tristes maisons crépies ne pouvait rappeler le château qui leur avait donné son nom.

Lorsque Mackenzie était descendu de l'avion à l'aéroport de Glasgow, sous un ciel couvert, il tombait ce crachin que les Écossais appellent *smirr*. Un contraste saisissant avec le soleil de Londres.

Il éprouvait une sensation étrange à revenir dans sa ville natale, où il avait vécu les dix-sept premières années de sa vie. Des années malheureuses qui, dans son souvenir, s'étaient intégralement déroulées sous ce type de ciel gris, bouché, humide. Il portait un costume sombre, une chemise blanche et la cravate noire finalement dénichée dans un magasin pour hommes de Fleet Street. Avec lui, il avait un sac de voyage contenant du linge de rechange et sa trousse de toilette. Juste une nuit dans cette ville hantée, avant de s'envoler le lendemain pour l'Espagne.

Par la vitre du taxi, en regardant défiler les immeubles en grès rouge striés de pluie, leur couleur lessivée par le manque de lumière, il eut l'impression de visionner un film en noir et blanc de son enfance. Rien ne lui paraissait familier, il n'avait pas du tout le sentiment d'appartenir à ces lieux.

La banlieue sud était plus verte, avec ses rues bordées d'arbres en feuilles ; la masse imposante de Hampden Park flottait en arrière-plan tandis qu'ils gravissaient la colline vers le crématorium. Passé les grilles en fer forgé ornées des armoiries de la ville et de la date, 1962, ils descendirent une longue allée incurvée jusqu'à la structure en béton et verre coloré qui offrait foi et flammes à parts inégales, et croisèrent au passage le cortège funèbre de la crémation précédente.

Embarrassé, Mackenzie sortit du taxi avec son sac sous le bras. Il n'avait pas eu le temps de le déposer chez son oncle avant la cérémonie.

Il n'y avait que trois voitures sur le parking et cinq âmes dans la salle d'attente. Tout d'abord, il eut peur de s'être trompé d'heure car il ne reconnaissait personne. Puis il eut un choc en se rendant compte que le vieillard voûté aux cheveux blancs et au visage cadavérique barré d'une moustache grise était son oncle Arthur, noyé dans un costume quatre fois trop grand pour lui et une chemise dont le col rebiquait de chaque côté d'un nœud de cravate qui l'étranglait. Son regard délavé avait viré du bleu vif au gris terne. Tout, chez lui, s'était rétréci. Avec un regret coupable, Mackenzie se rappela qu'il s'était délecté à l'idée de se confronter à lui à l'enterrement de sa tante. Maintenant, il n'aurait plus aucune satisfaction à *malmener* l'ombre de cet ancien professeur d'éducation physique, autrefois si robuste et vigoureux. C'était presque comme si son oncle avait trouvé le moyen de pousser le vice jusqu'à le priver de ce plaisir.

Le vieil homme lui tendit une grande main déformée par l'arthrite qu'il se sentit obligé de serrer. Une peau de reptile luisante plissée comme du papier crépon. Il avait hâte de la lâcher, mais son oncle le retint et referma son autre main sur la sienne.

— C'est bon de te voir, John. Je suis content que tu aies pu venir.

Mackenzie ne savait plus quoi dire. Il avait accumulé tant de haine au cours de toutes ces années qu'il était désarçonné par la chaleur de l'étreinte de son oncle et l'affection apparente de ses yeux délavés larmoyants. Le vieil homme avait-il oublié à quel point il détestait son neveu, et le nombre de fois où il l'avait corrigé avec M. Kane ou avec la lanière de cuir qu'il rapportait de l'école – un cuir d'un centimètre d'épaisseur, divisé en deux à une extrémité – assénée sur les paumes des mains, laissant des marques brûlantes à l'intérieur des poignets ?

Avait-il oublié tous les mots durs, les moqueries, le mépris, peut-être même la jalousie envers l'enfant prodige que son frère lui avait légué ? Avait-il oublié la dernière engueulade qui avait précipité Mackenzie dans sa chambre pour faire sa valise, partir et ne jamais revenir ?

— Tu as manqué à ta tante Hilda, tu sais. Une petite carte de temps en temps n'aurait pas été de trop.

Mackenzie comprit que rien n'avait changé. Le mal était juste asséné d'une manière différente.

Ils arrivèrent à Giffnock en milieu d'après-midi. Le pavillon était aussi sinistre que dans son souvenir. Il avait certainement dû y connaître des journées ensoleillées mais il ne se les rappelait pas. La première chose qu'il vit dans l'entrée fut le porte-parapluie bourré de vieux pépins et de cannes – dont M. Kane et sa poignée en onyx. Il ne parvenait pas à en détacher son regard. Il avait envie de prendre ce foutu bâton pour le briser sur sa cuisse, comme si ce geste pouvait en quelque sorte effacer les souffrances endurées pendant toutes les misérables années qu'il avait passées dans cette maison. Au lieu de ça, il suivit les quelques invités dans le salon où du whisky fut servi dans des verres en cristal taillé et siroté dans un silence rompu seulement par des marmonnements.

Les invités ne restèrent pas longtemps. Mackenzie fut content de les voir partir. Malgré la pluie, il envisageait d'aller marcher. Il voulait passer le moins de temps possible dans cette maison, et encore moins en compagnie de son oncle. Lorsqu'il ne resta plus qu'eux deux, il dit au vieil homme :

— Je vais monter mon sac dans ma chambre. La même, je suppose ?

Son oncle hocha la tête.

— Tu la trouveras comme tu l'as laissée, fiston. Elle l'avait gardée pour toi, juste comme elle était, au cas où tu reviendrais.

Il parlait de sa femme décédée avec un respect qu'il ne lui avait jamais manifesté de son vivant. Mackenzie se rappelait la façon dont sa tante baissait toujours la voix en présence de son mari, tournant autour du pot de peur de heurter son imprévisible susceptibilité, supportant avec un courage extraordinaire les paroles qu'il lui balançait avec rage au visage.

Mackenzie trouva la perche terminée par un crochet dans un coin de l'entrée, là où elle avait toujours été entreposée. Il la leva au-dessus de sa tête pour ouvrir la trappe du plafond et tirer l'échelle du grenier qu'ils avaient aménagé à son intention. Il y avait deux chambres à coucher dans la maison, mais l'oncle Arthur en utilisait une comme bureau. Un endroit dont il pouvait fermer la porte pour ne pas être dérangé, sous peine de punition.

L'entrée étant trop petite pour y installer un escalier, l'échelle escamotable avait été la meilleure solution. Solution que son oncle en était venu à regretter quand le jeune Mackenzie montait se réfugier dans sa chambre après une dispute et tirait l'échelle derrière lui, façon pont-levis, de sorte que plus personne ne pouvait l'atteindre. Une fois, il s'était barricadé dans sa chambre pendant presque quarante-huit heures après une discussion particulièrement orageuse, et avait pissé et déféqué dans un pot en porcelaine rangé sous son lit.

En gravissant l'échelle, il remontait vers son passé. Dès qu'il se tint debout dans son ancienne chambre, il en eut la chair de poule. Le vieux avait raison. Rien n'avait changé. Il restait même des cheveux entre les poils de sa brosse, sur la commode. Il eut l'impression d'être son propre fantôme revenu hanter son enfance. Tout dans cette chambre – jusqu'à l'air qu'il respirait – le ramenait en arrière. Pris d'une envie de pleurer sur l'enfant malheureux qu'il avait été, il s'assit sur le lit, mais aucune larme ne lui vint. Juste des souvenirs durs et froids.

Pour un adulte si peu enclin à la violence, il avait été un enfant très bagarreur, n'hésitant pas à casser la figure à toutes les brutes qui s'en prenaient à lui. Le jeune John Mackenzie ne cédait jamais. Et très souvent, il rentrait chez lui en sang, couvert de bleus.

Quand il ne se castagnait pas avec les autres garçons, il agressait verbalement ses professeurs. Il ne comptait plus le nombre de fois où on l'avait puni pour insolence, manque d'attention, devoirs non rendus. Tout le monde s'était d'ailleurs demandé comment il avait pu réussir ses examens avec des A dans toutes les matières. Personne ne l'avait félicité, on s'en était simplement étonné.

Quelle stupidité de la part des adultes de ne pas comprendre qu'il était beaucoup plus intelligent qu'eux ! Que la seule raison de son manque d'attention était *leur* médiocrité, *leur* incapacité à éveiller son intérêt ! Qu'il mettait leur parole en doute parce qu'il en savait plus qu'eux !

En y réfléchissant maintenant, il se dit que son oncle s'était sans doute rendu compte de sa supériorité intellectuelle et que, ne pouvant le battre mentalement, il le faisait physiquement. À l'époque, l'oncle Arthur était un homme costaud, ancien footballeur professionnel avant d'exercer le métier de prof de gym, un boulot qui lui donnait carte blanche pour tyranniser les garçons les moins aptes au sport – les gros, les pieds plats, les mollassons. Et le fils orphelin de son frère, confié à ses soins. Peu habitué aux enfants qui répondent ou contredisent les adultes, il avait décidé d'éradiquer de force ce genre d'attitude chez son jeune neveu.

Puis vint le temps où Mackenzie, devenu un adolescent gonflé de testostérone et de colère, fut capable de l'affronter physiquement. L'oncle n'avait plus aucun moyen de le dominer.

Mais il lui restait un atout impitoyable. Une carte qu'il gardait en attendant le moment propice. Capable de causer une souffrance bien supérieure à une blessure corporelle.

Il l'abattit le jour où Mackenzie annonça qu'il n'irait pas à l'université, malgré ses résultats éblouissants à l'examen avancé de fin d'études secondaires. Il entrerait dans la police.

L'oncle protesta vivement, déclarant, non sans raison, que ce serait un gâchis criminel de ses aptitudes intellectuelles. Le jeune Mackenzie ne voulut rien savoir.

À présent, assis sur le lit, il entendait les échos lointains de cette engueulade :

— Tu n'es qu'un imbécile ! Dieu sait si tu nous as emmerdés pendant toute ta scolarité, mais tu as un don tombé du ciel. Ne le gaspille pas. Pourquoi veux-tu devenir policier, bon sang ?

— Parce que mon père l'était.

Avec une moue méprisante, son oncle avait lâché :

— Ton *père* ! Pour l'amour du ciel, ne va pas foutre ta vie en l'air comme il l'a fait.

— Il n'a pas foutu sa vie en l'air ! avait protesté le jeune Mackenzie, furieux.

— Si ! Ton père n'était qu'un jean-foutre. Un Monsieur Parfait. Qui se croyait mieux que les autres. Exactement comme toi. Il avait tout vu, il savait tout. Eh bien, putain, il est tombé de haut quand il a compris qu'il se gourait complètement.

Cette sortie avait choqué Mackenzie. Pendant toutes ces années où son oncle l'avait battu et réprimandé, jamais il n'avait prononcé un gros mot.

— Tu dis ça uniquement parce que tu es jaloux !

L'oncle avait failli éclater de rire :

— Jaloux ? Jaloux de quoi ?

— De son courage, parce qu'il a sacrifié sa vie pour en sauver une autre. Pendant que tu perdais ton temps. À tyranniser les garçons pendant les cours de gym, à harceler les plus faibles pour te donner l'air d'un dur.

L'adolescent avait alors aperçu sa tante sur le seuil de la cuisine, le visage livide, le regard rempli d'appréhension.

— Personne n'est dupe, oncle Arthur, avait-il continué. Tu as beau être costaud, tu es un minus, tout le monde le sait.

Un index aussi dur qu'une barre de fer avait jailli du poing serré de son oncle pour lui marteler la poitrine. Les yeux hagards, il s'était approché si près que Mackenzie sentait son haleine chargée de whisky et voyait des bulles de salive sur ses lèvres.

— Je t'interdis de me parler comme ça, espèce de petit avorton. Il est temps de rétablir cette putain de vérité.

— Arthur ! Non !

Mackenzie avait entendu la peur dans la voix de sa tante, mais sans aucune force ; comme toujours, son mari l'avait ignorée.

— Personne n'a jamais démenti les conneries qu'on t'a racontées sur ton père, avait poursuivi l'oncle avec un dédain évident. Ne lui révélez pas la vérité, ils disaient, ça pourrait le marquer à vie. Alors, on n'a rien dit. Pendant toutes ces putains d'années, on t'a laissé croire que ton père était un héros, au cas où ça risquerait de te *traumatiser*. Eh bien, maintenant tu es un grand garçon, fiston. Assez grand pour affronter la vérité, à mon avis. Tu crois pas ?

Pour une fois, Mackenzie s'était retrouvé à court de mots. Un affreux pressentiment commençait à lui serrer le ventre, à se diffuser dans tout son être comme un poison à effet rapide, au point de le priver de la faculté de parler.

— Arthur, s'il te plaît…

L'imploration dans la voix de sa tante, à présent. Mais rien n'arrêterait l'oncle. La digue qui avait retenu la bile durant toutes ces années avait fini par céder. Le doigt martelait la poitrine de Mackenzie au rythme de sa colère qui avait atteint une cadence quasi lyrique.

— Tu crois que c'était un héros, hein ? Un type courageux prêt à risquer sa vie pour tenter de sauver cette pauvre femme ?

Il aspirait de l'air pour alimenter sa fureur.

— Eh bien, tu sais, il n'y a rien de courageux à se suicider, fiston. Ce sont les lâches qui tirent leur révérence de cette manière.

Dans la tête de l'adolescent, un bourdonnement tentait de noyer les mots. Mais, par-dessus ce bruit, il avait entendu un gémissement s'échapper des lèvres de sa tante, un son étrangement sauvage.

— Il a merdé, ton père. Désobéi à un ordre direct. Parce que, bien sûr, il savait mieux que les autres. Comme toujours, putain. Il a foncé dans le tas pour essayer de la sauver et n'a réussi qu'à la faire tuer.

Sa respiration était devenue rauque, comme s'il avait piqué un sprint à travers un terrain de foot pour marquer un but.

— Sacré héros, hein ? C'était dans tous les putains de journaux. Et tout le monde savait que c'était mon frère. Tu n'imagines pas le bordel que j'ai enduré à l'école. Et puis voilà qu'il en rajoute. Parce que, ton père étant ton père, il ne pouvait pas supporter d'avoir eu tort. D'avoir merdé. Alors, il a pris une corde, il en a noué un bout autour de son cou et l'autre autour de la rampe du premier étage, et il a sauté.

Brouillés par les larmes, les yeux de Mackenzie lançaient des éclairs. Colère, peur, incrédulité, douleur se bousculaient dans le chaos de son esprit. Révulsé, il avait écarté d'un geste le doigt qui continuait à le marteler, et repoussé des deux mains la poitrine de son oncle. Malgré sa stature, celui-ci avait reculé en titubant.

— Menteur ! avait hurlé Mackenzie. C'est uniquement pour me faire souffrir que tu dis ça !

— Rien ne fait plus souffrir que la vérité, fiston, avait répondu l'oncle soudain calmé, sa colère remplacée par un sentiment de triomphe.

L'adolescent s'était alors jeté sur le porte-parapluie pour s'emparer de M. Kane et, tenant le bâton par la pointe, avait balancé la poignée en onyx à la tête de son oncle. Il avait entendu sa tante crier à son mari de reculer, la poignée s'était enfoncée dans le mur. L'oncle lui avait arraché M. Kane des mains, et il se préparait à en recevoir un coup, comme avant. Mais Arthur s'était contenté de serrer la poignée dans sa main à en avoir les articulations blanches, et avait hurlé :

— Fous le camp de chez moi, espèce de petit connard !

Les mots retentissaient encore dans la mémoire de Mackenzie qui, assis sur le lit, se revoyait en train de s'élancer à travers la trappe et fourrer le maximum d'affaires dans son sac de sport. Ses derniers instants dans cette chambre jusqu'à son retour, aujourd'hui, vingt ans plus tard. La douleur n'avait jamais disparu, même s'il avait appris à la sublimer, en l'enfermant à double tour dans les recoins les plus sombres de son esprit, dans ces cases où chacun cache ses démons.

La dernière vision de sa tante, il l'avait eue en jetant un coup d'œil par-dessus son épaule au moment de claquer la porte derrière lui, un aperçu de ses joues inondées de larmes. Il ne l'avait pas revue jusqu'à cette après-midi, quand il avait regardé son cercueil glisser à travers un rideau, en direction des flammes.

Avant d'acheter un aller simple pour Londres à la gare centrale de Glasgow, il s'était d'abord arrêté aux archives du *Glasgow Herald*. Il avait mis très peu de temps à retrouver l'article sur le suicide d'un policier de Glasgow, découvert pendu dans la cage d'escalier de sa maison, à Partick, car il savait que son père était mort deux jours avant son trente et unième anniversaire. Sans établir de lien direct, l'article imprimé sur une colonne faisait allusion à sa tentative, le mois précédent, de sauver une femme prise en otage par un homme évadé de la prison psychiatrique de Lanarkshire.

En consultant les numéros précédents, il était tombé sur le récit original. Jugeant imminente la menace de mort sur cette femme, l'officier de police concerné, dont on ne citait pas le nom, avait défié l'ordre d'attendre l'arrivée d'un expert en prise d'otages. Sa tentative de la sauver, au mépris de sa propre vie, avait échoué. Armé d'un couteau de boucher, le ravisseur avait tranché la gorge de la femme avec une telle violence qu'il l'avait presque décapitée.

Mackenzie se leva péniblement de son ancien lit. Il savait qu'il aurait du mal à dormir. Il ouvrit le velux du toit et jeta un coup d'œil au jardin arrière, abandonné à son état sauvage. Autrefois, il avait fait la joie et la fierté de sa tante Hilda, qui passait des heures à désherber les bordures, planter des fleurs annuelles, tailler ses précieux rosiers. Il comprit alors seulement que tout ce temps consacré à son jardin lui permettait d'échapper à Arthur.

Un son étrange s'élevait du rez-de-chaussée, une espèce de toux étouffée, répétitive, pénible. La curiosité l'emportant, Mackenzie descendit avec précaution l'échelle vers la pénombre de l'entrée. Dehors, le jour baissait.

En poussant la porte de la cuisine et en voyant son oncle assis à la table, la tête dans les mains, il se rendit compte que ce n'était pas un bruit de toux qu'il avait entendu, mais de sanglots. Comme de douloureux haut-le-cœur qui lui déchiraient la poitrine avec une régularité involontaire.

Impassible, il demeura un long moment debout à l'observer avant que le vieil homme s'aperçoive de sa présence. Levant alors vers son neveu des yeux rougis, ce dernier déglutit afin de reprendre sa respiration et souffla d'une voix râpeuse, tremblante :

— Je ne… je ne peux pas… Je ne sais pas comment je vais pouvoir vivre sans elle.

8

It's a hot one. Les paroles de « Smooth », de Santana, résonnaient en boucle dans la tête de Cleland. Il essayait de rester *cool*, comme dans la chanson. Mais c'était difficile entre les parois de ce fourgon blindé puant, sans aération. Il était vêtu d'un pantalon en lin fraîchement repassé et d'une chemise blanche impeccable apportés par son *abogado* le matin même, avant le transfert. Il s'était douché, shampooiné et passé du déodorant, résolu à paraître et à se sentir au mieux de sa forme. Mais ses épais cheveux bruns striés de mèches blondes retombaient déjà sur son front luisant de transpiration et un filet humide suintait le long de sa nuque.

S'il avait pu, il aurait retenu sa respiration. Aucun des policiers armés de la Guardia montés avec lui à l'arrière n'avait pris de douche ce matin, il en était certain. Une odeur de sueur et d'ail empestait l'atmosphère. Il s'efforçait malgré tout de demeurer impassible, suivant son propre conseil.

Il sentait la surface lisse de l'autoroute AP7 glisser sous les pneus. Il savait qu'ils n'avaient pas encore atteint Marbella, la ville la plus élégante de cette partie de la côte. Le Cannes des *costas*, avait-il entendu dire. C'était ici, et à

Puerto Banús, qu'il achetait ses vêtements dans les meilleures boutiques, et ses vins dans les magasins les plus sélects – en particulier du priorat, un vin catalan qu'on trouvait rarement dans le sud de l'Espagne, ses vignes étant cultivées à des kilomètres au nord, sur un terroir unique d'ardoise noire et de quartz.

Assis sur un banc, en face de ses deux gardes, il se tenait penché en avant, coudes sur les genoux, mains menottées entre les cuisses. Il ne voulait pas les regarder de peur que n'explose la rage qui brûlait en lui, une rage qu'il avait réussi à réprimer de mauvaise grâce, en attendant patiemment son heure.

Le fourgon ralentit. L'un des gardes se leva et fit coulisser le volet d'un petit guichet qui, entre les barreaux, communiquait avec la cabine.

— Qu'est-ce qui se passe ?

— *Peaje*, répondit le chauffeur.

Ils approchaient de la barrière de péage de San Pedro.

Le policier referma le volet et se rassit. Mais au lieu de s'arrêter, le fourgon vira à droite et décrivit une longue boucle avant de freiner brutalement.

Le policier se releva aussitôt, rouvrit le guichet et s'exclama :

— Qu'est-ce que tu fous… ?

Il voyait les cabines de péage de la bretelle de sortie.

— Où tu vas ?

Tout le monde devint nerveux.

— Itinéraire de diversion, cria le chauffeur par-dessus le grondement du moteur. Ils ont dit que l'*autopista* serait trop risquée.

Le garde jeta un coup d'œil au policier armé assis à côté du chauffeur ; celui-ci se contenta de hausser les épaules. Ça ne le concernait pas.

Le guichet se referma en claquant et le garde se rassit lourdement tandis que le fourgon commençait à bringuebaler sur une surface irrégulière. Le trajet ne serait pas aussi confortable que par l'autoroute. Il échangea un coup d'œil avec son collègue de la Guardia puis fixa sur Cleland un œil mauvais. Le prisonnier le sentit et releva la tête. Mal à l'aise, le garde détourna aussitôt les yeux.

Le fourgon rebondissait maintenant sur une chaussée déformée par les nids-de-poule et s'inclinait dangereusement. Au bout de dix ou quinze minutes, Cleland sentit le chauffeur braquer brutalement pour s'engager sur un chemin de terre encore plus défoncé que la route. Il dévisagea les gardes, qui paraissaient se rendre compte que quelque chose clochait. Leur appréhension se transforma en vive inquiétude lorsque le fourgon s'arrêta soudain en dérapant. Le garde le plus proche du guichet bondit de nouveau sur ses pieds. Mais avant qu'il ait le temps d'ouvrir le volet, des éclats de voix et des coups de feu retentirent dans la cabine. Puis le silence retomba. Sa main s'écarta comme si ses doigts venaient de toucher un métal brûlant, et descendit vers son holster.

Seulement, son regard croisa au même moment celui de Cleland qui, d'un mouvement presque imperceptible de la tête, le fit changer d'avis. Il se rassit lentement en baissant les yeux. Une réaction d'enfant, pensa le prisonnier, comme si le simple fait de ne pas voir suffisait à se rendre invisible.

D'autres voix s'élevèrent alors derrière le fourgon juste avant qu'une détonation résonne entre les parois et que les portes s'ouvrent en grand. Le soleil pénétra à flot, aveuglant les trois occupants. Un groupe d'une demi-douzaine d'hommes se tenait à contre-jour dans un nuage de poussière qui s'élevait du chemin de terre desséché. Très calme, Cleland se leva et s'avança vers les portes. Il tendit d'abord les mains devant lui pour qu'on enlève ses menottes. Ensuite, quelqu'un déposa un pistolet sur sa paume ouverte. Il le soupesa un instant, vérifia que le cran de sûreté était déverrouillé et une balle engagée dans la chambre avant de le braquer vers la pénombre de l'intérieur.

Paralysés par la peur, les deux gardes restèrent assis l'un à côté de l'autre.

— Hé ! cria Cleland. Lequel de vous deux est Paco ?

Paco ouvrit de grands yeux et lança un regard angoissé à son collègue, celui qui avait été si préoccupé par le guichet. Puis il se tourna vers Cleland. Paco était jeune. Vingt-six ou vingt-sept ans. Courts cheveux bruns, mâchoire bien dessinée noircie par l'ombre de sa barbe. La bouche aussi sèche qu'un désert de sable, ne trouvant même pas assez de salive pour déglutir, il murmura :

— C'est moi.

Cleland hocha la tête, leva son arme et abattit son collègue d'une balle dans la tête. Du sang chaud et de la cervelle jaillirent sur le visage du jeune homme, qui laissa échapper un cri tandis que son camarade s'effondrait lourdement à ses pieds.

Ensuite, Cleland se pencha et, avec le canon de son pistolet, l'obligea à le regarder dans les yeux.

— Dis à Cristina que je viens la chercher. Compris ?

Paco acquiesça.

— Bien.

Levant de nouveau son pistolet, Cleland le pointa sur sa tête, lui laissant croire que sa dernière heure était arrivée. Puis il sourit, abaissa le canon et lui tira dans la cuisse. Paco hurla.

— N'oublie pas, surtout.

Sur ce, il se redressa en ajoutant :

— Mieux vaut faire soigner ça avant que tu te vides de ton sang.

La dernière vision de Paco fut l'ombre de Mad Jock sautant à bas du fourgon dans la lumière aveuglante et des mains calleuses se tendant vers lui pour l'agripper.

9

Le soleil découpait des ombres nettes sur les montagnes dont les vrilles volcaniques traversaient la plaine côtière jusqu'à la mer. Malaga s'étalait autour de la baie, le long de la côte, et remontait vers les plantations des vallées fertiles de l'intérieur de l'Andalousie.

Lorsque l'avion effectua un virage avant d'atterrir, Mackenzie vit le bleu vif de la mer scintiller dans la lumière de l'après-midi. Quelques petites turbulences avaient agité l'appareil au-dessus des reliefs, mais le ciel était sans nuage ; le pilote leur avait annoncé une température au sol de vingt-cinq degrés. Difficile de croire que trois heures plus tôt, seulement, debout dans la salle d'embarquement de l'aéroport de Glasgow, il regardait la pluie couler comme des larmes sur les vitres, brouillant la piste, réduisant le ciel à une tache grise.

Il essayait de ne pas trop penser à son oncle, ni à l'étrange compassion qui s'était emparée de lui en le voyant pleurer dans sa cuisine. Le vieil homme n'avait pas mérité sa sympathie, rien de plus certain. Pourtant Mackenzie s'était surpris à lui préparer du thé, à s'asseoir à table avec lui, à parler de la maladie de Hilda, de la vie qui l'attendait, de la meilleure manière de s'y adapter.

Des conseils, pensa-t-il avec ironie, qu'il aurait pu se donner à lui-même après sa séparation d'avec Susan. Mais la séparation n'était pas la mort, même si ça y ressemblait.

Par téléphone, il avait commandé un repas indien au restaurant de Clarkston Toll, et ils avaient partagé une bouteille de vin blanc médiocre en mangeant leur agneau madras dans un silence étrangement réconfortant.

Comme il s'en doutait, il avait à peine dormi et s'était extirpé de son lit avec raideur alors qu'il faisait encore nuit. Au pied de l'échelle, il avait entendu le vieil homme respirer lourdement dans la chambre de derrière. Sans le réveiller, il s'était glissé dans la cuisine pour lui écrire un mot. Stylo à la main, il avait réfléchi pendant de longues minutes avant de gribouiller son adresse et d'ajouter : *Tu peux me joindre là pendant les prochaines semaines si tu as besoin de moi.* Et de signer simplement *John*.

Il ne s'attendait pas à recevoir de ses nouvelles, et espérait ne pas en avoir, mais il se sentait obligé de le proposer. Sans savoir par quoi ni pourquoi.

Le terminal grouillait de touristes. Hommes en bermudas cargo et chemises aux couleurs vives tirant d'énormes valises, femmes en courtes robes imprimées, lunettes de soleil démesurées sur le nez, parlant fort, tous impatients de faire le plein de soleil et de sangria. Mackenzie se sentait très voyant dans son costume sombre, et bien qu'il se fût débarrassé de sa cravate noire, il endossait sa dépression comme un linceul. Si quelqu'un lui avait prêté la moindre attention, il aurait compris qu'il n'était pas ici en vacances.

Au cours du briefing, on l'avait informé qu'il serait directement conduit dans une pièce sécurisée de l'aéroport où Cleland se trouverait déjà sous bonne garde. Il y aurait quelques papiers à signer. Une simple formalité. Mais il était important qu'il les lise soigneusement avant d'y apposer sa signature. Raison pour laquelle ils voulaient un émissaire parlant couramment espagnol. Ensuite, avec Cleland ils seraient escortés jusqu'à bord de l'avion par des policiers armés qui ne quitteraient pas l'appareil avant que celui-ci soit prêt à décoller, une fois tous les passagers embarqués. Cleland aurait les mains et les pieds menottés. À l'atterrissage, les policiers de la Met monteraient le chercher dans l'avion. Selon Beard, Mackenzie n'aurait à jouer qu'un rôle de baby-sitter.

Se croyant attendu, il patienta devant la porte une quinzaine de minutes, le temps que tous ses compagnons de voyage disparaissent au fond d'un hall qui se perdait dans le lointain. De toutes les annonces faites au public, en anglais ou en espagnol, aucune ne le concernait.

Finalement, à contrecœur, il avança à son tour dans le hall. Il n'avait pas prévu de passer le contrôle des passeports puisqu'il était censé rester sur le tarmac sans entrer officiellement en Espagne. Mais, en l'absence de toute information contraire, il décida de se joindre à la queue des arrivées internationales, et sortit son iPhone. Agacé, il découvrit qu'il n'était pas encore connecté au serveur local. Impossible, donc, d'appeler Londres pour éclaircir la situation. Il poussa un soupir de frustration et sentit sa tension monter. Pourquoi les gens étaient-ils incapables d'élaborer un plan et de s'y tenir ?

On l'attendait peut-être de l'autre côté du contrôle des passeports, mais si c'était le cas, pourquoi ne pas l'avoir prévenu ? Dix minutes supplémentaires s'écoulèrent avant qu'il soit détourné, avec d'autres passagers, de la file qui s'allongeait devant les bornes de contrôle automatique des passeports, et invité à se présenter au guichet d'un agent d'immigration. Ce dernier le dévisagea d'un air sévère à travers la vitre ; Mackenzie glissa son passeport dans la fente en lui lançant en retour un regard noir. Une fois ses éléments biométriques scannés par un lecteur électronique placé sous le comptoir, son passeport lui fut rendu et un hochement de tête lui souhaita la bienvenue en Espagne.

Personne ne l'attendait de l'autre côté. Personne ne brandissait de panneau à son nom. Perplexe, il vérifia de nouveau son téléphone et, soulagé de constater qu'il avait du réseau, composa le numéro de la NCA. Il écouta la sonnerie retentir à plus de trois mille kilomètres.

— National Crime Agency, puis-je vous aider ?

— Inspecteur Mackenzie à l'appareil. Pouvez-vous me passer le directeur Beard ?

— Le directeur Beard est absent aujourd'hui.

— Vous devez certainement pouvoir le contacter en cas d'urgence.

— C'est une urgence ?

— Non, c'est pour lui souhaiter un bon anniversaire. Bien sûr que c'est une putain d'urgence !

Il ferma les yeux et se maudit d'avoir juré.

— Un instant.

Rien dans cette voix ne trahissait que son sarcasme avait été compris.

Il soupira. Pourquoi se donner la peine de lui demander d'attendre *un instant* alors qu'ils savaient tous les deux que ce serait beaucoup plus long que ça. En fait, l'opérateur mit près de trois minutes à revenir vers lui.

— Je suis désolé, le directeur Beard n'est pas joignable pour l'instant. Puis-je prendre un message ?

Tout en s'efforçant de maîtriser sa colère, Mackenzie répondit :

— Dites-lui que John Mackenzie a appelé et qu'il est très important qu'il me rappelle le plus vite possible.

Il remit le téléphone dans la poche de sa chemise et regarda autour de lui, indécis. Ça s'annonçait mal. Sur un coup de tête il décida de suivre les panneaux indiquant le retrait des bagages. De là, il pourrait sortir du terminal. On l'attendait peut-être dehors.

En quittant le hall des douanes, Mackenzie se retrouva confronté à une foule de chauffeurs de taxi et de navettes brandissant des pancartes. Il les passa rapidement en revue pour s'assurer que son nom n'y figurait pas puis franchit les portes vitrées coulissantes et sortit sur le parvis submergé de touristes bruyants. Un flot de voyageurs se dirigeait vers une galerie où taxis, navettes et voitures privées allaient et venaient sans relâche. Les autres traversaient la route en direction d'un parking à plusieurs niveaux.

Mackenzie se sentit envahi par un sentiment d'insécurité qui lui rappelait son premier jour d'école quand, après la classe, il s'était trompé de chemin pour rentrer chez lui. Depuis toutes ces années, jamais il n'avait éprouvé une sensation pareille d'égarement et de confusion. Il ne savait absolument pas quoi faire. Son vol de retour devait décoller dans deux heures. Il décida que si personne ne le contactait d'ici là, il rentrerait tout simplement à Londres. Il avait son billet électronique dans la poche intérieure de sa veste.

En voyant, à l'autre bout du terminal, un restaurant de tapas baptisé Gambrinus, il se rendit soudain compte qu'il avait faim. Son petit déjeuner s'était limité à un café et un croissant avalés des heures plus tôt dans l'aéroport de Glasgow. Il allait s'y rendre lorsqu'il repéra les bandes à damiers bleus et blancs d'un SUV Nissan qui s'arrêtait le long du trottoir de la galerie, avec les mots *Policía Local* peints sur son flanc. Une petite femme en uniforme sauta vivement du siège du conducteur en attrapant un carton blanc, claqua la portière et se précipita vers l'entrée du hall des arrivées.

Mackenzie inclina la tête lorsqu'elle passa devant lui au pas de course et vit MCKENZEE gribouillé au feutre bleu sur la pancarte qu'elle tenait à la main.

— Señora !

Elle lui jeta un coup d'œil sans s'arrêter. Alors, élevant la voix, il lança dans un espagnol parfait, bien qu'il ne l'ait pas pratiqué depuis longtemps :

— Je pense que c'est moi que vous cherchez.

Cette fois, elle stoppa net, le regarda attentivement, regarda le papier et haussa les sourcils, en se demandant visiblement s'il était bien le MCKENZEE qu'elle cherchait. La pancarte était tournée à l'envers. Il le lui signala d'un mouvement du doigt. Elle se dépêcha de la remettre à l'endroit.

— Mais ça ne s'écrit pas comme ça, dit-il en s'avançant vers elle. C'est M-A-C, et I-E à la fin.

Elle fronça les sourcils, rougit, troublée. Il vit qu'elle transpirait.

— Et vous êtes en retard, poursuivit-il. C'est de cette manière que vous fonctionnez ici ? Je m'attendais à être accueilli sur le tarmac par…

Il détailla son uniforme noir à la recherche de son grade, mais vit juste l'insigne de la police à droite, sur la partie jaune fluo de sa chemise, et le mot *Policía* en gris, à gauche. Dessous, une bande à damiers noir et blanc laissait supposer qu'elle n'était qu'un modeste agent. Un écusson vert et blanc cousu sur sa manche gauche portait la légende *Policía Local Marviña.* Il hésita avant d'ajouter :

— Par… quelqu'un de plus expérimenté.

Elle se hérissa :

— Quelqu'un d'autre qu'une femme, vous voulez dire ?

Mackenzie se hérissa à son tour :

— On m'a parlé de gardes armés. J'étais censé rester sur le tarmac. Où est Cleland ?

Le visage de la policière s'empourpra ; elle perdit un peu de son assurance.

— L'échange a été annulé.

— Pourquoi ?

— Señor Cleland s'est échappé.

Mackenzie en resta momentanément sans voix. Échappé ? Cela semblait impossible. La première chose qui lui vint alors à l'esprit fut qu'il raterait le concert de l'école de Sophia pour rien.

— Nom de Dieu !

Il blasphémait rarement, persuadé que cela dénotait un manque de vocabulaire. Mais en cet instant précis, comme lorsqu'il avait juré au téléphone un peu plus tôt, il ne trouvait pas d'autre expression adaptée à ses sentiments.

Sur la défensive, elle expliqua :

— Le fourgon blindé qui le conduisait à l'aéroport a été attaqué par des hommes armés. Trois de ses gardiens ont été tués, un quatrième est sérieusement blessé.

Puis elle tendit la main.

— Je m'appelle Cristina Sánchez Pradell, officier de la *Policía Local* de Marviña. Mon *jefe* m'a chargée de vous conduire au commissariat.

— Non, non, non, protesta Mackenzie en ignorant la main tendue. J'ai reçu l'ordre de ramener Cleland au Royaume-Uni à bord du vol de la British Airways qui décolle dans (il regarda sa montre) tout juste deux heures. Si vous ne l'avez pas, je vais manger un morceau dans le hall et je retourne seul à Londres. Je n'ai rien à faire ici.

Cristina retira sa main. Son visage se durcit quand, menton en avant, elle rétorqua :

— J'ai reçu l'ordre de vous conduire à Marviña.

— Pour quoi faire ?

— Je regrette, señor, ça ne rentre pas dans mes compétences d'agent subalterne de genre féminin.

Elle n'avait aucune idée du grade de Mackenzie dans la police et prit soudain conscience qu'elle frisait dangereusement l'insubordination.

Mackenzie, à qui cela n'avait pas échappé, la fusilla du regard.

— Je me moque pas mal de vos ordres. Je n'ai pas de comptes à vous rendre, à vous ou à votre *jefe*.

— Non, señor. Mais d'après ce que j'ai compris, c'est aussi un ordre de votre *jefe* de Londres.

— Comment ? N'importe quoi !

Mackenzie sortit son téléphone et rappela la NCA. Après un nouveau dialogue avec l'opérateur et une autre attente, on lui confirma que Beard n'était toujours pas joignable. Pas plus que son adjoint. Frustré, il raccrocha. Cristina l'observait, l'air impassible, mais il fut convaincu de voir une étincelle de satisfaction briller dans ses yeux sombres.

— Vous voulez peut-être que je prenne votre bagage, proposa-t-elle en approchant la main des poignées du sac.

— Je suis capable de le porter moi-même, merci, dit-il en l'écartant d'elle et en se dirigeant à grands pas vers l'endroit où était stationné le SUV blanc de la police.

Avec une moue agacée, Cristina le suivit.

Ils roulèrent en silence, dépassèrent une succession de sociétés de location de voitures à bas prix, des parkings longue durée, la brasserie San Miguel puis empruntèrent la rampe d'accès à l'A7, en direction de l'ouest.

Ils s'éloignèrent ensuite de Malaga vers les hauteurs. Le soleil, qui tapait impitoyablement sur les vitres latérales de la Nissan, se reflétait en éclats étincelants à la surface de la Méditerranée. Une douce brise marine agitait les feuilles des grands palmiers qui dépassaient des murs de chaque résidence bâtie au sommet des falaises.

Au bout d'une quinzaine de minutes, alors qu'ils s'arrêtaient à la barrière de péage de l'autoroute AP7, Mackenzie finit par demander :

— Où se trouve Marviña ?

— Après Estepona.

Cristina lui jeta un coup d'œil et, comprenant que cela ne lui disait rien, ajouta :

— Encore quarante-cinq minutes.

Le regard fixé sur le chatoiement lointain de la brume de chaleur, Mackenzie nourrissait des pensées mitigées. Puis il jeta un regard furtif à la jeune policière. Elle n'était pas positivement jolie, mais pas non plus déplaisante, même si elle ne l'attirait pas. Son visage lisse et bronzé était dépourvu de tout maquillage et ses cheveux sévèrement rassemblés en queue-de-cheval. Elle n'avait fait aucune tentative pour se mettre en valeur, et cela lui plaisait. Ses ongles étaient courts, mais soignés et brillants. Elle avait de jolies mains, d'ailleurs, et de longs doigts qui serraient si fort le volant que leurs articulations en pâlissaient, trahissant une tension intérieure. Il remarqua aussi qu'elle se mordillait la lèvre inférieure. Même si elle ne quittait pas la route des yeux, son esprit était manifestement ailleurs.

Il repensa à leur rencontre à l'aéroport et rechercha son nom. Cristina Sánchez Pradell. En se le remémorant, il se rendit compte qu'il n'avait pas serré la main qu'elle lui avait tendue. Le regret le frappa de plein fouet. Susan aurait dit que c'était typique de sa part, cette manière de s'aliéner les autres. Sánchez Pradell… Ce nom lui disait quelque chose et il comprit soudain pourquoi.

— Agent Sánchez Pradell. (Elle se tourna vers lui.) C'est vous qui l'avez arrêté, avec un collègue.

Elle hocha la tête et se concentra de nouveau sur la route.

— Vous l'avez vu tirer sur la fille.

— Oui.

— Il a dit que c'était votre faute.

— Oui.

Elle donna un coup de klaxon, déboîta devant une voiture qui menaçait de la piéger derrière un camion, et ajouta :

— Il a menacé de me tuer, moi et toute ma famille.

— Ce qui n'était qu'une menace en l'air tant qu'il était en prison.

Elle haussa les épaules.

— Et maintenant ?

— Paco, le policier qui a survécu à l'attaque du fourgon, ce matin, est le mari de ma sœur. Avant de lui tirer une balle dans la jambe, Cleland lui a dit de me prévenir qu'il venait me chercher. Je crois que s'il a épargné Paco, c'est uniquement pour qu'il puisse me délivrer le message.

Mackenzie repassa dans sa tête les notes du briefing sur Cleland. Mad Jock, l'appelait-on. Non sans raison, apparemment.

— Vous avez peur ?

Cristina lui lança un coup d'œil en coin.

— Oui, j'ai peur. Mais j'ai aussi un mari, un fils de dix ans, une sœur atteinte d'un cancer et une tante sourde et aveugle. J'ai peur pour eux. J'ai croisé le regard de cet homme, señor. Il est *loco*. Complètement dingue.

Mackenzie ferma les yeux et regretta amèrement l'attitude qu'il avait eue avec elle à l'aéroport.

10

À partir de Santa Ana de las Vides, la route serpentait au milieu des collines. Tous les versants sud étaient plantés de vignes qui produisaient un raisin de table blanc sucré, le moscatel de Alejandria, et un vin encore plus doux. Au fur et à mesure qu'ils grimpaient, la côte s'éloignait, les vieilles maisons chaulées de Marviña commençaient à couvrir les ondulations du terrain. Sur le rond-point marquant l'entrée de la vieille ville se dressait un panneau routier que Mackenzie n'avait jamais vu. Un sens interdit en forme de cœur brisé, au-dessus d'une plaque où était écrit : *No Violencia Machista.*

Cristina le regarda du coin de l'œil et son désarroi la fit sourire.

— Une campagne contre la violence conjugale, expliqua-t-elle.

Ils tournèrent à droite dans un quartier d'immeubles modernes, puis encore à droite dans un parking souterrain. Plusieurs véhicules de police, dont un certain nombre de motos, y étaient garés. Une porte donnait directement sur le sous-sol du poste de police.

L'immeuble était récent, les murs fraîchement peints en blanc. Cristina et Mackenzie s'apprêtaient à monter l'escalier quand une voix autoritaire provenant de l'autre côté d'une porte ouverte, au pied des marches, les héla :

— Par ici, Cristina !

Ils firent demi-tour et pénétrèrent dans une pièce que Mackenzie identifia rapidement comme la salle des pièces à conviction. Elle était équipée de rangées d'étagères métalliques remplies, d'un côté, de classeurs étiquetés et annotés – les dossiers de centaines d'affaires ; de l'autre, elles disparaissaient sous les boîtes en carton renfermant les pièces à conviction recueillies sur les scènes de crime ou saisies au domicile des suspects. Le *jefe* était en train de trier une vilaine collection d'armes.

En les entendant entrer, il se retourna et commença à les disposer sur l'étagère la plus proche de Mackenzie de façon que celui-ci les voie bien. Une grande épée de cérémonie, un fourreau protégeant une lame plus courte, une batte de base-ball bleue qui devait avoir beaucoup servi, une masse, un couteau à la lame très longue enfoncée dans un bloc de bois pouvant se convertir en matraque. Avec du sang séché dessus.

— Toutes saisies ce matin au cours d'une descente dans un lotissement abandonné, en bordure de la ville. Le club-house qu'une bande de dealers a installé dans ce district. *Mon* district. Ils sont comme les rats, ces dealers. Dès qu'on vient à bout d'une invasion, une autre lui succède. On peut toujours les envoyer derrière les barreaux, les tribunaux les relâchent ; et ils rappliquent pour nous narguer. (Il tendit la main à Mackenzie.) Inspecteur adjoint Miguel López. Patron de ce commissariat. *Jefe* pour vous et tous ceux qui travaillent sous mes ordres.

Puis, avec un grand sourire, il ajouta :

— On ne fait pas de cérémonies ici – tant que chacun ne perd pas de vue que c'est moi le chef.

Mackenzie serra la main ferme et sèche du *jefe* en disant :

— Pas le mien.

Le *jefe* inclina la tête, un petit sourire lui retroussa les lèvres.

— Vous verrez que si. Du moins pour le moment. La jeune dame ne vous a rien dit ?

— La jeune dame, répondit Mackenzie en appuyant de manière égale et réprobatrice sur chaque mot, ne m'a pratiquement rien dit.

Le *jefe* hocha la tête.

— Bien. Tout à fait normal. Montons dans mon bureau.

Mackenzie suivit le *jefe* dans l'escalier, Cristina marchant derrière eux d'un pas pesant comme si ses grosses boots en cuir noir étaient trop lourdes pour elle. Sur le premier palier, le chef de police s'arrêta et leva la main vers un grand collage photographique encadré, accroché au mur. Des photos d'anciens officiers de police en groupe, par deux, ou seuls. Certaines en couleur, les autres en noir et blanc. Une légende en grandes lettres majuscules rouges disait : *POLICÍA LOCAL DE MARVIÑA SIEMPRE AHÍ*. Toujours là. Mackenzie se demanda où elle se trouvait quand les hommes de Cleland avaient tué trois gardes en l'aidant à s'enfuir. Mais pour une fois, il garda sa réflexion pour lui.

Le *jefe* tapota du doigt la photo en noir et blanc d'un bel homme vêtu d'un uniforme. Les boucles de son abondante chevelure argent dépassaient de sa casquette.

— Mon père. *Jefe* avant moi, comme son père avant lui.

Une vraie dynastie, pensa Mackenzie avant de se rendre compte qu'il venait de prononcer ces mots à haute voix. Mais le *jefe* se contenta d'en rire :

— On ne plaisante pas avec la famille López.

Il désigna ensuite une collection d'armes à feu exposée au-dessus du collage. Des vieux pistolets à platine à silex, un fusil à verrou, un revolver équipé d'une crosse de fusil, plusieurs pistolets modernes, et une grenade à main dans une vitrine.

— Les armes de la police à travers les âges.

Puis, frappant son holster du plat de la main, il ajouta :

— Maintenant, c'est une entreprise germano-suisse qui nous fournit les armes nécessaires au maintien de la paix. Drôle d'association, non ?

Mackenzie trouvait l'association étrange, en effet, mais pas celle à laquelle le *jefe* faisait allusion.

— Les armes et la paix, oui. Pour moi, c'est un oxymore.

Le *jefe* le regarda d'un air songeur puis sourit.

— Moi, ce qui me surprend, señor Mackenzie, c'est que vous connaissiez un mot pareil en espagnol.

Mackenzie haussa les épaules.

— C'est à peu près le même dans nos deux langues.

Le *jefe* se tourna vers Cristina :

— Vous savez ce qu'est un oxymore, Cristina ?

— Non, *jefe*.

— C'est une figure de style associant deux termes apparemment contradictoires. Ce que veut dire notre ami britannique, c'est qu'il ne croit pas les armes *capables* de maintenir la paix.

Ce fut au tour de Mackenzie de sourire :

— Et ce que *vous* voulez me dire, *jefe*, c'est que je n'ai pas devant moi un flic de cambrousse sans éducation.

Le *jefe* rit de bon cœur.

— Après avoir passé sa vie dans la police, mon père estimait que je devais aspirer à quelque chose de mieux. Il m'a envoyé à l'université, à Madrid, où j'ai étudié la littérature espagnole. J'ai rédigé mon mémoire de maîtrise sur les contradictions de Federico García Lorca.

— Mais vous êtes malgré tout entré dans la police.

— C'était inscrit dans mon ADN, dit le *jefe* avec une grimace.

Mackenzie hocha la tête.

— Mon père était policier, lui aussi.

— Ah oui ? Alors vous et moi avons beaucoup de choses en commun, mon ami.

Le bureau du *jefe* était une pièce sans prétention au sol recouvert d'une moquette usée. Des photos sous verre et des décorations couvraient les murs. Des liasses de papiers épinglées jaillissaient d'un panneau d'affichage placé au-dessus de sa table de travail. Contre le mur du fond, une série de trophées sportifs s'alignait sur la plus haute étagère d'une bibliothèque. Des tableaux et graphiques étalés en travers d'une longue table de conférence étaient maintenus en place par un gyrophare bleu muni de son câble en tire-bouchon. Deux des murs avaient des vitres donnant sur les bureaux voisins. Pas forcément pour permettre au *jefe* de surveiller ses subalternes, mais plutôt pour que ceux-ci sachent qu'il le pouvait. Il se laissa tomber dans un fauteuil confortable, retira les lunettes de soleil accrochées à sa chemise et les balança sur sa table. Remarquant la croix suspendue, bien en vue, à son cou, Mackenzie nota dans sa tête qu'il devrait résister à la tentation de blasphémer. Sans être lui-même croyant, il savait que l'Espagne était un pays très catholique et particulièrement ici, en Andalousie, où la chrétienté avait plongé ses racines très profondément afin de résister à l'islam et à l'occupation des Maures.

Le *jefe* désigna un siège, face à lui. Mackenzie s'assit. Cristina resta debout.

— Vous vous demandez probablement pourquoi vous êtes ici, lança-t-il, le visage soudain animé par les mouvements de ses sourcils broussailleux gris à moitié décolorés par le soleil.

Cela ne ressemblait pas à une question, mais Mackenzie comprit qu'une réponse s'imposait.

— Ça m'a traversé l'esprit.

Le *jefe* se pencha en avant :

— D'importantes recherches sont en cours pour remettre la main sur votre compatriote, señor Mackenzie. De Gibraltar à Malaga, et même au-delà. Toutes les polices sont sur la brèche. Policía Nacional, Policía Local, Policía Judicial, Guardia… La capture de cet homme est une question de fierté nationale, pourrait-on dire. Quand nous l'aurons repris – je dis quand, et non pas si – il n'y aura plus d'extradition qui tienne. Il a tué des policiers espagnols, il sera jugé en Espagne.

Après avoir marqué une pause, il poursuivit :

— Mais Cleland vit ici dans une communauté anglophone. C'est ici qu'il a laissé ses marques, qu'il s'est fait tous ses amis. Et comme vous parlez couramment les deux langues, votre NCA a gracieusement accepté de nous prêter vos services pour nous aider à le retrouver.

Mackenzie n'en croyait pas ses oreilles.

— Mais je n'ai même pas apporté de sous-vêtements.

Le *jefe* le dévisagea un moment en plissant le front, puis son visage se détendit et il éclata de rire en projetant ses sourcils vers la racine de ses cheveux :

— Vous me plaisez, señor. Vous possédez ce fameux humour anglais.

Mackenzie ne voyait pas très bien où intervenait l'humour dans le manque de sous-vêtements propres.

— Les sous-vêtements, on peut arranger ça, poursuivit le chef de la police en se calant contre le dossier de son fauteuil. Avec un peu de chance vous n'aurez pas besoin de *trop* de paires de chaussettes.

Puis son sourire s'estompa et il ajouta :

— Nous voulons attraper cet individu le plus vite possible. Toutes les infos que nous recevons nous poussent à croire que Cleland a une importante transaction de drogue en vue la semaine prochaine. Ce qui expliquerait pourquoi ses amis tenaient tant à l'aider à se faire la belle. La brigade des stups de Malaga pense qu'il y a une cargaison massive de cocaïne planquée quelque part, probablement dans le secteur. Ils sont aussi d'avis que Cleland pourrait être la clé d'un échange parfaitement réussi. Cash contre cocaïne. Et on ne parle pas simplement de millions. On parle d'une valeur à la revente de plusieurs dizaines de millions. Si Cleland mène à bien cet échange il empoche une fortune, au-delà de ses rêves les plus fous. Il disparaîtra. Et avec autant d'argent, señor, on peut lui dire adieu à jamais. Donc, vous voyez qu'il y a une certaine urgence à le retrouver.

Mackenzie hocha la tête. Une urgence qui s'appliquait également à son besoin de sous-vêtements propres. Mais il se retint de le faire savoir et se dit que Susan aurait été fière de lui.

Presque comme s'il lisait dans ses pensées, le *jefe* lança à Cristina :

— Vous pouvez l'emmener acheter ce qu'il lui faut avant de le conduire à la villa de Cleland pour y jeter un coup d'œil. Je vais demander à l'accueil de lui réserver une chambre d'hôtel en centre-ville.

Il ajouta à l'attention de Mackenzie :

— Ce ne sera pas un cinq-étoiles, je le crains, señor. Mon budget est très limité.

Puis il se leva :

— Vous deux travaillerez ensemble.

Mackenzie jeta un coup d'œil à Cristina. Il vit que cette nouvelle la surprenait. Et ne la réjouissait pas vraiment.

— Cristina représentera l'autorité lorsqu'il s'agira d'interroger des témoins ou d'avoir accès à tout ce qui sera nécessaire. Vous-même n'aurez aucun pouvoir et ne porterez pas d'arme. (Il sourit.) Mais ça ne vous privera pas trop puisque vous ne croyez pas les armes capables de maintenir la paix. Votre rôle sera purement consultatif. (Il dressa un doigt en l'air.) Cependant, si vous avez besoin de quoi que ce soit, demandez-le-moi.

Mackenzie eut du mal à suivre Cristina quand elle traversa le garage à grandes enjambées pour aller reprendre le SUV à l'endroit où elle l'avait garé. Elle se glissa derrière le volant, claqua la portière, tourna la clé de contact et fit vrombir le moteur avant que Mackenzie ait le temps de s'installer sur le siège passager.

— J'aurai également besoin de pantalons et de chemises, lança-t-il sans la regarder. Des chemises avec une poche de poitrine à gauche. C'est toujours là que je range mon téléphone pour pouvoir le sortir de la main droite.

Elle tourna vers lui des yeux furibonds.

— Je ne suis pas entrée dans la police pour jouer la nounou avec un étranger aux sous-vêtements sales.

Mackenzie hocha la tête, sans paraître remarquer sa colère.

— Et il me faut du coton. Je suis allergique aux fibres synthétiques. Surtout mes pieds. Ça me provoque des rougeurs entre les orteils.

— Vous croyez vraiment que j'ai besoin de le savoir ? demanda-t-elle, incrédule.

— Je vous livre juste une information qui vous permettra de décider en connaissance de cause dans quelle boutique m'emmener.

— Je vous emmènerai là où c'est le moins cher. Et vous prendrez ce que vous trouverez.

— Tant que c'est du coton et que les chemises ont des poches. Deux, ça ira, mais il faut qu'il y ait une poche à gauche.

Lèvres serrées, elle souffla d'exaspération et secoua la tête.

— Je savais bien que je n'aimais pas les Anglais.

Mackenzie sourit.

— Ne vous en faites pas. Moi non plus. Je suis écossais. Et je n'aime pas beaucoup les Espagnols.

Le crissement des pneus résonna dans tout le parking lorsque Cristina accéléra à fond vers la sortie, en laissant de la gomme sur le ciment.

11

La villa Cleland – ou plutôt villa Templeton, puisqu'elle avait été louée sous ce nom – se dressait au milieu d'un vaste jardin privé sur les falaises dominant l'A7, avec une vue dégagée sur la mer, vers l'Afrique du Nord. Elle était située suffisamment en retrait pour que le bruit de la circulation ne l'atteigne pas. On ne pouvait pas deviner qu'une route passait juste dessous. De la terrasse, on avait l'impression que la piscine à débordement cascadait directement dans le vide.

Le soleil descendait à l'ouest et teintait de rose les quelques nuages en forme de plumes qui s'étiraient à l'horizon. Des palmiers, plantés par deux ou par trois, parsemaient le terrain parmi une profusion de buissons fleuris : bougainvillée, jasmin, laurier-rose. Rose, rouge, blanc. Un grand pin méditerranéen projetait une ombre profonde au fond du jardin. Son parfum embaumait l'air tiède du soir.

C'était la première fois que Cristina revenait à la villa depuis la nuit du meurtre. Elle s'arrêta derrière la jeep de la Guardia garée sur le trottoir. Après avoir adressé un signe de la main aux deux policiers qui fumaient à l'intérieur, elle passa avec Mackenzie sous le ruban jaune tendu en travers du portail ouvert et s'engagea dans l'allée menant à l'entrée principale de la maison.

En chemin, ils avaient fait un détour par Estepona afin que Mackenzie puisse s'acheter tout ce qu'il lui fallait pour un séjour d'une durée indéterminée. Gyrophare allumé, Cristina avait remonté la voie piétonne de la calle Real, et stoppé le SUV de la police devant une boutique de vêtements masculins bon marché.

— C'est légal de s'arrêter ici ? avait demandé Mackenzie d'un air sévère.

— On est de la police.

— Ce qui ne signifie pas au-dessus des lois.

Il s'était rappelé avoir eu droit au même regard de la part de l'agent de la circulation sur Boston Road à Hanwell quelques jours plus tôt.

— C'est une urgence, avait rétorqué Cristina d'un ton sec.

Les sourcils froncés, il avait riposté :

— Quelle urgence ?

— Une urgence de sous-vêtements, apparemment.

Dix minutes plus tard, Mackenzie était ressorti de la boutique avec deux grands sacs en plastique. Il lui avait remis une facture à mettre sur ses frais professionnels, et demandé si elle voulait voir ce qu'il avait acheté. Estimant que cela ne méritait pas de réponse, elle avait démarré sans ajouter un mot.

À présent, elle se sentait remplie d'appréhension. Rien que le fait de se retrouver ici, bien qu'il fît encore jour, la replongeait dans l'horreur de cette nuit dont les conséquences restaient encore imprécises.

Mackenzie l'attrapa par le bras pour l'arrêter :

— Racontez-moi d'abord exactement ce qui s'est passé.

À contrecœur, elle lui fit le récit des évènements tels qu'ils s'étaient déroulés. La découverte du portail forcé, Matías trébuchant sur une lampe chauffante de terrasse, comme ils l'avaient découvert plus tard, l'entrée de Cristina par la porte ouverte du vestibule. La précision du souvenir de l'instant qui lui avait sans doute sauvé la vie était insupportable. Cleland apparaissant soudain en ombre chinoise dans le noir au moment où la lumière jaillissait d'une pièce, derrière lui. Sa panique quand il avait pivoté pour tirer trois fois sur la silhouette qui avançait dans la lumière. Sa sidération en comprenant qu'il venait de tuer sa compagne alors qu'elle sortait de sa chambre en toute innocence. Cristina voyait encore le sang s'étaler sur le sol autour du cadavre ; elle entendait encore la voix de Cleland déchirée par l'angoisse et la rage lorsqu'il l'avait accusée de la mort de cette fille.

Elle revécut chaque minute du drame avant de revenir sur terre et de prendre conscience du regard de Mackenzie, de la pression légère de ses doigts sur son bras. De l'intensité émanant de ses yeux noisette. Et de quelque chose d'autre, encore. Pas de la pitié. De la sympathie. Mais elle n'était pas sûre de vouloir la sympathie de ce grand Écossais, encore plus grand que la plupart de ses collègues, qui la dominait. Il avait la peau constellée de taches de rousseur, d'une pâleur insolite, comme si elle ne voyait jamais le soleil. Cristina dégagea son bras.

— Vous avez la clé ? demanda-t-il.

Elle acquiesça.

— Alors, allons-y.

La porte s'ouvrit sur un silence étrange et une lumière crépusculaire qui s'infiltrait par toutes les ouvertures des murs et du plafond. Le vestibule traversait la maison, pour aboutir au vaste séjour à deux niveaux avec ses immenses baies coulissantes donnant sur la terrasse et sa vue sur la mer.

Cristina osait à peine respirer et regarder la large tache rouge foncé qui souillait le sol en marbre. Elle l'enjamba, presque comme si le corps était toujours là pour la tourmenter, lui reprocher ce que Cleland avait fait.

— C'est la chambre principale ? demanda Mackenzie en poussant une porte, sur leur gauche.

Cristina hocha la tête et le suivit. C'était là qu'Angela avait vécu ses derniers instants.

Dans cette grande pièce, le sol de marbre froid était recouvert de tapis chinois faits main. Des portes-fenêtres ouvraient sur une terrasse privée située dans la partie orientale du jardin. Il y avait une table en verre et deux chaises. Cristina imagina Cleland et Angela en train d'y boire leur café en profitant de la chaleur du soleil matinal. Elle se demanda de quoi ils parlaient. Angela était-elle au courant de ses activités ? De sa véritable identité ? On ne le saurait sans doute jamais.

Les portes en miroir d'une penderie, allant du sol au plafond, reflétaient un lit king-size impeccablement fait. Le couple était parti en début de journée sans intention de rentrer le soir même. Pourquoi étaient-ils revenus ? La police scientifique avait passé au peigne fin chaque centimètre carré de la maison, chaque placard, chaque tiroir, chaque recoin ; la seule chose qu'ils avaient trouvée susceptible de justifier le retour de Cleland était un dossier posé sur son bureau. Et il ne contenait, en tout et pour tout, que des catalogues de yachts de luxe, avec photos en couleur, prix, noms, adresses et téléphones des agents. Cleland était-il un acheteur potentiel ?

Mackenzie fit coulisser les portes de la penderie. Les vêtements d'Angela étaient suspendus d'un côté, ceux de Cleland de l'autre. Elle en possédait beaucoup moins que lui.

— On dirait qu'il vivait ici depuis plus longtemps qu'elle, remarqua-t-il. Est-ce qu'on sait où et quand ils se sont rencontrés ?

Cristina secoua la tête.

Il fit courir ses mains sur les pantalons et les vestes, palpant leur douceur, s'arrêtant de temps à autre pour regarder une étiquette, s'accroupissant pour examiner les rangées de chaussures cirées inclinées sur des supports. Il pouvait sentir l'odeur de Cleland. Sa peau, son après-rasage, son eau de Cologne, comme s'il venait de quitter la pièce quelques minutes plus tôt.

— Il aime ses vêtements. Soucieux de son image. Marques de couturiers. Chaussures italiennes. Pas bon marché. Combien payait-il pour cette villa ?

— Cinq mille par mois.

Mackenzie haussa les sourcils.

— Et peut-être autant en vêtements, à première vue. Qu'est-ce qu'il conduisait ?

— Une Mercedes Classe A.

Il hocha la tête.

— Si la police scientifique ne l'a pas déjà fait, ce serait une bonne idée de vérifier les adresses entrées dans son GPS. Je me demande quelle était sa banque.

— D'après la brigade financière, Templeton avait un compte à la Banco Popular de Sabanillas.

— Je parie qu'il n'y a pas grand-chose dessus.

— Environ vingt mille.

Ce qui paraissait énorme à Cristina.

De nouveau, Mackenzie hocha la tête.

— Ce n'est pas avec celle-là que Cleland fait ses transactions. Il possède certainement plusieurs comptes dans différentes banques, sous des noms différents. Je ne pense pas que la scientifique ait trouvé des relevés ?

— Uniquement ceux du compte de Sabanillas.

Ils passèrent dans le séjour, avec son coin salle à manger et sa cuisine aux équipements impressionnants. Mackenzie se baissa de façon à avoir les yeux au niveau de la surface de travail en granite noir de l'îlot, puis se releva pour examiner les planches à découper empilées d'un côté. Il retira ensuite plusieurs couteaux de leur bloc en bois et vérifia leurs lames.

Cristina le regarda en silence ouvrir les tiroirs, les portes des placards, puis inspecter le contenu du gigantesque réfrigérateur américain muni d'un distributeur de glace pilée. Elle n'avait aucune idée de ce qu'il cherchait.

— J'aurais adoré avoir une cuisine comme celle-là, dit-il. J'en aurais fait un meilleur usage que Cleland.

— Comment ça ?

— Il ne cuisine jamais. Les plans de travail sont immaculés, les planches à découper neuves. Les couteaux ont des lames aussi tranchantes que des rasoirs, ce qui signifie qu'à moins d'être un obsédé de l'affûtage, il ne les utilise pas souvent. Il y a très peu de provisions, donc à part le petit déjeuner, ils prenaient leurs repas à l'extérieur, ou se les faisaient livrer. Si on découvre où il mangeait, on pourra peut-être apprendre avec qui – en dehors d'Angela, bien sûr. Des partenaires connus. Ce serait un point de départ.

Se rendant compte que rien de tout cela ne lui était venu à l'esprit, Cristina se sentit impressionnée malgré elle.

Mackenzie passa les vingt minutes suivantes à se balader dans la maison, touchant les objets, les soulevant, les reposant, s'imprégnant de Cleland à travers ses affaires personnelles pendant que Cristina le suivait en silence à une distance respectueuse.

Il fouilla tous les tiroirs du bureau. Celui du haut, le moins profond, contenait des crayons, des stylos, une gomme, un taille-crayon, des trombones, un petit tournevis et quelques pièces de monnaie.

— La police scientifique a emporté son ordinateur, le dossier, tous ses documents et aussi le contenu de la corbeille à papiers, dit Cristina. Apparemment, elle était remplie de bandes de papier provenant d'une déchiqueteuse.

Mackenzie parcourut rapidement la pièce des yeux et repéra l'appareil posé sur un meuble contre le mur du fond, près d'une imprimante laser. À côté de l'imprimante se dressait un objet cylindrique blanc aux bords arrondis, d'une vingtaine de centimètres de haut et recouvert d'un filet à maille fine. Il s'en approcha. Dès qu'il le toucha, sa surface lança des éclairs de couleur.

— Qu'est-ce que c'est ? demanda Cristina, qui s'était avancée à son tour et, la tête penchée, contemplait l'objet avec curiosité.

— Un HomePod Apple. S'il est toujours connecté à Internet, sa musique est probablement dans le cloud.

Elle ne comprit absolument rien.

— Dis Siri. Reprends, ordonna Mackenzie.

Immédiatement, la voix d'un mort emplit la pièce. Celle de Luciano Pavarotti dans son interprétation éblouissante de *Nessun Dorma* de Puccini. Le dernier morceau écouté par Cleland.

— Stop. Mets ma playlist préférée.

Alors retentirent les accords de *Lucia di Lammermoor*, de Gaetano Donizetti. Pour Mackenzie, cela ne servit qu'à souligner la différence entre Cleland le privilégié, élevé dans des collèges privés, éduqué pour apprécier la musique classique et l'opéra, et lui, le fan de Skid Row, Tom Petty et Sheryl Crow.

Pendant que Gaetano évoquait les pentes venteuses d'Écosse des Lammermuirs de sir Walter Scott, il reporta son attention sur la déchiqueteuse de Cleland. Parfois, quand la corbeille d'un appareil de ce type était pleine, le système de destruction se bloquait. Il retira le bac. Vide. Plusieurs bandes de papier pendaient des rouleaux. Il alla chercher le tournevis qu'il avait repéré un peu plus tôt et dévissa soigneusement le couvercle du chargeur de papier. Là, coincé entre les dents qui déchiraient les documents, se trouvait le tiers supérieur froissé d'une feuille.

Très délicatement, Mackenzie la dégagea, puis l'aplatit sur le bureau de Cleland. Cristina se pencha par-dessus son épaule :

— Qu'est-ce que c'est ?

Elle ne savait pas pourquoi elle avait murmuré sa question.

— Une lettre ou une facture. Il en manque la majeure partie, mais on a l'en-tête. Un nom et une adresse.

— Centre d'affaires Condesa, lut-elle à voix haute. C'est au port.

— Quel port ?

— Puerto de la Condesa. À dix minutes d'ici en suivant la côte, juste avant d'arriver à Santa Ana.

12

Puerto de la Condesa était niché autour d'une crique abritée entre Santa Ana de las Vides, à l'est, et Castillo de la Condesa, à l'ouest. Bâties dans le style traditionnel d'un pueblo espagnol, avec leurs murs blancs et leurs toits de tuiles romanes, les maisons à colonnades et arcades encadraient des places ombragées où pullulaient bars et restaurants. Le port se reflétait en rouge et blanc sur les calmes eaux bleues d'une marina très fréquentée, et tirait toute son originalité d'un faux phare bleu et blanc planté au bout de la jetée.

Cristina apprit à Mackenzie que la plupart des gens croyaient que, comme Marviña, le *puerto* datait du XVIe siècle. En fait, il avait été construit dans les années 1980 par un promoteur qui avait essayé d'ajouter une touche d'élégance à ce qu'on appelait le nouveau Golden Mile.

Des immeubles érigés autour de jardins tropicaux ponctuaient les collines gâtées par de récents et hideux lotissements en carton-pâte qui faisaient penser aux HLM anglaises des années 1960 – le soleil étant le seul facteur différentiel.

Cristina gara le SUV à l'entrée du port et entraîna Mackenzie dans une rue grimpant vers le centre-ville.

Ils longèrent des bars annonçant la diffusion de matchs de foot sur grand écran pour les touristes britanniques et scandinaves, un marchand de *fish and chips*, une blanchisserie, un café servant des petits déjeuners anglais complets ; puis, par un passage voûté, ils débouchèrent sur la plaza de la Fuente, dont les fontaines étincelaient sous la lumière oblique de cette fin d'après-midi. Des restaurants italiens et argentins avaient déjà dressé leurs tables au milieu, et l'odeur de cuisine rappela à Mackenzie qu'il mourait de faim. Il n'avait toujours rien avalé depuis le matin.

En passant à l'ombre d'une arcade, ils sentirent aussitôt la température baisser. Le centre d'affaires Condesa se trouvait en retrait sur leur droite, derrière des panneaux publicitaires pour des excursions à Gibraltar, Ronda et Tanger. Ses vitrines proposaient une grande variété de services allant de l'accès Internet aux boîtes postales, en passant par le renouvellement des passeports, les photocopies et les fax.

Agglutinés autour des ordinateurs de la boutique assez minable, des touristes en short et sandalettes absorbaient leur dose quotidienne de connexion au monde du Web. Derrière le comptoir, un jeune homme bronzé et souriant à la tignasse décolorée par le soleil leur souhaita la bienvenue avec un accent très anglais :

— 'Soir, les amis. Qu'est-ce que je peux faire pour vous, aujourd'hui, bonnes gens ?

Mackenzie ne put s'empêcher de remarquer dans son regard une légère appréhension à la vue de l'uniforme de Cristina.

— Ça vient de chez vous ? demanda-t-il en posant sous son nez le papier déchiré et froissé.

Le jeune homme y jeta un coup d'œil :

— On dirait.

— Vous avez un client du nom de Ian Templeton.

— Ah bon.

— Oui ou non ?

— J'ai des centaines de clients. Je ne peux pas me souvenir de tous leurs noms. Vous êtes qui ?

— Inspecteur John Mackenzie de la National Crime Agency. Détaché auprès de la police espagnole.

Il inclina la tête vers Cristina, et les deux hommes baissèrent les yeux vers la silhouette minuscule de la jeune policière, qui gonfla la poitrine pour essayer de se grandir.

— D'aaaccord…

— Comment vous appelez-vous ?

— Dickie Reilly.

— C'est vous le patron ?

— Oui, c'est moi.

— Eh bien, monsieur Reilly, nous vous serions très reconnaissants de bien vouloir vérifier votre liste de clients pour nous dire si vous avez un Ian Templeton dans vos registres.

La force avec laquelle Cristina plaqua une photo de Cleland sur le comptoir surprit les deux hommes. L'air aussitôt très gênée, elle ajouta :

— Ça pourrait nous aider.

C'était la première fois que Mackenzie l'entendait parler anglais. D'une drôle de voix rauque, comme si elle fumait, et avec un fort accent espagnol.

Reilly examina le cliché :

— Ah, lui, oui. C'est un habitué. Mais je n'aurais pas su dire comment il s'appelait.

Il se pencha, sortit de sous le comptoir un grand cahier relié et le feuilleta jusqu'à ce qu'il trouve son nom :

— Il habite La Paloma.

— Oui. Il a une boîte à lettres ici ? demanda Mackenzie.

— Il en a une, répondit Reilly avec un sourire qu'il trouvait sûrement charmeur.

Mackenzie ne le lui retourna pas.

— Nous aimerions voir son contenu.

Toujours souriant, Reilly répondit :

— Je regrette, mais c'est impossible, monsieur. Du moins, pas sans mandat. Les boîtes à lettres des clients sont privées.

— Vous êtes en Espagne depuis longtemps, señor ? lança Cristina.

Pour la première fois, Reilly parut mal à l'aise.

— Environ cinq ans.

— Résident régulier ?

Il essaya de rire et agita la main :

— En quelque sorte.

— Ou vous l'êtes ou vous ne l'êtes pas, intervint Mackenzie.

— Eh bien…

Cristina l'interrompit sèchement :

— Cet endroit… Vous avez beaucoup d'ordinateurs ici. Vous avez un certificat d'hygiène et de sécurité ?

Reilly leva les deux mains en signe de soumission.

— D'accord. OK.

Jetant un coup d'œil inquiet vers les ordinateurs, il baissa la voix :

— Mais c'est strictement à titre officieux. Mon affaire repose sur la confidentialité.

Il se tourna vers un tableau auquel étaient accrochées des rangées de clés étiquetées, en choisit une et la tendit à Mackenzie.

— Numéro cent vingt-sept.

Au-delà du comptoir, un mur entier était couvert de boîtes à lettres numérotées. Reilly fit comme s'il ne les voyait pas quand ils ouvrirent la boîte louée par Cleland sous le nom de Templeton. Il y avait cinq enveloppes à l'intérieur. Le dépliant publicitaire d'un marchand de vins de Puerto Banús, une relance d'abonnement trimestriel pour une salle de sport de Puerto de la Condesa, et trois relevés de comptes.

Mackenzie les ouvrit avec une certaine fébrilité. Trois comptes. Trois banques différentes. Un total cumulé de près de deux millions d'euros. Cristina poussa un petit cri de surprise. Il se tourna vers elle :

— On peut faire saisir cet argent. Ça lui fera mal. Ça bloquera peut-être sa source d'argent liquide. Mais tout n'est pas là, c'est certain. Maintenant, allons voir avec qui il faisait de la gonflette.

On accédait au Condesa Fitness depuis l'arrière du port. Un escalier menait à une grande salle de sport dont les immenses baies vitrées offraient une vue des plus spectaculaires sur le *puerto* et sa marina. Le soleil frappait de biais le verre fumé et dessinait des bandes claires sur la moquette qui absorbait les grognements d'effort de la demi-douzaine de clients en train de soulever de la fonte et de faire gonfler ses biceps. L'air sentait la sueur, mêlée à des touches d'après-rasage ordinaire et de déodorant de supermarché.

Ils virent venir à eux un jeune moniteur bronzé et musclé en short et débardeur noirs, qui les dévisagea d'un air circonspect.

— Je peux vous aider ? demanda-t-il en espagnol.

Cristina lui montra la photo de Cleland.

— Un de vos clients, je crois, dit Mackenzie. En retard sur le règlement de son abonnement.

M. Muscle regarda la photo et haussa les épaules.

— Et alors ?

— Vous le reconnaissez ?

— Bien sûr. Señor Ian.

— C'est un habitué ?

— Deux, trois fois par semaine, peut-être. (Il haussa un sourcil.) Très en forme.

— Il venait parfois avec quelqu'un ?

— Non. Toujours seul. Sympathique. Sacrés mollets. (Il regarda tristement les siens.) Je lui ai demandé comment il faisait pour avoir de tels muscles. Il m'a dit en riant que c'était génétique. Moi ? Je pourrais toujours essayer de les développer pendant des années, jamais j'en aurai de si beaux.

— C'est une caractéristique écossaise, dit Mackenzie. Il faut avoir de beaux mollets pour porter le kilt.

Le jeune homme lui lança un coup d'œil interrogateur :

— Vous êtes écossais ?

— Oui.

— Et vous portez le kilt ?

Cette fois, la question venait de Cristina, incapable de dissimuler sa curiosité.

— Non, répondit-il, gêné. Je n'ai pas les jambes pour.

Le moniteur hocha la tête, comme s'il s'en doutait depuis le début.

— Alors, qu'est-ce qu'il a fait cet homme ?

— Il a tué beaucoup de gens. Donc, si vous pensez à quoi que ce soit à son sujet, la moindre chose susceptible de nous aider à le retrouver, n'hésitez pas à nous le dire.

L'air sincèrement choqué, le jeune homme secoua la tête.

— Franchement, señor, je ne sais absolument rien sur lui. On ne faisait que bavarder, vous savez, juste du blabla. Il m'a dit qu'il aimait la voile. Je m'en serais douté à voir son bronzage. On n'obtient pas cette couleur en restant allongé sur la plage.

— Eh bien, si jamais quelque chose vous revient à l'esprit, appelez ma collègue.

Il se tourna vers Cristina, qui mit un petit moment à comprendre qu'il attendait sa carte de visite. Elle fouilla dans les poches de son uniforme et finit par en trouver une, écornée, de la police locale de Marviña, qu'elle remit au moniteur.

Tout en redescendant l'escalier, Mackenzie dit :

— Bon, on commence à pouvoir se faire une petite idée de l'individu. Il aime les vêtements de couturiers, fréquente les restaurants, mais tient à garder la forme. Il navigue sur un voilier, achète des vins chers à Puerto Banús, et possède deux millions planqués sur des comptes secrets.

Il tapota la poche dans laquelle il avait rangé les relevés.

— On doit remettre ceci à votre brigade financière le plus rapidement possible. Plus vite on bloquera sa source d'argent liquide, plus vite il se sentira sous pression. Il ne peut plus utiliser les cartes de crédit au nom de Templeton, pas plus que les cartes de ces comptes. Alors, où se cache-t-il ? Chez des amis ? Combien d'amis de Templeton savent qu'en réalité il se nomme Cleland ? Et je ne le vois pas s'installer dans le taudis d'un dealer. Pour l'instant, il est intouchable. Il faut lui mettre la pression.

Puis il ajouta :

— Mais avant tout, s'il vous plaît, on pourrait aller manger quelque chose ?

13

La lumière diminua rapidement tandis qu'ils remontaient à Marviña. À l'ouest, au-dessus des montagnes, le ciel s'embrasait d'un pourpre profond le long de l'horizon en dents de scie. Mackenzie se retourna pour regarder la mer. Elle s'étalait en contrebas, en bandes étroites bleues, grises, vertes. Aucun souffle de vent ne venait troubler sa surface légèrement ondulée ; la Méditerranée respirait au ralenti avant de s'endormir après une longue journée.

Mackenzie se rendit compte qu'il était non seulement affamé mais aussi fatigué. La poussée d'adrénaline qui avait accompagné ses premières tentatives de détecter la trace de Cleland avait fait long feu et le laissait vide, déprimé. En cet instant précis, il aurait dû être en train d'écouter Sophia chanter devant un public de parents admiratifs. Il était probablement le seul père d'élève absent.

Au moment de quitter le port, Cristina avait reçu un coup de fil du *jefe* les informant qu'il avait réservé une chambre pour Mackenzie dans un petit hôtel du centre de Marviña, récemment transformé en zone piétonnière. Elle l'y conduirait après avoir faxé le contenu de la boîte à lettres de Cleland au *juez de instrucción* chargé de coordonner les recherches du fugitif d'Estepona. Elle l'avait assuré qu'il pourrait se restaurer à l'hôtel.

Quand ils repartirent du commissariat, Cristina dirigea le SUV vers le haut de la colline où la rue principale serpentait doucement au cœur de la ville ancienne. Maisons blanches aux portes et aux fenêtres soulignées d'ocre, balcons en fer forgé noir surplombant la chaussée pavée de neuf et, tendu entre les toits de tuiles jaunes, un réseau de câbles soutenant une mosaïque de voiles colorés destinés à protéger les piétons du soleil pendant les heures chaudes.

Entre les maisons, Mackenzie pouvait apercevoir un patchwork de champs descendant au fond de la vallée avant de remonter vers la Sierra Bermeja dont les cimes escarpées s'élançaient contre un ciel de plus en plus sombre.

L'Hostal Totana se trouvait au bout de la rue, à l'angle d'une venelle qui plongeait vers l'église, à côté d'une *farmacia*, et en face d'un bar dont les clients attablés sur le trottoir buvaient de la bière ou du vin, et fumaient tout en se livrant à des joutes verbales bruyantes dont tout le quartier devait profiter.

Lorsqu'elle le laissa devant la porte, Cristina lui annonça que quelqu'un le contacterait le lendemain matin.

— Pas vous ? fit-il, presque déçu.

S'habituer à une personne était déjà assez difficile. La perspective de devoir recommencer avec un inconnu ne l'enchantait guère. Comme on dit, mieux vaut un démon qu'on connaît qu'un ange qu'on ne connaît pas.

— Je dois conduire ma sœur à l'hôpital. En général, c'est Paco qui l'emmène, mais pour le moment il est lui-même hospitalisé avec une balle dans la jambe.

Mackenzie la regarda s'éloigner avant de trimballer ses nouveaux achats et son sac jusqu'à la réception. On l'envoya au dernier étage – sans ascenseur. Quand il y arriva, il soufflait comme un bœuf. Sa chambre était minuscule, le matelas, double mais étroit, coincé entre une tête et un pied de lit. Il sut d'avance qu'il était trop court et se vit déjà passer la nuit plié en deux, à se tourner d'un côté sur l'autre sans beaucoup dormir.

Abattu, il s'assit sur le bord en se disant qu'il aurait au moins des draps propres. En bas, on lui avait dit qu'il pouvait se restaurer au bar, mais un coup d'œil rapide au menu lui avait révélé un choix peu appétissant de sandwichs et tapas, et il n'était même pas certain d'avoir l'énergie de redescendre. Cependant, les grondements de son estomac l'avertirent que le jeûne ne serait pas une bonne option. Il se releva alors avec lassitude, suspendit soigneusement ses chemises et pantalons neufs aux cintres en fil de fer du placard, rangea ses chaussettes et ses caleçons dans un tiroir et posa deux paires de sneakers sur le porte-chaussures.

Une porte-fenêtre ouvrait sur un petit balcon, côté rue. De là, il pouvait voir et entendre les clients du café d'en face, mais pas ceux qui, cachés sous un store, se trouvaient immédiatement sous lui.

La nuit était vite tombée. Les réverbères éclairant les immeubles blancs en une succession de taches surexposées serpentaient en deux longues files sur le flanc de la colline. Il sortit son mobile de sa poche de poitrine pour regarder l'heure. Sophia serait probablement rentrée à la maison maintenant.

Il essaya de reprendre le fil de sa dernière conversation avec elle sur Messenger mais échoua. De même qu'il ne réussit pas à ouvrir une nouvelle fenêtre. Après avoir redémarré son téléphone, il essaya de relancer l'appli ; chaque fois il se retrouva devant le message final de sa fille – un visage triste.

Exaspéré, il ouvrit son appli Facebook et découvrit très vite qu'elle l'avait supprimé de ses amis. Supprimé par sa propre fille ! Quand il avait dit à Beard que les gens ne l'aimaient pas beaucoup, il était loin d'imaginer que cela pourrait s'appliquer à Sophia.

En entendant un éclat de rire gras monter de la rue, il se demanda s'il lui était déjà arrivé de se sentir aussi seul.

Préférant ne plus entendre les manifestations du bonheur des autres, il descendit au bar dans l'espoir de trouver de quoi satisfaire son appétit. Mais rien ne lui faisait envie à part de l'alcool pour noyer son chagrin. Alors qu'il attendait d'être servi, un petit garçon arriva de la rue, jeta un coup d'œil circulaire, hésita un instant puis se dirigea tout droit vers lui dès qu'il le vit.

— Señor Mackenzie ?

C'était un petit garçon fluet de neuf ou dix ans. Une mèche rebelle d'un noir de jais tombait sur son front, au-dessus d'un large sourire. Il lui fit penser à Alex.

— Oui, répondit-il, interloqué.

Le garçon tendit la main.

— Je suis très heureux de vous rencontrer. Je m'appelle Lucas.

Mackenzie lui serra la main et fut autant surpris par son énergie que par la qualité de son anglais.

— Cristina est ma mère. Mon père dit que vous devez venir dîner chez nous.

— Tu habites près d'ici ? s'étonna-t-il.

— Juste de l'autre côté de la ville. Seulement à cinq minutes d'ici. Mon père m'envoie. Ma mère ne voulait pas que je vienne, mais mon père a dit que ce ne serait pas hospa... hospitalier, de vous laisser seul pour votre première soirée en Espagne.

Il tendit de nouveau la main, saisit celle de Mackenzie et ajouta avec un grand sourire :

— Je vous emmène.

Lucas guida Mackenzie le long de la rue principale, puis sur la plaza del Vino, en contre-haut de la caserne des pompiers. Un plan coloré de la ville était exposé sur un mur ; juste en face, une énorme mosaïque montrait des vignerons foulant du raisin aux pieds. Tout, à Marviña, semblait lié d'une façon ou d'une autre au vin. À l'autre bout de la place, des immeubles chaulés épousaient la pente du terrain, comme les terrasses d'un vignoble. Cristina vivait au sommet de la colline dans une rue baptisée calle Utopía. À Marviña, l'utopie consistait en un petit appartement de trois pièces situé au premier étage, donnant sur d'autres appartements à l'arrière et des boutiques à l'avant. Les urbanistes s'étaient arrangés pour construire des logements sans aucune vue dans une ville jouissant d'un panorama exceptionnel.

Lorsque Lucas ouvrit la porte de l'appartement et cria qu'ils étaient arrivés, un homme jeune aux yeux d'un bleu surprenant dans un visage très bronzé sortit en toute hâte du séjour pour les accueillir.

— *Hola, hola*, dit-il en enfermant la main de Mackenzie entre les siennes pour la secouer avec enthousiasme. Je m'appelle Antonio, bienvenue. Excusez-moi de ne pas parler anglais, mais Cristina dit que votre espagnol est impeccable.

Surpris, Mackenzie haussa les sourcils :

— C'est vrai ?

Antonio ébouriffa les cheveux de Lucas, et Mackenzie se demanda si le garçon avait hérité les gènes qui faisaient déjà tomber ceux de son père.

— Entrez, entrez.

Ils se glissèrent entre le mur et un portemanteau surchargé de vestes, écharpes et chapeaux pour pénétrer dans une pièce carrée exiguë meublée d'une table, d'un buffet et d'un énorme canapé en L qui encadrait une table basse. Une petite télé sur pied jacassait dans un coin à côté d'une porte-fenêtre ouverte sur un minibalcon. Le peu d'espace libre était truffé de pièges, sous forme de jouets et de chaussures.

Soudain gêné, comme s'il voyait pour la première fois son séjour à travers les yeux d'un autre, Antonio se mit à ramasser du linge et des vêtements pour faire de la place sur le canapé :

— Excusez la pagaille. Lucas, range tes jouets.

Obéissant, le garçon rassembla quelques camions en plastique, des figurines de *Star Wars* et deux ballons de foot, qu'il emporta dans sa chambre.

Par une porte ouverte, Mackenzie aperçut une minuscule cuisine. Cristina, casserole à la main, apparut dans son champ de vision. Tout en s'essuyant le front avec le bras, elle lui jeta un regard noir. Elle avait retiré son uniforme et paraissait, si c'était possible, encore plus petite en jeans et tee-shirt. Ses cheveux étaient lâchés sur les épaules, elle avait l'air épuisée. Mackenzie pensa que s'il l'avait rencontrée dans la rue, il ne l'aurait peut-être pas reconnue.

— Mettez-vous à table, je vais servir, dit-elle avant de disparaître de sa vue.

Avec un large sourire, Antonio fit signe à Mackenzie de prendre place et dit :

— Toujours le chaos, ici.

Lucas revint de sa chambre et demanda à s'asseoir en face de Mackenzie qu'il dévisagea avec une curiosité non dissimulée. Antonio s'assit à côté de son fils.

— Je ne trouvais pas normal de vous laisser dîner seul à l'hôtel. Où avez-vous appris l'espagnol ? À l'université ?

— Je ne suis pas allé à l'université. J'ai appris les langues étrangères tout seul.

— *Les* langues ? Combien en parlez-vous ?

— Quatre, en comptant l'anglais.

Antonio siffla doucement.

— Ça me donne des complexes. Mon anglais est très mauvais. Lucas le parle mieux que moi. Pas vrai, fiston ?

Lucas rougit.

— On l'a inscrit dans une école catholique près d'Estepona. La moitié des matières sont enseignées en anglais. Ça coûte les yeux de la tête, et il faut le conduire là-bas en voiture tous les jours. Mais on doit faire des sacrifices, n'est-ce pas ? L'avenir des enfants n'a pas de prix.

Mackenzie se sentit coupable, se demandant si, de son côté, il avait fait assez de sacrifices pour les siens.

Presque comme s'il l'avait senti, Antonio demanda :

— Vous avez des enfants ?

— Deux.

Il ne souhaitait surtout pas développer ce sujet qui aboutirait forcément à celui de son mariage et de sa séparation d'avec Susan – choses dont il n'avait pas envie de parler avec des étrangers, mais qu'il serait obligé d'aborder si on lui posait la question. Il fut sauvé par une Cristina énervée qui apportait deux assiettes de spaghettis à la bolognaise fumantes. Elle les posa devant Mackenzie et Lucas, puis se dépêcha d'aller chercher les deux autres pendant qu'Antonio remplissait leurs verres de vin rouge.

— *Boloñesa*, s'esclaffa-t-il. Un plat italien pour votre première soirée en Espagne.

Cristina, qui revenait à cet instant, ne trouva pas ça drôle.

— C'est rapide et facile de faire des pâtes quand on a travaillé dehors toute la journée.

— On travaille tous toute la journée, *cielo*.

— Mais on n'a pas tous à préparer le dîner en rentrant à la maison.

Le sourire d'Antonio se crispa.

— Sauf quand sa femme travaille la nuit pour se faire tirer dessus.

Percevant la tension qui régnait entre eux, Mackenzie enfourna une bouchée de spaghettis afin de s'éviter d'avoir à parler.

— Personne ne m'a tiré dessus.

— Non, juste menacé de te tuer, toi et toute ta famille, parce que c'est à cause de toi qu'il a tiré sur sa petite amie.

Cristina le foudroya du regard, et tourna brièvement les yeux vers Lucas comme pour dire *pas devant le petit !* Mais Lucas, concentré sur l'écran de la télé, ne semblait pas faire attention à eux. Mackenzie devina qu'il avait déjà entendu ce dialogue plus d'une fois.

Antonio essaya d'en rire :

— C'est une ville difficile, dit-il à Mackenzie. On ne le croirait pas à la voir. Surtout depuis que l'*ayuntamiento* dépense l'argent des contribuables pour la relooker. Des hordes de touristes débarquent ici chaque été. Beaux bâtiments, panoramas splendides, vin délicieux. Ils sont loin de se douter que des gangs sévissent dans les quartiers abandonnés de la banlieue. Marviña a connu un boom immobilier jusqu'à la crise financière. Vous en avez vu les conséquences partout dans la vallée. Immeubles inachevés. Squelettes de béton. Et, au-dessus, des grues qui ressemblent à des dinosaures figés dans le temps. La plupart sont dans cet état depuis plus de dix ans. Il y a bien longtemps que leurs promoteurs ont fait faillite.

— Un terrain propice au crime, ajouta Cristina d'un air sombre. Squatters. Immigrants clandestins. Réseaux de drogue.

Antonio s'aida de sa fourchette pour rouler ses spaghettis en boule dans sa cuillère.

— Le genre d'individus auxquels la mère de mon fils doit se mêler chaque jour, dit-il en jetant un coup d'œil à sa femme.

— Pas vraiment, protesta Cristina d'un air las comme s'il s'agissait d'un débat maintes fois répété. Aux hommes tout le boulot sympa, à moi la paperasse, la circulation, la fouille des femmes. Ce qui ne manque pas d'ironie quand on sait que je suis sortie en tête de ma promo de l'académie de police.

— Ses parents ne voulaient pas qu'elle entre dans la police, précisa Antonio.

Mackenzie se sentait si peu à l'aise qu'il ne trouva rien d'autre à dire que :

— Ils doivent être très fiers de vous.

— Ils sont morts, lâcha-t-elle.

Mackenzie aurait voulu que le sol s'ouvre sous ses pieds et l'engloutisse, mais ses hôtes ne semblèrent pas s'en apercevoir. Si seulement Lucas ne l'avait pas trouvé, il serait encore au bar de l'Hostal Totana, tranquillement assis devant une bière et un sandwich.

Il tenta maladroitement de changer de sujet :

— Quelle est l'étendue de la zone couverte par la police d'ici ?

Cristina haussa les épaules.

— Nous sommes chargés du maintien de l'ordre jusqu'à mi-chemin entre Marviña et Estepona, et tout le long de la côte jusqu'à Torreguadiaro. Et aussi sur une large bande à l'intérieur des terres. Mais seulement pour les affaires banales. Les crimes juteux sont confiés à la police judiciaire d'Estepona ou déférés soit à la brigade criminelle soit à la brigade des stups de Malaga.

— Mais la drogue est votre plus gros problème ?

— La racine du mal, répondit Antonio.

Cristina approuva d'un hochement de tête.

— Les toxicos volent pour satisfaire leur dépendance. Les dealers diversifient leurs activités. Prostitution, traite d'humains. On les connaît pour la plupart, mais c'est dur d'obtenir des preuves solides. En général, on les épingle pour possession personnelle de stupéfiants ou ivresse au volant, et ensuite ils retournent dans la rue en un rien de temps. Les gros trucs… ils les cachent bien. À l'intérieur de maisons sécurisées, dans les collines.

Mackenzie fronça les sourcils.

— Comment ça, des maisons sécurisées ?

— Ils contraignent des fermiers à garder la marchandise pour eux. Des pauvres gens innocents, sans le moindre lien avec les gangs. La drogue est planquée dans des granges et des étables. Des stocks vraiment importants. Et s'ils choisissent votre ferme, vous ne protestez pas, sauf si vous en avez marre de la vie.

Lucas glissa de sa chaise et partit vers sa chambre, laissant la moitié de ses spaghettis.

— Où vas-tu comme ça ? le rappela Cristina. Tu n'as pas fini ton assiette.

— J'ai des devoirs à faire, dit-il en se retournant. À moins que papa veuille m'aider ?

Antonio fit la grimace.

— Encore des maths ?

Lucas hocha la tête.

— Je crois qu'il va te falloir un professeur particulier, Lucas, soupira Cristina.

— Ouais, c'est ça, fit le garçon en haussant les épaules et en repartant vers sa chambre.

— On ne peut pas se permettre de payer un professeur particulier, fit remarquer Antonio avec une certaine insistance.

Cristina se tourna vers Mackenzie :

— C'est un garçon intelligent. Qui réussit très bien dans la plupart des matières. Mais en maths…

— Ça doit être dans les gènes, ajouta Antonio. Ni l'un ni l'autre ne sommes capables de l'aider. Moi, je vends des voitures à Santa Ana. L'étendue de mes connaissances en arithmétique se limite à soustraire la valeur à la reprise du prix demandé et à additionner le coût des options.

— Je pourrais peut-être l'aider. J'ai une licence de mathématiques.

Un silence abasourdi s'abattit sur la table.

— Vous avez une licence de mathématiques ?

— Entre autres.

— Quatre langues et plusieurs licences ! Mais qu'est-ce que vous fabriquez dans la police ?

— Mon père était flic, répondit simplement Mackenzie.

— Eh bien, si jamais vous restez ici assez longtemps, vous pourriez peut-être envisager d'aider Lucas. Mais espérons qu'on attrapera Cleland le plus vite possible.

Surtout, pensa Mackenzie, pour alléger la pression qui pèse sur la famille entière. Mais il voyait bien que la menace de représailles de Cleland laisserait des traces.

— Je dois m'en aller, dit-il en se levant.

Antonio parut déçu :

— Déjà ?

— Vous m'avez dit, Cristina, que vous emmeniez votre sœur à l'hôpital demain matin.

— Oui.

— J'espère que ce n'est rien de grave.

— Elle a un cancer du sein.

— Oh.

Une fois de plus, il ne sut pas quoi répondre et préféra se taire plutôt que de sortir une bourde – comme Susan le lui reprochait souvent.

— J'en profiterai pour ramener Paco. Il doit sortir demain.

— Quelle belle famille unie, lança Antonio en manière de plaisanterie, mais son sourire laissait entendre le contraire.

14

Le Colegio Cánovas del Castillo se composait de plusieurs bâtiments blancs carrés situés en retrait de la route d'Estepona, derrière un Burger King et un supermarché Mercadona.

Après avoir quitté l'A7, Cristina s'engagea sur la surface craquelée d'une voie double bordée d'arbres qui s'enfonçait entre les collines poussiéreuses décolorées par le soleil, en direction des montagnes, et d'où partaient de chaque côté des tronçons de routes inachevées.

Des grues se dressaient au-dessus des immeubles en béton abandonnés en cours de construction ; au-delà de l'école, dans la vallée, des villas vides couleur terre cuite alignées au milieu des ajoncs donnaient sur le fairway desséché d'un terrain de golf de pacotille. Cristina dépassa les bureaux fermés d'un promoteur vantant des logements qui n'avaient jamais été construits, et descendit vers l'école.

Les voitures des parents venus déposer leurs enfants formaient une lente procession dans les deux sens ; les trottoirs grouillaient d'écoliers bavards en uniforme, cartable à la main ou sur l'épaule. Il faisait déjà chaud. Cristina avait baissé toutes les vitres.

Elle était gênée de faufiler sa vieille Seat familiale entre les rutilants SUV Mercedes, Audi ou BMW. La plupart sans doute vendus par Antonio, qui avait la chance de pouvoir rentrer chaque soir avec une voiture du parc d'occasion. Même avec leurs deux salaires ils ne pouvaient s'offrir mieux. Ni l'un ni l'autre ne gagnait beaucoup, et l'essentiel de leurs revenus était consacré à la meilleure éducation que l'argent pouvait donner à Lucas. Malheureusement, ce dernier ne réussissait pas aussi bien qu'ils l'avaient espéré.

En jetant un bref coup d'œil dans son rétroviseur, elle remarqua l'expression anxieuse de son fils. Après le départ de Mackenzie, la veille, elle l'avait aidé de son mieux à faire ses devoirs, mais elle savait qu'elle n'était pas vraiment à la hauteur. Lucas aussi. Et c'était lui qui devait affronter ses professeurs, pas elle.

Comme si elle avait lu dans ses pensées, Nuri posa une main sur la sienne et lui adressa un pâle sourire. Cristina en aurait pleuré. Comment sa petite sœur, atteinte d'un cancer du sein et en route pour une nouvelle séance de chimio à Marbella, trouvait-elle la force de lui témoigner de la sympathie, à *elle* ? C'était si injuste.

Quand Lucas descendit devant le portail, il adressa un joyeux signe de la main à sa tante et un bref regard maussade à sa mère avant de courir rejoindre ses camarades de classe.

— Merci, dit Nuri alors qu'elles remontaient la route en sens inverse. Je sais que tu as beaucoup de problèmes en ce moment.

Cristina secoua la tête et sourit tout en essayant de ravaler les larmes qui lui montaient aux yeux.

— La famille passe en premier. Tu sais que je ferais n'importe quoi pour toi, sœurette.

— Je sais.

Elles ne prêtèrent pas la moindre attention au SUV noir garé près des blocs de béton qui obstruaient la route au-delà des bureaux de vente abandonnés. Assis au volant, dissimulé derrière les vitres fumées, Cleland poussa un soupir de satisfaction. Maintenant, il savait où le garçon allait à l'école. Où vivait cette salope. Et aussi sa sœur. Ce n'était plus qu'une question de temps, et de patience.

15

L'hôpital international HC Marbella était entouré d'un vaste jardin, à deux cents mètres de la mer, non loin de l'A7. Les salles de soin installées dans des pavillons aux toits de tuiles romanes surplombaient des pelouses parsemées d'arbres et de buissons fleuris ; des chaises longues disposées sur une terrasse dallée de pierre entouraient une grande piscine bleu turquoise.

Cristina s'était souvent demandé combien coûtait le traitement de Nuri. Mais de même qu'Antonio et elle investissaient tout dans l'avenir de leur fils, Paco et Nuri misaient tout sur la vie de cette dernière. À quoi bon avoir de l'argent en banque si on est mort ? Il y avait également le risque, si elle survivait au traitement, d'être stérile, or Cristina savait que Nuri mourait d'envie d'avoir des enfants. S'il advenait qu'elle ne puisse pas en avoir elle-même, elle en adopterait sûrement. Elle adorait les enfants, et raffolait de son neveu.

Les infirmières commencèrent par lui faire une prise de sang ; elles ne procéderaient au traitement que si l'hémogramme était compatible – un surplus de globules blancs les obligerait à décaler la séance. Pendant que le prélèvement était analysé au labo, les deux sœurs se promenèrent dans le jardin, sous la chaleur léthargique du matin, parmi les chants cacophoniques des oiseaux, presque oublieuses du bruit de fond de la circulation sur l'autoroute.

Cristina avait toujours estimé que Nuri était beaucoup trop jeune pour se voir frappée par la malédiction d'un cancer du sein, à l'âge de vingt-six ans. Néanmoins, sa petite sœur avait relevé le défi avec courage, en silence, sans presque jamais se plaindre. Cristina savait qu'après chaque séance de chimio elle passait plusieurs jours à vomir, et devait rester allongée la majeure partie du temps tellement elle se sentait fatiguée.

Ensemble, elles étaient allées à Marbella pour choisir la perruque qui cacherait son crâne de plus en plus chauve. C'était la seule fois où Cristina avait vu se fissurer son masque de courage. Elle l'avait surprise devant le miroir de la petite cabine d'essayage, au fond du magasin, la perruque tristement abandonnée sur ses genoux, les larmes ruisselant sur son visage ravagé par le poison qu'on lui injectait dans le corps. Lorsque Cristina s'était assise à côté d'elle et avait passé un bras autour de ses épaules pour la serrer contre elle, Nuri avait dit :

— J'ai peur, Cris. Je ne veux pas mourir.

En fin de matinée, Nuri fut appelée pour sa séance de chimio. Il y avait déjà une dizaine de patientes dans la salle de soin, chacune installée dans un siège inclinable, chacune avec sa télévision. La plupart se connaissaient maintenant et préféraient bavarder plutôt que de regarder l'écran.

Il y avait un renouvellement, bien sûr. Certaines patientes parvenaient avec succès au terme de leur traitement. D'autres mouraient. Aucune de ces femmes ne savait ce qui les attendait. Le traitement contre le cancer est une loterie aux enjeux élevés. Si on gagne, on vit.

Cristina regarda l'infirmière insérer avec dextérité l'aiguille dans une veine du dos de la main de Nuri et la fixer par un ruban adhésif ; le flux initial de solution saline commença alors à couler de la poche suspendue au-dessus de sa tête, pour nettoyer son réseau vasculaire. Cristina vit la résignation dans les yeux de sa sœur. Exercice d'équilibre psychologique entre ce qui la rendait malade et ce qui la maintenait en vie.

Mais, typique de Nuri, son esprit était ailleurs, occupé à penser aux autres comme toujours.

— Je ne vais pas pouvoir me rendre chez Ana aujourd'hui. Tu veux bien…

Cristina lui serra l'autre main.

— Ne t'inquiète pas pour Ana. J'ai tout prévu.

Elle se leva et regarda sa montre.

— Je te laisse un moment, sœurette. L'ambulance de Costa del Sol devrait amener Paco d'une minute à l'autre.

Paco l'attendait sur le parking. L'ambulance de l'Hospital Costa del Sol était déjà repartie, sans devoir faire le trajet jusqu'à Marviña grâce à la coïncidence malheureuse de la présence de Nuri en ville pour sa chimio. Il était pâle comme la mort et paraissait avoir rétréci dans son pantalon de jogging et son tee-shirt. Il s'était rasé, mais l'ombre de sa barbe, qui ne quittait jamais son visage, ressortait encore davantage sur sa peau livide. Il avait la jambe droite bandée de haut en bas et se tenait en équilibre instable sur des béquilles.

— Salut, Cris.

En voulant embrasser sa belle-sœur, il en fit tomber une. Cristina se pencha pour la ramasser, consciente de la blessure qu'infligeait à sa fierté de macho l'obligation de se faire aider par une femme.

— Comment ça va ? demanda-t-elle en pointant le menton vers sa jambe.

— Ça me fait un mal de chien. Je vais être arrêté pendant plusieurs semaines. Ils m'ont dit que j'avais eu de la chance. La balle a raté l'artère fémorale d'un cheveu. Autrement je me serais vidé de mon sang en quelques minutes.

Cristina fixa d'un air soucieux ses yeux sombres et tristes :

— Tu crois qu'il le savait ? Je veux dire, tu crois qu'il t'a raté exprès ?

Paco retroussa la lèvre supérieure et lança avec colère :

— Je crois qu'il s'en foutait complètement. Si je mourais, je mourais. Si je ne mourais pas, je te transmettais le message.

Il soutint un instant son regard avant de détourner la tête, gêné.

— Je serais mort comme les autres, c'est sûr, si je n'étais pas ton beau-frère.

Puis il lui fit de nouveau face :

— Je devrais t'en être reconnaissant, je suppose.

Cristina secoua la tête.

— Mais comment le savait-il ? Que tu étais le mari de ma sœur ? Comment l'a-t-il appris ?

— Quelqu'un de l'intérieur, manifestement. Sinon, comment aurait-il été au courant de la route qu'emprunterait le fourgon ?

— Le *jefe* a dit que le fourgon ne donnait pas l'impression d'avoir été forcé de quitter la route. Le chauffeur aurait volontairement pris ce chemin de terre. Il aurait été dans le coup ?

Paco haussa les épaules et dit âprement :

— S'il l'était, il ne s'attendait sûrement pas à être remercié d'une balle en pleine gueule. (Il prit une profonde inspiration.) Et Nuri ?

— De bonne humeur.

— Elle l'est toujours quand les effets de la chimio se sont estompés. Mais ils ne mettent pas longtemps à la rattraper et à l'abattre de nouveau.

Sa voix se brisa. L'espace d'un instant terrible, Cristina crut qu'il allait se mettre à pleurer. Un homme comme Paco n'aurait jamais pu oublier cet accès de faiblesse et en aurait à coup sûr voulu toute sa vie à Cristina. Heureusement pour eux deux, il se contrôla.

— C'est dur, Cris, tu sais ? Et ce sera encore plus dur avec ça maintenant, dit-il avec un mouvement furieux de la tête vers sa jambe. Je ne pourrai pas aider Nuri autant qu'avant.

— Tu sais que tu peux compter sur nous.

Il hocha la tête avec un petit sourire crispé.

— Je sais. Mais vous travaillez tous les deux, et vous avez un gamin. Enfin, au moins je resterai à la maison pendant un moment. J'espère juste qu'on ne va pas diminuer mon salaire.

Il soupira et désigna l'hôpital :

— Cet endroit coûte une putain de fortune. On a déjà assez de dettes comme ça. Sans savoir si on va s'en tirer. Physiquement et financièrement.

D'instinct, Cristina aurait proposé une aide financière, mais c'était trop demander. Elle se contenta de hocher la tête.

— Nuri en a encore probablement pour deux heures. Tu veux que j'aille te chercher un truc à manger ?

— Non. Les antalgiques m'ont complètement coupé l'appétit. Mais je boirais bien quelque chose.

16

Mackenzie fut réveillé par le soleil qui entrait à flot par la porte-fenêtre et dardait sur lui ses rayons brûlants. Pendant la nuit, il s'était débarrassé de son drap d'un coup de pied et il gisait maintenant en caleçon, tout tordu sur le matelas.

Contrairement à ce qu'il avait craint, la petitesse du lit ne l'avait pas empêché de dormir. La fatigue avait vaincu les obstacles à son confort. Mais il avait un mauvais goût dans la bouche et des gargouillis dans le ventre.

Constatant avec effroi qu'il était plus de 10 heures, il se précipita sous la douche puis enfila en toute hâte un jeans, un tee-shirt et une paire de baskets blanches neuves. Il se sentait bizarrement engoncé dans ses nouveaux vêtements en descendant au bar, où il avala deux *churros* avec deux grandes tasses de *cafe con leche*. Quand il apprit que personne ne l'avait appelé, il sortit de l'hôtel et se demanda ce qu'il faisait là.

La ville revenait à la vie. Ses habitants s'attablaient aux terrasses. Deux supérettes paraissaient faire de bonnes affaires, de même que la pharmacie où se succédaient des clients à la mine pâle, la main crispée sur l'ordonnance de leur médecin. Un peu plus loin, un couple de vieillards, assis sur un banc et appuyés sur des bâtons noueux, échangeaient leurs commentaires sur le monde à l'ombre des voiles colorés tendus au-dessus de leurs têtes. Entre les sections de rues protégées du soleil, la chaleur frappait déjà les pavés. Tout semblait recouvert d'une fine poussière. Il n'avait pratiquement pas plu depuis des semaines.

L'impatience de Mackenzie se mua en irritation. Il se mit à marcher dans la direction qu'il avait prise, la veille, avec Lucas. En chemin, il se remémora son malaise à se trouver plongé dans les eaux troubles d'un conflit familial entre Cristina et Antonio, son incapacité à détendre l'atmosphère pour la rendre plus agréable. Il comprenait Lucas et se souvenait que lui-même se sentait complètement exclu dès que son oncle et sa tante se disputaient à table – ou plutôt dès que son oncle cherchait la bagarre et hurlait contre sa femme.

Le bas de la rue était dominé par la mairie – *ayuntamiento*, en espagnol – avec ses mosaïques autour de l'entrée et ses drapeaux pendant mollement dans l'air immobile. Il prit l'escalier qui descendait vers la plaza del Vino. Malgré le nombre des voitures stationnées de chaque côté, il y avait peu de monde sur la place.

Au-delà de la caserne des pompiers et ses *bomberos* en train de flâner à la porte, se trouvait le commissariat devant lequel une demi-douzaine de véhicules, les uns marqués, les autres banalisés, étaient garés. Mackenzie gravit les marches du perron et pénétra dans le hall.

— Le *jefe* est dans le coin ? demanda-t-il à l'agent de garde.

Celui-ci leva les yeux et, d'un signe de tête, lui indiqua une porte ouverte de l'autre côté du hall. Mackenzie frappa et entra.

Assis devant une montagne de documents sur lesquels il concentrait son attention, le *jefe* parut content de le voir :

— Señor Mackenzie, dit-il en se mettant aussitôt debout, main tendue en avant. Vous avez bien dormi ?

— Trop bien, *jefe*, la moitié de la journée est déjà passée.

Le policier haussa les épaules.

— C'est l'Espagne, señor. On commence tôt et on finit tard. Il fait trop chaud une fois que le soleil est levé.

— Le crime se moque de la météo, *jefe*.

— Vous dites toujours ce que vous pensez, señor, s'esclaffa ce dernier. Ça me plaît.

— La plupart des gens n'apprécient pas.

Il hésita un instant avant de continuer :

— *Jefe*, puisque Cristina n'est pas disponible ce matin, je me demandais si je pourrais emprunter une voiture. J'ai l'impression de perdre mon temps en restant à l'hôtel. Je pourrais aller voir les lieux que fréquentait Cleland au port.

— Impossible, je regrette, répondit le *jefe* en secouant la tête. Il nous faudrait l'autorisation d'une instance supérieure. Et en plus, il y a la question de l'assurance.

Se rasseyant, il désigna un siège à Mackenzie.

— Cristina sera là cet après-midi.

— Vous avez du nouveau ?

— La police financière de Malaga a gelé les trois comptes que vous avez découverts hier. Cleland en pâtira dès qu'il commencera à être à court de liquidités. On exploite toutes les sources proches du milieu pour tenter de savoir où il pourrait se cacher, et avec l'aide de qui.

— Vous prenez au sérieux sa menace contre Cristina ?

— Non, dit le *jefe* en riant. Cleland ne cherchait qu'un bouc émissaire pour soulager sa conscience. Je suis certain qu'il a d'autres problèmes plus importants à régler en ce moment.

— Et le message qu'il a chargé son beau-frère de lui transmettre ?

— De la comédie. Juste pour lui faire peur.

— Il a réussi.

Le *jefe* se pencha au-dessus de son bureau :

— Señor, si je pensais qu'elle était en danger, je l'aurais confinée chez elle sous bonne garde jusqu'à ce que Cleland soit repris. Faites-moi confiance, il a d'autres chats à fouetter. Vous êtes écossais, m'a dit Cristina. Une fois, j'ai passé deux semaines en Écosse. Pour pêcher le saumon dans les Hébrides extérieures. Les plus belles parties de pêche de ma vie. Naturellement, la protection de la nature étant ce qu'elle est de nos jours, on a dû relâcher tous les saumons qu'on avait pris. Vous pêchez ?

— À moins de pêcher pour me nourrir, je considérerais cela comme une perte de temps. Attraper du poisson pour le rejeter à l'eau avec la gueule à moitié déchirée me paraît inutile et cruel.

Amusé, le *jefe* haussa les sourcils.

— J'en déduis que non.

Mackenzie hocha gravement la tête.

— Mais vous aimez le whisky ?

— Il m'arrive d'en boire une goutte.

— Moi, j'adore ça. J'en possède une collection formidable à la maison. De tout, du Lagavulin au Glenmorangie. Pour ma part, je préfère les tourbés.

— Je suis un homme des vallées. Je préfère les whiskys plus doux, vieillis dans des fûts de vieux xérès ou de madère. Mon préféré est le Balvenie Double Wood.

— J'en ai ! s'exclama le *jefe*, ravi. Et aussi du Triple Wood. Il faut que vous veniez un soir, on en goûtera quelques-uns. Je vis tout seul. (Un nuage voila son visage.) Depuis que ma femme est décédée. (Mais le nuage se dissipa vite.) Si vous restez ici assez longtemps, bien sûr. Vous comme moi avons hâte de mettre la main le plus vite possible sur ce salaud.

— Effectivement.

Le *jefe* se cala dans son fauteuil et dévisagea Mackenzie d'un air songeur, pendant un long moment.

— Ah, au diable ! finit-il par dire. Ne l'emboutissez pas, c'est tout. Et on ne le dira à personne.

Mackenzie ouvrit de grands yeux :

— Vous me prêtez une voiture ?

— Un des privilèges d'être le *jefe*. Venez.

Mackenzie le suivit dans le hall, puis sur le perron.

— Prenez la Seat garée tout au bout de la file. Elle est petite et avec vos grandes jambes vous aurez les genoux sous le menton, mais elle vous conduira à bon port.

Du menton, Mackenzie désigna la voiture qui se trouvait exactement sous eux. Une Audi Q5 noire rutilante.

— J'espérais que vous me proposeriez celle-ci.

Le *jefe* éclata de rire.

— Vous ne manquez pas de culot, c'est la mienne ! Ou vous prenez celle que je vous donne ou vous y allez à pinces.

Santa Ana, affreuse ville fonctionnelle, s'était développée autour d'un petit village de pêcheurs pittoresque, entre Condesa et Casares Costa. Il restait quelques vestiges du village original sur le littoral, à présent encombré de bateaux de pêche qui partaient chaque matin de bonne heure pour fournir les douzaines de restaurants de poisson de la côte.

Mackenzie traversa rapidement l'agglomération, quitta l'A7, prit le tunnel qui passait sous les voies et déboucha au puerto de la Condesa. Là, il laissa la voiture sous des palmiers vibrant du caquetage de petits perroquets verts à peine visibles au milieu des feuilles et, affrontant la chaleur écrasante, se dirigea vers l'ombre fraîche des arcades par lesquelles il arriverait au centre d'affaires Condesa dont la visite s'était révélée si fructueuse la veille.

Une idée lui était venue le soir précédent, juste après avoir éteint la lumière. Une idée qui avait hanté ses rêves et le taraudait encore lorsque le soleil l'avait réveillé. À présent, elle bouillonnait dans son esprit, et il voulait la mettre à l'épreuve.

Debout derrière le comptoir, le blond Dickie Reilly regarda Mackenzie avec un désarroi non dissimulé quand ce dernier sortit de l'ombre des arcades pour pénétrer dans son antre.

— Les visites répétées de la police ne sont pas bonnes pour les affaires, dit-il à voix basse.

— Oh ? Et pourquoi ?

— Parce que les gens n'aiment pas la police, monsieur… Mackenzie, c'est ça ?

— Qui peut savoir que je suis de la police ? Je viens seul aujourd'hui, pas d'uniforme en vue. Tout ce que je cherche, c'est une réponse simple à une question simple.

— Laquelle ?

— Où devrais-je aller pour savoir si quelqu'un possède une place d'amarrage dans la marina ?

— Ian Templeton, par exemple ?

Mackenzie haussa les épaules.

— N'importe qui. Ce n'est qu'hypothétique.

— À la tour.

— Qui se trouve ?

— Elle ressemble à un phare mais ce n'en est pas un. À l'entrée de la jetée. Peinte en bleu et blanc. C'est le bureau de la capitainerie.

— Et on pourra me dire qui possède quelle place ?

— Ils le pourront, mais ils ne le feront pas. C'est une information confidentielle. À moins d'avoir une autorisation officielle. Mais, comme vous l'avez dit, pas d'uniforme en vue. Ni mandat, je suppose.

Il sourit d'un air suffisant.

— Merci pour votre aide, dit Mackenzie.

La mer était d'un bleu presque douloureux à regarder. Mackenzie fut obligé de cligner des yeux en débouchant, en plein soleil, sur la marina. Un défilé incessant de voiles blanches entrait et sortait. Au-delà de la jetée, les bateaux jonchaient la surface de l'eau comme autant de petits morceaux de papier soufflés par la brise. Un hors-bord bruyant décrivait des courbes dans la baie en projetant des gerbes d'écume blanche vers l'azur radieux. Amarrés le long des multiples *pantaláns*, ou pontons, yachts, bateaux à moteur et dinghies se balançaient imperceptiblement sur une houle invisible ; dans l'air résonnait le cliquetis des drisses sur les mâts métalliques.

L'accès aux *pantaláns*, barré par des grilles fermées à clé, était surveillé par des caméras. Les places d'amarrage coûtaient très cher et exigeaient une sécurité à la hauteur.

Mackenzie vit une jeune fille en bikini retirer des seaux, des balais à franges et des cartons remplis de produits de nettoyage du coffre d'une voiture garée en face du *pantalán* 4. Souple, musclée, elle avait la peau très bronzée et les cheveux blondis par le soleil. Elle sourit quand Mackenzie passa devant elle.

— *Hola*, dit-il.

Il imaginait que s'il passait lui aussi ses journées à nettoyer des bateaux en plein soleil, il finirait par avoir la peau de cette couleur teck. Et le soleil réussirait peut-être même à mettre un peu de blond dans ses cheveux bruns.

Il remarqua que plus il s'enfonçait dans la marina, plus les bateaux grandissaient. Seuls les plus petits étaient amarrés près du port.

La capitainerie se situait au bout de la voie de desserte, là où la jetée offrait une protection au bassin portuaire. D'un ensemble de bâtiments peints en bleu et blanc s'élevait la tour elle-même, conçue par quelque architecte fantaisiste qui avait rêvé de la faire ressembler à un vieux phare. Mackenzie grimpa les quelques marches menant à un bureau. À son entrée, une femme d'âge moyen leva les yeux et le regarda par-dessus son ordinateur. Derrière elle, sur un grand écran de télévision fixé au mur s'enchaînaient les images des différentes caméras de surveillance réparties dans le port.

— *Buenos dias, señor*. Je peux vous aider ?

Susan lui avait toujours dit que lorsqu'il se forçait, son sourire ressemblait à la grimace d'un chimpanzé derrière les grilles d'un zoo. Il comptait mieux réussir aujourd'hui.

— Je l'espère. Un de mes amis, Ian Templeton, m'a dit que la place voisine de la sienne était à vendre. Ou à louer. Il ne savait pas trop. Je me demandais si vous pourriez m'éclairer sur ce point, et me dire combien elle coûte.

Son sourire de chimpanzé lui faisait mal à la mâchoire.

— Quel est le numéro de son anneau ? demanda-t-elle en lui lançant un regard curieux.

— Je n'en ai aucune idée.

Elle soupira.

— Templeton, vous avez dit ?

— Oui. Ian.

Elle tapa sur son clavier, déplaça sa souris et scruta l'écran en plissant les yeux.

— Ah, oui, voilà. *Pantalán* 4, place 405. Quel côté est à vendre ?

— Il ne l'a pas dit.

— Il ne vous a pas dit grand-chose, hein ?

— Désolé, fit-il en essayant de donner à son sourire une expression contrite.

La femme fronça les sourcils.

— Ni l'une ni l'autre ne sont à vendre *ni* à louer. Vous êtes sûr que ce n'est pas plutôt en face ?

Il haussa les épaules de manière peu convaincante, persuadé qu'elle voyait clair dans son jeu.

— Euh… peut-être.

— Il n'y a rien de disponible sur le *pantalán* 4, dit-elle en secouant la tête. Je peux vous donner une place sur le 3.

Il ne s'attendait pas du tout à ça.

— Oh. Non, non… pas la peine.

— Quel type de bateau avez-vous ?

— Un… un grand.

Comme son mensonge.

— Vous ne pourriez pas être plus précis ? lança-t-elle.

— Non. Non, pas vraiment. Il est juste, vous savez… grand.

Son sourire, il en était sûr, s'était déjà transformé en un rictus grinçant.

— Mais ça ne fait rien. Je le lui redemanderai. Merci beaucoup pour votre aide.

Et il se dépêcha de sortir avant qu'elle n'ait le temps de lui poser une autre question qui le forcerait à débiter un mensonge encore plus gros que son bateau fictif et le rendrait impossible à avaler.

Comme pour le punir d'avoir menti, le soleil parut vouloir l'assommer quand il ressortit sous sa chaleur implacable. La supercherie n'était pas son fort. Pourtant, il avait marqué un point. Cleland possédait un bateau, enregistré sous le nom de Templeton, amarré au *pantalán* 4, place 405.

Il observa les pontons qui s'avançaient sur l'eau, tous fermés par des grilles ; devant le *pantalán* 5, une vedette faisait le plein de carburant aux pompes Repsol. Impossible de jeter un coup d'œil au bateau de Cleland sans passer par les voies officielles. Tout en rebroussant chemin vers le port, résigné à raconter sa découverte au *jefe*, il sortit son téléphone. Puis il s'arrêta à la hauteur du *pantalán* 4 et, voyant que la place la plus proche portait le numéro 401, repéra facilement le yacht de Cleland. C'était un élégant bateau de croisière à moteur, au nez aussi pointu que celui d'un requin, et dont l'impressionnante superstructure s'étirait vers la poupe. La surface fumée des vitres enveloppant l'avant et les côtés de la cabine dissimulait l'intérieur à la vue d'un éventuel observateur. Des bâches fermées par des clips et des glissières en interdisaient l'accès. Mackenzie remarqua le nom du constructeur imprimé assez haut, juste sous le poste de pilotage extérieur. Princess 52.

Il regarda son téléphone, vit qu'il avait du réseau et lança une recherche sur Google. Un bateau d'occasion à vendre apparut presque aussitôt à l'écran. Un monstre très cher, 15,95 m de long ou 52 pieds 4 pouces, d'où le nom du modèle. Deux moteurs diesel Volvo de 630 CV, vitesse de croisière 22 nœuds. Construit en 2000, il valait encore 200 000 euros. Mackenzie ignorait de quand pouvait dater celui de Cleland, mais à son aspect flambant neuf, il en déduisit qu'il devait approcher le million d'euros. Avec ses trois cabines, le Princess 52 pouvait accueillir six passagers.

Mackenzie fit défiler les photos de l'intérieur. C'était vraiment un navire de luxe. Sous le poste de pilotage extérieur, un vaste salon avec coin cuisine, tout en teck et cuir blanc, donnait sur le poste de pilotage intérieur. Un escalier descendait vers les trois cabines, les deux salles de bains et la salle de douche.

Debout derrière la grille, Mackenzie le contempla avec une certaine admiration. Jamais il n'aurait pu songer à posséder un engin pareil ; d'ailleurs cela ne l'avait jamais tenté. Les bateaux, il le savait, coûtaient horriblement cher à entretenir, et ne servaient que de temps en temps à la plupart de leurs propriétaires. Celui-là était à la mesure des richesses accumulées par Cleland au détriment des autres, de toutes ces vies brisées qu'il laissait dans son sillage. Et cela mettait Mackenzie hors de lui.

— Re-bonjour.

Surpris, il se retourna et vit la fille couleur teck en bikini qui lui souriait, un seau contenant un balai à franges au bout d'un bras, un carton de produits de nettoyage sous l'autre. Une clé pendait d'une étiquette coincée entre ses dents.

— Bouvez ouvrir la drille bour moi ? bafouilla-t-elle.

Il mit un petit moment à comprendre ce qu'elle voulait, puis rougit.

— Bien sûr.

Il tira délicatement sur la clé, déverrouilla la porte et la lui tint ouverte.

— Vous pouvez la laisser tomber dans le seau, dit-elle en anglais. Je m'appelle Sally.

— John, répondit Mackenzie avec réticence.

— Vous étiez en train de rêver, c'est ça ?

Pour une fois, le mensonge jaillit très vite des lèvres de Mackenzie.

— Non, je venais vérifier mon bateau et je me suis aperçu que j'avais laissé ma clé à la maison.

— Oh. C'est lequel ?

— Le Princess 52.

Jetant un coup d'œil au *pantalán*, elle le repéra tout de suite.

— Beau bateau, John. Vous n'avez pas envie de souscrire un petit contrat de nettoyage ?

— C'est ce que vous faites, n'est-ce pas ? Nettoyer les bateaux ?

Comme elle s'engageait sur le ponton, il lui emboîta le pas.

— Ça me permet de passer toute la saison ici. Et de bronzer en même temps. Je dors sur les bateaux, aussi, donc pas de frais d'hébergement. L'année prochaine, je retournerai peut-être terminer mes études à Cambridge. (Elle sourit.) Ou celle d'après. Ou alors je rencontrerai peut-être un riche propriétaire de yacht qui m'enlèvera vers des horizons lointains et je n'aurai jamais besoin de diplôme.

Elle haussa les sourcils en lui jetant un coup d'œil espiègle.

— Vous vous trompez de cible, s'esclaffa-t-il.

— Homo ?

— Marié.

— Comme tous les autres, dit-elle avec un sourire enjoué. À plus tard.

Sur ce, elle s'éloigna, laissant Mackenzie devant la poupe du Princess 52. Il la suivit des yeux ; au bout du ponton, elle monta à bord d'un grand voilier aux lignes pures. Quand elle eut disparu à l'intérieur, il se retourna vers le bateau de Cleland et vit qu'il s'appelait *Big Rush*, un des nombreux surnoms de la cocaïne. Cela suffit à raviver sa colère. Mais au lieu d'enfler, elle s'apaisa assez vite lorsqu'il s'aperçut qu'un pan de la bâche protégeant le pont arrière était dégrafé ; un trouble soudain s'empara de lui. Serait-il possible que

Cleland soit resté caché là pendant tout ce temps, sous leur nez ?

Tous les sens en alerte, il monta sur le rebord découvert du pont arrière et sentit le bateau s'enfoncer un peu sous son poids. Il s'immobilisa, écouta attentivement, mais n'entendit que le ronronnement des embarcations à moteur entrant dans le port et en sortant, les cris des mouettes tourbillonnant et piquant au-dessus de sa tête. À l'autre bout de la marina, sur le chantier naval Varadero la Condesa, un élévateur à bateau mettait à l'eau un yacht qui, après avoir passé l'hiver au sec, allait prendre son premier bain de mer de l'année. Sa quille immaculée fendit le miroir de l'eau qui se plissa en anneaux concentriques reflétant la lumière du soleil.

Mackenzie souleva le coin de la bâche et regarda dessous. La porte du salon était ouverte sur un intérieur luxueux baignant dans la pénombre. Il prit une profonde inspiration et sentit une odeur de cuir et d'après-rasage. Son instinct ne pouvait pas le tromper : il y avait quelqu'un.

Il attendit plusieurs secondes que ses yeux s'accoutument à l'obscurité après la lumière éblouissante du soleil. Puis, très prudemment, il avança, franchit la porte ouverte et foula le tapis moelleux qui recouvrait le sol. Le salon, son coin cuisine et le cockpit semblaient vides. L'écoutille menant au pont inférieur était ouverte. Il observa chaque surface d'un œil exercé. Une paire de chaussures de bateau usées avaient été laissées sous une table couverte de cartes et de graphiques, un pull-over jeté sur le canapé.

Soudain, surgie de nulle part, une silhouette se matérialisa dans l'ombre et le frappa à la tempe. Une lumière explosa à l'intérieur de sa tête, ses genoux se dérobèrent sous lui. Il tomba et heurta lourdement le sol avec un bruit sinistre et une violence qui lui coupa le souffle.

Son agresseur l'enjamba lestement et s'enfuit vers la porte, mais parvenant à rassembler assez de force et de lucidité pour tendre un bras, Mackenzie lui agrippa la cheville. Cela suffit à déséquilibrer l'autre, qui s'écroula la tête la première contre le chambranle et atterrit sur le dos. Mackenzie gonfla ses poumons d'air, se jeta brusquement en avant vers la forme allongée, et reçut en pleine poitrine un puissant coup de pied. Il crut que sa cage thoracique allait exploser, retomba avec un cri de douleur, et roula aussitôt sur le côté pour éviter d'autres coups.

L'homme se mit à genoux au moment même où Mackenzie essayait de se redresser. Ils se retrouvèrent alors les yeux dans les yeux, à bout de souffle, trempés de sueur. C'était le premier face-à-face de Mackenzie avec Cleland, et il vit la folie dans ses yeux bleus de psychotique. Comment Cristina l'avait-elle décrit ? *Complètement dingue.*

— Fumier ! hurla Cleland.

Sa voix résonna d'une manière assourdissante dans l'espace clos de la cabine. Mackenzie bondit de nouveau en avant et, le prenant par surprise, le plaqua au sol, sous lui. Il sentit dans son haleine une odeur d'ail et de café. Plus autre chose. Un effluve nauséabond.

— On vous demande, Cleland. Je vous emmène.

L'espace d'une seconde, ce dernier se ramollit et regarda Mackenzie avec des yeux ronds :

— Écossais !? Vous êtes un putain d'Écossais !? Vous êtes venu jusqu'ici pour me chercher ?

— Exact, Cleland. Et vous ramener, aussi.

— Mon cul !

Ruant des quatre fers il réussit au prix d'un énorme effort à faire basculer Mackenzie sur le côté. Il était plus grand, plus costaud, et quand son poing s'écrasa sur la figure du policier, ce dernier eut l'impression qu'il était recouvert d'une cotte de mailles. Le sang bouillonna dans sa bouche qui s'emplit d'un goût de fer. Pour se défendre, il abattit son propre poing sur la tête de Cleland, ce qui déclencha une douleur atroce le long de son bras jusqu'à l'épaule.

Cleland jura et se releva en titubant. Mackenzie ne put rien faire pour l'arrêter. Pas plus qu'il ne put l'empêcher de lui balancer un nouveau coup de pied dans le plexus solaire. Plié en deux, il sentit bientôt sur lui la chaleur torride du soleil de midi qui s'infiltrait à l'arrière du bateau par la bâche entrouverte. Cleland s'échappait.

Faisant appel à toute sa volonté, Mackenzie se releva sur les genoux en s'appuyant sur le coin du canapé encastré. Ses yeux se posèrent alors sur un pistolet lance-fusées clipsé à côté de la barre. Sans hésiter, il traversa la cabine d'un pas chancelant, s'en empara, puis courut à la poupe et sortit dans la lumière aveuglante du soleil.

Il cligna furieusement des yeux pour essayer de repérer Cleland et le vit filer sur le *pantalán*, en direction de la grille. Le fugitif fut obligé de s'arrêter un court instant, le temps de chercher sa clé et de l'enfoncer dans la serrure. Puis, après avoir jeté un coup d'œil par-dessus son épaule, il longea au pas de course la voie d'accès en direction du port. Mackenzie le poursuivit tant bien que mal, une main pressée sur les côtes, l'autre crispée sur le pistolet d'alarme, et réussit à franchir la grille avant qu'elle ne se referme. Il vit au loin le dos de Cleland qui se précipitait vers les deux volées de marches rejoignant la rue qui passait derrière le port. Il leva le pistolet. Avec un peu de chance, la fusée éclairante le ferait tomber. Elle risquait de le blesser, mais sans doute pas de le tuer.

Malheureusement, il y avait des touristes entre eux. Un jeune couple avec un bébé dans une poussette, une famille avec un chien, un garçon à vélo ; Cleland les dépassa en courant. Mackenzie serra les dents et grogna de frustration. Impossible de lancer la fusée. Dieu seul savait quelle était la précision de ce pistolet, et quelle sorte de blessure il pouvait infliger à des innocents.

Alors, il brandit le lanceur au-dessus de sa tête et tira en l'air, envoyant dans le ciel, au-dessus du *puerto*, un arc de fumée rose qui explosa en un éclair écarlate et dont le reflet sur les eaux immobiles de la marina ressemblait à une tache de sang.

Du coin de l'œil, il perçut un mouvement. Debout à l'autre extrémité du *pantalán*, balai à la main, Sally le dévisageait bouche bée.

17

L'émotion provoquée par l'explosion de la fusée éclairante au-dessus du puerto de la Condesa, visible à des kilomètres le long de la côte, s'était calmée depuis longtemps.

Assis sur un caisson en béton qui, depuis le *pantalán*, fournissait eau et électricité au Princess 52 de Cleland, Mackenzie grimaça lorsque le médecin en tenue vert foncé et jaune appliqua un antiseptique sur son visage abîmé. Auparavant, il lui avait enlevé son tee-shirt pour palper avec précaution ses côtes couvertes de bleus ; il ne pensait pas qu'elles soient cassées, mais il lui conseilla quand même de passer une radio et de se bander le torse en attendant.

Une équipe de la police scientifique d'Estepona, en combinaison de plastique étouffante, passait au peigne fin le bateau de Cleland, prélevant les empreintes, grattant une tache de sang trouvée sur le tapis, rangeant dans des sachets poils, cheveux, rognures d'ongles, rasoir et brosse à dents trouvés dans une salle de bains.

Le *jefe* émergea du bateau.

— Vous n'auriez pas pu demander du renfort ? gronda-t-il en lançant un regard furieux à Mackenzie. On l'aurait pris en flagrant délit.

Tout en grimaçant parce que le médecin lui appliquait à nouveau de l'antiseptique, Mackenzie répondit :

— C'est ce que je m'apprêtais à faire. Mais comme la fille ouvrait la grille, j'ai décidé d'aller jeter un coup d'œil.

— Quelle fille ?

D'un signe de tête, Mackenzie désigna l'extrémité du *pantalán*, où Sally était interrogée par deux policiers locaux.

— Elle nettoie les bateaux.

— Pas celui de Cleland, apparemment. Il est dégoûtant. Une mine de preuves scientifiques. Malheureusement, il nous manque la principale. Cleland. Qu'est-ce qui vous a pris de tirer une fusée éclairante, bon sang ?

Mackenzie secoua la tête.

— Je ne sais pas. J'avais dans l'idée de la tirer sur lui. Mais il y avait trop de monde autour. Alors, je l'ai déclenchée par dépit.

— Vous auriez eu de gros ennuis si vous l'aviez touché.

— Je sais.

Le *jefe* soupira et coinça ses pouces dans sa ceinture.

— Pas sûr qu'il soit resté ici très longtemps. Aucun des lits n'était défait. On a trouvé du linge sale sur l'un d'eux. Il est peut-être simplement venu se changer, manger un morceau, boire un café. On a trouvé une tasse à moitié vide dans la cuisine, et les restes d'un sandwich sur le comptoir. On dirait que vous l'avez dérangé avant qu'il ait eu le temps de finir. Il y avait peut-être aussi de l'argent à bord. Il doit être à court de liquide à l'heure qu'il est.

Il jeta un coup d'œil vers le quai où une phalange de véhicules de police, gyrophare bleu allumé, entourait l'entrée du *pantalán* 4. Une ambulance attendait, moteur au ralenti, de l'autre côté de la voie d'accès. Une foule de badauds, composée de touristes et de gens du coin, était maintenue à l'écart par deux policiers en uniforme de la Guardia.

— Vous savez ce qui me fout le plus en rogne ?

Mackenzie plissa les paupières à cause du soleil. Comme le *jefe* se dressait devant lui à contre-jour, il ne pouvait pas voir l'expression de son visage.

— Non.

— Qu'aucun de nos hommes n'ait eu l'idée de vérifier si ce salopard avait un bateau ici. C'était bien pensé, señor. Seulement mal exécuté.

Il ne pouvait pas dire le contraire. Un mouvement dans la foule attira alors son regard ; une petite silhouette en sortit. C'était Cristina. Son cœur se serra ; il imaginait sa réaction. Elle avança à grandes enjambées sur le *pantalán* tout en resserrant l'élastique qui retenait ses cheveux en arrière et, après un signe de tête au *jefe*, fusilla Mackenzie du regard.

— Alors, je ne peux pas vous laisser seul cinq minutes, hein ?

— Ôtez ce type de ma vue, grogna le *jefe*. Emmenez-le manger quelque chose. Dites-lui qu'on ne joue pas aux cow-boys ici. Réunion au commissariat à 5 heures. On fera le point sur ce qu'on a. Assurez-vous juste qu'il arrivera dans les temps.

— Je suis là, vous savez. Je vous entends.

— Je ne suis pas sûr d'avoir envie de vous parler pour l'instant.

Tandis qu'ils remontaient vers le port, Cristina lâcha, sans regarder Mackenzie :

— C'était bien joué.

— Merci, dit-il, les yeux rivés sur les terrasses des cafés et restaurants encadrant le port, devant eux.

— La première partie. Pas la seconde, précisa Cristina.

— Le *jefe* a été très clair là-dessus.

— Vous avez de la chance qu'il ne vous ait pas balancé à la flotte.

La mine sombre, Mackenzie pinça les lèvres.

— En fait, je crois qu'il vous aime bien… Dieu sait pourquoi, ajouta-t-elle en lui jetant un regard en coin.

Le SUV Nissan était garé en haut de l'escalier par lequel Cleland s'était échappé.

— Vous avez faim ? demanda Cristina en ouvrant la portière.

Mackenzie hocha la tête.

— Eh bien, il va falloir attendre encore un peu. Je dois d'abord m'arrêter à Estepona chez ma tante. On mangera un morceau après.

18

L'excitation d'Ana est palpable. Elle consume ses pensées, envahit son corps. Cette sensation, elle ne l'avait pas éprouvée depuis des années, depuis que des volets se sont fermés sur son monde. C'est une sensation qui ranime l'espoir, comme lorsqu'on tombe sur un point d'eau inattendu dans le désert. Une sensation qui vaut peut-être la peine de vivre pour l'éprouver de nouveau.

À force d'avoir lu et relu le message en braille sur son écran, elle a des picotements au bout des doigts. Il n'aura pas entendu sa voix, et elle n'a aucune idée de la manière dont elle a pu résonner aux oreilles de l'opératrice qui l'a transcrite. Elle ignore si elle a parlé trop fort, ou trop doucement, si elle a encore cette petite note rauque qui la surprenait toujours quand elle s'écoutait sur un enregistrement.

L'opératrice a-t-elle saisi toute l'émotion véhiculée à travers ce bref échange de mots dont elle a été l'intermédiaire ?

L'appel de Sergio était si inattendu, si inespéré qu'Ana a encore du mal à croire qu'il a réellement eu lieu. Il y a bien longtemps, elle pouvait entendre *sa* voix ; désormais, elle doit l'imaginer à partir des aspérités qui se soulèvent sous ses doigts et retrouver dans sa mémoire ses cadences douces et riches. Impossible d'interpréter à partir du braille son hésitation, s'il en a eu, ou son appréhension. Ces subtilités se perdent dans l'éther. Elle n'a que ses mots transcrits en petits points durs et froids.

— Bonjour Ana, c'est Sergio.

Avertie par le vibreur fixé sur sa poitrine, elle avait répondu à l'appel. Jamais elle ne se serait attendue à lire ces mots. Sur le coup, elle n'avait pas su comment lui répondre.

— Sergio ?

Une réaction totalement inappropriée à un appel téléphonique chargé d'un tel passé.

— Je veux m'excuser un million de fois auprès de toi, Ana. Mais pas par téléphone.

Aucun mot n'avait pu sortir de sa bouche. Elle était restée pétrifiée par l'incrédulité, puis par la peur que ce ne soit qu'une mauvaise blague. Voilà plus de vingt ans qu'ils ne s'étaient pas parlé.

— Je viens juste de découvrir où tu habites. Je n'arrive pas à y croire. Depuis tout ce temps, à quelques rues seulement. Oh, Ana, réponds-moi que tu acceptes de me voir. Laisse-moi venir chez toi pour te le dire en face. Tu ne me dois rien, je sais. Moi, je te dois tout. En particulier une explication. Je pourrais venir en fin d'après-midi, ou en début de soirée. Ça dépend à quelle heure je serai en mesure de quitter mon travail. S'il te plaît, Ana.

Finalement, elle avait trouvé sa voix intérieure et l'avait laissée parler à travers l'opératrice.

— Je ne sors pas, Sergio. Même si je le pouvais, je n'ai nulle part où aller.

— J'arrive le plus tôt possible. Je te raconterai tout.

Ainsi s'était achevé l'appel et voilà pourquoi elle se débat maintenant dans un océan d'émotions, engloutie dans son passé.

19

Ana se souvient de la première fois où elle a posé les yeux sur Sergio. Il ne lui a pas tout de suite plu.

C'était en 1997. Elle était au lycée, en terminale, et confrontée à un avenir incertain. Les problèmes de surdité qui la tracassaient depuis sa prime enfance empiraient. L'école se révélait un environnement hostile. À cause de la détérioration de son audition, elle avait été obligée de porter des prothèses ; ses amitiés des premières années s'étaient dénouées au fil des ans. Une par une. Personne ne voulait pour amie une fille qui n'entendait rien, comme si son handicap risquait de déteindre sur eux. Ce n'était pas *cool.* Ça lui donnait l'air bête, et endormi. Ses meilleurs amis finissaient par devenir des ennemis qui se moquaient d'elle dans son dos, cédant au plaisir apparemment infini des enfants à se montrer cruels. L'imitant, l'humiliant. Et ses larmes ne réussissaient qu'à déclencher d'autres railleries, à déchaîner la férocité de ses anciens amis.

Ses professeurs ne se conduisaient guère mieux, peut-être même plus mal car c'étaient des adultes. Leur cruauté se traduisait par un désintérêt inconsidéré plus que par une froideur intentionnelle. Jugeant que sa déficience auditive n'était pas assez grave, une école spécialisée avait refusé de la prendre. La seule concession au problème d'Ana avait été, depuis son plus jeune âge, de la faire asseoir au premier rang de la classe. Comme ses professeurs s'adressaient aux autres élèves par-dessus sa tête ou parlaient en se tournant vers le tableau noir, elle ne pouvait pas lire sur leurs lèvres.

Résultat, elle progressait plus lentement que la moyenne et avait droit à des remarques peu élogieuses sur ses bulletins de notes :

Ana n'est pas attentive.

Ana est intelligente, mais elle ne fait pas d'efforts.

Ana est paresseuse.

Ana ne fait pas ses devoirs.

Tellement injuste ! Ana ne faisait pas ses devoirs quand les professeurs donnaient les sujets verbalement à la classe – ou elle comprenait de travers, ou elle n'entendait rien. Aucun d'eux ne prenait la peine d'écrire l'énoncé pour elle, ou de s'assurer qu'elle avait compris ce qui était demandé. Elle les agaçait, elle ne représentait qu'un problème supplémentaire dont ils se seraient volontiers passés. Une gourde plantée au premier rang. Une cruche qui ne répondait jamais, ne participait jamais, ratait ses contrôles, oubliait de faire ses devoirs.

Une fille qui souffrait à l'intérieur d'elle-même, cachait sa misère et sa solitude au monde – même à ses parents.

Son père l'aimait à sa manière, mais il n'était presque jamais à la maison. Représentant de commerce, il passait des jours, parfois des semaines loin de chez lui, laissant Ana aux soins de son épouse. Bien qu'issue d'une famille ouvrière pauvre de Catalogne, cette femme vaniteuse était incroyablement soucieuse de sa dignité. Elle adorait sa fille aînée, Isabella, qui était tout le contraire d'Ana. Jolie, intelligente, sociable. À cause de leurs dix années de différence, les deux sœurs n'avaient pas grand-chose en commun, s'étant toujours trouvées à des stades d'évolution différents pendant l'enfance. Isabella avait déjà un mari et deux petites filles au moment où Ana terminait ses études secondaires.

La mère d'Ana avait presque honte de sa fille, comme si cette dernière était coupable de sa surdité, l'avait provoquée pour donner une mauvaise image de la famille. Lorsque son mari était en voyage, elle reprochait à Ana de ne rien écouter, de ne rien comprendre, et criait inutilement quand elle pouvait parfaitement l'entendre. Ensuite, gagnée par le regret, elle la couvrait de larmes et de baisers jusqu'à ce que sa vraie nature reprenne le dessus, dès qu'elle recommençait à se sentir frustrée par sa fille.

Un soir, Ana apprit avec une certaine inquiétude que son père lui avait obtenu une place dans un centre bénévole pour sourds, à Estepona. Sa mère ne s'en était pas réjouie – autant clamer sur tous les toits que leur fille était handicapée. Ana, elle, l'accepta encore moins bien. Elle entendait peut-être mal mais elle n'était pas sourde. Cependant, son père avait insisté. Ce centre, dirigé par une association caritative, recevait de l'argent du gouvernement sous forme d'une bourse délivrée par la *Junta de Andalucía*. Il fournissait des équipements pour les malvoyants, et aussi pour les – il choisit soigneusement son mot – malentendants. Ainsi, Ana aurait la possibilité d'apprendre le langage des signes, ce qui serait une bonne chose. Elle n'en était pas si sûre.

Le centre se cachait derrière la plaza de las Flores, dans la vieille ville d'Estepona. Le premier soir, son père l'y conduisit. Après avoir garé la voiture, il prit Ana par la main et l'emmena de l'autre côté de la place, dans une petite rue sombre.

— Je reviendrai te chercher à 9 heures, *cielo*. Si ça te plaît, tu pourras y aller en bus la prochaine fois.

Le centre ouvrait trois soirs par semaine, mais Ana ne pensait pas qu'il y aurait une prochaine fois.

Après une entrée peu engageante, un couloir sombre débouchait sur une grande salle avec des tables, des chaises, deux canapés, plusieurs fauteuils avachis, et beaucoup de monde. Un passe-plat communiquait avec une petite cuisine d'où émanait une odeur de café fraîchement moulu. Une jeune femme aux courts cheveux noirs vint leur serrer la main :

— Bienvenue, mademoiselle. Votre père m'a dit que vous aviez des problèmes d'audition mais que vous n'êtes pas sourde.

Ana la vit jeter un coup d'œil à ses prothèses auditives et hocha la tête.

— Bien, reprit la jeune femme. Cela facilitera beaucoup votre apprentissage du langage des signes. Nous avons un professeur qui vient deux fois par semaine.

Ana hocha de nouveau la tête. Elle n'osait pas dire qu'elle n'avait pas la moindre intention d'apprendre le langage des signes, ce qui reviendrait à admettre qu'elle était sourde. Peut-être, au fond, tenait-elle plus de sa mère qu'elle ne l'aurait voulu.

Après le départ de son père, la jeune femme la guida vers une table et l'informa que quelqu'un viendrait lui parler et prendre ses coordonnées. Ana s'assit et regarda autour d'elle avec consternation la pièce sinistre aux murs jaunes abîmés, tachés d'humidité. Presque personne n'avait moins de soixante ans.

— *Hola*, comment ça va ?

Elle leva la tête et croisa le regard d'un jeune homme d'une vingtaine d'années. Une masse de cheveux bruns indisciplinés retombait sur un front large et d'épais sourcils très foncés. Il avait un long nez aquilin et des lèvres charnues qui paraissaient pâles dans son visage très bronzé. Il était grand, maigre et souriant. Pour la première fois de sa vie, Ana sentit son estomac se nouer.

— Ça va, répondit-elle timidement.

— Bien.

Puis il fit avec ses mains une série de signes qui la déconcertèrent. Elle haussa les épaules d'un air impuissant.

— Tu lis sur les lèvres ?

Elle acquiesça. Lire sur les lèvres n'avait jamais été pour elle un processus conscient, simplement quelque chose qu'elle avait appris à faire au fil du temps par pure nécessité.

— Mais je ne suis pas complètement sourde.

Elle le vit observer ses lèvres attentivement.

— Moi, je suis complètement sourd. J'entendais parfaitement jusqu'à l'âge de sept ans, jusqu'à ce qu'un virus endommage mes nerfs auditifs. Depuis, je n'entends plus rien. Je n'aime pas parler parce que j'ai toujours peur de passer pour un sourd. (Il rit.) Ce que suis, bien sûr. Mais je préfère les signes. Tu es venue apprendre ?

Elle secoua la tête.

— Je suis là parce que mon père m'a amenée. Je ne crois pas que je reviendrai.

Le sourire du garçon s'estompa ; il parut soudain déçu.

— Oh, mais il faut que tu reviennes. Tu ne peux pas me laisser seul avec tous ces vieux.

En la voyant jeter un coup d'œil embarrassé autour d'elle, il éclata de rire.

— Ne t'inquiète pas, ils ne peuvent pas m'entendre. Ils sont sourds.

Elle se mit à rire, elle aussi. Bien sûr qu'ils étaient sourds.

— Les aveugles viennent le jeudi pour apprendre à utiliser la canne blanche. Les plus chanceux ont des chiens guides. Parfois, je me demande ce qui est pire – sourd ou aveugle. Mais je crois que perdre la vue doit être la pire des choses. Je ne peux pas m'imaginer dans l'impossibilité de voir le monde qui m'entoure.

Il tourna la tête vers la cuisine et ajouta :

— Quelqu'un va venir prendre tes coordonnées. Tu veux un café en attendant ?

— Oui, merci.

Elle le regarda se diriger vers le passe-plat. Il avait une démarche souple. Sous son tee-shirt, on devinait des bras et des pectoraux musclés, du genre longiligne. Elle se surprit à poser les yeux sur ses fesses rondes mais minces moulées par son jeans.

Il revint avec deux tasses de café noir.

— J'ai oublié de te demander si tu le voulais noir ou…

— Je le préfère avec du lait.

— Pas de problème.

Il posa les tasses sur la table et fila vers la cuisine d'où il rapporta un carton de lait. Il en versa dans le café d'Ana jusqu'à ce qu'elle lui fasse signe d'arrêter. En voulant reposer le lait, il était si occupé à la regarder que le carton heurta le bord de la table, glissa de sa main et se répandit sur le chemisier et le jeans d'Ana. Il recula d'un bond, comme s'il avait été brûlé et Ana sauta sur ses pieds en renversant sa chaise. La table vacilla, les deux tasses volèrent.

— Oh mon Dieu ! s'exclama-t-il. Je suis désolé. Attends, je vais chercher un chiffon.

Pendant qu'il courait vers la cuisine, Ana attendit debout, laissant le lait goutter sur le sol et s'infiltrer en filets blancs dans les flaques de café noir. Gênée, elle regarda autour d'elle, certaine de voir tous les yeux braqués sur elle. Mais hormis une vieille dame, à l'autre bout de la pièce, personne ne semblait avoir remarqué l'incident. Le jeune homme revint avec une serviette de table et se mit à essuyer fébrilement le devant de son chemisier. Avant de se rendre brusquement compte que ses doigts frottaient ses seins.

— Oh mon Dieu ! s'exclama-t-il de nouveau en reculant une fois de plus d'un bond. Je suis désolé, je ne voulais pas…

Il tendit la serviette à Ana.

— Franchement, c'était involontaire.

Ana avait du mal à garder son sérieux. En vérité, elle était furieuse qu'il ait taché ses vêtements. Mais elle avait aimé le contact de ses doigts sur ses seins. Un garçon les avait déjà touchés une fois. Après un bal de l'école, il avait proposé de la raccompagner chez elle, l'avait embrassée et glissé sa main en douce sous son chemisier. Elle l'avait giflé.

Le jeune homme avait les joues en feu.

Tout en essayant d'éponger le lait, elle lui lança un regard noir.

— Bon, maintenant que tu as réussi à me tremper de la tête aux pieds, tu pourrais au moins me dire comment tu t'appelles – même si ça ne sert pas à grand-chose.

— Sergio, dit-il, sans savoir, de toute évidence, si elle plaisantait ou non.

Elle jeta la serviette dans la main qu'il lui tendait.

— Ana. Peut-être que maintenant tu voudras bien m'apporter un vrai *café con leche* sans le renverser sur moi !

Ils passèrent les deux heures suivantes à parler en buvant du café. Ana lisait moins bien que Sergio sur les lèvres, mais le fait d'entendre facilitait sa compréhension. Au bout de dix minutes, elle ne se considérait plus autrement qu'une fille normale bavardant normalement avec un garçon normal. C'était la première fois de sa vie qu'elle oubliait son handicap. Qu'elle ne se sentait pas embarrassée par lui. Qu'aucun obstacle ne gênait la communication.

Sergio lui apprit qu'il venait d'avoir vingt et un ans. Il étudiait l'espagnol en ligne pour passer une licence. Bien que relativement récent, Internet offrait déjà aux sourds des possibilités inimaginables. La relation avec ses professeurs passant uniquement par écran interposé, ils ignoraient qu'il était sourd.

— Ça me donne l'impression d'être de nouveau normal. La surdité a quelque chose qui fait peur aux gens. Comme si c'était une maladie contagieuse. Les autres pensent qu'on est bête parce qu'on ne comprend pas ce qu'ils disent, et nous traitent comme des imbéciles. (Il sourit.) Mais je ne vois pas pourquoi je te dis ça. Tu dois le savoir.

Ana hocha tristement la tête.

— Oui, j'ai perdu tous mes amis. On s'habitue à rester seul. (Elle sourit.) Au bout d'un moment, j'ai même fini par aimer ça. Puisqu'on ne peut pas se fier aux autres, on ne compte que sur soi.

— Exactement. C'est pour ça que j'aime Internet. On peut être soi-même sans être jugé par quelqu'un. Personne ne sait qu'on ne peut pas entendre puisqu'on n'en a pas besoin. Si tu veux, on pourrait se rencontrer en ligne sur une chat room.

L'idée paraissait l'exciter. Le sourire d'Ana s'évanouit ; elle baissa les yeux vers la table.

— Qu'est-ce qu'il y a ?

— On n'a pas Internet à la maison.

— Oh, fit Sergio, visiblement déçu. Tu pourrais peut-être demander à ton père ?

— Je ne crois pas qu'on ait les moyens.

— Alors, il faudra que tu viennes ici trois soirs par semaine, et on se fera notre petite chat room en vrai. Je t'apprendrai le langage des signes.

Elle fit la grimace.

— Non, je t'assure, c'est super. Une fois qu'on a pigé le truc, on arrive vraiment à s'exprimer. On finit par oublier qu'on ne parle pas à haute voix.

— Peut-être, lâcha-t-elle en haussant les épaules. Mais je ne suis pas sûre de revenir.

Elle vit alors le visage de Sergio se décomposer – et elle se rendit compte à quel point cette expression étrange pouvait être pertinente. Les traits du garçon s'étaient littéralement décomposés. Ça la fit rire, mais elle n'eut plus envie de continuer à se faire prier.

— Si tu le demandes gentiment…

— Je ferai mieux que ça, dit-il avec un grand sourire de soulagement. Je t'emmènerai manger des tapas. On n'est pas obligés de se voir uniquement ici.

— Oh là ! Pas si vite, s'exclama-t-elle en levant les mains. On vient juste de se rencontrer, non ?

— La vie est trop courte pour gaspiller du temps.

— Possible. Mais tu me demandes de sortir avec toi alors que tu ne me connais absolument pas.

— Comment je pourrais te connaître si je ne te revois pas ?

— Tu peux me voir ici.

Son visage s'éclaira.

— Donc, tu vas revenir ?

Elle se sentit piégée.

— Je vais réfléchir.

— OK, réfléchis aussi aux tapas. Et peut-être à une bière. On ne va pas passer notre temps au milieu de cette bande de vieux sourdingues.

— Un jour, Sergio, nous aussi on sera deux vieux sourdingues, s'esclaffa-t-elle.

Elle prit soudain conscience qu'elle aimait prononcer son nom, qu'elle avait très envie de mieux le connaître. Elle décida d'accepter sa proposition. Mais ne le lui dit pas tout de suite.

Deux semaines s'écoulèrent avant qu'Ana trouve le courage d'annoncer à ses parents qu'un jeune homme du centre l'invitait à sortir, et qu'elle avait besoin de se faire conduire à Estepona. À cinq reprises déjà, elle s'était rendue au centre ; la dernière fois, elle avait enfin accepté d'aller partager des tapas avec Sergio. Elle était loin de se douter qu'elle allait déclencher une réaction pareille.

Il faisait très chaud ce soir-là. Son père, en short et maillot de corps, lisait le journal local ouvert devant lui sur la table. Une paire de lunettes demi-lune à cheval sur son nez, le coton blanc de son maillot taché de sueur à l'endroit où son gros ventre le tendait. Il leva les yeux en fronçant les sourcils :

— Non.

Ana se rebella.

— Comment ça, non ?

— Tu ne comprends pas ce que ce mot veut dire ?

— Je comprends surtout que j'ai dix-sept ans et que si je veux sortir avec un garçon, je sortirai avec un garçon.

— Tant que tu vivras sous mon toit, tu feras que ce que je te dis, bon sang.

Sa mère apparut à la porte de la cuisine.

— Qu'est-ce que tu sais sur ce garçon, après tout ?

— Beaucoup de choses.

— Quel âge a-t-il ?

— Vingt et un ans.

— Ha ! s'exclama son père en refermant le journal et en abattant une main sur la table. Eh bien, voilà qui est clair. Il n'a qu'une chose en tête.

— Comment peux-tu savoir ce qu'il a en tête ? riposta Ana, consciente que sa voix montait dans les aigus.

— Moi aussi j'ai eu vingt et un ans. Et je sais à quoi pense un jeune homme quand il regarde une fille de dix-sept ans. La réponse est non. Inutile d'insister.

Sa mère le regarda d'un œil critique, en se demandant peut-être si la même chose lui passait par l'esprit quand il avait une fille de dix-sept ans devant lui. Puis elle se reconcentra sur Ana.

— Tu l'as rencontré au centre ?

— Oui.

— Donc, il est sourd ?

— Oui.

— Seigneur Jésus Marie Joseph, Ana, tu ne pourrais pas te trouver un garçon normal ?

La colère qui bouillonnait en Ana explosa :

— Comment ça, « normal » ? Tu veux dire que *je* ne suis pas normale ?

Se rendant compte de son erreur, sa mère se hâta de rectifier :

— Pas du tout. Mais tu as besoin de quelqu'un qui entende normalement pour compenser ton handicap. Tu sais que le docteur a dit que ce serait de pire en pire. Un jour, tu n'entendras plus rien du tout. Et alors, vous serez deux sourds.

Son père frappa la table des deux mains en hurlant :

— Ça suffit ! Tu NE sortiras PAS avec lui.

Tout en pensant qu'on avait dû l'entendre crier depuis la côte, Ana sentit des larmes lui brûler les yeux. Si seulement Isabella avait été là pour prendre sa défense. Elle était sûre que ses parents auraient écouté sa sœur aînée. Décidée à ne pas se laisser marcher sur les pieds, elle se leva :

— Qu'est-ce que vous comptez faire ? M'attacher ? Si je veux sortir avec Sergio, je sortirai avec Sergio. Et si vous ne voulez pas me conduire en ville, je prendrai le bus.

Sur ce, elle prit son sac, le jeta sur son épaule, se rua hors de la pièce et claqua la porte derrière elle.

Nerveux, Sergio l'attendait devant le bureau de poste du *Paseo Maritimo*, élégante promenade bordée d'arbres sur le front de mer d'Estepona. Les *chiringuitos*, les bars de plage, étaient bondés, une bonne odeur de poisson grillé au feu de bois emplissait l'air du soir.

Ana arriva avec presque une demi-heure de retard. Dans le bus, elle avait fait de son mieux pour se recomposer un visage serein.

— J'ai cru que tu m'avais posé un lapin. Cinq minutes de plus et je m'en allais.

Ana se douta cependant qu'il aurait attendu plus longtemps.

— Tu as pleuré ? demanda-t-il en scrutant son visage dans l'obscurité.

— Des mauvaises nouvelles, à la maison, éluda-t-elle en haussant les épaules. Mais c'est rien, je ne veux pas que ça gâche notre soirée.

Sergio regarda longuement Ana, puis il lui prit la main et ils commencèrent à marcher lentement sur le *Paseo* en direction du vieux port.

Boutiques et restaurants, au-dessus desquels s'élevaient trois ou quatre étages d'appartements, bordaient la large avenue del Carmen qui descendait de l'ouest. Une belle plage s'étendait sur leur gauche ; une Méditerranée paisible déposait son écume légère sur le sable. Il faisait plus frais, mais l'air était encore tiède sur la peau.

Ana aimait sentir sa main dans celle de Sergio, grande, protectrice. Ils avançaient en silence, leurs bras se balançaient au rythme de leurs pas, leurs mains parlaient pour eux.

Après ses premiers cours de langage des signes, Ana avait pris l'habitude de s'exercer avec Sergio quand ils étaient ensemble. À sa grande surprise, elle avait trouvé cela beaucoup plus facile qu'elle ne s'y attendait. Mais pour l'instant, elle se contentait du plaisir de le sentir près d'elle. Les mots n'avaient pas d'importance ; le souvenir de la dispute avec ses parents s'estompa.

Sergio l'emmena dans un petit bar à tapas du port où ils se faufilèrent entre les tables bondées de la terrasse pour trouver un coin tranquille à l'intérieur. Sur la promenade, touristes et locaux déambulaient à la recherche d'une place dans un restaurant ou un bar. Sur les eaux calmes de la marina éclairées par la lune, les yachts dansaient doucement dans le noir. Sergio commanda le mélange maison ; une serveuse leur apporta une succession apparemment sans fin de petits plats : *patatas bravas, albóndigas, langostinos, empanadas, tortitas*... Il demanda aussi deux verres de rioja dont ils savourèrent, en mangeant, le velouté vanillé.

Ana parlait et utilisait en même temps le langage des signes, Sergio la corrigeait. Les petites bougies allumées sur la table se reflétaient dans les yeux sombres du garçon.

— Qu'est-ce que tu feras quand tu auras ta licence ? demanda-t-elle.

— Je veux enseigner. Dans une école pour sourds, ou pour des élèves qui ont besoin d'un enseignement adapté. Je veux ouvrir le monde aux enfants à problèmes et leur apprendre qu'ils ne sont pas différents des autres. Que rien ne peut les empêcher d'être qui ils veulent.

Ana sentit son cœur se gonfler.

— J'aurais bien aimé avoir un professeur comme toi. Je n'aurais peut-être pas grandi en me persuadant que tous les autres sont mieux que moi.

— Oh, Ana… dit-il en refermant ses deux mains autour d'une des siennes. Il ne faut pas penser ça. Tu es belle, à l'intérieur comme à l'extérieur. Tu es intelligente, drôle, tu t'exprimes bien…

Elle sentit ses mains resserrer leur emprise.

— Tu es merveilleuse.

Elle rougit, détourna les yeux, gênée par sa franchise, mais remplie de joie. Et d'une émotion – qu'elle n'arrivait pas à définir. Une émotion qu'elle n'avait jamais ressentie.

Ils finirent tous les plats en les faisant descendre avec un deuxième verre de vin. Ils parlaient, riaient. Ana imagina que c'était sûrement toujours ainsi que vivaient les gens ordinaires. Pour la première fois de sa vie, elle oubliait complètement ses problèmes d'audition, elle oubliait que Sergio était sourd. Elle ressentait uniquement le plaisir d'être en vie, de profiter de la compagnie de la personne avec qui elle se trouvait.

Au moment de partir, lorsque Sergio régla l'addition, elle se leva de table à regret et laissa pour la première fois s'insinuer dans son esprit la pensée de ce qui l'attendait à la maison. Dehors, les lumières vives du port gommaient l'obscurité, transformant la nuit en jour. L'air résonnait des bruits d'une humanité en train de s'amuser. Des sons que Sergio n'entendrait jamais et qu'Ana percevait étouffés. Alors qu'ils traversaient la terrasse en slalomant entre les tables, elle trébucha sur un sac posé par terre et faillit tomber.

Sergio la rattrapa. L'espace d'un instant, elle se retrouva dans ses bras, protégée des dangers de la nuit. Avant de la lâcher, il s'assura qu'elle avait retrouvé son équilibre.

— Je suis vraiment trop maladroite, plaisanta-t-elle. Je n'arrête pas de me prendre les pieds dans des trucs que je ne vois pas et de me cogner aux gens que je croise.

— C'est le vin, dit Sergio en riant. Je me sens un peu parti, moi aussi.

Il lui prit la main et elle s'appuya contre lui pendant qu'ils retournaient à l'arrêt de bus de l'avenue del Carmen. Soudain, ils ne trouvaient plus rien à se dire. La perspective de se séparer les paralysait. Ils avaient déjà passé de nombreuses heures ensemble au centre, mais ils ne s'étaient encore jamais retrouvés seuls. Ana se demandait comment ils allaient se quitter. Elle sentit sa bouche devenir sèche et les battements de son cœur s'accélérer quand les phares du bus apparurent au rond-point. Puis, sans avoir le temps de réfléchir davantage, elle se retrouva dans les bras de Sergio qui baissait la tête vers elle pour poser ses lèvres douces et chaudes sur sa bouche. Elle se haussa sur la pointe des pieds de façon à pouvoir l'embrasser.

Sergio la tenait encore par la main lorsqu'elle monta dans le bus, où elle se laissa tomber sur un siège, à l'avant, inconsciente du sourire lubrique du chauffeur.

Les vingt minutes de trajet jusqu'à Marviña passèrent en un clin d'œil, dans une confusion de réflexions et d'émotions. Elle essayait de ne pas penser à ses parents, de se concentrer uniquement sur sa soirée avec Sergio. Mais au moment où le bus arriva en haut de la colline, sur le rond-point de Santa Ana de las Vides, elle ne put empêcher la peur de troubler son esprit.

La nuit lui sembla très noire lorsqu'elle descendit à l'arrêt de la plaza del Vino. La place, elle le savait, était entourée de réverbères – y avait-il eu une coupure de courant ? Elle entendit le bus s'en aller, mais ne le vit pas. Une main de glace se referma sur son cœur et la plongea dans l'angoisse. Pourquoi ne voyait-elle rien ? On aurait dit qu'une couche de poussière noire recouvrait la ville. Aussitôt, elle se retrouva complètement désorientée. Son appartement se trouvait à cinq minutes à pied de la place, mais elle ne savait plus dans quelle direction aller. Elle tourna à gauche, puis à droite, trébucha sur un pavé, faillit tomber. Les mains tendues en avant afin d'éviter de se cogner la tête contre un mur ou un réverbère, elle eut envie d'appeler quelqu'un à l'aide, mais à cette heure-ci, les rues étaient désertes. Les volets fermés. Les bars vides. Les lumières éteintes.

Sa frayeur devenait si intense qu'elle la sentait monter de sa poitrine vers sa gorge, prête à l'étouffer. Elle tituba en se rendant compte qu'une voiture approchait, juste avant d'apercevoir ses phares dans un brouillard. Paniquée, elle se retourna, et entendit le crissement des pneus au moment où la voiture la heurtait et l'envoyait valdinguer sur le côté. Le monde bascula, sa chute se termina brusquement par le contact violent de sa tête avec le macadam, et elle sombra dans une obscurité totale.

Lorsque la clarté finit par percer les ténèbres, Ana eut l'impression d'être enveloppée de douceur, comme en apesanteur. Mais avec la lumière vint la douleur, une douleur fulgurante qui lui vrillait le crâne et martyrisait sa conscience. Elle ouvrit les yeux, choquée, et fut aveuglée par la lumière de sa chambre.

Une fois la confusion initiale passée, des formes lui apparurent. Des silhouettes en contre-jour. Puis des visages familiers. Sa mère, son père, Isabella. Un homme en qui elle mit quelques secondes à reconnaître leur médecin de famille, le Dr Celestino. Un petit monsieur chauve aux grosses lunettes à monture d'écaille. Ils se penchaient tous dans son champ de vision, et elle percevait l'inquiétude sur leurs traits.

La voix du médecin lui parvint assourdie. Instinctivement, elle porta les mains à ses oreilles ; on lui avait retiré ses appareils.

— Elle a eu de la chance, disait Celestino. Quelques coupures et contusions mais rien de cassé, je crois. Le chauffeur a dit qu'elle s'est figée sur place avant qu'il la touche.

La voix de son père s'éleva ensuite, tendue par la colère :

— Son haleine empeste l'alcool. Elle est allée boire avec ce garçon !

La rage donna à Ana la force de se soulever sur un coude.

— Je ne suis pas soûle ! s'écria-t-elle, persuadant ainsi tout le monde du contraire. Je ne voyais rien quand je suis descendue du bus. C'était tout noir, comme si on avait éteint les lumières.

Épuisée d'avoir parlé, elle retomba sur le dos et ajouta :

— Je ne voyais même pas les étoiles dans le ciel.

— Parce que tu étais ivre morte ! gronda son père.

— *Papi !* intervint Isabella, en espérant le calmer.

Le Dr Celestino se pencha pour examiner les yeux d'Ana.

— Est-ce que ça t'est déjà arrivé, *mi niña* ?

— Jamais je ne l'ai autorisée à boire dans cette maison, tonna son père sur la défensive. Pas une seule fois.

Mais Celestino l'ignora et insista :

— Ana, est-ce que ça t'est déjà arrivé ?

Elle fit un effort pour s'éclaircir les idées.

— Non. Pas comme ça. Je ne vois pas très bien la nuit. Je n'ai jamais bien vu. Mais, c'est pareil pour tout le monde, non ? Là, j'ai eu l'impression d'être aveugle. Je ne voyais absolument rien.

— Elle a un problème, docteur ? demanda sa mère.

Sans lui répondre, ce dernier continua à interroger Ana :

— Dis-moi, petite, est-ce que tu as du mal à voir les choses qui se trouvent à la périphérie de ta vision ?

— Comment ça ?

— Est-ce que tu te cognes dans des objets ou des gens que tu n'as pas vus parce qu'ils sont sur le côté ? Est-ce que tu trébuches sur des choses qui sont par terre ?

— Oui, tout le temps, dit-elle en se souvenant de ce qu'elle venait de raconter à Sergio, une heure plus tôt.

Celestino se tourna alors vers ses parents et annonça d'une voix soucieuse :

— Je pense qu'Ana devrait consulter un spécialiste.

Pendant les dix jours suivants, la rancœur couva dans la maison. Ana ne pardonnait pas ses parents, qui de leur côté ne lui pardonnaient pas. Elle ne retourna pas au centre avant d'avoir obtenu un rendez-vous chez l'ophtalmologue d'Estepona. L'école était fermée pour les vacances d'été ; ses résultats de l'année n'ayant pas encore été envoyés, il n'avait pas été encore décidé si Ana redoublerait ou s'inscrirait à l'université – tout dépendrait de ses notes.

Les journées se traînaient en longueur. Elle aurait bien voulu trouver le moyen de contacter Sergio pour le mettre au courant de ce qui était arrivé. Mais elle ne connaissait ni son nom de famille ni son adresse.

Les soirées étaient encore pires. Ayant remarqué, avec une inquiétude croissante, que sa vision nocturne se détériorait rapidement, elle n'osait plus s'aventurer dehors après la tombée du jour.

Elle passait la plupart du temps enfermée dans sa chambre à écouter de la musique, lire, ou simplement rêvasser. Tout était bon pour éviter de regarder en face l'incertitude d'un diagnostic et un avenir dont la transparence était obscurcie par le doute.

Son père prit un jour de congé pour la conduire à Estepona chez le Dr Esteban, qui donnait des consultations privées au centre médical de l'avenida Juan Carlos Rey de España. Ana n'eut jamais l'idée de demander combien pouvait coûter la consultation. Comme son père avait appris qu'il fallait attendre des semaines, parfois des mois, avant d'obtenir un rendez-vous avec un spécialiste conventionné, il avait décidé de passer par le circuit privé.

Le médecin la garda plus d'une heure dans son cabinet et la soumit à des tests à la fois pour la vue et pour l'ouïe. Il lui posa toute une série de questions sur son apparente maladresse et l'invita à exécuter différentes tâches destinées à tester sa perception spatiale. Il préleva aussi plusieurs échantillons de son sang pour les faire analyser, et réalisa un électrorétinogramme mesurant la réaction de ses rétines aux stimulations lumineuses.

Ensuite, elle resta assise pendant une éternité dans la salle d'attente avec ses parents jusqu'à ce que le Dr Esteban les invite à revenir dans son cabinet. Son attitude était très neutre mais le ton de sa voix chargé d'une gravité qui annonçait implicitement les mauvaises nouvelles à venir. Il s'adressa à ses parents, comme si elle n'était pas là.

— À mon avis, votre fille souffre de ce qu'on appelle une rétinite pigmentaire. Le fait que celle-ci soit associée à une détérioration continue de son audition m'incite à penser qu'elle est atteinte du syndrome d'Usher.

Ce nom ne signifiait rien pour eux, mais il reviendrait hanter Ana les jours suivants, puis tout au long de sa vie.

— Si mon diagnostic est confirmé, Ana ne sera pas seulement atteinte de surdité profonde, elle perdra également la vue. Elle deviendra sourde *et* aveugle.

Ana était anéantie. Elle s'était plus ou moins habituée à la possibilité de devenir sourde. Mais devenir aveugle en même temps ? C'était impensable. Inimaginable. Elle se souvint des paroles de Sergio, le premier soir. *Je crois que perdre la vue doit être la pire des choses. Je ne peux pas m'imaginer dans l'impossibilité de voir le monde qui m'entoure.* Une semaine plus tard, le diagnostic fut confirmé par un expert de Malaga, la plongeant dans une profonde dépression. Un abîme dont elle n'aurait jamais pu imaginer sortir.

D'après le spécialiste, il s'agissait d'une maladie génétique. Incurable. Il n'y avait absolument rien à faire. Le pronostic lui-même étant incertain, on ne pouvait pas prédire la vitesse à laquelle sa vue se dégraderait, la seule certitude étant la cécité à plus ou moins longue échéance, associée à une éventuelle surdité totale. Quant à savoir si ce serait dans quelques semaines, quelques mois ou quelques années, Dieu seul le savait.

Le spécialiste avait suggéré à Ana de s'y préparer sans délai. Il existait une forme de langage des signes spécialement conçu pour les gens sourds et aveugles : la langue des signes tactile. Un peu comme le langage des signes pour les sourds, sauf que le mouvement des mains était perçu par le toucher, non par la vue.

Avec une réticence extrême, les parents d'Ana autorisèrent leur fille à retourner au centre d'Estepona, où l'on pouvait obtenir les services d'un professeur spécial qui lui enseignerait ce langage afin de la préparer à sa future cécité. Remplie d'appréhension, Ana y revint donc après plusieurs semaines d'absence. Elle n'avait pas eu de nouvelles de Sergio depuis ce soir fatidique où ils avaient partagé les tapas. Sachant son avenir condamné aux ténèbres, elle redoutait de le rencontrer. Elle avait peur qu'en comprenant à quel point elle serait dépendante de lui s'ils poursuivaient leur relation, il ne s'éloigne d'elle. Après tout, quelle personne saine d'esprit aurait envie de se charger du fardeau d'une telle responsabilité ? Vivre sa propre vie était déjà assez difficile comme ça.

Son père la déposa au centre et lui dit qu'il reviendrait la chercher plus tard, avant la nuit. On l'emmena dans un bureau, à l'arrière du bâtiment, chez l'administratrice du centre, qui lui annonça que la demande d'un professeur de langage des signes tactile avait été acceptée. Mais ce dernier ne pourrait pas venir avant la semaine suivante et lui donnerait seulement un cours tous les quinze jours. Il était donc très important qu'elle puisse s'exercer entre-temps avec quelqu'un.

Une fois son entretien avec l'administratrice terminé, elle se rendit dans la grande pièce. Il y avait beaucoup de monde ce soir-là. Des gens âgés, hommes, femmes réunis autour des tables, buvaient du café en communiquant par signes et en riant. Ses yeux furent attirés presque involontairement par un petit groupe d'aveugles assis près de la porte, avec leurs cannes blanches appuyées à leurs chaises, et un chien guide qui dormait contre le mur du fond. Ils n'avaient pas besoin de faire des signes, car aucun d'eux n'était sourd. Si leur situation était difficile, elle le serait encore plus pour Ana, qui sentit ses yeux se remplir de larmes d'apitoiement sur son propre sort.

— Tiens, une revenante !

Elle se retourna vivement et vit Sergio, un sourire hésitant sur les lèvres.

— Ça faisait longtemps.

Refoulant ses larmes, elle hocha la tête.

— J'ai cru que tu ne reviendrais pas.

— Moi aussi, dit-elle en essayant de sourire.

Ils gardèrent un silence gêné que Sergio finit par briser :

— J'ai une petite voiture maintenant. Je pourrai te raccompagner chez toi ce soir, si tu veux.

— Mon père vient me chercher.

— Oh, fit-il, déçu. Bon. Qu'est-ce que tu deviens ?

Elle haussa les épaules d'un air évasif. Comment pouvait-elle lui raconter qu'elle était aveugle la nuit et que, bientôt, elle le serait aussi le jour, et que le seul avenir qui l'attendait serait forcément noyé dans les ténèbres ?

— Je suis tombée. Rien de grave. Ça va, maintenant.

Sergio la regarda avec inquiétude :

— Tu es tombée comment ?

— Peu importe.

Il la dévisagea, redoutant sans doute que l'intimité de cette soirée partagée dans le bar à tapas du port se soit dissipée, comme la fumée dans le vent.

— Tu veux un café ?

Elle secoua la tête :

— Non… Je ne vais pas rester.

À quoi bon ? Le professeur ne viendrait que dans une semaine. Aucune raison de s'attarder ici, ou de revenir avant. Il faisait jour beaucoup plus tard, maintenant. Elle pouvait descendre le Paseo et appeler son père d'une cabine.

— Pourquoi ? demanda Sergio, visiblement déçu.

— Oublie-moi, Sergio, répondit-elle en le regardant droit dans les yeux. On n'est pas faits l'un pour l'autre.

Elle se dirigea d'abord d'un pas vif vers la porte, puis avança avec plus de prudence dans l'obscurité du couloir avant de ressortir sous le soleil du soir qui éclairait la rue en biais sous un ciel d'un bleu limpide.

Elle avait déjà atteint la plaza de las Flores quand Sergio la rattrapa. Autour de la place, les terrasses étaient remplies de gens attablés devant des verres et des tapas, dont les joyeux bavardages ressemblaient à des jacassements d'oiseaux. Les fleurs des orangers chargés de fruits diffusaient leur parfum dans l'air chaud. Ana se retourna d'un bond quand elle sentit qu'on lui agrippait le bras.

— Qu'est-ce que tu veux ? lança-t-elle tout en se libérant d'un mouvement brusque.

Même s'il ne percevait pas le ton de sa voix, la colère qu'il lisait sur son visage le fit reculer, comme un chien soudain frappé par le maître en qui il avait confiance.

— Qu'est-ce que j'ai fait ? Je n'arrête pas de me demander ce que j'ai pu faire ou dire pour te blesser. Sinon, pourquoi aurais-tu arrêté de venir au centre ? Parce que je t'ai embrassée ? Je suis allé trop loin ?

Devant sa détresse évidente, Ana eut l'impression qu'on lui plantait un poignard dans le cœur.

— Non. Ce n'est pas à cause de toi. Ça n'a rien à voir avec toi, dit-elle en luttant de toutes ses forces pour retenir ses larmes.

Complètement déconcerté, Sergio lui posa les mains sur les épaules.

— À cause de quoi, alors ? Qu'est-ce qu'il y a ? Quel est le problème, Ana ?

Plusieurs têtes se tournèrent au son de sa voix qui montait dans les aigus et qu'il ne contrôlait plus.

Brusquement, Ana éclata en sanglots. Ses larmes débordèrent de ses yeux et roulèrent en grosses gouttes tremblotantes sur ses joues.

— Tu n'as pas à le savoir.

— Si !

— Tu ne voudras plus de moi.

— Mais pourquoi je ne voudrais plus de toi, bon sang ?

D'autres têtes se tournèrent vers eux.

Choqué, Sergio la dévisageait sans parvenir à croire ce qu'elle disait.

— Je ne comprends pas.

— J'ai une maladie génétique. Ça s'appelle le syndrome d'Usher. Je vais perdre la vue, et tout ce qui me reste d'audition. Ça a déjà commencé.

Il ferma les yeux.

— Oh, mon Dieu.

Elle le laissa l'enlacer, attirer sa tête contre sa poitrine et emmêler ses cheveux entre ses doigts.

— Oh, Ana. Je suis désolé. Tellement désolé.

Puis il l'écarta de lui et la couva du regard, les mains sur ses épaules.

— Comment as-tu pu croire une seule seconde que ça m'éloignerait de toi ? Que je ne voudrais plus de toi ? Mais enfin, Ana, c'est toi que j'aime. La personne qui est en toi. Pas ce que tu vois ni ce que tu entends.

Ana n'entendit qu'une seule chose : *C'est toi que j'aime*. Des mots qui résonnèrent en boucle dans son cerveau, comme un écho. Et elle vit qu'il avait dit ça sans même s'en rendre compte.

— On trouvera un moyen de communiquer. Ça nous rapprochera encore davantage.

Elle essuya ses larmes, mais sans pouvoir en empêcher d'autres de couler.

— Un professeur vient la semaine prochaine au centre pour commencer à m'enseigner le langage des signes tactile, tant que je peux encore voir et entendre quelque chose. Je ne sais pas exactement comment ça fonctionne, mais…

Sa voix devint inaudible.

— J'apprendrai avec toi, s'empressa-t-il de dire. On le maîtrisera en un rien de temps.

Elle imagina alors à quel point cela les rapprocherait. Communiquer uniquement par le toucher. Elle ne pouvait penser à personne d'autre par qui elle aurait envie d'être touchée. Et pour la première fois depuis l'annonce du diagnostic, une lueur d'espoir brilla dans les ténèbres de son avenir.

Les semaines suivantes filèrent à toute vitesse, partagées entre l'espoir et le désespoir. Apprendre le langage des signes tactile était plus facile qu'elle ne l'avait cru car, de bien des façons, ce n'était qu'une extension sensorielle de celui qu'elle avait déjà commencé à adopter. Mais l'obligation de fermer les yeux pendant les séances, en lui faisant prendre conscience de ce que signifiait être aveugle, voilait son avenir d'une ombre dense et déprimante. En revanche, son contact régulier et intime avec Sergio lui redonnait de l'espoir. Ils assistaient aux cours ensemble, et elle trouvait excitant de sentir ses mains sur les siennes quand elle ne pouvait pas le voir. Les doigts de Sergio sur son visage, le visage de Sergio sous ses doigts. C'était une sensation qu'elle n'avait jamais éprouvée auparavant.

Les jours étant encore assez longs, elle réussit à convaincre son père de la laisser rentrer seule par le bus ; elle eut même l'impression qu'il était soulagé d'échapper à la corvée de la conduire à l'aller et au retour. En fait, Sergio et elle ne se rendaient au centre que les jours où le professeur venait ; deux soirs par semaine, ils allaient dîner ensemble dans un petit restaurant de poisson au bord de la plage de Santa Ana.

Le propriétaire, un homme chauve court sur pattes, les accueillait chaque fois avec un grand sourire édenté et une bouteille de vin blanc qu'il ouvrait et posait sur la table avant même qu'ils soient assis. Ils mangeaient de la salade avec du thon, des *boquerones*, des *calamares*, de l'*abadajo*, tout en regardant la mer se border d'une phosphorescence rose au fur et à mesure que le soleil descendait vers l'ouest. Puis ils fermaient les yeux et, les doigts gras d'huile d'olive, s'exerçaient au langage des signes tactile. Ana ne se souvenait pas d'avoir autant ri de toute sa vie.

C'était une idylle désespérée. Idylle parce qu'ils partageaient des choses que la plupart des gens ne connaîtraient jamais, désespérée parce qu'elle ne pouvait pas durer.

Les soirs où ils dînaient au restaurant, Sergio raccompagnait Ana chez elle en voiture. Il la déposait dans une rue tranquille, non loin de son immeuble. Toujours avant qu'il fasse nuit. Mais elle avait déjà de plus en plus mal à se diriger dans le crépuscule.

Près de deux mois d'apprentissage des bases du langage des signes tactile et d'entraînement régulier avec Sergio avaient porté leurs fruits. Elle se sentait désormais à l'aise et passait parfois des heures d'affilée les yeux fermés, ne sentant le monde qu'à travers les doigts de Sergio. Cependant, l'été tirait à sa fin, les jours raccourcissaient. Sergio était obligé de la raccompagner plus tôt. Bientôt, son père insisterait bientôt pour venir la chercher en voiture au centre, et leur idylle prendrait fin.

Par une chaude soirée de la mi-septembre, un orage arrivé d'Afrique du Nord à travers la Méditerranée interrompit prématurément leur dîner dans le petit restaurant de Santa Ana. Ils le virent approcher sur l'eau, gigantesque nuage de brume escamotant le bleu du ciel, puis le soleil, avant que le vent ne se déchaîne et projette d'énormes gouttes de pluie sous l'auvent. En quelques minutes seulement, le jour se transforma en nuit.

Sergio prit Ana par la main pour l'entraîner vers l'étroite calle Condesa de Arcos où il avait garé sa voiture. Le temps qu'ils y arrivent et se mettent à l'abri, ils étaient complètement trempés. La pluie ruisselait sur le pare-brise ; très vite, toutes les vitres furent couvertes de buée.

Ana s'inquiéta de voir si peu clair pendant qu'ils remontaient vers Marviña. L'orage paraissait les suivre, déferler dans leur sillage. La pluie martelait le toit avec un bruit d'enfer qu'elle entendait malgré son audition déficiente. Un tambourinement assourdissant qui emplissait l'habitacle.

Marviña était déserte. Ils passèrent devant le commissariat de police et la caserne des pompiers avant de tourner à droite. Le panorama sur la vallée et les montagnes était totalement bouché par l'orage. Sergio voulait se rapprocher au maximum de l'immeuble. Dehors, il faisait presque nuit, le bout de la rue disparaissait derrière un rideau de pluie. Mais Ana lui demanda de s'arrêter. Elle pouvait finir le trajet à pied. Ce serait trop dangereux d'aller plus loin car, avec un temps pareil, son père viendrait probablement la chercher à l'arrêt du bus, sur la place.

Sergio obéit à contrecœur. Écartant d'une main les cheveux mouillés d'Ana, il se pencha pour l'embrasser. Un long baiser dont elle garda le goût sur les lèvres. Elle aurait donné n'importe quoi pour rester avec lui, à l'abri et au chaud dans la voiture. Mais la menace d'une rencontre avec son père était trop grande. S'il savait qu'elle continuait à fréquenter Sergio après avoir promis de ne plus le voir, il deviendrait fou furieux.

— À mercredi, dit-elle en lui caressant les joues du bout des doigts.

Et elle se glissa dans la nuit.

Une silhouette surgie de nulle part sous la pluie la fit sursauter. L'ombre se détacha de l'obscurité, la dépassa, contourna le capot de la voiture et ouvrit la portière de Sergio :

— Sors de là, espèce de sale pervers !

La voix de son père.

Entre la pluie et la pénombre, c'est une scène en ombre chinoise qui se déroula devant elle. Son père tirant le pauvre Sergio hors de sa voiture, le poing projeté dans la nuit sur le visage qu'elle venait de caresser avec amour. Elle cria en voyant Sergio tomber sur la chaussée, le corps bombardé par les énormes gouttes qui rebondissaient autour de lui sur le macadam. Elle vit son père prendre son élan pour frapper à coups de pied la poitrine et l'estomac du jeune homme roulé en boule qu'elle venait juste d'embrasser.

— Arrête ! hurla-t-elle en essayant d'intervenir pour l'empêcher de commettre une folie.

Mais elle trébucha sur le trottoir et tomba.

— Je t'interdis d'approcher ma putain de fille ! Si jamais je te revois avec elle, je te tue.

Ses paroles tombèrent, littéralement, dans l'oreille d'un sourd. Ensuite, il se précipita sur sa fille pour la relever et la tirer, en larmes, derrière lui.

Lorsqu'ils arrivèrent à l'appartement, il était impossible de distinguer les larmes de la pluie sur les joues d'Ana, qui se dégagea d'un geste brusque.

— Je te hais ! Je te hais ! lança-t-elle avec rage avant de s'enfuir dans sa chambre dont elle claqua la porte et où elle s'effondra sur son lit en sanglotant.

Au milieu du mois d'octobre, son père l'autorisa à retourner au centre pour y reprendre ses leçons. Cependant, ne laissant rien au hasard, il la déposait, allait ensuite boire un café avec des amis, puis revenait la chercher.

Dans cet intervalle de quelques semaines, l'atmosphère avait été fébrile à la maison, les esprits échauffés, la rancœur d'Ana en ébullition. Il y régnait une telle tension qu'elle ne pouvait se résoudre à adresser la parole à son père. Elle ne lui parlait que par l'intermédiaire de sa mère et passait la plupart de ses journées, même de ses soirées, chez sa sœur, pour s'épancher, lui confier ses sentiments secrets, ses peurs les plus profondes. Sa présence aurait pu finir par agacer le mari d'Isabella, si Ana n'avait pas gardé les petites filles, permettant ainsi au couple d'aller danser, ou dîner au restaurant sur la côte. Pendant cette période, elle noua avec Cristina et Nurita le lien très étroit qui survivrait à leurs parents.

Ignorant comment elle pourrait affronter Sergio après ce que son père lui avait fait subir, Ana redoutait cette première soirée au centre. Ce fut donc avec un mélange de soulagement et de déception qu'elle s'aperçut qu'il n'était pas là. En fait, on ne l'y avait pas vu depuis plusieurs semaines. Elle se demanda avec inquiétude si son père ne l'avait pas blessé plus sérieusement qu'elle ne l'avait imaginé.

Chaque fois qu'elle retournait au centre, elle espérait le rencontrer. Mais elle ne le revit jamais. Au bout d'un mois, elle demanda ses coordonnées à l'administratrice. Avec beaucoup de gentillesse et de politesse, la jeune femme refusa. Les renseignements personnels étaient confidentiels. Et, de toute façon, comme Sergio s'était désinscrit du centre, elle ne s'attendait pas à le voir revenir un jour.

Ana eut alors l'impression que la terre s'ouvrait sous ses pieds. En comprenant qu'elle ne le verrait plus jamais, elle se rendit compte à quel point elle était amoureuse de lui. Profondément, désespérément amoureuse. Si, sans réfléchir, il lui avait avoué par inadvertance qu'il l'aimait, elle, de son côté, ne le lui avait jamais dit. Et comme elle ne pouvait plus le lui dire, il ne le saurait jamais. Tout ce qui l'attendait dans le désert de son avenir, c'était un monde de ténèbres dont la seule lumière probable venait de s'éteindre.

20

Le petit appareil fixé sur sa chemise vibre deux fois contre sa poitrine, l'alertant de la présence de quelqu'un à la porte du rez-de-chaussée. Trop tôt pour Sergio. Ce doit donc être Cristina ou Nuri. Depuis que cette dernière est malade, Ana ne sait jamais laquelle des deux va apparaître.

À tâtons, elle trouve le petit tableau d'interrupteurs à bascule posé devant elle sur la table et actionne celui qui ouvre la porte de la rue. Paupières fermées, elle s'immobilise et ressent des pas légers sur les marches en bois.

Elle frémit encore d'excitation depuis l'appel de Sergio, mais décide de ne pas en parler. Ni Nuri ni Cristina ne sont au courant de son existence. Elles n'étaient que des petites filles à l'époque, absorbées par leur monde, et Ana n'a pas le cœur de raconter cette histoire qui continue à la faire souffrir. D'ailleurs, Sergio n'aura peut-être pas le courage de venir. S'il y a une leçon qu'Ana a retenue au cours de toutes ces années, c'est que l'espoir n'apporte que des déceptions.

Elle respire à fond lorsqu'un changement d'air dans la pièce lui indique que la porte palière vient de s'ouvrir. Elle reconnaît l'odeur de Cristina, ce soupçon de fleur d'oranger diffusé par une simple vaporisation de son eau de Cologne. Mais aujourd'hui, l'air en transporte une autre, différente. Une note masculine. Musquée, caractéristique des hormones mâles véhiculées par la transpiration. Ana est confuse.

— Qui m'amènes-tu, Cris ?

Un bref instant se passe avant qu'elle sente le raclement d'une chaise de l'autre côté de son ordinateur, puis la vibration du clavier qui fait saillir les points Braille sur son écran. Elle les parcourt rapidement du bout des doigts.

— *C'est un policier venu d'Angleterre, Ana. Il est venu nous aider à retrouver l'homme qui m'a menacée.*

— Il a un nom, ce policier ?

— *Mackenzie.*

— Ah. Il est donc écossais.

Ana sourit.

— *Comment le sais-tu ?*

— C'est un nom écossais, *cariña.*

Elle sent la surprise de Cristina.

— *Mais comment peux-tu le savoir ?*

— *Tesoro*, quand tous les jours on est obligée de trouver à s'occuper du matin au soir, on lit énormément. Je serais beaucoup moins savante si je n'étais pas sourde et aveugle.

L'ironie de la chose lui arrache un sourire triste.

Un peu en retrait, Mackenzie écoutait les douces cadences de la voix d'Ana, parfois à peine plus forte qu'un murmure, tout en lisant le texte que les doigts agiles de Cristina tapaient sur le clavier. Cela lui donnait le loisir d'observer avec curiosité la femme assise devant son ordinateur. Cheveux noirs coupés court retombant en frange sur des sourcils bien dessinés. Visage ordinaire, banal. S'il l'avait croisée dans la rue, elle n'aurait pas attiré son regard. Cependant, une étrange sérénité se dégageait de la douceur de ses lèvres charnues, de ses yeux à moitié fermés. Il essaya de deviner son âge ; elle aurait aussi bien pu avoir trente ans que cinquante ans. À titre de compromis, il tabla sur quarante, sans se tromper de beaucoup.

Ana portait une chemise noire sur un pantalon de jogging de la même couleur, et une paire de baskets blanches immaculées. Elle était petite, un peu trop enveloppée. On ne l'aurait pas décrite comme une femme boulotte, mais elle en prenait le chemin. Toutes ces heures passées quotidiennement sur une chaise favorisaient à coup sûr la disparition des muscles et l'accumulation de la graisse.

Cristina l'avait prévenu que sa tante était sourde et aveugle ; maintenant qu'il se tenait devant elle, il essayait d'imaginer ce qu'elle ressentait. Il jeta un coup d'œil autour de la pièce. Une véritable cellule monastique. Aucun tableau sur les murs. Aucun bibelot sur la commode. Une table dressée pour une seule personne. Un coin cuisine séparé par un petit comptoir. Comment accomplissait-elle les choses les plus simples ? Préparer le thé, le café. Cuisiner. S'habiller, se déshabiller, laver son linge. Manifestement, elle avait de l'aide. La famille, l'État. Ses yeux tombèrent alors sur Sandro qui, depuis son coussin installé à l'autre bout de la pièce, fixait sur lui un œil méfiant. Compagnon, guide, ami.

Mais la plupart du temps, elle ne pouvait compter que sur elle-même. Son courage, sa résilience, sa volonté.

Sa véritable prison n'était pas cette pièce, bien sûr. C'était son propre corps. Ana se trouvait piégée à l'intérieur, sans possibilité d'en sortir ni de laisser quiconque y pénétrer.

Sauf que, en cet instant, grâce à cette technologie extraordinaire qui lui apportait le monde en points saillants sur un écran, elle était capable de mener une conversation animée avec sa nièce.

Il passa de l'autre côté de la table pour regarder ses doigts parcourir les signes, et fut étonné de la voir tourner la tête vers lui.

— Quand le sort vous dépossède de vos principaux sens, dit-elle en souriant de sa surprise, les autres – odorat, goût, toucher – se développent énormément pour compenser. Je sens l'air bouger quand vous marchez, señor Mackenzie. Et je peux suivre votre odeur, exactement comme Sandro.

Elle inclina la tête vers le chien, qui se redressa en entendant prononcer son nom.

— Dites-lui que j'aimerais savoir comment fonctionne son Braille, demanda Mackenzie à Cristina.

— Vous pouvez le lui demander vous-même, dit-elle en se levant de sa chaise.

Mackenzie prit sa place, tapa sa question sur le clavier et regarda Ana qui, surprise, lui dit :

— Vous savez que vous êtes la première personne à me demander ça ?

— *Ça m'intéresse.*

— Pourquoi ?

— *Tout m'intéresse.*

— Chaque caractère de l'alphabet braille est une combinaison de un à six points en relief disposés sur deux colonnes à l'intérieur d'un rectangle. En comptant la combinaison sans aucun point en relief, qui sert à indiquer une espace entre deux mots, il y en a soixante-quatre. L'alphabet, plus les symboles et la ponctuation.

Mackenzie réfléchit un moment à la façon dont cela fonctionnait, puis il se tourna vers le clavier.

— *Très ingénieux ! C'est difficile à apprendre ?*

— Rien n'est difficile quand on est motivé, señor. Mais ça fait appel à la mémoire spatiale du cerveau, et non à la mémoire auditive utilisée par la plupart des gens pendant une conversation.

— *Donc, cela aide d'être sourd.*

Ana éclata de rire.

— Non, señor, cela ne sert à rien d'être sourd. C'est plutôt ma déficience visuelle qui m'a aidée à apprendre le braille.

Mackenzie rit à son tour. Les textos échangés avec sa fille lui permirent de traduire son rire par un *LOL*.

— *Toute tentation de jeter un coup d'œil en douce est exclue.*

— Exactement. En fait, c'est devenu beaucoup plus facile quand j'ai complètement perdu la vue.

Inclinant la tête, elle ajouta :

— Votre espagnol est excellent, señor. Mais si vous voulez être tout à fait correct, sachez que l'équivalent de *LOL* est *jejeje*.

— *Correction enregistrée… Jejeje.*

Ana leva alors la main et se tourna vers Cristina avec un grand sourire qui lui plissa les joues.

— Cristina, tu peux amener ton ami écossais chez moi quand tu veux.

Cristina avait assisté avec un étonnement croissant à la conversation entre Ana et Mackenzie. Comment était-il possible que cet étranger tordu ait réussi à établir une relation instantanée avec sa tante ?

— Je vais nous faire du café, décida Ana en se levant de sa chaise.

Alors que, d'habitude, elle laissait toujours ses nièces s'en occuper, aujourd'hui, elle semblait vouloir absolument prouver à son visiteur écossais à quel point elle était indépendante.

Mackenzie la regarda se déplacer dans l'espace avec une assurance absolue. Elle ouvrit un placard en hauteur pour y prendre du café et du sucre, puis le frigo d'où elle sortit une bouteille de lait. Ensuite, élevant la voix afin de se faire entendre par-dessus le bruit qui, elle le savait, proviendrait de la bouilloire, elle dit :

— Cristina, raconte-moi comment va Nuri aujourd'hui. Et Paco. Je le lirai plus tard.

Cristina reprit sa place devant l'ordinateur pour taper un compte rendu de sa visite à l'hôpital avec Nuri, et de sa rencontre avec Paco, pendant que sa tante préparait les cafés dans sa petite cuisine. Une fois les tasses remplies, celle-ci les posa côte à côte sur le comptoir.

— Ce qui me simplifie la vie, señor, c'est d'avoir eu la chance de voir avant de devenir aveugle. Je n'ai pas à imaginer le monde qui m'entoure. Je peux me le représenter. Retrouver des images dans ma mémoire. Ce qui est dur, en revanche, c'est de savoir ce que j'ai perdu.

Mackenzie admira cette absence d'apitoiement sur soi. Elle livrait un simple constat. Sans savoir pourquoi, il se sentait curieusement attiré vers elle. Dans l'obscurité silencieuse de son monde, son intelligence vibrante s'efforçait de se libérer.

Il s'assit pour boire son café et la regarda regagner sa place, puis discuter avec Cristina. De la famille, des détails pratiques du quotidien – les livraisons d'épicerie, la femme de ménage qui venait une fois par semaine mais, selon Ana, profitait de son handicap pour ne faire son travail qu'à moitié. Cristina promit de veiller à la remplacer.

Il remarqua qu'une certaine agitation troublait la sérénité avec laquelle Ana les avait d'abord reçus, ses doigts s'écartaient de plus en plus souvent de l'écran pour effleurer nerveusement le cadran de sa montre braille. Il ne pouvait pas savoir qu'elle attendait Sergio et craignait que cet homme surgi de son passé n'arrive avant leur départ ; mais il sentait qu'elle voulait rester seule.

Il posa sa tasse vide sur le comptoir, se pencha sur l'épaule de Cristina pour interrompre sa frappe, repoussa doucement sa main et tapa lui-même :

— *Ana, c'était un grand plaisir pour moi de vous rencontrer.*

La politesse exigeait qu'il le dise, mais, pour une fois, il le pensait sincèrement.

— *Je dois vous priver de votre nièce. Nous avons bientôt un rendez-vous à Marviña et, avant, elle doit m'emmener manger quelque chose.*

Cristina lui lança un regard noir.

Ana parut aussitôt soulagée.

— Allez-y, mes enfants, allez-y. Mais revenez me voir, señor Mackenzie. S'il vous plaît.

Se penchant de nouveau sur l'épaule de Cristina, il répondit :

— *Je n'y manquerai pas.*

— Qu'est-ce qui presse autant ? demanda Cristina en se levant. Le rendez-vous est dans plusieurs heures. Et vous avez l'air de bien vous entendre, tous les deux.

Il nota le ton sarcastique de sa voix.

— Elle veut se débarrasser de nous, dit-il.

Cristina se hérissa, tourna la tête vers sa tante et fronça les sourcils.

— Mais non, elle ne veut pas se débarrasser de nous.

— Si vous aviez fait plus attention, vous auriez remarqué qu'elle n'arrête pas de toucher sa montre, et vous auriez entendu la tension monter dans sa voix. Je pense qu'elle attend quelqu'un.

— Pfff, n'importe quoi. Elle n'a jamais de visiteurs.

Ana pencha la tête sur le côté, comme si elle les écoutait. Et, presque comme si elle avait entendu leur conversation, dit :

— J'attends un visiteur, *cariña.*

Désarçonnée, Cristina lança un regard noir à Mackenzie avant de s'incliner vers sa tante pour l'embrasser. Celle-ci lui serra la main en murmurant :

— Fais-lui confiance.

Dehors, le soleil de l'après-midi projetait des ombres profondes en travers de la rue. Après la fraîcheur de la maison, la chaleur les frappa de plein fouet. La calle San Miguel était noire de touristes qui avançaient dans un sens et dans l'autre en se bousculant. Une musique lointaine flottait au-dessus des toits, des cloches sonnaient.

— Il se passe quelque chose de spécial en ville ? demanda Mackenzie.

— Quoi ? fit Cristina d'un air distrait.

— La musique, la foule, les cloches. C'est toujours aussi animé ?

Agacée, elle répondit :

— C'est la *feria* du saint patron d'Estepona toute la semaine. San Isidro Labrador. Avec de la musique, des bals, des expositions. Demain, il y aura la procession depuis l'église, avec le défilé des chars et des chevaux. Ce sera impossible de circuler à cause de la foule. Il vaudra mieux ne pas se trouver dans le coin après 6 heures.

Soudain, elle le retint par le bras et demanda :

— Comment pouviez-vous savoir qu'elle attendait quelqu'un ?

— Simple hypothèse, dit-il en haussant les épaules.

— À partir de quoi ?

— L'observation. Ce que vous feriez bien de cultiver si vous voulez monter en grade.

Il vit la colère flamboyer dans ses yeux et pensa qu'il aurait mieux fait de garder cette réflexion pour lui. Mais avant qu'elle ait pu riposter, elle fut distraite par une voix qui la hélait depuis l'autre côté de la plaza de Juan Bázan. Au milieu d'un groupe d'enfants qui jouaient au ballon entre les fontaines, une petite fille de huit ou neuf ans la salua joyeusement :

— *Hola. Buenas tardes, Cristina.*

Cristina agita le bras à son tour, puis dit à voix basse :

— Elle habite dans cette rue. C'est la fille de la femme de ménage dont se plaint Ana.

Mackenzie sourit à l'enfant et lui fit un signe.

— Ça va être sympa pour vous – de la virer.

Cristina le regarda de travers :

— Je croyais que vous aviez faim.
— Je meurs de faim.

Lorsqu'ils se furent éloignés dans la foule, un homme émergea de l'ombre d'un porche, un peu plus loin et, mains dans les poches, s'avança d'un pas nonchalant sur la place. Il était grand, ses cheveux blonds retombaient sur son front bronzé. Son costume en lin semblait un peu trop froissé, sa chemise blanche pas très nette. Ses yeux bleus suivirent les têtes de Mackenzie et Cristina jusqu'à ce qu'elles disparaissent au milieu des autres. Le ballon des enfants roula dans sa direction ; il le ramassa. La petite fille qui venait de saluer Cristina arriva en courant pour le récupérer, mais au moment de le lui donner, l'homme suspendit son geste :

— Qui habite dans cette maison ? demanda-t-il en montrant la porte d'où étaient sortis Cristina et Mackenzie quelques minutes plus tôt.

La petite fille voulut attraper le ballon, mais il le leva hors de son atteinte.

— C'est la maison de la dame bizarre.
— La dame bizarre ?
— Oui, Ana, la vieille dame aveugle.
— Pourquoi la police est-elle venue chez elle ?
— Oh, c'est pas la police. Enfin, pas vraiment. C'est Cristina. Sa nièce. Je peux avoir mon ballon, s'il vous plaît ?

Cleland sourit.

— Bien sûr.

Il la laissa le lui prendre des mains avant de contempler d'un air songeur le petit balcon en fer forgé noir du premier étage.

21

Ana sent l'appareil vibrer deux fois contre sa poitrine. Excitation, peur, appréhension, tout cela mélangé l'empêche presque de respirer.

Sergio.

Elle essaye de se calmer et, d'une main tremblante, abaisse l'interrupteur qui commande la porte de la rue. Puis, les mains posées à plat devant elle sur la table, elle se force à gonfler ses poumons lentement, profondément.

Aussitôt, elle se sent mieux et ferme les yeux dans l'attente de la vibration la plus infime signalant qu'il monte l'escalier. Le changement de température lui apprend qu'il a ouvert la porte palière. Il se tient devant elle.

Alors, maintenant seulement, elle pense à l'allure qu'elle doit avoir. Pas de maquillage, une coupe de cheveux démodée. Trop grosse, mal fagotée dans sa vieille chemise et son pantalon de jogging. Et vingt ans de plus que la dernière fois qu'il a posé les yeux sur elle. Ana a du mal à se faire une idée précise d'elle-même, mais, tout à coup, elle redoute de lui offrir une vision très peu attirante.

Aucun indice sur sa réaction dans tout ce silence et cette obscurité. Elle hume son odeur, sans rien retrouver de familier. Hormones mâles, huile pour les cheveux ou après-rasage, peut-être. Sachant qu'il lira sur ses lèvres, elle dit :

— Bonjour Sergio.

Sa voix lui chatouille si légèrement la gorge qu'elle a dû quasiment chuchoter son nom. Mais dans sa tête, elle gronde comme un coup de tonnerre.

Toujours rien. Puis un déplacement d'air. La chaleur d'un autre corps dans la fraîcheur de la pièce aux volets fermés sur le soleil de l'après-midi. Elle perçoit le raclement d'une chaise sur le sol. Mais pas devant l'autre ordinateur. Beaucoup plus près. Puis elle sent son souffle sur son visage. Aussi léger qu'un voile de gaze fine.

Ensuite, ce sont ses mains, douces et chaudes, qui prennent les siennes. Sur sa paume, ses doigts tracent le langage des signes tactile qu'ils ont appris ensemble voilà bien des années. Elle sent son propre souffle trembler dans sa poitrine.

— *Bonjour, Ana.*

Que son toucher soit encore aussi familier après tout ce temps, comme s'ils venaient juste de communiquer la veille, est extraordinaire. Mais, à l'époque, elle pouvait ouvrir les yeux pour le voir et elle pouvait entendre sa voix. *C'est toi que j'aime.* Elle se demande à quoi il ressemble maintenant.

— *Tu m'as manqué.*

— C'est toi qui es parti, dit-elle avec une petite pointe de colère qu'elle regrette aussitôt.

— *Je sais, je sais. Et Dieu sait que j'ai passé chaque minute de chaque jour de toutes ces années à le regretter.*

Tu as raison d'être en colère, je ne peux qu'avoir honte de mon manque de courage.

— Je ne suis pas en colère, Sergio. Pas vraiment. Juste encore blessée. Que tu viennes ici, comme ça, aujourd'hui, c'est un peu comme si on enfonçait un couteau dans une plaie ancienne.

Les mains de Sergio s'emparent des siennes et les serrent presque trop fort. Elle sent son angoisse à travers toutes les fibres de son corps.

— *Ton père a contacté mes parents. Je ne sais même pas comment il a su où nous trouver. Et je n'ai aucune idée de ce qui s'est passé entre eux. Mais après le départ de ton père, le mien m'a interdit de te revoir.*

Elle perçoit sa tension dans le tremblement de ses mains.

— Je me suis toujours doutée que mon père y était pour quelque chose.

— *Tu dois comprendre, Ana, que je dépendais entièrement de mes parents. Argent, maison, voiture. Sans leur soutien, je ne pouvais pas continuer mes études, et sans travail je ne pouvais pas subvenir à mes besoins.*

Il s'interrompt. Sa respiration profonde et frémissante fait vibrer son corps entier. Puis il reprend :

— *Au début, j'ai refusé. Je leur ai dit qu'ils ne réussiraient pas à me détacher de toi. Alors, mon père m'a prévenu que si c'était toi que je choisissais, non seulement je ne pourrais plus rester sous son toit mais il me couperait les vivres. Je connaissais bien mon père, Ana. Il n'était pas du genre à lancer des menaces à la légère. J'ai compris qu'il les mettrait à exécution, et je n'ai eu ni la force ni le courage de le défier.*

Très ému, il s'arrête un long moment.

— *J'ai été malheureux comme les pierres pendant des semaines, et depuis je regrette chaque jour de ne pas l'avoir fait.*

Ana imagine le silence qui s'installe entre eux, plane lourdement sur la pièce. Leurs mains et leurs lèvres immobiles. Les grains de poussière en suspension dans les rais de lumière pénétrant par les interstices des volets. Elle ne sait pas quoi dire, elle sent qu'il a autre chose sur le cœur. Elle a raison. Elle le sent inspirer profondément.

— *Un jour, environ deux mois plus tard, alors que j'étais toujours aussi inconsolable, ma mère m'a fait asseoir pour me raconter l'histoire de son premier amour. Un jeune homme rencontré à l'université de Madrid. Le fils d'une famille pauvre de Valence, qui avait pu entrer à l'université grâce à une bourse. Les parents de ma mère étaient consternés. Ce garçon n'appartenait pas à la même… classe sociale. Ils l'ont obligée à rompre en la menaçant de la retirer de l'université et de lui couper les vivres. Elle a toujours soupçonné ses parents d'avoir acheté la famille du jeune homme parce que ce dernier ne s'est pas rebellé. Au début, elle en a eu le cœur brisé. Puis elle a rencontré mon père, et ne l'a jamais regretté. Elle m'a dit que je n'avais aucun avenir possible avec une fille sourde et aveugle. Que toute ma vie je ne serais qu'un garde-malade.*

Au mouvement de ses mains, elle sent qu'il lâche un petit rire ironique.

— *La morale de l'histoire, je suppose, étant que je finirais par t'oublier. Que je rencontrerais quelqu'un. Ce n'est jamais arrivé. Il n'y a jamais eu personne d'autre. Il n'y aura jamais personne d'autre que toi.*

Il pose les mains sur les joues d'Ana et ses longs doigts essuient doucement ses larmes. Elle lève les mains pour toucher Sergio, qui pleure lui aussi. Leur douleur commune unie dans un flot de larmes. Deux êtres délibérément séparés par des parents persuadés d'avoir raison.

Doucement, il reprend ses mains pour recommencer à tracer des signes sur sa paume.

— *Mon père est mort il y a cinq ans, Ana, mais c'est seulement après le décès de ma mère, au mois de mars, que j'ai trouvé le courage de rechercher ta trace. C'était plus facile que je ne pensais. Pourtant, pendant tout ce temps, jamais je n'aurais imaginé qu'on était si près l'un de l'autre. Même dans mes rêves les plus fous, je n'osais croire que je te retrouverais. Et maintenant que…* (ses doigts s'immobilisent)… *je ne veux plus te laisser partir.* (Nouvelle pause.) *Si tu veux bien encore de moi ?*

Elle libère ses mains, les lève de nouveau vers le visage de Sergio pour le caresser avec ses paumes, ses doigts, ébouriffer ses cheveux. Elle s'arrête soudain.

— Tu perds tes cheveux, Sergio.

Il rattrape les mains d'Ana.

— *Et je commence à avoir un peu de ventre. Je suis content que tu ne puisses pas voir comme j'ai vieilli.*

— Alors que toi tu peux voir tous mes défauts. Cheveux gris, rides, chair flasque.

Il se met à rire.

— *Tu es aussi belle que le jour où je t'ai rencontrée, Ana. La beauté est à l'intérieur de nous, pas en surface, pour moi tu seras belle jusqu'à la fin de ta vie.* (Il marque une hésitation.) *Tu ne m'as pas répondu. Tu crois que… tu veux bien encore de moi ?*

Ana secoue la tête avec gravité.

— Non, Sergio. Je ne crois pas.

Elle le laisse digérer sa réponse avant d'ajouter :

— J'en suis sûre. Je *veux* que tu me reviennes. Je le veux plus que je n'ai jamais rien voulu dans ma vie.

Aussitôt, elle sent ses lèvres sur les siennes. Ses mains sur son visage. Elle glisse ses bras autour de son corps pour l'attirer plus près et se rend alors compte qu'il est tombé à genoux devant elle. Elle place une main derrière sa tête, la tient contre sa poitrine, sent ses sanglots se diffuser dans son propre corps. Et toutes ces années, depuis la dernière fois qu'ils se sont touchés, sont balayées comme des poussières lavées par la pluie.

Ils restent ainsi un long moment, le corps et le visage en feu, jusqu'à ce que Sergio s'écarte et lui reprenne les mains.

— *Ana, je dois partir. Après t'avoir retrouvée, j'étais incapable d'attendre ce soir pour te voir. J'ai trouvé une excuse pour m'absenter de mon travail, mais maintenant je dois y retourner.*

Il pose un instant la tête sur leurs mains jointes avant d'ajouter :

— *Le plus drôle, c'est que je travaille à quelques rues d'ici, à la Banco de Sabadell. Je reviendrai directement ici en sortant. Promis.*

Ana ne veut pas le laisser partir. Pas déjà. Après toutes ces années de désespérance où elle était seule dans le noir, Sergio lui ramène l'espoir et la lumière.

— Reviens vite, murmure-t-elle.

Dès qu'il n'est plus là, elle fond en larmes, sans aucune retenue.

22

Au fond du hall du commissariat de Marviña, une porte donnait sur une grande salle de réunion également accessible depuis la rue. Des tables en acajou et des fauteuils en cuir avaient été disposés en demi-cercle sous une bannière et, face à eux, plusieurs rangées de chaises en plastique moulé destinées au public. C'était là que le conseil municipal tenait ses réunions publiques ; sur un des murs s'alignaient les portraits des hommes et des femmes qui, à une époque ou une autre, avaient rempli la fonction honorable de maire. Deux grandes fenêtres laissaient entrer la lumière à flot dans la pièce, déjà comble lorsque Cristina et Mackenzie y pénétrèrent. Ils s'installèrent au dernier rang.

Assis sur le bord de son siège, bras croisés sur la poitrine, le *jefe* se penchait au-dessus de l'une des tables. Un homme, grand, mince et chauve, s'adressait à l'assemblée. Il avait suspendu la veste de son costume au dossier de son siège ; des auréoles de sueur assombrissaient sa chemise blanche au niveau des aisselles.

— Qui sont tous ces gens ? murmura Mackenzie à Cristina.

— Celui qui parle en ce moment est le *juez de instrucción* d'Estepona. Le juge d'instruction. C'est lui qui, officiellement, s'occupe de l'affaire. Mais en réalité, c'est la brigade criminelle de Malaga qui s'en charge.

De la tête, elle lui montra un groupe de policiers en civil assis dans les premiers rangs et poussa un petit soupir moqueur.

— Ces types se croient dans un film américain avec leurs costards de marque et leurs lunettes noires.

Elle se tourna ensuite vers l'autre côté de la salle.

— Là, ce sont les UDYCO, de Malaga aussi. Les unités spécialisées dans la drogue et le crime organisé.

Puis elle se pencha en avant pour lui désigner, sur le même rang qu'eux, un groupe de jeunes hommes en jeans et tee-shirt.

— L'*Instituto Forense de Malaga*. Les policiers de la scientifique. Ceux-là, ils viennent de Marbella. Vous noterez le nombre de femmes parmi eux. Zéro. Le reste de l'assistance appartient à la police locale de Marviña. Nous ne sommes que des simples soldats.

Le juge d'instruction transpirait abondamment.

— Il a été établi, disait-il, que le bateau amarré dans la marina de Puerto de la Condesa appartient effectivement à Cleland, alias Ian Templeton. Mais il ne semble pas avoir dormi sur place. Nous supposons qu'il a couru le risque de se rendre à son bateau afin d'y prendre de l'argent, des armes ou de la drogue. Personne ne le sait. En tout cas, sa visite a été interrompue par l'enquêteur britannique Mackenzie, qui n'a pas réussi à l'arrêter.

Mackenzie sentit ses cheveux se dresser sur sa nuque et sut, sans la regarder, que Cristina tournait les yeux vers lui. Gêné, il s'agita sur sa chaise ; une douleur aiguë dans les côtes lui rappela sa rencontre avec Cleland.

— Les UDYCO signalent que, d'après leurs sources, le transfert de drogue est prévu au cours des deux prochains jours. La marchandise se trouve déjà dans le pays. Quelque part dans notre région. Mais nous n'avons pas encore de renseignements sur l'endroit et le moment précis où l'échange doit s'effectuer.

Il tendit une main ouverte vers un homme d'âge moyen en costume sombre, à l'apparence très soignée, assis au premier rang :

— Capitaine Rodríguez ?

Mackenzie se pencha vers Cristina pendant que ce dernier se levait.

— Qui est-ce ?

— Le chef du GRECO – *Grupo de Respuesta Especial para el Crimen Organizado*. Le groupe de réponse spéciale pour le crime organisé, basé à Marbella.

À la différence du *juez de instrucción*, le capitaine Rodríguez était l'incarnation de la fraîcheur. Il glissa ses lunettes noires dans la poche de poitrine de sa veste et passa une main bronzée sur ses cheveux bruns.

— Nous avons bon espoir de découvrir exactement où et quand cela doit avoir lieu. Nous avons depuis quelque temps un certain nombre de trafiquants présumés dans notre ligne de mire. Et pas du menu fretin, croyez-moi. Tous sont à coup sûr impliqués dans l'opération. L'un ou l'autre nous mènera sans aucun doute au rendez-vous. Mais je n'insisterai jamais assez sur l'importance d'observer une discrétion totale au sein de chaque département. La moindre fuite risquerait de compromettre toute l'opération. Nous n'aurons pas de seconde chance.

À la fin de la réunion, le *jefe* fit signe à Mackenzie d'approcher pour le présenter au juge d'instruction. Cristina le suivit. Bien que le *jefe* ait accueilli la réunion dans ses locaux, il n'y avait joué aucun rôle ; Mackenzie comprit que les ordres qu'il donnait émanaient d'une plus haute juridiction. Tout se passait sur son terrain, mais il n'avait pas d'autorité réelle, hormis celle de diriger ses propres troupes.

— Señor Mackenzie, voici le juge Aguado. C'est lui qui a réclamé votre présence au NCA de Londres.

— Oh ? Maintenant, je sais à qui je dois en vouloir.

Il serra la main tendue. Elle était froide et humide ; dès qu'il retira la sienne, il l'essuya machinalement sur son pantalon. Un geste qui ne passa pas inaperçu aux yeux du *juez de instruccíon.*

— J'imagine que vous êtes au courant du fonctionnement de notre système espagnol ? demanda ce dernier.

— Oui. Très proche du système français. Une Guardia Civil dépendant de l'armée, comme la gendarmerie française. Une police civile fragmentée qui ne communique pas avec l'armée, des juges qui ne connaissent rien au travail de la police mais trouvent le moyen de diriger les enquêtes.

Le visage pâle du juge Aguado s'assombrit et la crispation de ses mâchoires creusa un peu plus ses joues cadavériques.

— Alors que la police britannique, elle, se divise et se sous-divise en un si grand nombre de forces différentes qu'elles n'ont aucune cohésion.

— Je suis entièrement d'accord, approuva Mackenzie, sans se rendre compte que le juge avait cherché à l'offenser. Il n'y a aucune coordination entre elles. Les criminels leur filent sans arrêt entre les doigts.

Tout le monde en resta coi. Ce n'est qu'en surprenant le petit sourire narquois de Cristina que Mackenzie comprit qu'il avait encore fait une gaffe.

Lorsqu'ils passèrent du sous-sol du commissariat au parking, des pneus crissaient sur le béton et des moteurs s'emballaient – enquêteurs et membres de la police scientifique d'Estepona, Marbella et Malaga regagnaient leurs bureaux respectifs après la réunion.

Mackenzie n'aimait pas les réunions. Pour lui, c'était juste un prétexte permettant aux gradés de frimer devant leurs troupes et de se donner de l'importance. Les informations essentielles avaient déjà été transmises aux gens qui comptaient. Ce qui l'inquiétait, en revanche, c'était son faux pas avec le juge.

— Qu'est-ce que j'ai dit ? demanda-t-il en courant presque derrière Cristina qui traversait le parking à grandes enjambées.

— Qu'est-ce que vous n'avez pas dit ?

— Quoi ?

Elle s'arrêta net et se retourna face à lui.

— Ça vous viendrait à l'idée d'aller chez quelqu'un et de lui dire que son bébé est horrible ?

Les sourcils froncés, il réfléchit à la question, en se demandant où elle voulait en venir.

— Oh, bon sang, s'exclama-t-elle en roulant des yeux, vous ne comprenez donc rien à rien… !

Excédée, elle se dirigea vers la Nissan. Il la suivit et grimpa sur le siège passager. Les mains crispées sur le volant, Cristina avait le visage fermé. Au lieu d'insister, Mackenzie préféra changer de sujet en orientant la conversation vers un détail qui l'avait frappé pendant la réunion.

— Lorsque le *juez de instrucción* a évoqué les *sources* qui ont informé les UDYCO de l'opération prévue par Cleland, de qui parlait-il ?

Elle le regarda avec des yeux ronds, comme s'il avait deux têtes.

— Des sources. Des informateurs, quoi, des *soplones*, je ne sais pas comment vous les appelez en anglais.

— Indics, cracha-t-il avec dégoût.

— Vous comprenez de quoi je parle, alors. Des criminels qui livrent des informations à la police en échange… d'une immunité, en général.

— Ou d'argent.

Elle haussa les épaules.

— Presque tous les enquêteurs ont un indic. Vous avez dû en avoir, vous aussi.

— Jamais ! protesta Mackenzie en secouant la tête. Je ne leur fais pas confiance. Un truand reste un truand, qu'il renseigne ou non les flics. Un crime reste un crime. Nous ne pouvons pas choisir ceux que nous allons poursuivre en justice. Nous ne sommes pas les arbitres de la loi, nous l'appliquons.

Sa véhémence déconcerta Cristina, qui haussa les sourcils.

— On dirait que vous en faites une affaire personnelle.

Prenant conscience qu'il en avait dit plus qu'il n'aurait voulu, Mackenzie se renfonça dans son siège, les yeux rivés sur le pare-brise.

Mais Cristina ne comptait pas en rester là.

— Je me trompe ?

Il resta un long moment silencieux, en se demandant s'il allait en parler ou non. Finalement, il se lança :

— J'ai arrêté et inculpé un indic qui travaillait pour un autre membre de ma division.

— Et ?

Il hésita.

— Mon commandant m'avait averti de ne pas le faire.

— Pourquoi l'avez-vous fait, alors ?

— Parce que cet indic avait été complice d'un meurtre. Une sale affaire de pègre. Mon patron estimait que sans son information on n'aurait jamais pu arrêter l'assassin.

— Mais vous l'avez arrêté quand même parce que… ?

— Parce que s'il nous avait fourni la même information avant le meurtre et non après, on aurait pu éviter que la victime se fasse tuer. Ça le rendait aussi responsable que celui qui avait appuyé sur la détente.

Cristina réfléchit un instant avant de demander :

— Qu'est-ce qui est arrivé ensuite ?

— À l'indic ?

Elle hocha la tête.

— Il a été inculpé et condamné à quinze ans de prison, répondit Mackenzie en soupirant. Six semaines plus tard, on l'a retrouvé mort dans sa cellule. La gorge tranchée d'une oreille à l'autre.

— Une vengeance.

— C'est retombé sur moi. Et ça a mis fin à ma carrière au sein de la Met.

— On vous a viré ?

— Non. Mais on s'est arrangé pour que je ne puisse plus exercer mon métier. On a tablé sur le fait que je ne mettrais pas longtemps à démissionner.

— Ce que vous avez fait ?

— Oui.

Les mains toujours posées sur le volant, elle dit au bout d'un moment, sans le regarder :

— Vous ne comprenez vraiment pas la notion de réserve, n'est-ce pas ?

— Que voulez-vous dire ?

— Vous avez une opinion, vous l'exprimez à haute voix même si elle risque de blesser quelqu'un. Vous décidez d'entrer en action, vous foncez sans tenir compte des conséquences.

— Qu'est-ce qu'on est censé faire quand on sait qu'on a raison ? lança-t-il, sur la défensive.

— Vous avez toujours raison ?

— Oui. Enfin, presque toujours.

Une petite explosion de rire s'échappa des lèvres de Cristina.

— Évidemment. Bon, je vous ramène à votre hôtel.

L'air déçu, il hocha la tête. Elle tourna la clé, lança le moteur et le laissa tourner.

— Vous avez une idée de ce que vous allez faire ce soir ?

— Eh bien, j'hésite entre manger des sandwiches dans ma chambre et manger des sandwiches dans ma chambre.

— Vous avez l'embarras du choix, à ce que je vois.

— Ce n'est qu'une question de garniture. Jambon. Ou jambon.

— On dit que le jambon est bon.

— Je suivrai votre recommandation.

Elle soupira, coupa le moteur, et ouvrit sa portière.

— Je pense que vous pourriez dîner avec nous.

— Comment pourrais-je refuser une invitation formulée de cette façon ?

— Allez, venez, dit-elle en riant. C'est juste de l'autre côté de la place, à deux minutes d'ici.

Et elle sauta de la voiture.

23

Ana a du mal à maîtriser ses émotions. Jamais le temps ne s'est écoulé aussi lentement. Elle fait exprès de garder les doigts loin du cadran de sa montre. Il n'y a rien de plus frustrant que de compter les heures qui refusent de passer.

Elle a essayé de lire, mais n'arrive pas à se concentrer. Ses souvenirs la transportent dans le passé. Grâce à la vision qu'elle a conservée de Sergio, elle continue à se le représenter jeune, tel qu'il était quand elle pouvait encore le regarder et l'écouter. Elle sourit en imaginant son sourire effronté, sa beauté juvénile.

Elle n'a jamais compris ce que Sergio lui trouvait. Elle n'était pas jolie, tout au plus banale. Ses parents s'étaient saignés pour élever les deux sœurs. Ana n'avait jamais porté de vêtements de marque, jamais écouté de musique avec le dernier Walkman Sony, jamais fait couper ses cheveux par les coiffeurs branchés d'Estepona. Cependant, pour une raison incompréhensible, il était tombé amoureux d'elle et, des années plus tard, il réapparaissait dans sa vie comme une lueur d'espoir. S'il y a un Dieu, peut-être l'a-t-il gardée en vie juste pour ce moment.

L'appareil vibre à nouveau sur sa poitrine ; elle sent une onde d'excitation la traverser comme une décharge électrique. C'est lui, il revient.

Son habituelle précision l'abandonne un instant et elle est obligée de tâtonner avant de trouver le bon interrupteur, celui qui commande la porte du rez-de-chaussée.

Assise sans bouger, elle essaye de se calmer. Les yeux fermés, elle attend la vibration de ses pas dans l'escalier. Le déplacement de l'air dans la pièce signale son entrée. Elle ne peut pas entendre le grondement sourd qui sort de la gorge de Sandro lorsque le vieux labrador se lève péniblement sur ses pattes arthritiques.

Et puis plus rien. Ni frottement de semelles se rapprochant d'elle, ni changement de température à ses côtés. Elle respire à fond, consciente qu'il se passe quelque chose d'anormal. Elle ne reconnaît pas l'odeur de celui qui l'a embrassée et serrée dans ses bras un peu plus tôt. Elle sent celle d'un homme qui empeste la sueur. L'atmosphère en est saturée.

— Qui est là ? demande-t-elle d'un ton sec.

Sa voix dure dissimule l'appréhension qui agite sa poitrine, la peur qui commence à lui serrer le ventre.

Parfaitement immobile sur le seuil, Cleland jaugea la petite femme d'âge mûr habillée en noir, assise derrière des écrans d'ordinateur. Il inclina la tête sur le côté et, en l'imaginant sans ses horribles vêtements et sa coupe au bol, trouva une certaine sensualité à ses lèvres charnues et ses yeux en amande, presque aussi bridés que ceux d'une Asiatique. Dans un autre monde, elle aurait peut-être pu être belle. Peut-être l'avait-elle été jadis. Ou peut-être n'était-ce qu'une illusion d'optique.

Les derniers rayons du soleil projetaient des ombres allongées sur les murs blanchis à la chaux, de l'autre côté de la place. La douce lumière rose qu'ils reflétaient s'infiltrait par les fentes des volets. En dehors de ça, la pièce baignait dans la pénombre.

Il jeta un coup d'œil au chien guide qui, debout, l'observait avec méfiance depuis l'autre bout de la pièce. Rien à craindre de cette vieille bête. Il braqua de nouveau son regard sur la petite dame dans son fauteuil, près de la fenêtre. Aveugle, avait dit la fillette. Les yeux qui le fixaient étaient éteints ; l'enfant avait raison. Il poussa un soupir.

— Bonjour Ana. Je suppose que vous avez entendu parler de moi.

Rien. Pas un battement de cils.

— Ana ?

— Qui est là ? répéta-t-elle d'une voix où frémissait maintenant une hystérie incontrôlée.

Un claquement de mains résonna dans le silence. Sans susciter la moindre réaction. Cleland siffla doucement. Elle était donc sourde aussi. Aveugle *et* sourde.

L'empathie n'était pas chez lui un sentiment habituel. Jamais il ne se mettait à la place des autres en se demandant ce qu'ils éprouvaient. Pour la première fois, cependant, depuis cette enfance lointaine longtemps bannie de sa mémoire, il se revit dans la cour de récréation, agressé physiquement et verbalement par ses pairs. Fermant les yeux et les oreilles à tout, comme si cela pouvait les faire disparaître. Laissant la douleur couler sur lui comme de l'eau, pour qu'elle s'efface plus vite. Se retirant en lui-même, seul endroit sûr où il était invulnérable, où il pouvait se cacher jusqu'à ce qu'arrive le moment d'en sortir et de se venger.

Ana ne pourrait jamais sortir d'elle-même. Elle était piégée, enfermée pour toujours. Jamais elle ne pourrait se venger. Et même si elle le pouvait, de qui exigerait-elle le châtiment ? Dieu ? Le destin ? Quelle injustice. Soudain, presque avec un choc, il se rendit compte que c'était la première fois de sa vie qu'il avait de la peine pour quelqu'un d'autre.

Ce qui lui arracha un nouveau soupir. Car il savait que, quel que soit le sentiment qu'il éprouvait en cet instant précis, rien ne l'empêcherait de mettre son plan à exécution.

Il avança de plusieurs pas pour examiner l'écran tourné vers lui. Puis il contourna le bureau et observa celui qu'Ana avait devant elle. En reconnaissant l'écriture braille en relief, il s'émerveilla de cette technologie qui allait lui permettre de pénétrer le monde obscur de l'aveugle et de parler à son silence.

Ana releva légèrement la tête quand il s'approcha, et suivit ses mouvements comme un animal en liberté piste une odeur. Il comprit que c'était exactement ce qu'elle faisait. Il s'assit devant l'écran dont le curseur clignotait. Personne ne l'avait utilisé depuis Mackenzie.

— *Ana, c'était un grand plaisir pour moi de vous rencontrer. Je dois vous priver de votre nièce. Nous avons bientôt un rendez-vous à Marviña et, avant, elle doit m'emmener manger quelque chose.*

D'instinct, Cleland sut que ces mots avaient été tapés par l'Écossais avec lequel il s'était battu sur le bateau. Ne l'avait-il pas vu sortir de la maison avec cette garce ?

Il revint rapidement en arrière et parcourut le compte rendu de la visite de Cristina à l'hôpital avec Nuri, sa conversation avec Paco. Il sourit. Quelle gentille petite famille unie. Tous rassemblés pour lui faciliter la dégustation de ce plat tellement meilleur quand on le déguste froid.

— Qu'est-ce que vous voulez ? s'exclama Ana.

Sa voix suraiguë résonna dans le silence de la pièce.

Redescendant à l'endroit où le curseur clignotait, il écrivit :

— *Bonjour.*

Une légère vibration prévint l'aveugle qu'elle recevait un message sur son écran. Les doigts tremblants, elle déchiffra les points qui se soulevaient et recula sous l'effet de la peur et de la confusion.

— Sergio ? dit-elle, en espérant que ce soit lui, mais sans y croire.

— *Raté.*

— Qui êtes-vous ? cria-t-elle, complètement hystérique maintenant.

Ravi de l'effrayer, il écrivit :

— *Je suppose que votre nièce vous a parlé de moi. Ses collègues et elle se donnent tellement de mal pour me retrouver.*

Le sang se retira du visage d'Ana, qui devint d'une pâleur mortelle.

— Cristina n'est pas responsable de la mort de cette jeune femme. C'est vous qui lui avez tiré dessus.

Surprise par la gifle qu'elle reçut en plein visage avec une violence inouïe, elle faillit tomber de son fauteuil et poussa un hurlement, de peur autant que de douleur. D'autres points jaillirent alors sur son écran :

— *Par sa faute ! Elle me le paiera, et vous allez m'y aider.*

24

Une odeur de viande grillée envahissait le petit appartement. La baie coulissante du balcon était ouverte. Les cris presque assourdissants des hirondelles qui voltigeaient dans la nuit chaude se mêlaient au beuglement de la télévision dont le volume semblait avoir été monté au maximum.

Attablé devant une pile de livres et de cahiers, la tête appuyée sur une main, l'autre jouant distraitement avec un stylo, Lucas regardait un dessin animé.

Quand Cristina entra, suivie de Mackenzie, elle traversa immédiatement le séjour et éteignit le poste. N'ayant plus que les hirondelles pour rivales, elle s'exclama :

— Mais bon sang, ça va pas la tête ? Vous êtes sourds ou quoi tous les deux ? Si les voisins se plaignent encore, on nous demandera de partir.

Antonio apparut à la porte de la cuisine, pieds nus, en jeans et tee-shirt. Son sourire n'avait rien de chaleureux.

— Et toi, ta journée s'est bien passée, chérie ?

Il adressa un simple signe de tête à Mackenzie.

Cristina se débarrassa de son ceinturon, au holster vide, et le jeta sur le canapé.

— Qu'est-ce que tu fais cuire ? lança-t-elle sur un ton plus accusateur qu'interrogateur.

Menton en avant, sur la défensive, Antonio répondit :

— Je pensais que ça te ferait plaisir de ne pas avoir à préparer le dîner pour une fois. Mais je ne savais pas qu'on avait un invité.

Cristina huma l'air.

— Qu'est-ce que c'est ?

— Des côtelettes sauce barbecue.

— Tu les as préparées toi-même ? s'étonna-t-elle.

Toujours sur la défensive, il prit un air penaud.

— Je les ai achetées au Mercadona. Prêtes à cuire. Ça ne prend que vingt minutes.

— Bon Dieu, Antonio ! On n'a pas les moyens de s'offrir ce genre de chose. Ça coûte super cher.

— Pour une fois, on peut bien se faire plaisir. J'ai reçu une commission sur une vente.

Histoire de détourner la discussion, il désigna Lucas et ajouta :

— Tu ferais mieux de t'occuper un peu plus de ton fils. Il a rapporté son bulletin aujourd'hui.

— Il n'est pas bon ?

De la cuisine où il était déjà reparti, Antonio lança par-dessus son épaule :

— Jette un coup d'œil toi-même.

Cristina passa devant Mackenzie, très embarrassé, et trouva le bulletin à moitié caché sous un livre. Le garçon évita soigneusement de croiser le regard de sa mère pendant qu'elle le consultait.

Un commentaire parvint alors de la cuisine :

— Bien en anglais et en espagnol. En dessous de la moyenne en maths et en sciences. Lis l'appréciation du professeur.

— « Lucas est un garçon intelligent, mais il ne fait pas d'efforts. Manque de concentration. C'est un rêveur. »

Mackenzie se souvint de commentaires similaires sur les bulletins qu'il rapportait chez lui. Néanmoins, grâce à ses résultats brillants aux examens, il pouvait clouer le bec à ses professeurs.

— Lucas, rêveur ? fit-elle en jetant un regard accusateur à son fils. À quoi tu rêves ?

La rancœur du garçon remontant à la surface, il s'écria, les lèvres tremblantes :

— Je rêve de quitter l'école ! Les autres ont des parents qui les aident, eux. Papa ne saurait même pas faire la différence entre un nombre premier et un triangle rectangle. Et toi, tu n'es jamais là !

Mackenzie s'éclaircit la gorge :

— Un nombre premier est un nombre entier plus grand que un, et qui ne peut être divisé que par lui-même.

Il fut étonné de voir des yeux incrédules se tourner vers lui. Antonio était ressorti de la cuisine. Le silence provoqué par son intervention fut cependant de courte durée car Lucas continua sur sa lancée :

— Et maintenant, tu envoies même des étrangers bizarres me chercher à l'école.

Cristina fronça les sourcils.

— De quoi tu parles ? Quels étrangers bizarres ?

Elle se tourna vers Mackenzie :

— C'est vous ?

Perplexe, Mackenzie secoua la tête.

— Non, grogna Lucas. À midi. Quand je revenais du Burger King.

— Du Burger King ? s'exclama Antonio. Qu'est-ce que tu fabriquais au Burger King ?

— Tous les autres mangent des burgers au déjeuner. Moi, j'ai droit aux sandwichs pourris de maman.

— Raconte-moi exactement ce qu'il s'est passé quand tu revenais du Burger King, Lucas, insista Cristina d'une voix tendue.

Le garçon haussa les épaules, comme si ce n'était pas important.

— Un type dans une grosse voiture noire s'est arrêté à côté de moi et m'a raconté qu'il était un de tes amis et qu'il viendrait me chercher un jour à l'école. Il a dit que je ne devais pas avoir peur de lui.

— Oh, mon Dieu ! s'écria Cristina, une main pressée sur sa poitrine.

Elle attrapa son fils en le faisant presque tomber de sa chaise et, tout en parlant, se mit à le secouer :

— Tu ne dois plus jamais parler à cet homme, Lucas. Ni à personne ! Jamais je n'enverrai quelqu'un te chercher à l'école, tu entends ? Jamais !

Antonio s'approcha d'eux.

— Arrête, Cris. Tu lui fais peur.

— Mais il faut qu'il ait peur, Toni !

— Comment sais-tu que c'était un étranger ? voulut savoir Mackenzie.

— Il m'a parlé anglais.

— Et il t'a dit son nom ?

Lucas hocha la tête.

— Quel nom ? demanda Cristina. Qu'est-ce qu'il t'a donné comme nom ?

Le garçon se mit à pleurer en essayant de s'en souvenir.

— Señor Cli… Clo ou Clan… quelque chose.

— Cleland ? essaya Mackenzie.

— Oui, c'est ça, répondit Lucas, apparemment soulagé d'avoir fini par se le rappeler.

Un cri de terreur jaillit aussitôt de la gorge de Cristina qui serra son fils dans ses bras, si fort qu'il pouvait à peine respirer.

Soudain, le téléphone de la maison sonna, transperçant l'atmosphère électrique du petit appartement. En deux enjambées, Antonio alla décrocher.

— Oui ? aboya-t-il, avant de poser sa main sur le combiné et de le tendre à Cristina. C'est Miguel.

Lâchant son fils à contrecœur, elle prit l'appareil.

— Oui, *jefe* ?

Après avoir écouté attentivement, elle ferma les yeux, comme par désespoir.

— Oui, *jefe*. On appellera du renfort si c'est nécessaire.

Elle raccrocha et regarda Mackenzie :

— Des résidents d'un lotissement dans les collines, au-dessus de la plage de Casares, ont signalé la présence d'un étranger blond, la nuit, dans un immeuble en construction. Le *jefe* veut qu'on aille jeter un coup d'œil. Il doute qu'il s'agisse de Cleland, mais…

Elle haussa les épaules.

— Et si c'est lui ?

— On sonne la cavalerie.

— Et quand est-ce qu'on mange ? lança Antonio.

— Quand on reviendra. Tu peux garder les côtelettes au chaud, non ?

Il secoua la tête.

— Moi, je dîne maintenant avec Lucas. Tu n'auras qu'à réchauffer ce qui reste.

— Ne quitte surtout pas ce garçon des yeux, Toni. Pas une seule seconde. Je reviens aussi vite que possible.

La colère d'Antonio finit par fissurer le vernis de retenue qu'il affichait par égard pour Mackenzie. De toute évidence, il n'en avait plus rien à faire.

— Le petit a raison, Cris. Tu n'es *jamais* là ! Sans toi et sans ton putain de boulot, on n'aurait pas besoin de le surveiller comme le lait sur le feu. Parce qu'il ne serait *pas* en danger.

Un soupçon de culpabilité alimenta la colère de la riposte de Cristina :

— On est censés vivre avec ce que tu gagnes, peut-être ? C'est ce que tu insinues ? Sans mon putain de boulot, on ne pourrait pas se permettre de l'envoyer dans une école correcte. On n'aurait pas les moyens d'entretenir une voiture. Et tu ne pourrais certainement pas t'offrir une carte de membre dans ton putain de club de golf. Penses-y la prochaine fois que tu iras.

Mari et femme se foudroyaient du regard. Lucas ramassa ses livres et ses cahiers et s'enfuit en pleurant dans sa chambre. Terriblement mal à l'aise, Mackenzie se demandait comment détendre l'atmosphère.

— Vous avez quel handicap, Antonio ?

Les deux têtes se tournèrent vers lui.

25

Il faisait presque nuit lorsqu'ils atteignirent le chantier à l'abandon. Mackenzie avait suivi Cristina en silence jusqu'au commissariat où elle était allée prendre son SIG Pro dans le coffre de l'armurerie. Au volant de la Nissan, elle avait ensuite conduit comme une folle. D'abord dans la descente jusqu'à l'A7, puis en direction des contreforts de la Sierra Bermeja.

À l'ouest, au-dessus des ombres déchiquetées des montagnes qui se découpaient sur le ciel étoilé, de pâles bandes rouges luisaient encore entre les nuages.

Tout en haut de la colline, au-delà des vestiges de ce qui avait été un rêve de promoteur se dressait, protégé par un mur et une grille, un groupe de villas et de petits immeubles réunis autour d'un jardin tropical et de deux piscines. Dans le noir, des réverbères scintillaient le long des rues et des allées ; des lumières plus chaudes brillaient aux fenêtres des appartements de vacances et des résidences permanentes. L'ensemble offrait un contraste frappant avec le projet abandonné à moitié construit, situé en contrebas.

Cristina s'arrêta devant l'immeuble signalé et ils descendirent du SUV dans l'air parfumé de la nuit. Un vent chaud balayait légèrement la colline, portant avec lui les stridulations envahissantes des cigales et le coassement rauque des rainettes. Une pancarte en plastique fixée sur un grillage promettait l'accès Internet à haut débit. *Ne payez pas les mois où vous ne l'utilisez pas. Vitesse de téléchargement 200 Mega, routeur wifi + installation à partir de 50 €.* Derrière, des rangées de logements, certains terminés, d'autres abandonnés, suivaient les ondulations du paysage andalou. Chancres rouges, jaunes, blancs comme des pièces de Lego plantées dans cette campagne autrefois agricole.

En respirant l'air de la nuit, Mackenzie prit conscience d'une odeur incongrue poussée par le vent. Une odeur de fumée de bois. Qui pouvait bien faire du feu par un temps pareil ?

Derrière un mur de soutènement en béton, de l'autre côté de la route, la partie du complexe exposée à la vue semblait presque achevée. Toits de tuile, arches et colonnes peintes en blanc. Mais les maisons étaient dépourvues de fenêtres, comme un sourire sans dents, et la nature avait repris ses droits sur ce qui aurait dû être un jardin. Hautes herbes, bambous, jeunes arbres, buissons démesurés menaçaient d'engloutir les bâtiments. Le mur de soutènement était taché par les intempéries et couvert de graffitis, les trottoirs défoncés aux endroits où les mauvaises herbes avaient poussé entre les pavés.

Cristina décrocha la lampe torche de son ceinturon avant d'en sortir une autre de la boîte à gants pour Mackenzie. Leurs faisceaux découpant des flèches de lumière dans les ténèbres, tous deux suivirent une clôture rouillée le long de la route non goudronnée passant sous le complexe habité du haut de la colline. La route s'incurvait ; à chaque pas ils soulevaient une poussière blanche. Derrière la clôture, une structure squelettique ressemblait à un jeu de construction pour enfants. Son toit légèrement en pente, soutenu par des murs de brique et des colonnes de béton, protégeait un espace vide. Un labyrinthe d'escaliers, de cages d'ascenseurs, de couloirs et de carcasses d'appartements était ouvert à tous les vents. Une rampe disparaissait vers l'antre noir d'un parking souterrain en devenir.

Dans le silence de la nuit, des éclats de verre crissaient sous leurs pieds. L'odeur de feu de bois devenait de plus en plus forte et âcre. Devant eux, la clôture barrait soudain la route, interdisant d'aller plus loin. Mais quelqu'un y avait découpé un trou à l'aide de pinces, et un sentier bien marqué traversait la végétation en direction d'une zone aménagée en garage couvert.

Suivie par Mackenzie, Cristina franchit le trou avec précaution et se dirigea vers la rampe. Ils attendirent un moment, immobiles, aux aguets. À part le raffut des cigales, on n'entendait rien. Mackenzie vit la lampe torche trembler dans la main de Cristina. Son visage était livide. Après lui avoir lancé un bref coup d'œil, elle s'aventura vers le sous-sol. Il la suivit, un ou deux mètres en arrière.

Assez raide, la rampe descendait en tournant vers la gauche. Arrivés au virage, ils découvrirent le parking – une vaste zone correspondant au tracé de l'immeuble soutenu par des rangées de colonnes carrées. Sa surface brute était jonchée de débris. Des flaques noires d'eau stagnante reflétaient la lumière de leurs torches. Aucun signe de vie ni d'occupation. Ce fut presque avec soulagement qu'ils remontèrent à l'air libre.

Dans le ciel piqueté d'étoiles, une lune gibbeuse jetait sa lumière blanche sur les ambitions avortées de la décennie précédente. Cristina et Mackenzie se frayèrent un chemin à travers les gravats, puis à l'intérieur du bâtiment. Un escalier construit autour d'une cage d'ascenseur vide s'élevait sur deux étages. Ils l'empruntèrent jusqu'au premier, où il débouchait sur un hall carré. Un couloir orné de graffitis s'enfonçait dans le cœur de l'immeuble. Des portes béantes, à droite et à gauche, donnaient sur des appartements fantômes. Une efflorescence poudreuse rampait sur les murs de brique ; tel un cancer du béton, la rouille des armatures en acier provoquait l'effritement des sols et des colonnes.

La fumée planait à présent comme un brouillard. Mais son odeur ne réussissait pas à masquer une horrible puanteur d'urine et d'excréments. Malgré la chaleur extérieure, il faisait froid dans cet endroit.

Au loin, tout au bout du couloir, une pâle lueur dansait dans le noir. Un murmure sinistre parvint jusqu'à eux dans l'air fétide.

Cristina posa la main sur son holster. Bien qu'elle répugnât à sortir son arme, elle défit la bride de sécurité, par précaution.

Côte à côte, ils avancèrent à pas prudents dans le couloir, gagnés par l'appréhension au fur et à mesure que la lueur devenait plus vive et le murmure plus fort, jusqu'à ce qu'ils débouchent sur un large espace ouvert où les murs de brique avaient été grossièrement démolis – seules leurs bases indiquaient l'agencement d'une douzaine d'appartements, peut-être davantage. Au milieu des gravats brûlaient un nombre incroyable de feux ; des groupes de gens en haillons se pressaient autour de leur lumière et de leur chaleur.

Le murmure des voix s'éteignit rapidement lorsque Cristina et Mackenzie braquèrent leurs torches sur la scène étrange qui s'offrait à leurs yeux. Seul le craquement du bois sec brisait le silence.

— Bon Dieu, qu'est-ce que… lâcha Mackenzie d'une voix étouffée.

Cristina le regarda, puis se reconcentra très vite sur la trentaine ou quarantaine de personnes agglutinées autour des foyers. Il y avait des femmes, la tête couverte de *hijabs* ou de *khimars*, des hommes barbus aux yeux noirs enfoncés dans les orbites, des enfants au visage hagard, des bébés tourmentés par la faim.

— Des immigrants clandestins, dit-elle. Il en arrive presque tous les jours d'Afrique du Nord par bateau. Ils échouent sur la plage et vont se cacher dans ces lotissements abandonnés. Des endroits comme celui-ci, il en existe des milliers le long de la côte. Impossibles à contrôler.

Elle fouilla la poche de poitrine de sa tunique, en tira une des photos froissées de Cleland et la tendit à Mackenzie.

— Il vaut mieux que ce soit un homme qui la leur montre. Je monte vérifier l'étage du dessus.

Elle reprit le couloir par lequel ils étaient venus. Mackenzie resta un moment immobile avant de s'avancer avec quelque réticence au milieu des gravats. Il brandit à bout de bras la photo de l'Écossais blond devant les visages effrayés des Arabes. Ceux-ci le fixaient avec des yeux méfiants mais regardaient à peine le portrait de Cleland. Il savait qu'il perdait son temps. S'ils devaient retrouver Cleland, ce n'était certainement pas parmi ces tristes exilés en quête d'une vie meilleure.

Pas un mot ne fut échangé pendant qu'il allait d'un feu de camp à l'autre en retenant sa respiration. Accueilli par des regards vides ou un léger signe négatif de la tête, il ne put s'empêcher de s'interroger sur l'avenir de tous ces gens. Qui avaient-ils payé pour arriver jusque-là ? Qui les attendait, dans l'ombre, pour les mener à l'étape suivante de cette quête désespérée ? Puis à la suivante. Et la suivante, encore. S'il y avait une chose pire que le trafic de drogue, pensa-t-il, c'était bien le trafic d'êtres humains. Propagateur de misère, le plus cruel des rêves illusoires. Et ça n'irait qu'en empirant, bien sûr. De plus en plus d'organisations criminelles laissaient tomber le commerce lucratif mais dangereux de la drogue au profit de celui des immigrants. Ces derniers constituaient une source de revenus fiable, intarissable et peu coûteuse ; en outre, les autorités consacraient moins de temps et d'efforts aux tentatives de bloquer le flux des clandestins, et les conséquences pénales étaient beaucoup moins lourdes en cas de saisie de la marchandise.

Soudain, il entendit une femme hurler quelque part à l'intérieur du bâtiment. Il se figea sur place, écouta attentivement et prit soudain conscience que, dans cet enfer, tous les yeux se tournaient vers lui. Il hésita un quart de seconde avant de se précipiter dans le couloir qui les avait conduits ici. Sur le palier, il s'arrêta, le cœur battant, dressa l'oreille pour essayer d'entendre autre chose que sa propre respiration renvoyée en écho par le béton cancéreux. Des pas claquèrent au-dessus de sa tête et dévalèrent l'escalier quatre à quatre. Son cœur faillit s'arrêter de battre. Deux garçons surgirent au pied des marches et s'écartèrent au dernier moment pour le contourner, comme de l'eau autour d'un rocher. Puis ils s'évanouirent dans la nuit.

Mackenzie tâcha de se ressaisir. Inutile de les poursuivre. Cristina était forcément plus haut. Guidé par le faisceau de sa lampe torche, il monta les marches.

Sur le palier, une copie conforme du hall de l'étage inférieur s'ouvrait sur un couloir enlisé dans les ténèbres. Une porte rudimentaire avait été fixée aux charnières du premier appartement sur sa droite. Elle était entrebâillée. Lorsqu'il s'avança vers elle à pas de loup, de la terre et des détritus crissèrent sous ses chaussures. Il la poussa du plat de la main. Des bougies et une lampe à huile brûlaient sur une table, contre le mur du fond. Quelques chaises l'entouraient, dont l'une renversée sur son dossier. Des assiettes à moitié pleines y avaient été abandonnées et une cigarette se consumait encore dans un cendrier. Trois sommiers métalliques avaient été placés côte à côte devant le mur de droite ; des matelas de fortune recouvraient tant bien que mal les ressorts rouillés, avec des draps chiffonnés tachés de sueur. Personne.

Mackenzie retourna précipitamment vers l'escalier et entendit un cri étouffé en provenance du dernier étage. Il monta, en braquant le rayon de sa lampe devant lui, et se rendit soudain compte qu'il n'y avait plus de murs. La tour prévue pour une cage d'escalier et un puits d'ascenseur était totalement exposée aux éléments sur trois côtés. Le clair de lune entrait à flot, jetant des ombres obliques sur les marches. Dehors, le ciel parsemé d'étoiles paraissait à des années-lumière, et la terre dangereusement loin dans le noir.

En posant le pied sur la dernière marche, il comprit qu'il ne pouvait aller nulle part. Sur sa gauche, une passerelle à moitié terminée menait à une petite terrasse. Sur sa droite, la dalle de béton poussiéreuse était percée d'une ouverture carrée où aurait dû se loger la machinerie de l'ascenseur. À chaque angle, des piliers soutenaient un toit.

De l'autre côté du puits, trois hommes et Cristina tournaient le dos au vide, dangereusement proche. L'un des hommes tenait la jeune policière par-derrière, une main plaquée sur sa bouche, l'autre appuyant le canon du SIG sur sa tempe. Il était d'une maigreur effrayante dans son maillot de corps déchiré et ses baskets dégoûtantes ; un bandana rouge maculé retenait ses longs cheveux gras. Les deux autres agitaient des battes de base-ball au bout de leurs bras dont les muscles gonflaient leurs tee-shirts blancs crasseux. Ils faisaient face à Mackenzie, qui voyait la terreur dans les yeux de Cristina éclairés par la lune.

Se rendant aussitôt compte de l'avantage d'avoir la lune derrière lui, il leva sa torche et la braqua directement sur le groupe. Ainsi, les hommes pouvaient à peine le voir alors qu'il pouvait presque distinguer chaque poil de barbe de leurs visages mal rasés.

L'un d'eux chuchota en aparté à celui qui tenait Cristina :

— Qu'est-ce qu'on fait ?

— Il est armé ?

— J'sais pas.

Ils ne parlaient pas espagnol mais arabe. Aussitôt, Mackenzie sentit sa tension se relâcher un peu ; il avança avec précaution le long de l'ouverture du puits pour se rapprocher d'eux.

— Écoutez-moi, dit-il. Inutile de compliquer les choses. Personne n'est obligé de se faire tirer dessus.

Que cet étrange Caucasien à la peau blanche s'exprime en arabe les sidéra.

La peur de Cristina se mua en confusion totale lorsqu'elle entendit Mackenzie engager la conversation avec ses ravisseurs. Sans comprendre un mot de ce qu'il disait, elle remarqua son expression anormalement détendue tandis qu'il échangeait quelques phrases brèves avec celui qui pressait le canon du SIG sur sa tempe. À son grand étonnement, elle sentit la main plaquée sur sa bouche s'écarter. L'homme la lâcha, fit un pas en avant et posa très doucement le pistolet sur le sol en béton.

Mackenzie continua à marcher lentement le long de l'ouverture béante ; les trois hommes reculèrent en silence. Dès qu'il se pencha pour ramasser l'arme de Cristina, ils se ruèrent vers l'escalier. En entendant le claquement de leurs pieds s'enfoncer dans les ténèbres, elle faillit s'évanouir de soulagement. D'une main, Mackenzie la retint par le bras en souriant et lui rendit le pistolet.

— Vous devriez vous méfier un peu plus des gens que vous laissez jouer avec ça.

Cristina mit un petit moment à retrouver sa voix.

— Mais… qu'est-ce qu'il s'est passé au juste ?

Mackenzie secoua la tête.

— Quand j'ai annoncé que j'allais apprendre l'arabe, les gens m'ont traité d'idiot. D'après eux, je n'en aurais jamais l'usage à moins d'entrer aux Affaires étrangères ou de devenir espion. (Il se mit à rire.) Mais j'ai toujours pensé que ça me servirait un jour ou l'autre.

— Qu'est-ce que vous leur avez dit ?

— J'ai raconté au type qui vous tenait que votre arme était défectueuse. Que le cran de sûreté était coincé et que s'il tirait, il vous ferait sans doute exploser la tête, en même temps que sa propre main et la moitié de son visage.

— Et il vous a cru ? demanda Cristina, bouche bée.

Mackenzie haussa les épaules.

— Apparemment.

— Pourquoi ne les avez-vous pas tenus en respect une fois que vous l'avez récupérée ?

— Je n'ai pas le droit d'utiliser votre arme. Si je l'avais fait, vous auriez eu encore plus d'ennuis. Comme l'explique Sun Zi dans *L'Art de la guerre*, si l'on veut éviter le combat, on peut empêcher l'ennemi d'attaquer en mettant en travers de son chemin une chose étrange et inexplicable.

— Comme une arme enrayée ?

— Eh bien, justement... d'une façon ou d'une autre ces types sont des clandestins. Impliqués dans un trafic d'êtres humains ou de drogue. Qui peut le savoir ? Mais ils n'avaient pas plus que nous envie de se battre. Ils avaient peur, c'est tout. Donc je leur ai offert une issue. Qu'ils aient cru ou non mon histoire d'arme défectueuse importe peu. Ils ont accepté l'occasion qui leur était donnée de s'échapper. Maintenant, vous pouvez signaler l'incident, ce n'est plus votre problème.

Alors qu'ils commençaient à descendre l'escalier, Mackenzie ajouta :

— Dommage qu'on ait perdu notre temps ici.

Cristina s'arrêta à mi-chemin.

— Mais on ne l'a pas perdu. Avant de rencontrer les charmants individus qui m'ont traînée là-haut, j'ai surpris deux ados en train de taguer les murs. Je leur ai montré la photo de Cleland en promettant de fermer les yeux s'ils me donnaient des infos sur cet homme. Ils l'ont reconnu. Ce n'est pas exactement le genre de type sur qui on s'attend à tomber dans un endroit pareil. Ils m'ont dit qu'ils l'avaient vu à plusieurs reprises au cours des deux derniers jours. En compagnie de personnages plus que douteux. Pas ceux qui m'ont pris mon arme. Des Espagnols, apparemment. On a donc au moins appris où il se cachait.

Sur le palier du premier étage, Mackenzie jeta un coup d'œil vers le couloir obscur au fond duquel les pauvres gens fuyant les conflits rassemblaient sans doute leurs affaires en espérant disparaître avant l'arrivée de la police.

— Si Cleland n'a pas trouvé mieux, c'est qu'il ne lui reste pas beaucoup d'amis. Il doit être aux abois.

26

Ana s'éteint un peu à l'intérieur d'elle-même. Cleland va et vient dans la maison. Elle sent son odeur, la chaleur de son corps qui se déplace d'un endroit à l'autre, le mouvement de l'air. À un moment, elle perçoit son souffle sur son visage. Surprise de le savoir si près d'elle, elle pousse un cri.

Elle est terrifiée. Pour elle. Pour Cristina. Et, dans l'immédiat, pour Sergio. Les points en relief de sa montre braille lui apprennent qu'il est presque 9 heures. S'il revient comme il l'a promis, il ne va pas tarder. Elle sait que les employés continuent parfois à travailler le soir après la fermeture de la banque, mais ils rentrent chez eux pour dîner, aux alentours de 10 heures.

Elle espère malgré tout que quelque chose l'empêchera de revenir ce soir. Même si c'est le manque de courage qui, après leur rencontre de l'après-midi, l'aura fait changer d'avis. Oui, même ça.

Une vibration la prévient de l'arrivée d'un nouveau message sur son écran. Elle soulève les mains pour lire les points.

— *Qui est Sergio ?*

La peur lui transperce les os, la glace jusqu'à la moelle. À croire que cet homme peut lire dans ses pensées.

— Qui ?

— *Ne vous fichez pas de moi, Ana. Quand je suis arrivé vous m'avez demandé si j'étais Sergio.*

— C'est un ami.

— *Mais vous l'attendiez.*

— Non, pas vraiment. Il passe de temps en temps, dit-elle en essayant de contrôler le tremblement de sa voix.

— *Vous mentez, Ana.*

— Non, je vous assure. Je n'attends personne.

Comme pour la contredire, le destin choisit ce moment précis pour faire retentir la sonnette. Ses mains s'envolent vers le vibreur – si seulement elle pouvait l'arrêter.

— *Qui ça peut être, alors ?*

— Aucune idée.

— *Ouvrez la porte.*

Elle est désespérée.

— Pourquoi impliquer quelqu'un d'autre ? C'est moi que vous voulez.

— *Vous et Cristina. C'est elle ?*

— Pas à cette heure-ci, non.

— *Eh bien, ouvrez alors, on verra qui c'est.*

Ana tend la main vers la table et tripote de manière peu convaincante l'interrupteur.

— Ça ne marche pas.

Elle sent d'abord Cleland repousser sa main, puis la vibration de l'appareil fixé sur sa poitrine lui signale que la porte de la rue a été débloquée.

— Ne lui faites pas de mal. Je vous en prie.

Cela lui a échappé malgré elle.

— *Qui est-ce ?*

— Juste un ami.

— *On verra.*

Puis plus rien. La chaleur du corps de Cleland s'éloigne et elle souffre en ressentant les pas de Sergio sur les marches. Jamais le silence et les ténèbres qui l'emprisonnent n'ont été aussi insupportables. Elle se demande si elle doit le prévenir. Mais Sergio comprendrait-il ? Cela n'aurait aucun sens pour lui, jusqu'à ce qu'il soit trop tard.

Elle prend conscience de l'ouverture de la porte palière, puis plus rien.

Que fait Sergio ? Où est Cleland ? Est-ce que Sergio l'a vu ? Est-ce qu'ils sont en train de parler ?

Elle le sent alors traverser la pièce, venir vers elle. La chaleur de son corps. Il est très proche. Le raclement d'une chaise fait légèrement vibrer la sienne. Son odeur familière. Puis soudain ses lèvres sur son front. Elle sursaute et se recroqueville. Une réaction totalement involontaire. Elle sait qu'elle l'a blessé.

De longues secondes passent avant qu'il lui prenne les mains. Ses signes sont hésitants.

— Je suis vraiment désolé, Ana. J'ai été retenu à la banque, j'aurais dû revenir bien plus tôt.

Elle ne pense qu'à une seule chose : il n'entendra pas Cleland s'approcher derrière lui. Elle tourne la tête désespérément, comme si elle cherchait son ravisseur. Où est-il passé, seigneur ?

— Qu'est-ce qui ne va pas, Ana ?

Elle sent sa détresse à travers ses mains. Elle trace maladroitement sur sa paume :

— VA-T'EN SERGIO !

Elle est plus habituée à déchiffrer les signes tracés par les autres qu'à les tracer elle-même. Mais si elle parle à haute voix, Cleland l'entendra.

— PARS TOUT DE SUITE. NE DEMANDE PAS POURQUOI. TU ES EN DANGER.

Elle sent maintenant sa consternation. Aussi tangible autour d'eux que si elle pouvait la toucher.

Et brusquement, Ana perd les mains de Sergio. Une profonde vibration traverse son corps. Quelque chose de lourd est tombé sur le sol. Elle s'écrie :

— Sergio !

Aucune réponse. Rien. Juste l'obscurité et le silence de son monde. Mais quelqu'un se tient près d'elle. Une légère chaleur dans l'air, puis plus rien.

Elle tremble de tous ses membres, les pleurs jaillissent de ses yeux. Il vient de se passer quelque chose de terrible. Elle le sait, mais n'ose pas parler. C'est à peine si elle ose respirer. Elle attend, comme elle attend depuis la moitié de sa vie que le monde vienne à elle. Une éternité semble s'écouler avant que la vibration sur sa poitrine lui signale l'arrivée d'un autre message. La peur au ventre, elle pose les doigts sur l'écran.

— *Que faisiez-vous avec vos mains ?*

— Où est Sergio ?

— *Ne vous inquiétez pas pour Sergio. Dites-moi ce que vous faisiez avec vos mains.*

Ana a du mal à trouver assez d'air dans ses poumons pour parler.

— Le langage des signes tactile.

— *Le quoi ?*

— Une manière de former les lettres et les mots en touchant la paume. Où est Sergio ?

— *Il est parti. Ne vous en faites pas pour lui.*

— Je ne vous crois pas.

— *Ça m'est égal.*

— Ne lui faites pas mal, je vous en prie.

Sa voix se brise tandis qu'elle implore les ténèbres. Elle ne s'entend pas pleurer, mais sent chaque sanglot lui déchirer la poitrine. La douleur emplit son monde. Soudain, une douleur cuisante sur la joue. Il l'a encore giflée. Il souffle son haleine fétide sur son visage et crache des petites gouttes de salive en criant. Elle a envie de vomir.

De nouveau plus rien. Pendant de longues secondes. Avant de percevoir le raclement de l'autre chaise tirée près d'elle, la chaleur de Cleland, son odeur masculine, terreuse. Et une nouvelle vibration sur la poitrine.

— *Montrez-moi.*

Elle ne comprend pas comment il peut taper sur le clavier tout en étant assis à côté d'elle. Puis elle se le représente, le clavier sur les genoux. Avec un clavier sans fil, c'est possible.

— Vous montrer quoi ?

— *Le langage des signes tactile.*

Elle aspire de l'air en tremblant et tente de stopper ses sanglots. Une seule chose l'obsède : *Qu'a-t-il fait à Sergio ?*

Sa voix se coince dans sa gorge quand elle dit :

— Ça ne s'apprend pas comme ça. Il faut des semaines, des mois.

— *J'ai tout le temps du monde, Ana. Du moins jusqu'au retour de Cristina. Elle vient demain ?*

— Je… je ne sais pas.

— *Si, vous le savez, Ana. Mais ne vous inquiétez pas. Ma patience est infinie. J'ai appris à l'école que la vengeance est un plat qui se mange froid. C'est la devise que j'ai adoptée.*

Elle ne sait pas quoi dire.

— *Je veux que vous m'appreniez le langage des signes tactile. Ce que j'ai vu entre vous et Sergio m'a intrigué. Ça m'a paru… très intime. Je veux devenir intime avec vous, Ana.*

Un frisson irrépressible la traverse. Une onde de dégoût. Elle se demande si ça se voit.

— *Mais pas maintenant. Je dois m'absenter un moment.*

Son cœur bondit dans sa poitrine. S'il part, alors d'une façon ou d'une autre, elle pourra donner l'alarme. Un appel à l'opérateur. Un e-mail à Cristina. Mais son nouveau message distille la peur dans son esprit :

— *Il est mignon, le fils de votre nièce. Comment s'appelle-t-il déjà, Lucas ? Il fréquente une excellente école. Ce serait dommage qu'il lui arrive quelque chose. Et ce serait votre faute. Vous le savez, Ana, n'est-ce pas ? Si ce petit garçon devait avoir un accident. Alors, restez bien tranquille pendant mon absence. Ou est-ce que je dois vous attacher ?*

La mort dans l'âme, Ana sait qu'elle fera exactement ce qu'il voudra. La menace de s'en prendre au petit garçon de Cristina la ligote plus efficacement que n'importe quelle corde. Néanmoins, si Cleland a de la patience à revendre, elle aussi. Elle a eu vingt ans pour la cultiver, en faire une vertu. Son heure viendra. De cela, elle est certaine.

27

Du haut de l'escalier, Sophia le regardait monter vers elle en levant l'une après l'autre ses jambes fatiguées. Il attendait depuis si longtemps l'occasion de lui demander pardon de ne pas avoir assisté au concert, de la prendre dans ses bras, de la serrer contre lui, de lui dire qu'il l'aimait.

Il ne lui reprocherait pas de l'avoir supprimé sur Facebook, mais il continuerait à consulter sa propre page pour voir si elle lui proposait de redevenir son ami. Ce n'était qu'une colère passagère. Elle ne pouvait pas le haïr pour toujours. Impossible.

Il y était presque. Trois marches, deux marches. Il tendait la main vers Sophia qui, brusquement, lui tourna le dos, s'enfuit dans sa chambre et claqua la porte. Il dut faire appel à toutes ses forces pour l'atteindre avant qu'elle ne tourne la clé dans la serrure. Mais au moment où sa main se posait sur la poignée, il entendit le déclic du verrou.

— Sophia !

Sa propre voix lui semblait lointaine, désespérée. Celle de Sophia, en revanche, explosa dans sa tête :

— Va-t'en !

— Laisse-moi entrer, Sophia.

— Je te déteste !

Les larmes aux yeux, il tambourina sur la porte avec son poing.

— Sophia !

Rien. Pas de réponse. Il frappa plus fort.

— Sophia, s'il te plaît…

Il se redressa d'un bond dans son lit, le cœur battant à tout rompre, la gorge serrée, l'écho de sa voix s'estompant. Trempé de sueur, les draps entortillés autour de lui, collés sur ses jambes et son torse. Mais le tambourinement continuait. Sa confusion dura le temps de se rappeler où il était. La chambre du dernier étage, Hostal Totana, Marviña. On frappait à sa porte. De l'autre côté, la voix de Cristina l'appelait :

— Señor Mackenzie ! Pour l'amour du ciel, *hombre*, qu'est-ce qui vous arrive ?

Il cligna des yeux et, dans un brouillard, lut les chiffres rouges affichés sur le réveil de la table de chevet. À peine plus de 6 heures. Il se jeta hors du lit, le boxer-short acheté à Estepona adhérant à sa peau couverte de sueur, et ouvrit la porte. Cristina se tenait sur le seuil. Elle était en uniforme, pas maquillée, les yeux gonflés de sommeil, les cheveux attachés en queue-de-cheval. Sévère, implacable. Son regard se posa brièvement sur le caleçon de Mackenzie avant de remonter vers son visage.

— Qui est Sophia ?

— Ma fille.

Elle scruta la chambre vide.

— Pourquoi étiez-vous en train de crier après elle ?

— Je criais ?

— Je ne serais pas surprise que vous ayez réussi à réveiller tout Marviña.

— Je faisais un cauchemar.

Après l'avoir dévisagé curieusement pendant une minute, elle dit :

— Habillez-vous. On a plusieurs homicides dans les collines.

Mackenzie fronça les sourcils.

— Quel rapport avec Cleland ?

— On pense que c'est lié à la drogue.

Les phares du SUV Policía Local de Cristina découpèrent de larges bandes de campagne en friche, poussiéreuse et déserte avant que la route ne se mette à escalader les collines, puis à serpenter dans la forêt des contreforts montagneux. Ils éclairaient au passage quelques fermes isolées et les rares restaurants familiaux nichés dans des creux – Venta García, Venta Victoria.

La lune avait disparu ; les premières lueurs du jour naissaient à l'est, reflets roses au-dessus de la mer.

Cristina quitta la route goudronnée pour s'engager sur une voie cimentée qui traversait une plantation de grands chênes-lièges. Dans la lumière de l'aube, elle luisait comme la trace qu'aurait pu laisser une limace ivre et géante. Le SUV tanguait, rebondissait sur sa surface inégale qu'une vitesse tout à fait inutile rendait encore plus inconfortable. Ils grimpèrent, grimpèrent, en faisant des embardées dès qu'ils tombaient dans des trous sans fond, jusqu'à un embranchement où un panneau qui devait dater du premier tiers du XXe siècle avait été embouti par un véhicule dont le conducteur avait perdu le contrôle, et gisait maintenant sur le côté, tordu, à moitié enterré dans le talus. De sorte qu'on ne savait plus quelle était la bonne direction pour aller à Cabezas del Río, ou à La Peña.

Cristina arrêta le SUV dans une position précaire et, en se penchant sur Mackenzie, chercha une carte dans la boîte à gants. Quand elle trouva celle qu'elle cherchait, elle la déplia sur le volant et alluma le plafonnier. Du coin de l'œil, Mackenzie la regarda suivre du doigt le chemin qu'ils venaient de parcourir puis pointer l'index sur une petite route sinueuse qui s'enfonçait entre les collines en direction du nord-est.

— C'est celle-là. La finca Los Fernández est sur la route de La Peña.

Elle lui passa la carte, relâcha le frein à main, tourna le volant à gauche, et accéléra dans la pénombre.

Au bout de deux ou trois kilomètres, le ciment disparut, laissant la place à une piste de terre bourrée d'ornières et de nids-de-poule qui projetaient les occupants du SUV dans toutes les directions et les obligeaient à rouler à une allure d'escargot. Après la forêt, ils finirent par déboucher au milieu de prairies fuyant vers les montagnes à travers vallées et ravins. Il n'y poussait que de l'herbe de pâture, des amandiers aux fleurs roses et blanches et quelques oliviers sauvages. Un chemin encore plus étroit descendait à gauche dans une petite combe abritée où une finca blanchie à la chaux et plusieurs bâtiments agricoles étaient regroupés à l'ombre d'un bosquet de figuiers.

Deux véhicules de la Guardia Civil et une ambulance étaient déjà garés dans la cour, leurs gyrophares bleu et ambre tournoyant dans le petit matin.

— Nom d'un chien, comment a-t-on pu savoir qu'il s'était passé quelque chose dans ce trou paumé ? s'étonna Mackenzie.

Cristina s'arrêta derrière les autres voitures et sauta à terre.

— Grâce à un chevrier du coin. Il a l'habitude de passer boire un café. On se lève à 4 ou 5 heures du matin dans les collines pour éviter la chaleur du jour.

La maison était une finca andalouse traditionnelle, une ferme de plain-pied aux murs blanchis à la chaux, et au toit de tuiles romanes rouges. Elle avait été à moitié enterrée dans le flanc de la colline afin de ménager un espace de cave fraîche sous la maison ; plus surprenant, une grange attenante était couverte de panneaux solaires flambant neufs. Un ruban de scène de crime bleu et blanc tendu devant l'entrée de la propriété pendait mollement dans l'air calme du matin. Appuyés sur le capot, le chauffeur de l'ambulance et un médecin fumaient une dernière cigarette avant de repartir. Ils n'avaient rien à faire ici. Tout le monde était mort. Un entrepreneur de pompes funèbres appelé par le médecin légiste transporterait les corps à la morgue pour l'autopsie.

Cristina vit une silhouette familière se détacher du groupe de la Guardia debout dans la cour. Paco s'avança en boitillant.

— Qu'est-ce que tu fais là ? s'étonna-t-elle.

Il se balança sur ses béquilles pour embrasser sa belle-sœur.

— Depuis que je suis rentré à la maison, je n'arrive plus à dormir. Alors, je me lève, je bois du café et je me branche sur la radio de la Guardia. Quand j'ai entendu cet appel, j'ai demandé aux gars de m'emmener.

Cristina hocha la tête et se tourna vers Mackenzie.

— Paco est le mari de ma sœur. C'est sur lui que Cleland a tiré. Señor Mackenzie appartient à la police anglaise.

Ils se serrèrent la main. Paco soupira, et Mackenzie lut une grande tristesse dans ses yeux sombres.

— Je connaissais ces gens. De vieux amis de mes parents.

— C'est très moche ? voulut savoir Cristina.

— Du sang partout. On n'a vraiment pas envie d'entrer si on n'est pas obligé.

L'air grave, elle demanda :

— Je pense qu'on y est obligés. La brigade des homicides arrive dans combien de temps ?

— Le médecin légiste est déjà là. Il est monté directement de Marbella. Les autres viennent de Malaga. Ça prendra un moment.

— Pas la peine de perdre notre temps, alors.

Elle alla chercher dans le SUV des surchaussures en plastique et des gants en latex, pour elle et pour Mackenzie.

Même avec toutes les lampes allumées, l'intérieur de la maison paraissait sombre. La porte d'entrée ouvrait sur une pièce avec une cheminée d'un côté et, en face, un vieil évier en porcelaine flanqué de plans de travail en bois brut d'où pendaient des rideaux. Au-dessus de l'évier, une fenêtre laissait entrer la lumière matinale. Une table autour de laquelle la famille prenait sans doute ses repas depuis des dizaines d'années trônait au centre. Un vieux buffet et des meubles à tiroirs encombraient les autres murs, sous des portraits de famille en noir et blanc datant pour certains d'une bonne centaine d'années. Il y avait aussi une photo de la maison prise jadis. En noir et blanc, elle aussi. Rien n'avait changé. Mêmes figuiers aux racines nerveuses serpentant à travers la cour, même ombre, même soleil. Seule différence entre hier et aujourd'hui : toute la famille était morte.

Les tiroirs avaient été arrachés des meubles et des placards, leur contenu jeté par terre. Verres et vaisselle brisés sur les carreaux andalous au milieu des chaises renversées et des larges flaques sombres de sang coagulé.

Le médecin légiste, en combinaison de Tyvek blanche, était accroupi au-dessus de l'un des trois corps. Un jeune homme qui, d'après Mackenzie, devait avoir une trentaine d'années. Mais c'était difficile à dire. Quand on mène une vie aussi dure, on vieillit vite sous ce soleil impitoyable. En outre, son visage n'était plus qu'une bouillie ensanglantée.

Un couple âgé gisait non loin. Ses parents, probablement. La vieille femme avait le crâne fendu en deux, le vieil homme un trou béant dans la poitrine.

Debout à côté de lui, Cristina émit un son étouffé. Mackenzie devina qu'un flot de bile lui était remonté dans la gorge. L'odeur ferreuse du sang imprégnait lourdement l'atmosphère.

Le jeune médecin légiste avait repoussé sa capuche en arrière, dégageant ses cheveux sombres coupés ras. Même lui était pâle, alors qu'il avait certainement déjà vu des choses atroces. Se tournant vers eux, il lâcha :

— Les pauvres. Ceux qui les ont mis dans cet état étaient sans pitié. On dirait qu'ils ont été torturés.

— Qu'est-ce qui vous fait croire ça ? demanda Mackenzie.

— Tous les trois ont des blessures multiples, señor. Aux mains, aux bras, aux jambes. Causées par des coups violents. Mais pas assez pour tuer. Pas tout de suite, en tout cas. De vrais sadiques, ou alors ils voulaient les faire parler. Peut-être les deux. En fin de compte, ils ont dû obtenir ce qu'ils voulaient, ou alors ils ont perdu patience. Le vieux s'est pris deux balles dans la poitrine. La mère semble avoir été blessée à coups de machette. Et le fils… battu à mort.

— Pourquoi dites-vous « ils » ?

Le médecin légiste haussa les épaules, comme si c'était évident.

— L'étendue des blessures. L'utilisation de plusieurs armes. Les empreintes de pieds dans le sang. À mon avis, ils étaient au moins quatre, peut-être cinq. Je le saurai exactement quand j'en aurai terminé.

Un murmure rauque sortit de la bouche de Cristina :

— Donc, ce qu'ils savaient, ou ce que leurs agresseurs voulaient, leur a été arraché sous la torture. C'était certainement une maison sécurisée pour la drogue.

Mackenzie secoua la tête.

— Peu probable.

Cristina et le médecin légiste le dévisagèrent.

— Qu'est-ce qui vous fait penser le contraire, señor ? s'étonna ce dernier.

— Si ces gens avaient été forcés de garder de la drogue chez eux, pourquoi ne l'auraient-ils pas simplement remise à ceux qui la demandaient ? Et même si, pour une raison ou une autre, ils l'avaient cachée, combien de temps aurait-il fallu pour leur faire avouer où elle se trouvait ? Un vieux couple comme eux ? Et leur fils.

Il promena les yeux autour de lui.

— D'ailleurs, si les agresseurs ont obtenu l'information qu'ils voulaient, pourquoi tout démolir ? (Il hésita.) Ça ne colle pas. Rien ne colle.

— Des chiens renifleurs vont bientôt arriver. S'il y a des traces de drogue, on le saura très vite.

Mackenzie hocha la tête et, jugeant qu'il en avait assez vu, ressortit dans la lumière du matin. Le soleil était juste sous la ligne des arbres maintenant. Cristina le suivit avec gratitude au-delà du ruban de scène de crime. En le voyant s'arrêter et se gratter la tête d'un air songeur, elle demanda :

— Qu'est-ce qu'il y a ?

— Vous vous rappelez ce poteau indicateur sur la route. Sans carte, on aurait pu prendre la mauvaise direction.

Il se tourna vers la maison et ajouta :

— Je ne crois pas que ces pauvres gens aient eu la moindre idée de ce qu'on leur voulait. Leurs agresseurs se sont trompés de finca.

Cristina eut l'impression de recevoir une douche froide. Sa main vola vers sa bouche.

— Oh, mon Dieu ! Il faut tout de suite aller à Cabezas del Rio.

Elle se mit à courir vers le SUV, suivie de Mackenzie qui eut un peu de mal à rester à sa hauteur. Ils montaient à bord lorsqu'une voix les interpella :

— Hé ! Vous allez où ?

Paco approcha en boitillant.

— On pense qu'ils se sont trompés de maison.

Un voile de confusion obscurcit le visage du jeune homme, qui pâlit.

— Merde ! Emmenez-moi.

Le soleil s'était levé au-dessus de l'épaulement de la montagne lorsqu'ils dévalèrent la piste défoncée menant à l'hacienda Familia Castillejos. Un nuage de poussière se soulevait derrière eux comme un panache de fumée.

Hacienda était un bien grand mot pour cette autre finca. Simple maison à un étage construite avec les pierres locales et prolongée par une terrasse qu'ombrageait une vigne. La route, si on pouvait l'appeler ainsi, aboutissait à un ensemble de granges délabrées. Des poules s'égaillèrent dans la cour quand le SUV s'y arrêta brusquement. Par la porte d'entrée ouverte, on voyait les lumières encore allumées dans la cuisine.

Cristina y pénétra la première, Mackenzie sur les talons. Paco mit plusieurs secondes à les rejoindre.

Contrastant avec la finca Los Fernández, la pièce était soignée, propre, bien rangée, éclairée par plusieurs lampes et un plafonnier. Une bonne odeur de cuisine flottait dans l'air. Un couple d'âge mûr était attablé devant un petit déjeuner à moitié avalé, la graisse figée autour des œufs et du jambon, le café refroidi depuis longtemps dans les tasses ébréchées jaunies.

La femme portait une blouse foncée sous un châle qui pendait sur sa jupe plissée. Dessous, Mackenzie aperçut des bas de laine et des tennis avachies autrefois blanches. L'homme maigrichon en salopette bleue crasseuse avait une casquette tachée de sueur vissée sur ses cheveux poivre et sel. Leurs visages remplis de crainte et d'appréhension étaient tournés vers la porte. Celui de la femme conservait des traces de larmes humides.

— Alors, c'est vrai ? fit-elle en voyant l'uniforme de Cristina.

— Qu'est-ce qui est vrai ? demanda aussitôt Mackenzie.

Elle tourna vers lui son regard vide.

— Qu'ils ont tué la famille Fernández.

— Comment le savez-vous ? s'étonna Cristina.

L'homme gratta son menton couvert de chaume gris et un crissement retentit dans le silence. Sa peau avait la couleur et la texture du cuir, ses yeux étaient si enfoncés dans les orbites qu'on aurait dit des trous noirs.

— Par Diego.

— Qui est Diego ?

— Le chevrier. Il est passé après l'arrivée de la Guardia à La Peña. Il a l'habitude de venir ici après avoir bu son café chez les Fernández.

La señora Castillejos secoua la tête.

— C'est une erreur épouvantable. On ne savait pas qu'ils étaient d'abord allés à La Peña. Les pauvres n'ont pas dû comprendre ce que ces types cherchaient. La drogue n'a jamais bougé d'ici.

Mackenzie s'avança dans la pièce, prit une chaise et s'assit.

— Racontez-nous tout.

Castillejos secoua la tête.

— On n'avait pas le choix, señor. Ils ont menacé de nous tuer si on ne gardait pas leurs paquets.

— Ils ressemblent à quoi, ces paquets ?

— Des gros sacs en plastique noir, señor, comme ceux des aliments pour les animaux. Il y en avait une trentaine. Deux tonnes, je dirais. Je suis bien placé pour le savoir vu qu'ils me les ont fait décharger et ranger dans la grange quand ils les ont apportés.

— Vous savez ce qu'il y avait dedans ?

— De la drogue.

Mackenzie regarda Cristina.

— Si c'est de la cocaïne, deux tonnes au prix de la rue valent des centaines de millions. Et si c'est ça le stock de Cleland, alors il va conclure l'affaire de sa vie. Avec autant de fric… il disparaîtra. Fin de l'histoire. On ne le retrouvera jamais.

Il se retourna vers les Castillejos :

— Que s'est-il passé ce matin ?

Tout en se tordant les mains sur la table, la femme raconta :

— Ils n'ont pas dit qu'ils s'étaient trompés et qu'ils étaient d'abord allés à la finca Los Fernández. Ils ont juste ordonné à Carlos de charger les ballots dans leur gros pick-up fermé pendant qu'ils faisaient le guet en fumant et en rigolant. Ils étaient quatre. Je ne suis pas près d'oublier leurs visages.

— Il vaudrait peut-être mieux, Mariana, lança son mari d'un air grave.

Mais elle secoua la tête.

— Quand je pense à ce qu'ils ont fait à ces pauvres gens…

Les yeux pleins de larmes, elle s'adressa à Cristina :

— Avant de partir, il y en a un qui a dit qu'on devrait redresser le panneau. Que ce serait trop facile de prendre la mauvaise direction. Maintenant, je comprends pourquoi.

Cristina regarda Mackenzie. Elle sentait Cleland leur filer entre les doigts.

— S'ils sont venus chercher la drogue ce matin, c'est que la transaction est pour aujourd'hui ou pour demain.

— À moins qu'ils veuillent la mettre dans un lieu plus sûr.

La voix de Paco leur fit tourner la tête vers le seuil.

— Avec toute cette effervescence policière pour retrouver le señor Cleland, ils doivent être plutôt sur les nerfs.

28

Ana se réveille tout habillée sur son lit. La chaleur des rayons du soleil qui la frappent à travers les fentes des volets lui fait comprendre que c'est le matin, et elle s'étonne d'avoir pu dormir.

Il était tard la veille au soir lorsque Cleland était revenu ; elle l'avait persuadé de la laisser emmener Sandro en promenade jusqu'au bout de la rue, juste un aller et retour. Il avait d'abord refusé, prétextant que ce n'était pas raisonnable de sortir dans le noir, avant qu'elle ne lui fasse remarquer que toute sa vie se déroulait dans le noir.

Une main cramponnée à son bras, il l'avait accompagnée. Ils avaient longé lentement la calle San Miguel, jusqu'à la calle Caridad, puis fait demi-tour, en s'arrêtant de temps en temps afin que Sandro puisse lever la patte contre quelques pots de fleurs et seuils de portes.

Des yeux inexercés auraient pu les prendre pour un couple qui promenait son chien à la fraîche. Ils se seraient rendu compte, bien sûr, qu'Ana était aveugle, mais l'intimité de leurs bras entrelacés, ainsi que leur silence confortable, ne pouvait susciter que de la sympathie.

Dans ce silence très loin d'être confortable, l'esprit d'Ana en ébullition cherchait désespérément un moyen de s'échapper. Cleland la tenait entièrement en son pouvoir, et elle sentait qu'il aimait ça.

En rentrant à la maison, il lui avait conseillé de dormir, et l'avait conduite à sa chambre. Pendant un long moment, dans l'obscurité silencieuse de sa prison intérieure, elle s'était efforcée de deviner s'il avait ou non quitté la pièce. Elle ne voulait pas se déshabiller en pensant qu'il observait chacun de ses gestes. Finalement, elle s'était allongée tout habillée sur son lit.

Penser à Sergio l'avait tenue en éveil. Se remémorer chaque mot de leur conversation, son toucher, son odeur. Son retour, leur échange interrompu par la vibration profonde d'une masse lourde tombant à ses pieds. Pauvre, pauvre Sergio. Qu'est-ce que ce monstre lui avait fait ?

C'est la première chose qui lui vient à l'esprit quand elle se réveille. Les doigts glacés de la peur se referment autour de son cœur dès que ressurgit le souvenir précis des évènements de la veille.

Oppressée, elle se redresse, en essayant de rester tranquille. Y a-t-il quelqu'un dans la chambre ? Elle ne saurait le dire. Lentement, elle descend du lit et marche vers la petite salle de bains attenante, où elle s'assied sur la cuvette pour se soulager avant d'aller s'asperger la figure d'eau froide. Elle n'a même pas le courage de se laver les dents.

En entrant dans le séjour, elle sent l'arôme du café fraîchement moulu et des *churros* chauds. Une main sur son bras la fait sursauter. Elle reconnaît l'odeur terreuse de Cleland. Il la guide rapidement, mais en douceur, vers son ordinateur, l'aide à s'asseoir devant. Elle cherche et trouve le petit vibreur qu'elle s'empresse de fixer à sa chemise. Presque aussitôt, elle le sent s'animer.

Les doigts sur l'écran, elle déchiffre son message :

— *Bonjour, Ana. J'espère que vous aimez les churros. Vous en trouverez une assiette devant vous, avec une tasse de café.*

— Je n'ai pas faim, dit-elle instinctivement, même si c'est faux.

— *Dommage. Si vous n'en voulez pas, je les mangerai tout seul. J'adore les churros, pas vous ?*

Elle ne répond pas.

— *J'en mange beaucoup trop depuis que je vis en Espagne. C'est bien meilleur que le porridge ! En revanche, ça fait grossir, vous ne trouvez pas ? On fait presque tout frire, ici. Un peu comme en Écosse. D'ailleurs, j'ai pris du poids.* (Il marque une pause.) *Angela, elle, pouvait manger n'importe quoi sans prendre une once. Oh, pardon, j'utilise toujours le système impérial. Comment dites-vous ? Un gramme ?*

Ana ne parle pas. Ses doigts dansent sur l'écran pour lire ses propos décousus. Aucun ne mérite une réponse.

— *Évidemment, Angela ne risque plus de prendre du poids maintenant, n'est-ce pas ?*

— Où est Sergio ? demande-t-elle.

Elle refuse d'entrer dans son jeu et l'entend presque soupirer avant qu'il se décide à écrire :

— *Il est parti.*

— Qu'est-ce que vous lui avez fait ?

— *Je ne lui ai rien fait.* (Pause.) *En fait, si. Je l'ai frappé à la tête. Je suis désolé. Il doit avoir mal au crâne ce matin, mais ce que je lui ai dit le fait sûrement souffrir davantage.*

— C'est-à-dire ?

— Je lui ai dit que vous ne vouliez pas qu'il revienne. Jamais.

Elle sait qu'il ment. Comment aurait-il pu expliquer à Sergio pourquoi il l'avait frappé ? Puis le laisser partir. Elle meurt de peur pour son amour d'adolescence. Cependant, il faut continuer à faire parler Cleland. De n'importe quoi. Plus elle renforcera le lien entre eux, moins il aura envie de lui faire mal. Enfin, elle l'espère.

— Pourquoi faites-vous tout cela ?

— Parce que votre nièce a tué la femme que j'allais épouser. La femme qui portait mon enfant.

Ana l'ignorait. Cristina savait-elle que la femme de Cleland était enceinte ? Peu importe, elle veut le détourner de ce sujet.

— Non, je veux dire, tout ce que vous faites, tout ce que vous êtes. Après que Cristina m'a parlé de vous, j'ai lancé une recherche sur Internet pour avoir davantage d'informations. Il y en a beaucoup sur vous. Des articles de journaux. Des rapports de police. Même une page Wikipédia.

— C'est vrai ? Je l'ignorais.

Décelant un certain plaisir dans sa réponse, elle décide de flatter son ego.

— J'imagine que vous êtes un petit peu célèbre à votre manière.

— Juste un petit peu ?

Ce qui confirme à Ana que Cleland est plus qu'un peu narcissique. L'image est une peau que les gens enfilent pour dissimuler leur vrai moi. Et c'est manifestement le cas de Cleland. Au point de se mentir sur sa propre responsabilité dans la mort d'Angela. Car, après tout, comment pourrait-il se regarder en face s'il admettait avoir tué la mère de son enfant, et l'enfant ? Cela ne cadrerait pas avec l'image qu'il a de lui, et qu'il cultive si soigneusement. Trafiquant de drogue invincible, respecté et redouté dans son milieu. Battant toujours la police d'une longueur d'avance. Menant la vie d'un riche retraité sur la Costa del Sol, au nez et à la barbe des autorités.

— Très célèbre, je suppose. (Elle hésite.) Mais je ne comprends pas pourquoi.

— *Pourquoi ?*

— Vos parents étaient riches.

— *Et alors ?*

— Ils vous ont envoyé dans les meilleures écoles, payé des études à Oxford. Vous n'avez jamais manqué de rien.

— *Rien de matériel, non.*

— Pour quelles raisons avez-vous choisi de devenir un criminel ?

Longue pause.

— *C'est une bonne question, Ana. Et je ne vous cache pas qu'il n'est pas facile d'y répondre.*

Il le fait en ponctuant son message de longues pauses tandis qu'il réfléchit, peut-être pour la première fois, à ce qui l'a poussé à s'engager sur cette voie en particulier :

— *Cela paraît tellement génial, hein ? Des parents riches, des écoles privées, des études à Oxford. La réalité était bien différente. Premièrement, des parents qui ne m'avaient pas désiré. Un père et une mère qui s'empressaient de se décharger de leurs responsabilités sur des nounous et des professeurs. Je ne représentais rien d'autre qu'une gêne. Nous habitions Édimbourg, nom de Dieu, et ils m'ont collé en pension au Fettes College, à un kilomètre de la maison. J'avais tout ce que l'argent peut procurer. Je ne manquais que d'amour. Qui, bien sûr, ne s'achète pas, comme les Beatles l'ont fait remarquer de manière si éloquente à la génération de mes chers parents.*

Une autre pause plus longue que les autres. Si longue qu'Ana commence à se demander s'il est toujours là.

— *Je me doute bien que vous pourriez me régaler de vos histoires d'enfance pauvre dans le sud de l'Espagne. Mais jamais vous ne comprendrez à quel point c'est dur, pour un garçon abandonné par son père et sa mère, de passer toutes ses jeunes années dans des dortoirs sans âme. Où, quand vous n'êtes pas brutalisé par les grands, vous êtes punis par les maîtres parce que vous pleurez. Pour mon dix-septième anniversaire, mon père m'a fait livrer une voiture. Une Porsche 911 rouge. Que tous les autres garçons de l'école m'ont enviée.* (Nouvelle pause.) *J'aurais donné toutes les Porsche 911 du monde contre un peu de son temps. Mais, non, il n'avait pas de temps à perdre. Du moins pas pour moi. Il m'a expédié à Oxford avec une rente confortable et les clés de mon propre appartement. Quelle chance, hein ?*

Bien qu'elle ne puisse le voir ni l'entendre, elle ressent son amertume à travers ses mots.

— *J'ai compris que si personne n'avait le temps de s'occuper de moi, c'était à moi seul de le faire. Incroyable, la vitesse à laquelle on peut s'endurcir et gommer la douleur. Extraordinaire, la facilité avec laquelle de souffre-douleur on devient bourreau. Extraordinaire aussi, le plaisir qu'on en retire.*

Elle visualise le curseur en train de clignoter sur l'écran pendant que Cleland réfléchit à ce qui va suivre :

— *Ces brutes… ces élèves qui m'ont rendu la vie impossible… J'en ai rencontré quelques-uns des années plus tard.*

Enfin, disons plutôt que je les ai retrouvés. Putain, ils se sont vite rendu compte que le Jack adulte qu'ils avaient devant eux n'avait plus rien à voir avec le pauvre gamin pathétique qu'ils tabassaient. Voilà ce qu'on appelle reprendre le pouvoir, Ana. Et dans ce monde, il y a peu de sensations aussi jouissives.

Elle ne sait pas s'il a terminé, s'il a déchargé toute sa bile. Ou s'il y en a encore à venir. Alors, elle le relance :

— J'ai lu que vous étiez l'un des meilleurs traders de la plus grande banque commerciale de Londres.

— *Le meilleur.*

— Vous ne manquiez donc pas d'argent.

— *Si j'ai appris une chose avec mes parents, Ana, c'est que l'argent n'est pas tout. Je suis devenu le dieu des marchés, achetant ou vendant deux secondes avant que les actions s'envolent ou s'effondrent. Bâtissant des fortunes – pour des clients. Donc retour au vieil axiome. Penser d'abord à moi. Avec un marché d'un autre genre. Qui me permette de tout contrôler, y compris les bénéfices.*

— La drogue.

Il la corrige tout de suite :

— *Le commerce de rue. Conformément aux préceptes de base du capitalisme. L'offre et la demande. Il y avait de la demande, je l'ai satisfaite. Mais c'est un environnement très différent des salles de marché. Une erreur et on est mort. Alors, on s'endurcit. On apprend qu'il n'y a pas de place pour les sentiments. Si quelqu'un veut vous supprimer, vous le tuez d'abord. La loi de la jungle. Et j'étais très doué. Mad Jock, on m'appelait. Encore maintenant, à ce qu'il paraît. Nous autres, Écossais, avons une certaine réputation à préserver.*

Ana doute fort que John Mackenzie goûte ce genre de réputation. Presque comme s'il l'avait entendue penser, les mots suivants de Cleland sont trempés dans le vitriol :

— *Ils ont envoyé un autre Jock pour m'attraper. Mais il ne fait pas le poids, Ana. J'ai senti son haleine, son gel pour cheveux, son après-rasage. J'ai entendu son accent de Glasgow. Ce n'est qu'un crétin de flic qui essaye de se tailler une réputation à mes dépens. Je le tuerai, lui aussi.*

Pour la première fois, Ana sent le désespoir fondre sur elle. Cleland a un ego si démesuré qu'il ne laisse pas la moindre place à la raison. Ses cals sont si épais qu'il est incapable de ressentir la douleur des autres, même pas sa propre douleur.

— J'ai grandi dans une famille croyante, dit-elle. Et, bien que Dieu occupe peu de place dans ma vie, jamais je ne ferais souffrir exprès un autre être humain ou lui prendrais ce qui n'est pas à moi. J'ai entendu dire que les enfants maltraités maltraitaient les autres à leur tour. Je n'ai jamais compris pourquoi. Personne ne connaît sûrement mieux qu'eux la souffrance ? J'ai du mal à éprouver de la sympathie pour vous.

— *Je n'en demande pas !*

— La vie ne m'a accordé aucun de vos avantages, señor, mais jamais je n'aurais projeté mon propre malheur sur les autres comme vous le faites.

De nouveau une longue pause. Est-il en train d'analyser ce qu'elle vient de dire ou, tout simplement, de ravaler sa colère ? Sa réponse, lorsqu'elle arrive, surprend Ana.

— *Vous avez raison, Ana. Le destin vous a distribué des cartes bien pires que les miennes. Je ne peux pas imaginer la manière dont je réagirais si on m'ôtait l'ouïe et la vue. C'est proprement inimaginable.*

Elle ne répond pas.

— *Parlez-moi de vous et Sergio.*

Les muscles de sa poitrine se contractent autour de son cœur ; elle ne dit rien.

— *Racontez-moi.*

— Non.

— *Racontez-moi, Ana.*

Bien qu'il n'y ait que des points en saillie sur son écran, elle perçoit sa frustration et comprend qu'elle ne peut pas se permettre d'exciter sa colère.

— Pourquoi ?

— *J'aimerais en savoir davantage.*

Elle prend une profonde inspiration. Et lui raconte. Tout. Sa rencontre avec Sergio au centre. La désapprobation de ses parents. Le diagnostic du syndrome d'Usher. La proposition de Sergio d'apprendre le langage des signes tactile en même temps qu'elle. Leur amour naissant. Les dîners à Santa Ana. L'agression de son père contre Sergio.

— J'ai appris, hier seulement, que mon père était allé chez les parents de Sergio, et que ceux-ci avaient menacé leur fils de lui retirer tout soutien, financier et autre, s'il ne renonçait pas à me voir.

— *Et il a accepté ?*

— Je n'ai plus jamais eu de nouvelles de lui jusqu'à hier. Je croyais…

Elle s'étrangle, ses yeux se remplissent de larmes.

— *Vous croyiez quoi ?*

— Je croyais que je pourrais finalement passer ma vie en compagnie de quelqu'un. Quelqu'un avec qui partager l'obscurité et le silence.

Le silence de Cleland dure si longtemps que, cette fois, elle pense qu'il est vraiment parti.

— Ohé… ?

Rien.

— Señor ?

Finalement, une vibration sur sa poitrine.

— *Qu'est-ce qui a été le pire ? Devenir sourde ou aveugle ?*

Aucune réaction à son histoire. Rien. Juste un changement de sujet, comme si ce n'était pas l'histoire qu'il voulait entendre. Il faut malgré tout qu'elle lui réponde.

— J'ai toujours su qu'un jour je deviendrais complètement sourde. J'y étais préparée. Mais je ne savais pas que je perdrais également la vue.

Elle s'interrompt, fait défiler ses souvenirs dans sa tête.

— Aussi étrange que cela puisse paraître, je crois que c'est la musique qui me manque le plus. J'adorais la musique quand j'étais enfant. Tout le monde est accompagné dans la vie par une bande-son. Pour moi, c'est le silence.

Elle entend presque celui qui suit. Puis, une autre vibration finit par se déclencher sur sa poitrine.

— *Un jour, Ana, si nous survivons tous les deux, je veillerai à ce que vous ne manquiez plus de rien. Je vous le promets.*

Prise au dépourvu, elle ne sait pas quoi dire.

— *Je dois m'absenter un moment.*

Le soulagement l'envahit. Elle aura le temps de réfléchir. D'essayer de trouver un moyen de se sortir de là.

— *Mais ne vous avisez pas de tenter de prévenir qui que ce soit. Les gens meurent trop facilement. Surtout les petits enfants.*

*

Cleland resta assis à observer l'aveugle sur sa chaise, en face de lui. Entre eux, deux écrans. Les canaux de communication. Le moyen pour elle d'atteindre le monde au-delà du silence et des ténèbres. Le moyen pour lui de pénétrer dans le sien.

Il se souvint de l'avoir giflée la veille. Deux fois. Et le regretta aussitôt. Autant frapper un animal sans défense. Aucune possibilité pour elle de rendre les coups. Il ne valait pas mieux que les brutes qui l'avaient martyrisé pendant toute sa misérable enfance. Il avait envie de lui prendre la main, de lui demander pardon. Une impulsion si étrangère à son caractère qu'il fut absolument incapable d'accomplir le geste, et continua à la dévisager sans bouger. En pensant à Sergio.

Il n'avait pas eu l'intention de frapper aussi fort. S'il avait su à quel point cet homme comptait pour Ana… Encore une chose qu'on lui avait enlevée. Dieu lui avait dérobé l'ouïe et la vue. Cleland lui avait volé sa liberté. Et son amour.

Et Angela, à qui il avait ôté la vie. Il ferma les yeux, sentit des larmes chaudes glisser entre ses paupières, couler sur son visage bronzé où commençaient à se voir les ravages du stress. Sans cette stupide policière…

Brusquement, il se pencha en avant pour attraper le plat de churros et la tasse de café auxquels Ana n'avait pas touché, et les lança contre le mur avec une violence aussi impressionnante que le rugissement de frustration qui jaillit de sa gorge et résonna dans l'air calme du matin.

29

À l'extérieur du commissariat de Marviña, le soleil frappait sans merci les trottoirs. La fraîcheur du petit matin s'était depuis longtemps évaporée. À l'intérieur de la salle d'interrogatoire, dépourvue de fenêtres, les bandes LED du plafond jetaient une lumière froide impitoyable sur chaque surface dure. Il y régnait une chaleur moite ; des gouttes de sueur tombaient du long nez de Carlos Castillejos sur les pages plastifiées de l'album des photos anthropométriques, sorti pour l'occasion du dépôt des pièces à conviction de la Policía Local. Une galerie de fripouilles fixant l'objectif d'un œil torve, de visages vaincus pour certains, arrogants pour d'autres. Tous photographiés au moment de leur arrestation, au maximum de leur vulnérabilité.

Carlos ne montrait pas un grand empressement à reconnaître les truands qui défilaient sous ses yeux. Il savait ce que ça pouvait coûter de se mettre ces types à dos. Appuyée contre lui, son épouse, elle, les examinait scrupuleusement un par un. Comme elle l'avait dit à Cristina, elle connaissait bien la famille Fernández. Les deux femmes étaient allées à l'école ensemble ; adolescentes, toutes les deux descendaient à Marviña pour aller danser et passaient souvent la nuit chez son cousin où elles partageaient le même lit, ainsi que les récits de leurs aventures amoureuses. Elle était ravagée par le chagrin. Brusquement, son index se planta sur le faciès basané qui la regardait d'un air rancunier depuis une page du classeur.

— Lui ! C'est lui, le chef.

Carlos lui lança un regard menaçant :

— Mariana.

Mais elle l'ignora.

— Vous êtes sûre ? demanda Cristina.

— Cette figure restera gravée dans ma mémoire jusqu'au jour de ma mort.

— Qui pourrait arriver plus vite que tu le penses si tu ne la boucles pas, gronda Carlos, cessant aussitôt de faire semblant de coopérer avec la police.

— C'est lui qui a dit qu'on ferait bien de redresser le panneau, affirma avec dégoût Mariana en se revoyant dans la finca devant cet affreux type qui ricanait. Il trouvait ça drôle. Après ce qu'ils avaient fait à la famille Fernández, il osait blaguer ! Qui c'est ?

— Vous n'avez pas besoin de le savoir, répondit Cristina, en retournant l'album vers elle de façon à pouvoir lire les détails inscrits au dos de la page.

Roberto Vasquéz. Petit malfrat condamné à de multiples reprises pour possession de drogue. Soupçonné de trafic. Elle écarta les anneaux, retira la fiche, puis rendit le classeur aux Castillejos afin qu'ils continuent à le consulter.

En une demi-heure, ils avaient passé en revue toutes les photos de délinquants du commissariat. Après avoir elle-même regardé chaque visage, elle commençait à trouver qu'ils se ressemblaient tous. Traits différents, mais mêmes yeux vides.

Elle laissa Carlos et Mariana régler leur désaccord conjugal dans la salle d'interrogatoire et emporta la fiche de Vasquéz à la réception où elle rédigea une demande d'informations supplémentaires à l'intention de l'UDYCO de Malaga, et la faxa avec la photo à la brigade des stupéfiants de la capitale provinciale. Ensuite, elle se rendit dans la salle de réunion où le *jefe* présidait un briefing.

Au moment où elle franchissait la porte, le *jefe* disait :

— L'information vaut de l'or ici. Je veux que vous mettiez la pression sur toutes les sources dont nous disposons. Quelqu'un sait forcément quelque chose. Ce qui nous intéresse, c'est *Où* et *Quand*, et on n'a pas beaucoup de temps devant nous. La drogue a commencé à bouger, tous ceux qui sont impliqués aussi, sans doute.

Les policiers, plus d'une douzaine, très droits sur les chaises inconfortables, écoutaient le chef avec des sentiments mitigés. Assis parmi eux, Mackenzie observait les visages qui trahissaient une certaine ambivalence. Dans cette petite communauté où les policiers vivaient avec leur famille, tout le monde les connaissait. Se mettre à dos les barons de la drogue pouvait attirer sur eux une attention plus que gênante. Ainsi que des représailles. D'un autre côté, c'était l'occasion ou jamais de devenir un héros. Celui qui fournirait la pièce manquante du puzzle. Ça pouvait valoir une décoration, même une promotion.

Cristina traversa la salle pour remettre la fiche de Vasquéz au *jefe*.

— Le chef de la bande, dit-elle. Señora Castillejos l'a tout de suite reconnu. Je l'ai transmise à l'UDYCO pour obtenir plus d'infos.

Le *jefe* prit la fiche plastifiée incluant la photo et la colla avec du Blu Tack sur le tableau blanc installé derrière lui.

— Parfait. Certains d'entre vous connaissent déjà cet individu. Rassemblons tout ce qu'on peut obtenir sur lui. Où il habite, où il boit, où il pisse, le nom de ses complices. Tout. Et ramenez-le.

Prenant une pile de feuilles imprimées posées à côté de lui sur le bureau, il commença à les distribuer.

— Voici les endroits que Cleland, dans son rôle de Templeton, avait l'habitude de fréquenter. Bars, restaurants, golf, marina. Il faut rechercher tous ceux qui ont pu entrer en relation avec lui. Compagnons de table, copains de bistrot, partenaires de golf. Partagez-vous le travail. Mackenzie, vous nous rendriez service en allant vérifier les repaires des expats. (Il sourit.) Notre anglais est un tout petit peu moins bon que le vôtre.

Comme la réunion se terminait, Mackenzie consulta la liste et s'approcha du *jefe*.

— Et pour le golf, chef ?

— Oui, chargez-vous de ça aussi. Beaucoup d'étrangers sont membres du club. C'est d'ailleurs pour lui que la plupart viennent ici. (Il soupira.) La police parraine une compétition annuelle à Balle Olivar au moment de la fête de San Isidro d'Estepona. Cette fois, c'est mon tour de prononcer un petit discours avant de lancer le départ au premier tee avec le pistolet de starter. Ça tombe mal et je m'en passerais volontiers si je le pouvais, mais ça ne prendra pas trop longtemps.

Il frappa sèchement dans ses mains pour secouer les policiers en train de sortir tous ensemble de la salle, et cria :

— OK, les gars, allez, on se remue !

30

Cristina traversa rapidement la plaza del Vino, dépassa le tabac, le marchand de journaux et le petit magasin de disques situé à un jet de pierre de l'école de musique, à l'autre bout de la place, et arriva devant la supérette. Comme celle-ci restait ouverte jusqu'à 3 heures, elle avait pensé y faire quelques courses en vitesse, mais elle se rendit compte qu'elle n'en aurait pas le temps.

Machinalement, elle jeta un coup d'œil vers la fenêtre de son appartement. Antonio, de congé aujourd'hui, était certainement déjà rentré après avoir emmené Lucas à l'école. Le souvenir embarrassant de leur querelle devant Mackenzie, le soir précédent, lui revint en mémoire. Depuis quelques mois, leur relation se détériorait. Pression financière, problèmes avec la scolarité de Lucas, exigences de son métier. Et maintenant Cleland. Il fallait à tout prix réagir avant que la situation ne dégénère.

Elle fut dépitée de ne pas voir sa voiture devant l'immeuble. Elle avait demandé une demi-heure de pause pour pouvoir prendre une douche et se changer après avoir passé la moitié de la nuit dehors en mission. Mais, en réalité, elle voulait juste s'accorder dix minutes de tranquillité avec Antonio. Lui demander pardon. Le serrer dans ses bras. Lui dire qu'ils partageaient quelque chose d'unique qu'elle ne voulait surtout pas perdre.

L'appartement était vide. En pagaille, comme d'habitude. Cristina ne pouvait tout simplement pas gérer en même temps son travail et sa maison. Or, de son côté, Antonio ne levait jamais le petit doigt.

L'atmosphère semblait encore chargée des mauvaises vibrations de la veille. Ils avaient échangé peu de mots à son retour de l'immeuble abandonné où Mackenzie et elle avaient découvert les clandestins. Et quelques heures plus tard, après le coup de téléphone du *jefe* qui l'avait sortie du lit, deux ou trois phrases hargneuses avaient suffi à faire comprendre à Antonio qu'il devrait conduire Lucas à l'école. Tant pis si c'était son jour de congé.

Dans leur chambre, elle sortit de l'armoire un uniforme arrivant tout droit du pressing et, de la commode, du linge propre. Sous la douche, le visage levé vers le pommeau, elle laissa l'eau chaude cascader sur sa tête et son corps pour en chasser à la fois la poussière et la tension. Même si rien, elle le savait, ne pourrait effacer la scène sanglante de la finca de La Peña. Comme le souvenir que Mariana garderait du ricanement de Roberto Vasquéz, cette image ne la quitterait jamais.

Trop pressée pour utiliser le séchoir électrique, elle se frotta rapidement les cheveux avec une serviette et s'habilla. Ce n'est qu'en traversant le séjour, tout en attachant sa queue-de-cheval, qu'elle s'aperçut que les clubs de golf d'Antonio n'étaient pas dans le couloir, là où ils traînaient toujours. Une vague de colère spontanée noya alors ses bonnes intentions de tendre réconciliation. Ainsi, malgré leurs problèmes, et la menace de Cleland proférée contre Cristina et toute sa famille, Antonio ne pensait qu'à une chose, jouer au golf.

— Va te faire foutre, Toni ! cria-t-elle dans l'appartement vide. Je t'emmerde !

La sonnerie soudaine de son portable la fit sursauter. Elle le sortit vivement de l'étui de son ceinturon :

— Officier Sánchez Pradell.

— Cristina, c'est le capitaine Rodríguez du GRECO de Marbella.

Elle n'en revenait pas que le chef du groupe de réponse spéciale pour le crime organisé connaisse son prénom.

— Oui, capitaine.

— L'UDYCO nous a fait parvenir l'information que vous leur avez transmise sur Roberto Vasquéz. Beau travail, officier. Il y a du nouveau. J'ai parlé à votre *jefe*. Il faut que l'Anglais et vous rencontriez quelqu'un de chez nous…

31

À partir d'un bureau de vente abandonné, en retrait de l'A7, une avenue de palmiers grimpait vers le sommet de la colline. Impeccablement entretenu, le terrain de golf de Balle Olivar offrait un point de vue spectaculaire sur la mer. Mais au-delà du club-house, les constructions blanches de style Pueblo ne s'étaient pas vendues comme l'avait espéré le promoteur ; à moitié vides, elles se délabraient lentement sous le soleil du Sud. Une bête question de timing. La crise financière de 2007-2008 était survenue au mauvais moment ; d'énormes panneaux proposaient maintenant des appartements à des prix ridiculement bas.

Mackenzie venait de passer une heure et demie infructueuse à se frayer un chemin de bar en bar au milieu de la foule festive qui encombrait les rues d'Estepona, pour agiter la photo de Cleland sous le nez des barmen et des clients, à la recherche de complices du fugitif. Plus d'une fois il avait été lui-même dévisagé avec méfiance par des personnages louches à l'accent populaire typique du sud de Londres. Il était fort probable que la moitié des malfaiteurs recherchés par la NCA se cachaient dans les recoins obscurs de certains de ces établissements. Personne n'avait avoué connaître ou reconnaître Cleland, ou Templeton comme il se faisait appeler ici. Et personne n'avait eu envie d'engager la conversation avec Mackenzie.

La faim le talonnait. Il n'avait presque rien mangé depuis vingt-quatre heures et les Espagnols ne commenceraient pas à déjeuner avant une heure ou deux. Dans l'espoir de faire entrer un peu d'air frais dans la voiture, il baissa la vitre de la voiture banalisée qu'on lui avait prêtée, mais celui qui pénétra à l'intérieur était tout aussi brûlant. Il jeta un coup d'œil à son téléphone. Comme il avait oublié de le recharger la veille, il avait été obligé de le laisser branché à l'allume-cigare pendant qu'il faisait la tournée des bars. La batterie était maintenant presque entièrement rechargée.

Le club-house se dressait en haut de la colline, au milieu d'une profusion de palmiers et de buissons aux fleurs exotiques. C'était un long bâtiment à deux étages au toit de tuiles jaunes peu pentu. Avec beaucoup de verre fumé, de chromes et de bois ciré. Verre à la main, des hommes et des femmes en polo, short et pantalon colorés regardaient depuis une véranda les participants à la compétition annuelle qui se positionnaient au départ du premier trou. Un immense tableau des scores dressé pour l'occasion était actualisé en permanence par les juges assis à l'ombre d'une tente ouverte sur les côtés.

Des appartements vides surplombaient les pelouses soigneusement tondues parsemées de joueurs coiffés de casquettes de base-ball, les bunkers vibrant sous le soleil et les oliviers poussiéreux.

Il n'y avait pas un souffle de vent quand Mackenzie sortit dans la chaleur torride de ce début d'après-midi, après avoir trouvé une place sur le parking bondé. Une demi-douzaine de voiturettes de golf attendaient devant le club-house dont le pro shop était noir de monde.

En se dirigeant vers l'entrée, il repéra l'Audi Q5 noire étincelante du *jefe*. Ce dernier n'avait donc pas réussi à se libérer aussi vite qu'il l'avait prévu.

L'air conditionné lui fit l'effet d'un cadeau des dieux après la fournaise du dehors. Couvertes de nappes blanches immaculées, les tables étaient dressées pour un déjeuner qui ne serait pas servi avant plusieurs heures bien qu'une bonne odeur de cuisine flottât déjà dans la salle à manger. Mackenzie entendit son estomac émettre une plainte sonore. En voyant le personnel garnir le long buffet de viandes froides et de salades, il fut tenté de se servir en douce, mais il se maîtrisa et passa la demi-heure suivante à parler aux barmen, serveurs et serveuses ainsi qu'au secrétaire du club, selon lequel Templeton avait été un très généreux donateur.

Il montra à chacun des photos de Vasquéz et de Cleland. Comme il s'y attendait, personne ne reconnut Vasquéz, qui aurait eu l'air aussi incongru dans ces lieux qu'un clochard à un cocktail. Mais tout le monde se souvenait de Templeton. Personne n'en dit du mal. La serveuse qui lui apporta un café lui confia, avec le regard d'une femme amoureuse :

— Quel homme charmant, ce señor Templeton. Il offrait toujours à boire à ses amis. Et au personnel. Et il laissait de gros pourboires, aussi.

Elle lui apprit qu'un groupe de golfeurs avec lesquels il jouait régulièrement participait justement à la compétition. Mackenzie hésita à les attendre ; ça risquait de durer un bon moment et il n'avait pas de temps à perdre. Il préféra s'en aller.

Quand il retourna sur le parking, l'Audi du *jefe* n'était plus là. Des acclamations bruyantes parvenaient jusqu'à lui depuis le green dix-huit où un joueur avait réussi un trou en un.

Au moment où il se préparait à monter en voiture, Antonio et Paco firent leur apparition à la porte des vestiaires, située sur le côté du bâtiment. Un sac de clubs sur l'épaule, Antonio marchait vite, Paco avait du mal à le suivre avec ses béquilles. Il était évident, même de loin, que les deux hommes se disputaient. Il les observa. Soudain, Antonio pivota d'une manière agressive et éleva la voix par-dessus le brouhaha excité provenant du terrain. Curieux, Mackenzie décida de les rejoindre.

Adoptant une attitude aussi décontractée que possible, il s'avança, les mains dans les poches.

— Tiens, bonjour, lança-t-il avec un sourire qui, il l'espérait, exprimait une surprise totale. Je ne m'attendais pas à vous rencontrer ici.

Les deux hommes sursautèrent et se tournèrent vers lui, l'air presque coupable. Paco fut le premier à se ressaisir, mais ses yeux démentaient le sourire de ses lèvres.

— Señor. Content de vous revoir. Dans des circonstances plus agréables.

Mackenzie montra les béquilles.

— Vous ne devez pas beaucoup jouer au golf avec ça.

Paco hocha la tête avec nostalgie.

— Malheureusement non. Mais ça me fait toujours plaisir de regarder. Pour le moment, je n'ai pas tellement d'autres occupations. (Il rit.) Je peux juste m'offrir le luxe de louer une voiturette.

Les yeux de Mackenzie se portèrent sur Antonio et le sac de clubs à son épaule. Antonio sourit, mais ses yeux ne souriaient pas plus que ceux de Paco.

— D'habitude je profite de mon jour de repos pour jouer, señor Mackenzie. Mais j'ai oublié que le tournoi de San Isidro avait lieu aujourd'hui. Je suis venu pour rien.

— Vous ne restez pas pour regarder ?

— Je préfère jouer.

— Vous n'êtes pas venu pour ça, j'imagine, lui lança Paco.

Le rire de Mackenzie était sincère quand il répondit :

— Oh non. Ce ne serait pas beau à voir.

Puis, préférant éluder les raisons de sa présence, il se dépêcha d'ajouter :

— À plus tard, peut-être.

Et il repartit vers sa voiture.

Lorsqu'il se glissa au volant, il débrancha son téléphone. Au-delà des reflets de son pare-brise, il vit que les deux hommes recommençaient à se quereller. Mais son attention fut immédiatement détournée par un signal d'alerte. Un message de Cristina. *Où êtes-vous passé ? Retrouvez-moi DQP sur le parking du Zhivago. C'est un restaurant à Marbella. Cherchez sur Google maps.*

Quand il releva la tête, Paco avait disparu. Antonio se dirigeait à grandes enjambées furieuses vers sa voiture dont il ouvrit le coffre pour y jeter ses clubs. Peu après, il démarrait dans un crissement de pneus. Mackenzie le suivit des yeux en se demandant ce qui s'était passé entre les deux beaux-frères.

32

Le Zhivago était situé au nord-ouest de Marbella, dans un quartier verdoyant surnommé La petite Russie. C'était là que les riches expatriés russes se retrouvaient dans des clubs et des bars sélects environnés de palmiers, se sculptaient des corps parfaits dans des gymnases luxueux, offraient à leurs épouses des séances de soins hors de prix dans d'élégants instituts de beauté, fréquentaient des restaurants servant une cuisine internationale raffinée. Il y avait même une école de ballet russe où les parents déposaient leurs filles pendant qu'ils allaient déguster des vins français haut de gamme. Le tout à quelques centaines de mètres de l'une des marinas les plus chères d'Europe. Ils pouvaient y amarrer leurs somptueux yachts contre la modeste somme de 400 000 euros et dîner l'esprit tranquille en sachant qu'aucune contravention ne les attendrait au retour. On disait que Poutine lui-même possédait une hacienda dans les collines à moins de dix kilomètres de là.

Mackenzie loucha vers son iPhone posé sur le siège passager pour essayer de déchiffrer la carte Google tout en écoutant les instructions qu'égrenait une voix féminine numérisée et anodine. Il quitta l'autoroute par une bretelle qui menait à un rond-point, et prit ensuite la direction de la banlieue de Marbella.

Vous avez atteint votre destination, lui apprit son téléphone quand il vit devant lui un bâtiment de plain-pied peint en blanc encadrant un jardin luxuriant, derrière une haie destinée à assurer un maximum d'intimité. Des panneaux publicitaires fixés sur la pente du toit en tuiles romanes annonçaient une *galería* de vins et une *bodega* de cuisine raffinée. Le nom du restaurant, Zhivago, s'inscrivait en lettres discrètes sous une image impériale de Bacchus contemplant le ciel.

De l'autre côté de la route, juste en face de l'établissement, il y avait un club privé russe, baptisé Azure Beach. Derrière, s'étendait un labyrinthe fermé de rues bordées de résidences et de villas ultra-chics poudroyant comme des mirages dans la chaleur de l'après-midi. Quelque part au-delà des palmiers et des murs drapés de bougainvillées, ces rues descendaient en pente douce vers le port et la baie scintillante.

En engageant la Seat sur le parking du Zhivago, Mackenzie repéra le SUV de Cristina un peu plus bas, dans une rue transversale qui menait à la marina. Il s'apprêtait à faire demi-tour lorsqu'il la vit descendre d'une Kia Sportage gris foncé et agiter la main vers lui pour qu'il continue à avancer.

Il gara sa voiture et la rejoignit. Sans dire un mot, elle lui ouvrit la portière arrière et s'installa à l'avant, à côté du conducteur. Ce dernier, un homme d'âge moyen au crâne dégarni, se tourna à moitié pour le saluer.

— Inspecteur Gil, présenta Cristina. Du GRECO de Marbella.

Mackenzie hocha la tête. Il se rappelait l'avoir aperçu à Marviña la veille, pendant la réunion. Il lui serra la main, elle était moite de sueur.

— L'inspecteur a une vidéo que vous devriez regarder.

Gil attrapa son Samsung Galaxy, démarra la vidéo, et le tendit vers Mackenzie, qui reconnut l'entrée du Zhivago et comprit que la séquence avait dû être filmée au téléobjectif d'un poste d'observation caché derrière l'Azure Beach, de l'autre côté de la rue.

— Des images prises il y a deux mois. On surveillait un dénommé Rafa. Depuis longtemps soupçonné de blanchir l'argent de la drogue. Il vend des yachts. (Il rit, sans la moindre note d'humour.) Vous et moi ne pourrions même pas vivre des transactions qu'il effectue chaque année. Pourtant, bizarrement, il réussit à en tirer un joli bénéfice. C'est lui, là. Au milieu.

Mackenzie se pencha en avant pour mieux voir. Trois hommes en costume chic descendaient d'une Porsche Cayenne noire. Rafa était le plus grand, très élégant avec ses chaussures italiennes rutilantes ; ses cheveux bruns ondulés fixés en arrière par du gel dégageaient un beau front.

— Il ne se prend pas pour une merde, ce Rafa, dit Gil. Malin, le mec. Il achète ses yachts au prix de gros et les revend à des Russes richissimes en réalisant des bénéfices astronomiques.

— Et les Russes se font escroquer sans protester ?

— Non. En fait, dès qu'ils les ont achetés, ils les revendent plusieurs millions en dessous de la somme déboursée.

— Ils payent donc à Rafa des biens ou des services inconnus.

Gil acquiesça.

— Exactement. Et sans autre trace de transaction que l'achat et la vente du yacht. On a essayé de cerner l'objet de ces paiements. Presque certainement de la drogue. Mais on manque de preuves. La seule connexion réelle avec la drogue est le type qui sert d'intermédiaire entre Rafa et les Russes. Alejandro Delgado. Celui-là, à la droite de Rafa.

Il pointa le doigt sur un homme beaucoup plus petit, arrondi par la prospérité, un cigare allumé entre ses doigts aux grosses jointures.

— On n'a rien sur Delgado, sauf que son frère s'est fait pincer il y a deux ans en train d'introduire dans le pays une cargaison de cocaïne. Les deux frères avaient une agence de location de yachts et même si Delgado n'a jamais été impliqué en personne dans cette saisie de drogue, il est inconcevable qu'il n'ait pas été au courant. Lui et son frère étaient comme ça.

Il croisa l'index et le majeur de sa main gauche.

— Comment avez-vous attrapé son frère ? demanda Mackenzie.

— La cocaïne est d'abord arrivée par bateau à Gibraltar. Là, la marchandise a été divisée entre plusieurs embarcations plus petites qui devaient la débarquer dans différents ports espagnols. Mais, avec l'aimable autorisation des USA, on avait installé une surveillance par satellite depuis l'Afrique du Nord. Une flotte de garde-côtes a intercepté les bateaux dès qu'ils ont pénétré dans les eaux territoriales espagnoles. Le frère de Delgado se trouvait à bord de l'un d'eux. Le chef de la bande. On espérait qu'en gardant Rafa et Delgado sous surveillance on pourrait établir des connexions, pas seulement entre eux, mais avec d'autres individus qu'on ne connaît pas encore.

— Tout ça est très intéressant, inspecteur Gil, mais quel rapport avec Cleland ? C'est pour lui que je suis ici.

— Patience, señor Mackenzie, patience.

Gil sortit un mouchoir de sa poche pour essuyer la sueur qui perlait sur ses sourcils. Ses doigts embuaient l'écran de son téléphone.

— Quand l'officier Sánchez Pradell a envoyé sa demande de renseignements sur Roberto Vasquéz, une petite alarme s'est déclenchée dans ma tête. Vasquéz est venu plusieurs fois à des fêtes organisées par Rafa au Zhivago. Un invité assez improbable étant donné les relations plutôt huppées de Rafa et Delgado. Hommes d'affaires locaux, politiciens et, de temps à autre, des oligarques russes. Ce n'est pas un restaurant bon marché, señor. Vasquéz, lui, est l'archétype du client de gargote. Un voyou, un pas grand-chose.

Avec son mouchoir, Gil effaça la buée sur l'écran de son téléphone, ne réussissant qu'à le tacher. Contrarié, il frotta le verre un peu plus fort.

— Bon, bref, j'ai visionné à nouveau certaines images de surveillance pour me rafraîchir la mémoire et, tout à coup, un autre visage m'a sauté aux yeux.

Il fit avancer la vidéo jusqu'au moment où un groupe d'une dizaine d'hommes en costumes sombres et chemises blanches ouvertes sur des cous bronzés sortaient du restaurant, juste après un dîner sans doute. L'ambiance était cordiale. Toute de rires et de claques dans le dos.

Un groupe d'hommes incarnant à la perfection le pouvoir et l'argent. Élégants, soignés, contents d'eux. À l'exception notoire de Vasquéz, mal rasé et emprunté dans son costume bon marché. Le rottweiler de l'un d'eux.

Gil pointa le doigt sur différents personnages en égrenant des noms.

— On n'a pas réussi à les identifier tous.

Soudain, Mackenzie vit ce qui avait sauté aux yeux de Gil, et il en eut la chair de poule. Émergeant de l'arrière du groupe, en grande conversation avec Rafa, apparut le sourire narquois de Jack Cleland. Les deux hommes se racontaient une blague et Cleland avait l'air totalement insouciant.

— C'est seulement à cause de ce qui s'est passé récemment que je connais son visage. À l'époque, on avait vérifié, il était réglo. Ian Templeton, expat anglais profitant d'une retraite anticipée sur la côte, à La Paloma.

— Écossais, corrigea calmement Mackenzie.

En même temps, il se sentit honteux de partager la même nationalité que lui. Une douleur sourde dans les côtes raviva le souvenir de leur rencontre. Mal à l'aise, il s'agita sur le siège arrière.

— Peu importe. Britannique. Maintenant, on sait bien sûr exactement à qui on a affaire.

— Et les autres sont ses associés.

— Il semblerait.

— La surveillance continue ?

— Malheureusement non, soupira Gil. Nos ressources sont limitées et elle ne nous menait nulle part.

— Il faut rétablir une surveillance sur les principaux membres de ce groupe, et le plus vite possible.

L'opération de Cleland est imminente. La drogue a bougé. Un de ces charmants personnages au moins est forcément impliqué. J'ai le sentiment qu'il s'agit d'une transaction marchandise contre cash. Cleland ne voudra pas laisser de trace numérique dans son sillage.

— J'ai déjà déposé la demande, dit Gil.

Mackenzie tendit le doigt et mit la vidéo sur pause.

— Si on essayait déjà de coller un nom sur quelques-uns ? Sur ceux que vous n'avez pas pu identifier à l'époque.

— Comment ?

— On entre et on demande, répondit Mackenzie en désignant le restaurant.

— Personne ne nous parlera, s'esclaffa Gil.

— Pourquoi ?

— La peur, señor.

— Nous sommes flics. C'est de nous qu'ils devraient avoir peur.

Gil se pencha vers Mackenzie et baissa la voix, comme si on risquait de les entendre.

— Ce que vous ne comprenez pas, señor, c'est que, comme tout le reste par ici, le Zhivago appartient à un Russe. Notre brigade financière a procédé à une recherche sur ses activités et découvert qu'il dirige une agence d'escortes. Une combine classique pour blanchir de l'argent. C'est sûrement un type de la mafia. Le personnel aura donc beaucoup plus peur de son employeur que de nous.

Mackenzie n'allait pas se laisser décourager, cependant. Il descendit de voiture.

— Eh bien, pourquoi ne pas aller y faire un tour pour voir ? lança-t-il en ouvrant la portière de Cristina. Et ça pourrait aider d'avoir un uniforme avec nous.

Une allée en bois lustré bordée de haies menait à des portes vitrées ouvertes sur un bar qui brillait dans une semi-obscurité. De part et d'autre de ce bar, des salles à manger se prolongeaient dans le jardin par des terrasses abritées sous des tentes, où il était permis de fumer puisque c'était *à l'extérieur*. Derrière le bar, des bouteilles de vins de grande valeur étaient blotties les unes contre les autres sur plusieurs étagères éclairées par des spots cachés. Aucun prix n'était affiché. Si vous aviez les moyens de boire l'une d'elles, vous n'aviez pas besoin de savoir combien elle coûtait. L'endroit était désert, hormis un barman solitaire en train d'essuyer des verres derrière un zinc à la surface polie. Il était trop tôt pour que les Espagnols déjeunent déjà.

Gil lui montra sa carte.

— Je veux voir tous les membres du personnel ici, tout de suite. Y compris ceux de la cuisine.

Le barman, un homme pâle d'une petite trentaine d'années, prématurément chauve, répliqua d'un air revêche :

— Quoi… ?

Gil claqua une main sur le comptoir.

— Tout de suite ! Pas de questions.

Mackenzie admira son autorité, tout en pensant qu'il frimait probablement pour l'épater.

Trois minutes plus tard, six personnes sorties des cuisines, dont le chef, un maître d'hôtel, deux serveurs et un sommelier, observaient les policiers dans un silence boudeur. Gil posa son téléphone sur le comptoir et démarra la vidéo à partir du moment où Rafa, Delgado et Cleland quittaient le restaurant avec Vasquéz et le reste du groupe.

— Ces clients sont des habitués. Il doit y avoir des traces de réservations, paiements par carte bancaire… je veux leurs noms.

Des yeux morts se tournèrent vers la vidéo. Sans un clignement. Sans la moindre réaction. Mackenzie entendait quelque part le tic-tac d'une pendule derrière le bar.

— Eh bien ?

La voix forte de Gil leur fit lever les yeux. Tout ce qu'il obtint pour sa peine se résuma à des regards vides et des têtes qui se secouaient.

Mais une jeune serveuse, une adolescente au visage pâle et aplati de paysanne russe, nc pouvait empêcher ses yeux d'errer vers l'une des terrasses. Cristina suivit son regard, sans rien remarquer jusqu'à ce qu'elle se déplace d'un pas vers la droite et constate alors que le restaurant n'était pas aussi vide qu'il en avait l'air. Un client solitaire était assis dans la zone fumeur, dissimulé derrière un énorme écran de télévision qui diffusait des infos sur les vins italiens. Un homme trapu aux cheveux noirs coupés en brosse, seul à une table pour deux. Son torse musclé tendait un tee-shirt blanc prêt à craquer. Des lunettes de soleil surdimensionnées cerclées d'or chevauchaient son nez court, et une grosse montre en or encerclait son poignet épais. Un cigare dans une main et son téléphone dans l'autre, il s'efforçait de passer inaperçu. Cristina reconnut immédiatement un des membres du groupe de la vidéo. Elle revit Gil en train de pointer le doigt sur son écran, et aussitôt un nom lui revint en mémoire. Alvarez.

Dès qu'Alvarez comprit qu'il était repéré, il se leva. Si vite que sa table se renversa et qu'une bouteille de couleur sombre s'écrasa sur le sol en répandant son huile d'olive onctueuse sur la terre cuite du carrelage.

— Hé ! cria-t-elle.

Mais il avait déjà repoussé un pan de toile et foncé à travers la haie, déchirant au passage son tee-shirt et la peau acajou de ses biceps. Cristina remarqua qu'il portait un bermuda kaki et des spartiates. Sans réfléchir, elle se lança à sa poursuite alors qu'il traversait la pelouse en courant. Elle fit tomber un des menus sur pied posés de chaque côté de l'entrée du restaurant et se sentit brusquement assommée par la chaleur de l'après-midi. Plissant les yeux contre le soleil aveuglant, elle vit Alvarez enfiler à toute vitesse la longue avenue descendant vers le port, en agitant ses bras comme des pistons. De toute évidence, cet homme ne voulait, à aucun prix, parler à la police.

Elle avait parcouru moins de cinquante mètres quand Mackenzie, plus grand et plus athlétique, la dépassa ; ses longues jambes avalaient le sol et l'écart entre le fugitif et lui.

En jouant avec les arbres qui bordaient l'avenue, le soleil produisait un effet stroboscopique. Vingt mètres plus loin, Mackenzie entendit la détresse de l'homme dont les poumons épuisés s'efforçaient d'aspirer de l'air en quête d'oxygène. Sa masse musculaire lui donnait de la force, mais ni vitesse ni endurance. Il le rattrapait.

Quand Alvarez voulut jeter un coup d'œil par-dessus son épaule, une branche de saule balaya ses lunettes de son visage. La peur se lisait dans ses yeux ; il savait qu'il n'échapperait pas à son poursuivant. Brusquement, il plongea à droite dans une rue étroite où des voitures étaient stationnées d'un côté, puis à gauche dans une voie de service entre deux villas.

Mackenzie le suivit et sentit les lunettes de soleil tombées à terre se briser sous ses pieds. Mais lorsqu'il atteignit la voie de service, il n'y avait plus personne. Un épais feuillage aux fleurs pourpres parfumées ombrageait l'allée, presque obscure après la clarté aveuglante de la rue. Il s'arrêta, pensant que l'autre avait dû tourner quelque part, et fut pris de court par la silhouette surgie de l'ombre qui lui balança en pleine face un poing aussi gros qu'un jambon de Belfast. Il chuta sur le dos, sa tête heurta les pavés et il sentit du sang couler dans sa bouche en même temps qu'un éclair explosait dans sa tête. Il cligna des yeux pour tenter d'y voir clair et distingua Alvarez debout au-dessus de lui, jambes écartées, un pistolet tenu à deux mains, braqué à bout de bras sur sa poitrine.

Les trente-huit années de sa vie se rembobinèrent en un clin d'œil. Que la vie était courte et les souvenirs les plus pénibles inconsistants, fugaces, aussi vite dispersés que les cendres de sa tante dans le jardin floral du cimetière. Son souffle s'échappa de ses lèvres en un long soupir ; prêt à recevoir la balle qui le tuerait, il ferma les yeux. Il se demanda s'il aurait mal. La douleur durait-elle plus longtemps que la vie, enjambait-elle le fossé ? Et après ? L'obscurité et le silence ? Comme pour la tante de Cristina ?

Alors, un cri devança la balle. Si perçant, si prolongé qu'il obligea Mackenzie à rouvrir les yeux : Alvarez n'avait pas bougé, son arme était toujours pointée sur sa poitrine. Mais son regard avait dévié pour se fixer sur le bout de l'allée. En tordant le cou, il vit la silhouette de Cristina, arme au poing, se détacher en contre-jour sur le fond lumineux de la rue. Elle aussi la serrait à deux mains, pointée sur Alvarez. Elle pouvait l'atteindre avant qu'il ait le temps de lever son pistolet. Et s'il tirait sur Mackenzie, elle le tuerait. L'impasse classique. Mackenzie se retrouva dans la position d'un observateur presque neutre. Ayant déjà accepté la mort, il avait en quelque sorte conjuré la peur.

Il regarda Alvarez. L'homme était dans les affres d'une indécision qui semblait s'éterniser ; puis il prit le risque calculé de tourner les talons et de s'enfuir dans la pénombre, tout en redoutant certainement de recevoir dans le dos une balle qui ne vint jamais.

Cristina arriva, essoufflée, en sueur, et s'agenouilla près de Mackenzie toujours prostré au sol. La peur dilatait ses pupilles, masquant presque ses iris. Elle rengaina son arme.

— Ça va, señor ?

D'une main tremblante, Mackenzie essuya le sang de son visage.

— Malgré un nez cassé et une lèvre fendue, je devrais survivre.

Elle l'aida à s'asseoir et sortit d'une poche des mouchoirs en papier qu'elle lui donna à presser sur son nez. Il cracha du sang et parla d'une voix étouffée par sa main.

— Vous savez ce qu'on dit : si vous sauvez la vie de quelqu'un vous en devenez à jamais responsable.

— On dit ça ?

Elle n'avait pas l'air impressionnée.

— Il paraît.

— Eh bien, señor, à mon avis vous êtes assez grand et moche pour vous défendre tout seul.

Il secoua la tête.

— Sauf aujourd'hui où vous l'avez fait pour moi, dit-il plein de gratitude envers elle. *Gracias señora*. Vous m'avez sauvé la vie.

Elle l'aidait à se relever lorsque l'inspecteur Gil apparut enfin au bout de l'allée, dégoulinant de sueur et hors d'haleine. Dès qu'il les vit, il s'arrêta et, plié en deux, les mains sur les genoux, souffla :

— Alors, il s'est enfui ?

— Non, je lui ai donné ma carte. Il a promis d'appeler.

Le temps qu'ils retournent au Zhivago, le restaurant et le bar avaient fermé. Aucune trace du personnel. Le nez de Mackenzie ne saignait plus, Cristina lui avait trouvé des lingettes pour qu'il se nettoie le visage. Debout sur le parking, sous le soleil brûlant, le petit groupe consterné était certain que des yeux les épiaient derrière les vitres fumées du club russe, de l'autre côté de la rue.

— Si la brigade financière réussit à faire tenir le blanchiment d'argent, dit Gil, on aura peut-être un moyen de pression sur le propriétaire de cet endroit pour qu'il nous révèle l'identité de ses clients.

— Pas le temps, répliqua Mackenzie.

Les gens citaient toujours le dicton *suivez l'argent*. Avec raison. Mais c'était toujours trop long.

Gil le savait aussi. Il haussa les épaules.

— Bon… je retourne au bureau, voir ce que je peux faire.

Puis, tirant une carte de visite de sa poche revolver, il la tendit à Mackenzie :

— Vous pourrez me joindre à ce numéro… Et le donner à Alvarez quand il appellera.

Au moment où il quittait le parking au volant de la Kia, laissant Cristina et Mackenzie appuyés contre le capot de la Seat, le téléphone de Mackenzie sonna. Il le sortit de sa poche de poitrine.

— Oui ?

— Cristina est avec vous, señor ?

Il reconnut la voix du *jefe* ; la gravité de son ton le mit aussitôt en alerte.

— Oui.

— Merde !

— Un problème ?

Il jeta un coup d'œil à Cristina, qui l'observait d'un air inquiet.

— Que se passe-t-il ? voulut-elle savoir.

Il leva un doigt pour la faire taire.

— J'espérais lui faciliter la chose, poursuivit le *jefe*, mais je ne vois pas comment. C'est Antonio. Son mari. Il est… (Il poussa un soupir de frustration.) Il y a eu un accident.

33

Ana est au bord de l'hystérie. Voilà des heures que Cleland a quitté l'appartement en la laissant dans son monde obscur et silencieux que seule la technologie peut pénétrer. Un monde dans lequel elle est de nouveau isolée. Elle ignore s'il a simplement débranché l'ordinateur ou s'il a coupé le courant général. Vivre sans sa technologie revient presque à tenter de subsister sans oxygène.

Sa détresse est accrue par une odeur de plus en plus désagréable et envahissante. Sandro n'est pas sorti de la journée ; il est possible qu'il n'ait pas pu se retenir de faire ses besoins dans un coin. Depuis une demi-heure, il presse sans arrêt son museau contre sa jambe. En posant les mains sur sa tête, elle ressent son anxiété. Il gémit certainement, peut-être même qu'il aboie. Bien que ça ne lui ressemble pas. Et elle a beau essayer de le calmer, rien n'y fait.

Elle se lève de son fauteuil, se dirige vers la cuisine pour remplir ses bols d'eau et de croquettes. Il la suit mais ne fait pas mine de boire ou de manger. Ses pattes avant se lèvent et se posent sur ses cuisses, sur sa taille, manquant de la renverser. Or, jamais il ne saute.

Elle le repousse, lui parle sèchement. Chose qu'*elle* ne fait jamais. Aussitôt, elle le regrette. Pourtant cela a dû être efficace car elle ne le sent plus près d'elle. Elle va vers sa chambre, terrifiée à l'idée de trébucher sur lui.

Ici, l'odeur est moins pénétrante. Elle avance jusqu'à la fenêtre, cherche la poignée à tâtons. Mais elle est déjà ouverte. Elle sent l'air chaud de l'extérieur s'infiltrer dans la pièce et se rend compte qu'elle a du mal à respirer.

La sueur lui pique le visage. Elle rebrousse chemin pour se rendre dans la minuscule entrée, en haut de l'escalier. Là, l'odeur est beaucoup plus puissante, la chaleur accablante, l'air semble vibrer sur sa peau. Sandro s'est rapproché d'elle et presse de nouveau son museau contre sa jambe ; elle pose une main sur sa tête levée. À présent, elle sait qu'il aboie.

Une écrasante sensation de terreur l'enveloppe lentement. Intrusion invisible, à la façon des retombées radioactives. Elle tend le bras, trouve la poignée de la porte du débarras où Cristina ou Nuri dorment parfois sur un lit pliant.

La puanteur la frappe aussitôt comme un coup de poing, elle a envie de vomir. Une odeur lourde d'œuf pourri. Et d'autre chose encore, presque doux, comme de l'ammoniaque sucré. Elle sent des mouches déferler sur son visage. Frénétiques. Plusieurs se glissent entre ses lèvres, elle crache de dégoût, avance en agitant les mains devant sa figure. Mais Sandro s'est faufilé entre ses pieds et elle tombe lourdement sur le sol.

Sa hanche et son épaule ont souffert de la chute. Elle surmonte tant bien que mal la douleur pour se relever sur les mains et les genoux. Elle avance à quatre pattes maintenant, à la recherche d'un appui qui l'aidera à se remettre debout. Jusqu'à ce que ses mains rencontrent une masse molle, lisse, anormalement froide par cette chaleur.

La puanteur est si dévorante que son sens olfactif semble avoir disjoncté. Ce n'est même plus une odeur, mais une source de terreur.

Des deux mains, elle explore les plats et les courbes de la masse émergeant du miasme qui la consume, et devine un corps allongé par terre devant elle. Un corps que toute vie a depuis longtemps déserté. Rigidité cadavérique des muscles, grouillement des asticots sur la peau. Ses doigts tremblants remontent le long des boutons de la chemise jusqu'au cou et au menton couvert d'un léger chaume.

Elle connaît les traits de ce visage. Des traits gravés dans sa mémoire depuis vingt ans, ressuscités hier. La ligne régulière des sourcils, les cheveux qui s'éclaircissent au sommet du crâne. Le visage de l'homme venu la chercher après toutes ces années, pour trouver la mort entre les mains d'un psychopathe. Son sang épais se colle à ses doigts.

Elle pousse alors un hurlement d'horreur, de douleur et de pitié. Un cri que personne n'entend dans le noir. Même pas elle.

34

Mackenzie écrasait la pédale d'accélérateur et faisait vrombir le moteur de la Seat, mais il avait malgré tout un mal fou à garder le contact avec le gyrophare bleu et orange du SUV.

Depuis Marbella, il avait l'impression d'être embarqué sur des montagnes russes, slalomant entre les voitures que la sirène de Cristina obligeait à se ranger, attrapant la bretelle de l'autoroute AP7 sur les chapeaux de roues, virant autour du rond-point d'Estepona. À présent, ils fonçaient sous la passerelle du Condesa Golf Hotel et commençaient à apercevoir, sur le parking du centre commercial Eroski, les lumières de toute une flotte de véhicules de police et d'ambulances. Au-dessus du toit d'un bâtiment jaune aux volets rouges, des panneaux publicitaires annonçaient *Dia Maxi, Supermercado, Helicopteros Sanitarios, Marlows Fish and Chips*. Derrière, s'élevait à flanc de colline un immeuble couleur brique, et les feuilles des palmiers se balançaient dans le vent chaud de cette fin d'après-midi.

Cristina braqua si violemment le volant pour sortir du rond-point et s'engager dans l'entrée du parking que le SUV fut à deux doigts de se renverser. Avant même que

Mackenzie s'arrête, elle sautait déjà à terre pour se précipiter vers la rampe qui descendait au sous-sol.

Plus d'une douzaine de policiers et de membres de la Guardia Civil, debout par petits groupes, s'écartèrent en silence pour la laisser passer. Intrigués, des gens venus faire leurs courses au supermarché se bousculaient derrière le ruban réglementaire tendu à la hâte. Sur la passerelle du premier étage, les personnels du *Mini India* et du centre médical *Helicopteros* observaient la scène avec une curiosité non dissimulée. L'assistance médicale s'était trouvée instantanément sur les lieux, mais il n'y avait plus rien à faire.

Mackenzie courut derrière Cristina. Dans l'obscurité fétide du parking souterrain. La moitié des néons du plafond étaient cassés, les rangées de piliers rouges et blancs supportant le plafond, ébréchés, entaillés. Tout au fond, un véhicule aux pneus dégonflés avait été abandonné à la poussière. Derrière l'épave, un mur couvert de graffitis colorés disparaissait à moitié dans la pénombre. L'accès direct au supermarché était condamné depuis longtemps certainement, vu son état.

Presque au centre de cet espace vide, des projecteurs sur pieds éclairaient d'une lumière surnaturelle une scène de carnage. Une voiture, que Mackenzie reconnut immédiatement comme étant celle d'Antonio, était garée en travers, portière du conducteur grande ouverte. À côté gisait un corps tordu, en charpie, Antonio. La force des balles l'avait projeté contre la portière. Son sang tachait également celle de l'arrière contre laquelle il avait glissé jusqu'au sol. Autour de lui s'étalait une large mare virant au brun, collante et visqueuse dans la chaleur étouffante. Le médecin légiste qui, le matin même, avait commencé sa journée à la finca où s'était déroulée la tuerie, la terminait accroupi auprès du défunt mari de la policière rencontrée quelques heures plus tôt dans les collines.

Le hurlement d'angoisse de Cristina se répercuta sur les murs nus et balafrés de cet endroit sinistre. Mackenzie en fut glacé jusqu'à la moelle des os, des larmes inattendues lui montèrent aux yeux. Il eut envie d'attraper Cristina, de la serrer dans ses bras, de lui dire que tout s'arrangerait. Mais rien ne s'arrangerait. Ça ne s'arrangerait jamais.

Le *jefe*, pâle et en nage, empêcha la jeune femme de s'approcher du corps. Criant et sanglotant à la fois, elle se débattit désespérément contre les mains qui la retenaient jusqu'à ce qu'elle s'avoue vaincue et s'effondre en pleurant contre l'épaule de son chef.

Mackenzie saisit la détresse de ce dernier quand il le vit fermer les yeux puis les rouvrir pour regarder, par-dessus la tête de Cristina, l'Écossais dont elle venait de sauver la vie moins d'une heure avant. Avec un imperceptible hochement de la tête, il écarta les doigts et plaqua sa grande main sur les cheveux de la jeune femme pour la serrer contre sa poitrine.

Rarement Mackenzie s'était senti aussi impuissant à influencer le cours des évènements. Une tragédie humaine à l'état pur se déroulait devant ses yeux. Rien ne pouvait être fait, aucun mot de consolation ne pouvait être prononcé – même s'il avait été capable d'en trouver. Il ne pouvait qu'observer. Incapable d'offrir du réconfort, et surtout pas une explication.

Il promena son regard sur la scène illuminée par les projecteurs du médecin légiste. Il y avait des traces de gomme fraîches sur le ciment à trois mètres de la voiture d'Antonio, et des douilles éparpillées par terre. En grand nombre. Plus loin, il repéra d'autres traces de dérapage laissées par des pneus qui avaient pris le virage de la rampe sur les chapeaux de roues. Il entendait presque l'écho de leur crissement, même par-dessus les sanglots douloureux qui résonnaient dans tout le parking.

Une policière de Marviña et une femme de la Guardia Civil détachèrent doucement Cristina des bras du *jefe* et, la portant à moitié, l'entraînèrent vers la sortie. Longtemps après, Mackenzie continua d'entendre ses sanglots.

Le *jefe* essuyait ses joues humides de larmes quand Mackenzie se rapprocha de lui. Derrière eux, un fourgon blanc descendait la rampe ; une demi-douzaine de membres de la police scientifique en combinaison de protection en sortirent pour se livrer à un examen minutieux de la scène.

— Vous en pensez quoi ? demanda Mackenzie.

— Ça donne beaucoup à réfléchir, señor. Mais je ne sais pas trop quoi en penser. De toute façon, ce ne sera plus de notre ressort dès que la criminelle arrivera de Malaga.

Il marqua une pause avant d'ajouter :

— Vous aviez déjà rencontré Antonio ?

Mackenzie acquiesça.

— Deux ou trois fois. En fait, je l'ai vu il y a quelques heures à Balle Olivar.

— Oui, moi aussi.

— Il semblait avoir une sorte d'altercation avec son beau-frère.

— Paco ?

— Oui.

Le *jefe* soupira et tourna les yeux vers la scène de crime.

— En tout cas, ce n'est pas une dispute familiale qui a conduit à ça. Toni a reçu neuf balles dans le corps. Ils étaient peut-être plusieurs à tirer. La balistique nous le dira. Personne n'a entendu les coups de feu. Ils ont pu utiliser des silencieux. On aurait alors affaire à un travail de pro.

Il vit Mackenzie regarder la caméra de vidéosurveillance placée au-dessus de l'accès direct au supermarché.

— Désactivée. Cette entrée est fermée depuis un an au moins. Plus personne n'utilise ce parking. Trop d'agressions et de vols. J'ai envoyé des hommes interroger les clients qui se trouvaient dans le supermarché ou sur le parking aux alentours de l'heure du meurtre, mais pas un seul ne semble avoir vu la voiture remonter du sous-sol. Bien que, vu les traces de gomme, elle devait rouler à tombeau ouvert. Et vous, vous avez une idée ?

— Pas la moindre, répondit Mackenzie en secouant la tête.

— Cleland ?

Mackenzie haussa les épaules. Bizarrement, il n'y croyait pas, mais aurait été incapable d'expliquer pourquoi.

— Ce serait logique, dit le *jefe*. Une façon de se venger de Cristina. Pourquoi la tuer quand il peut assassiner son mari, et donc la faire souffrir autant que lui ?

Les yeux de Mackenzie se reportèrent sur le corps du jeune homme baignant dans son sang. La mèche de cheveux noirs sur le front, la courbure du doigt ensanglanté qui portait l'alliance. Une vie brisée, stoppée en une poignée de secondes fatales.

Il pensa à Lucas qui venait de perdre son père. Il pensa à Cristina, qui lui avait sauvé la vie pendant que d'autres prenaient celle de son mari. Trois vies fracassées. Une vie perdue. Deux autres qui ne seraient plus jamais les mêmes.

Il baissa la tête, et vit une larme creuser un cratère dans la poussière du sol à ses pieds.

35

Dès qu'il ouvrit la porte, Cleland entendit le bourdonnement. Un instant, il pensa à un problème électrique. Mais les quelques mouches isolées qui s'étaient aventurées au rez-de-chaussée, ajoutées à la puanteur de chair en décomposition, le plongèrent dans l'horreur de la réalité. Il ferma les yeux en se maudissant. Il aurait dû se débarrasser du corps pendant la nuit. Tout pourrissait si vite par cette chaleur. Raison pour laquelle les Espagnols enterraient leurs morts dans les vingt-quatre heures.

Il gravit les marches deux par deux. L'air, de plus en plus épais, grouillait de mouches. Les yeux plissés de dégoût, les lèvres serrées, il osait à peine respirer par le nez. Constatant immédiatement qu'Ana n'était pas devant son ordinateur, il retourna dans l'entrée.

Sandro essayait de se faire entendre par-dessus le bruit assourdissant des mouches, mais ses aboiements de plus en plus rauques manquaient de force. Ils provenaient de la petite pièce où Cleland avait traîné Sergio la veille. La porte était ouverte. Ana sanglotait par terre, à moitié vautrée sur le corps sans vie. Ce spectacle l'écœura presque davantage que la pestilence. Il entra d'un pas vif, se pencha en avant et souleva la forme prostrée de la femme sourde-aveugle qui, après s'être d'abord raidie, n'offrit plus aucune résistance. Elle lui parut incroyablement légère quand il la sortit de la pièce, bras repliés sous les seins, talons raclant le sol, et la tira dans le séjour.

Après l'avoir allongée en douceur sur le carrelage, il se dépêcha de retourner dans le débarras pour ouvrir la fenêtre et refermer la porte. Pendant qu'il ouvrait toutes les fenêtres de l'appartement dans l'espoir de faire partir les mouches et l'odeur, Sandro ne cessa de sauter autour de lui en aboyant. Dans la cuisine, il trouva des bougies parfumées qu'il alluma et disposa sur le comptoir.

Les sanglots d'Ana s'étaient réduits à un gémissement, mais de profondes inspirations tremblantes secouaient encore son corps roulé en boule par terre, là où il l'avait laissée. Impossible de rester ici plus longtemps, se dit-il. En deux enjambées, il s'approcha des écrans d'ordinateur et se baissa pour rebrancher les prises. Ensuite, il traîna Ana jusqu'à son fauteuil en la prenant sous les bras. Elle s'affala sur le siège, les yeux ouverts. Il balaya d'une main les asticots collés sur sa figure et ses cheveux ; la nature ne perdait pas de temps à utiliser la mort pour se renouveler. Si le pire de l'infection dégagée par le corps pourrissant de Sergio s'était échappé par les fenêtres ouvertes, le cadavre continuait à dégager des gaz toxiques dans le débarras. Mais Cleland ne pouvait rien faire d'autre tant qu'il resterait ici avec elle.

Il chercha sur la table le vibreur, le fixa sur la chemise d'Ana et attendit avec impatience que l'ordinateur démarre. L'appareil était d'une lenteur exaspérante. Contournant la table, il se posta devant l'autre écran ; quand il vit enfin le curseur clignoter, il s'assit et tapa :

— *Ana, Ana, il faut que je vous parle.*

Pas de réponse. Il fut pris d'une brusque envie de la gifler à nouveau, mais, n'aimant pas le sentiment de culpabilité qui avait déjà accompagné son geste par deux fois, il se retint.

— *Ana, je suis désolé. Je ne voulais pas tuer Sergio. Je vous le jure. Si seulement, je pouvais revenir en arrière.* (Il avait du mal à croire que de tels mots surgissaient sous ses doigts.) *Il n'aurait jamais été assez bien pour vous, de toute façon. Pourquoi a-t-il mis autant de temps à revenir ? Merde, vingt ans ! S'il avait été la moitié d'un homme il aurait tenu tête à ses parents, et aux vôtres, à cette époque. Il n'était pas digne de vous. Vous méritez mieux.*

Une partie de lui voulait à tout prix qu'elle le comprenne. Même s'il ne savait vraiment pas pourquoi.

Ana finit par bouger et par se redresser dans son fauteuil pour faire courir ses doigts sur le braille. Ses yeux remuaient comme si elle essayait de repérer où il se tenait. Puis elle murmura d'une voix rauque :

— Emmenez-moi à l'église. Je n'y suis pas allée depuis deux jours. Et il faut sortir le chien.

L'église ? Pourquoi donc voulait-elle aller à l'église ? Il n'avait jamais compris ce qui poussait les gens à chercher du réconfort auprès de Dieu. D'ailleurs, ne lui avait-elle pas dit que la religion ne l'intéressait pas ? Quant au chien… il regrettait de ne pas lui avoir réglé son affaire comme à Sergio. Retiré dans un angle de la pièce, l'animal lui lançait un regard mauvais.

— *Il y a trop de gens dehors. C'est la feria. La ville est noire de monde.*

Sa voix se fit plus insistante :

— Je veux aller à l'église. Vous me devez au moins ça.

Comment ça ? Il lui devait quoi ? Il ferma les yeux. Putain, qui était l'otage ici ? Il s'efforça de se calmer et raffermit ses doigts sur le clavier.

— *OK. Je vous emmènerai à l'église, promis. Mais j'ai d'abord quelques trucs à faire, des coups de téléphone à passer.*

— Ne me laissez pas encore toute seule !

Le ton plaintif de sa voix le surprit et le toucha à la fois. Il ne pouvait même pas imaginer le désarroi où la plongeait le fait de se retrouver isolée dans la prison de son corps. Il tendit le bras et posa les doigts sur sa main. Elle la retira vivement, réaction instinctive à ce contact inattendu. Consterné, Cleland se sentit blessé.

— *Je suis là. Je ne vous quitterai pas. J'utiliserai votre téléphone.* (Une pause.) *Je ferai le plus vite possible.*

36

Marviña était déserte. La blancheur poussiéreuse des murs réfléchissait, jusque dans les recoins les plus sombres, la lumière implacable de l'après-midi. Les gens sensés somnolaient au frais à l'intérieur des maisons, derrière des volets clos, après un déjeuner tardif. Pas une âme, pas même un chien sous la fournaise chatoyante de la plaza del Vino. Sauf dans la bien mal nommée calle Utopía où les gyrophares bleus de plusieurs véhicules de police lançaient leurs éclats intermittents tandis qu'une demi-douzaine de policiers discutaient à mi-voix en fumant. La porte de l'immeuble de Cristina était entrouverte ; un courant d'air s'échappait de la cage obscure de l'escalier vers la rue écrasée de chaleur.

Mackenzie observa la scène d'un œil triste quand le *jefe* arrêta son Audi le long du trottoir. Les deux hommes quittèrent l'intérieur climatisé pour se retrouver assaillis par le soleil andalou. Presque au même moment apparut sur les pavés de la place l'ombre courte d'un passant solitaire qui gravissait la colline d'une démarche incertaine en direction du groupe. Appuyé sur ses béquilles, Paco mit deux bonnes minutes à les rejoindre en boitillant.

— Qu'est-ce que vous venez faire ici ? demanda le *jefe*. Avec votre jambe, vous feriez mieux de vous reposer.

Ravagé par la douleur, Paco avait le visage gris.

— Cristina a besoin de mon soutien. Où est-elle ?

Le *jefe* inclina la tête vers le commissariat, de l'autre côté de la place.

— En train de faire une déposition.

— Bon Dieu, *jefe* ! C'est pas un peu tôt pour ça, putain ? Elle vient juste de perdre son mari.

— Avec lequel vous étiez en train de vous disputer juste quelques heures avant, à ce qu'il paraît.

Le *jefe* haussa les sourcils pour poser sa question sans la formuler. Paco lui jeta un regard noir et tourna les yeux vers Mackenzie. Comme il ne répondait pas, le *jefe* fut obligé d'insister :

— Pourquoi vous disputiez-vous avec lui ?

— On ne se disputait pas ! se défendit Paco. On n'était pas d'accord, c'est tout.

— À propos de quoi ? voulut savoir Mackenzie.

Paco poussa un long soupir résigné. Mais c'est à son chef qu'il s'adressa :

— Toni et Cris traversent une mauvaise passe, *jefe*. Apparemment, ils se sont sérieusement engueulés hier soir. Elle l'a menacé de le quitter et d'emmener Lucas avec elle. Toni m'a dit qu'il n'était pas question pour lui d'accepter ça. S'ils se séparaient, il demanderait la garde de son fils. D'après lui, n'importe quel tribunal se rendrait compte qu'il est en mesure d'offrir un climat familial plus stable. Avec son travail aux horaires décalés et, en plus, plein de dangers, elle ne peut en aucun cas être mère célibataire *et* flic.

Le *jefe* se gratta le menton.

— Sur quoi portait le désaccord entre vous, alors ?

Paco haussa les épaules.

— Qu'est-ce que vous croyez ? Je l'ai prévenu de ne pas compter sur moi pour me ranger de son côté. Je suis marié à la sœur de Cris, bon sang. D'accord, on est partenaires de golf, Toni et moi, mais Cris fait partie de ma famille.

Comme s'il se souvenait brusquement qu'Antonio était mort, il s'interrompit avec une grimace et secoua la tête.

— Bon sang… je n'arrive pas à croire qu'on lui a fait ça. C'est ce salaud de Cleland ?

Le *jefe* se contenta de hausser les épaules.

— *Jefe !*

Un jeune agent de la police scientifique, en sueur sous sa combinaison en plastique, apparut dans le hall de l'immeuble. Il avait des cheveux roux, chose inhabituelle pour un Espagnol, et le visage brunâtre.

— Il y a un truc que vous devriez entendre, chef.

Sur ce, il disparut dans l'escalier. Mackenzie et le *jefe* se hâtèrent de le suivre. Au premier étage, deux membres de la Guardia Civil étaient postés en sentinelles sur le palier, devant la porte de l'appartement. Les trois hommes se glissèrent entre eux pour entrer. Mackenzie entendit Paco grogner et haleter derrière lui.

Une faible odeur de côtelettes grillées s'accrochait encore aux rideaux et au canapé. L'appartement lui-même paraissait un peu mieux rangé depuis le passage de la police scientifique. L'agent qui les avait appelés traversa le séjour et souleva le téléphone de sa base. Tout en le tenant entre le pouce et l'index de sa main gauche gantée de latex, il enfonça avec précaution plusieurs touches du clavier à l'aide d'un crayon.

— Les messages, dit-il. Celui-ci a été reçu aujourd'hui à 14 h 47.

Il enfonça une autre touche pour activer le haut-parleur.

Une série de bips retentit avant qu'une voix reconnaissable, celle de Cristina, dise *: Toni, retrouve-moi sur le parking d'Eroski. J'y suis déjà. Il faut qu'on parle.* La qualité de l'enregistrement était mauvaise, comme si elle appelait d'un mobile manquant de réseau.

Mackenzie fronça les sourcils et regarda sa montre.

— Cristina se trouvait avec moi à cette heure-là. Ce n'est pas elle.

— C'est pourtant sa voix, rétorqua le *jefe*, l'air sceptique.

— Je reconnais que ça lui ressemble.

— Mais, si elle était avec vous…, commença Paco.

— Elle l'était.

Le *jefe* soupira.

— Merde alors, qu'est-ce que Toni foutait dans le parking souterrain du centre Eroski ? (Il hésita.) Et je suis sûr que c'est la voix de Cristina, bon Dieu.

— *Jefe*, qu'elle ait fini sa déposition ou pas, je m'en balance, je vais traverser la rue et la ramener ici. Nuri est déjà partie chercher Lucas à l'école. Cristina va devoir le mettre au courant avant qu'il l'apprenne de la bouche de quelqu'un d'autre. Elle aura besoin de notre soutien.

Le *jefe* hocha la tête d'un air sombre.

— Et il y a autre chose.

— Quoi encore ?

— Il faut que quelqu'un aille prévenir Ana, à Estepona. Je le ferais bien, mais je ne peux pas conduire.

Le *jefe* se frotta les yeux avec les paumes des mains. La fatigue et la frustration le minaient.

— Je m'en charge, déclara Mackenzie. Je ne sais pas ce que je peux faire d'autre. J'ai rencontré Ana hier. D'ailleurs, il vaut peut-être mieux que la nouvelle lui soit annoncée par quelqu'un d'extérieur à la famille.

— Vous feriez ça ? lança le *jefe* avec reconnaissance, tout en lui posant une main sur l'épaule. Vous êtes un chic type.

37

Les bruits de la *feria* retentissaient à travers toute la ville. Les ombres commençaient à s'allonger mais la chaleur du jour persistait. Dans l'air saturé de musique, de voix, de claquements de sabots sur les pavés, flottait l'odeur du porc et du poisson grillés mélangée à celle du caramel chaud.

Mackenzie trouva une place dans le parking souterrain du front de mer. Il dut ensuite louvoyer à travers la circulation dense de l'Avenida España puis se frayer un passage au milieu de la foule qui envahissait les rues étroites de la vieille ville. Calle Real, calle Caridad, calle San Miguel où les géraniums blancs et violets cascadaient des balcons.

Habitants d'Estepona et touristes, tous se dirigeaient d'un pas lent vers la calle Zaragoza où la principale procession de chars et de calèches allait passer. Poussé par le courant, Mackenzie aperçut bientôt devant lui la plaza de Juan Bazán, comme un vortex au cœur de la circulation des piétons, avec ses fontaines qui scintillaient dans le soleil dont les derniers rayons tombaient en oblique sur le toit de la maison d'Ana. Était-ce vraiment hier, seulement, qu'il lui avait rendu visite ? Tellement de choses avaient changé entre-temps. Tant de vies avaient été brisées.

Un visage familier dans la foule attira son regard ; il mit quelques secondes à reconnaître la tante de Cristina, toute petite, assaillie par la foule qui l'encerclait. Comme un fétu de paille flottant sur une eau turbulente, elle disparut, avalée en un clin d'œil. Emportée au loin vers la calle Portada. Il cria son nom, avant de se rappeler avec un certain embarras qu'elle ne pouvait pas l'entendre.

Soudain, son cœur cessa de battre. Un autre visage était apparu dans la lumière déclinante. Et avait disparu. Il se demanda d'abord s'il ne s'était pas trompé, puis ne douta plus quand il le revit. Cleland ! Avec Ana. Il hurla de nouveau son nom, cette fois à l'intention de l'Écossais. Ce dernier tourna vivement la tête, leurs yeux se croisèrent pendant une fraction de seconde. Cinquante mètres les séparaient, mais le courant passa entre eux à la vitesse de la lumière. Et, de nouveau, il disparut. Ainsi qu'Ana.

Mackenzie se lança à leur poursuite, écartant et bousculant les piétons qui, scandalisés, l'agonirent d'injures.

Ana est désespérément confuse. Elle ne contrôle plus rien. Son être physique semble emporté sur une mer d'humanité turbulente et répugnante. Tout ce qu'elle sent avec certitude, c'est la poigne de fer de Cleland sur son bras. Qui la tire, la traîne à travers la tempête. Elle sent des coudes contre ses côtes, une épaule dans son dos. Une haleine fétide sur son visage. Elle blêmit, puis panique en se rendant soudain compte qu'elle ne tient plus le harnais de Sandro. Disparus, sa chaleur contre ses jambes, son guidage en douceur dans les situations difficiles. Elle l'appelle et sent les doigts de Cleland resserrer leur prise.

À présent, ils courent presque. Elle s'essouffle et s'efforce de garder l'équilibre. Le sol est en pente. Il y a moins de monde, pense-t-elle, mais Cleland ne ralentit pas l'allure. Descendre, descendre. Une autre vague de corps s'écarte devant eux. Ce n'est pas normal, il se passe quelque chose de très grave. Elle ne sait pas quoi, mais elle perçoit l'angoisse de Cleland.

Tout à coup, elle heurte un obstacle rigide ; le contact entre son bras et sa main est rompu. Sa seule sécurité dans ce cauchemar. Elle a l'impression de tomber à travers l'espace. Sa chute lui paraît durer une éternité avant de rencontrer finalement le sol, une surface dure, impitoyable. Sous le choc, ses poumons se vident. Quand elle cherche à aspirer de l'air, c'est l'odeur de la peur, noire, profonde qu'elle inhale. Ça empeste la sueur des chevaux. Le crottin. Elle sent autour d'elle le martèlement des sabots sur les pavés et comprend avec horreur qu'elle est en danger de se faire piétiner à mort.

Des mains robustes l'empoignent alors par les bras, la soulèvent du sol et la propulsent en avant. Son visage effleure les poils chauds et poisseux d'un animal dont l'odeur terrasse momentanément tous ses autres sens.

*

La transpiration aveuglait presque Cleland tandis qu'il pilotait une Ana sans défense à travers le maelstrom des chevaux qui hennissaient et se cabraient. Pivotant d'un côté puis de l'autre pour éviter les flancs et les sabots, assailli d'images étourdissantes. Chapeaux Cordobés, tuniques rouges à boutons, amazones en jupes de flamenco noir et blanc, talons éraflant sa figure. Hurlements des cavaliers furieux, chœur des cris de colère de la foule lorsqu'un cavalier faillit être désarçonné. Mais telle la mer Rouge, le passage percé au milieu de la procession se referma derrière eux. Vinrent ensuite des chars couverts de toits de paille, tirés par des tracteurs, une fanfare beuglant une rengaine discordante, des roulements de tambours, des claquements de cymbales. Une cacophonie de trompes et d'avertisseurs explosant dans l'air chaud de ce début de soirée.

Il n'osa pas regarder en arrière avant d'être sorti de la foule agglutinée. Aucun signe de Mackenzie. La procession, qui battait son plein, coupait route à tout poursuivant. Si le flic écossais avait réussi à passer, Cleland aurait peut-être été obligé d'abandonner Ana à son sort. Ce qui aurait impliqué de renoncer à son pouvoir sur Cristina. Et, pire, de perdre Ana. Pour une raison qui dépassait son entendement, il ne le voulait pas. En aucun cas. Prendre la vie de Sergio l'avait, d'une certaine façon, rendu responsable d'elle. Que cela lui plaise ou non. Se sentir redevable à quelqu'un était un sentiment des plus étranges.

*

Un costaud en uniforme de la Guardia Civil bloqua Mackenzie en se mettant devant lui pour l'empêcher de traverser la procession. Mackenzie aperçut le chien guide d'Ana errant, désorienté, au milieu d'une forêt de jambes. Devant ses yeux passaient des gerbes de foin, des enfants en chemise blanche juchés sur des tracteurs, la Policía Local en uniforme noir et casque blanc sur des motos Suzuki aux moteurs vrombissants. Les rayons du soleil qui tombaient en oblique entre les toits se réfléchissaient sur les visières. Autant de flics à proximité de Cleland, sans que Mackenzie puisse les prévenir. Inutile, même, d'essayer.

Il rebroussa chemin entre les badauds et enfila en courant la calle Silva qui suivait une direction parallèle. Avec un peu de chance, il tomberait un peu plus loin sur un carrefour. Cette rue était presque déserte, tout le monde s'entassait dans la calle Papuecas, plus au nord, où devait passer la procession. Bambins hissés sur les épaules des parents, enfants plus grands sautant sur la pointe des pieds pour essayer de voir quelque chose.

Deux croisements plus loin, Mackenzie réussit à traverser, avant l'arrivée des chevaux, la voie réservée à la parade. Il courut sur une centaine de mètres, coupa vers la rue où il avait vu Cleland et Ana, et se retrouva dans une *calle* à moitié déserte. Les sons de la *feria* semblaient provenir du pâté de maisons voisin. Il apercevait la foule qui se pressait à l'endroit où défilerait la cavalcade. Aucun signe de Cleland et d'Ana. Aucun indice sur la direction qu'ils auraient pu prendre. Alors, il poussa un hurlement de frustration vers le ciel qui se découpait en dents de scie entre les bâtiments et ferma les yeux.

De nulle part surgit tout à coup l'image de son père donnant l'assaut au malade mental et son otage dans une impasse sombre de Glasgow. La lame d'un couteau qui se reflète dans le faisceau de sa lampe. Puis le sang, rouge vif qui gicle, dessinant un sourire sur la chair tendre d'une gorge blanche.

Paniqué, il rouvrit les yeux pour chasser cette vision de la folie de son père. Que remplaça aussitôt celle du visage pâle d'Ana emporté par la foule. Les péchés du père, l'échec du fils. Submergé par la fatigue et le découragement, il sentit soudain ses jambes flancher et dut se retenir d'une main au mur gorgé de chaleur.

Que faire ? À regret, il rebroussa chemin, vers la maison d'Ana. Si Cleland s'y était rendu, peut-être avait-il laissé quelque indice qui lui permettrait de deviner où il comptait aller. Et, plus important, où il emmenait Ana.

Ana perçoit le changement de température lorsque Cleland la guide sur les marches de pierre de la plaza de San Francisco vers la fraîcheur de l'iglesia Nuestra Señora de Los Remedios. Elle sent vraiment l'espace s'ouvrir autour d'elle. Dans son imagination, elle entend leurs pas résonner sous les voûtes et voit les cierges allumés autour de l'autel doré. L'air froid lui donne la chair de poule, et elle comprend que la tension de Cleland se relâche en même temps que la pression de ses doigts sur son bras.

— Allumez un cierge pour moi, dit-elle comme il la conduit dans l'allée centrale vers l'endroit où, elle le sait, brûlent des rangées de bougies.

Ils s'arrêtent. Elle sent la chaleur des flammes et prend conscience que Cleland n'a plus aucun moyen de communiquer avec elle.

Elle le surprend en cherchant sa main et en la prenant entre les siennes. Lentement, méticuleusement, elle utilise son index pour tracer sur sa paume les lettres des mots qu'elle prononce. *Mon nom est Ana. Quel est le vôtre ?* Elle attend de voir s'il a compris. Ce n'est pas le langage des signes tactile qu'elle a appris durant cet été lointain de son adolescence. Mais c'est simple, à condition de procéder lentement, et tout le monde peut le faire.

L'étreinte des mains s'est renversée ; il écrit doucement sa réponse sur la paume d'Ana. Elle en sourirait presque. Bien sûr qu'il a compris. Il est tout sauf stupide.

— *Mon nom est Jack.*

Ils s'appellent donc maintenant par leurs prénoms.

— Allumez-en deux, Jack. Un pour chacun de nous.

— *À quoi bon ? Vous ne croyez pas en Dieu. Moi non plus.*

— Je n'ai jamais dit que je ne croyais pas en Dieu, Juanito. J'ai seulement dit que je n'avais pas de temps à lui consacrer. J'allume des cierges dans l'espoir qu'un jour Il brûlera dans le même enfer que celui où Il m'a plongée. (Elle s'interrompt.) Vous aussi. Nous partageons le même enfer, vous et moi.

Elle devine à l'hésitation de ses doigts qu'il ne sait pas quoi répondre. Finalement, il lui lâche la main. Elle sait qu'il allume les cierges, à cause de l'infime chaleur qu'ils produisent. Même si elles sont minuscules, leurs deux flammes influent sur l'air froid de l'église.

Une étrange sérénité pénètre alors son âme ; elle ferme les yeux et laisse l'air s'échapper lentement de ses poumons. Maintenant, elle sait ce qu'elle doit faire. Elle cherche l'avant-bras de Cleland, pose la main dessus et le serre très légèrement.

La calle San Miguel était presque vide à présent. L'air plus frais du soir transportait les sons distants et discordants de la fête. Le *despacho de pan* et la *carnicería* avaient fermé de bonne heure. Un couple solitaire, d'un certain âge, s'était assis sur l'un des bancs de la plaza de Juan Bazán ; le doux parfum des fleurs accrochées aux murs flottait dans la lumière déclinante.

Mackenzie s'apprêtait à ouvrir la porte de la maison d'Ana d'un coup de pied s'il le fallait. Mais elle n'était pas fermée à clé et il n'eut qu'à la pousser. Sur sa droite, une remise dont la fenêtre était munie de barreaux donnait sur la rue. Devant lui, l'escalier montait dans l'obscurité.

La première chose qui le frappa fut l'odeur. Une puanteur nauséabonde de pourriture, comme dans un frigo éteint dans lequel on a oublié de la viande depuis plusieurs semaines. Mackenzie sortit de sa poche les mouchoirs en papier ensanglantés qu'il avait utilisés plus tôt dans la journée et les tint contre son nez. Pour arrêter l'odeur cette fois, et non le sang. Puis il gravit les marches.

Dans le séjour, il trouva toutes les fenêtres grandes ouvertes. Même chose dans la chambre à coucher. Mais l'odeur, qui persistait dans l'espace réduit aveugle du palier, l'agressa avec la violence d'un coup de poing dès qu'il ouvrit la porte du débarras. Des milliers de mouches se régalaient d'un corps allongé par terre sous la fenêtre ouverte. Elles avaient pondu leurs œufs, peut-être dix-huit heures plus tôt, et déjà des grappes d'asticots colonisaient la bouche et les narines. Dans quelques jours, les asticots produiraient d'autres mouches qui se nourriraient à leur tour des sécrétions de la décomposition et pondraient d'autres œufs.

Lèvres étroitement serrées, mouchoirs en papier sur le nez, Mackenzie pénétra prudemment dans la pièce. Il s'accroupit pour tourner le cadavre. Un homme, guère plus âgé que lui. Ses cheveux noirs commençaient à se clairsemer. Un visage inconnu. Il laissa retomber la tête sur le côté et vit les mèches collées par le sang autour d'une blessure à l'arrière du crâne. Le trou était si profond que Mackenzie en déduisit que c'était elle, la cause de la mort. Il y avait très peu de sang sur le sol. Juste une trace suggérant que le corps avait été traîné jusque-là. En tout cas, si c'était ce coup qui l'avait tué, le cœur avait dû cesser de battre presque aussitôt. La peau était déjà marbrée et verdâtre.

Il se releva en tremblant. Qui était-ce ? Que faisait-il là ? Où Cleland pouvait-il bien emmener Ana ? Et pourquoi ?

Il recula sur le palier en prenant soin de ne toucher à rien. La maison entière était une scène de crime. Il traversa le séjour pour aller respirer à la fenêtre l'air pur de l'extérieur, sortit son téléphone de sa poche et appela le *jefe*.

En moins de vingt minutes, la maison grouilla de flics et de techniciens de la police scientifique du QG de la Policía Nacional d'Estepona. Immédiatement écarté, Mackenzie se vit signifier qu'on lui demanderait plus tard un rapport complet.

Il fallut moins de trente minutes au *jefe* pour venir de Marviña. Il était accompagné des inspecteurs de la criminelle de Malaga, arrivés plus tôt au centre Eroski afin d'ouvrir l'enquête sur l'assassinat d'Antonio. Il trouva Mackenzie dans la rue, où le chef de la Policía Nacional aboyait des instructions dans son téléphone. Une fois la communication terminée, ce dernier s'approcha du *jefe* et les deux chefs échangèrent une poignée de main.

— Le chien de l'aveugle a été retrouvé en train d'errer dans le centre de la ville, et plusieurs personnes ont vu un couple correspondant au signalement de Cleland et de la señora Hernandez entrer dans l'église. (Il secoua la tête d'un air grave.) Mais depuis, plus rien. Ils ont disparu, Miguel.

— Et le type qui a été tué ?

Le chef de la police d'Estepona tira de sa poche un sachet transparent qui renfermait une carte d'identité plastifiée. *Documento Nacional de Identidad.*

Sur la photo, Mackenzie reconnut le mort. L'air plus jeune que l'homme qui se trouvait au premier étage.

— C'était dans son portefeuille. Sergio García Lorca. Quarante-trois ans. Certifié sourd.

Certifié mort, pensa Mackenzie, qui demanda :

— Quelle était sa relation avec la señora Hernandez ? Ou avec Cleland ?

Le chef haussa les épaules.

— Aucune idée.

Manifestement, il n'avait pas envie de répondre aux questions de Mackenzie. Après un bref signe de tête, il rentra dans la maison.

— Les douilles du centre Eroski confirment qu'il y a bien eu deux tireurs, annonça le *jefe* à Mackenzie.

— Ou un tireur et deux armes.

— Possible. Mais peu probable. On a ramené le corps ici, à Estepona, pour l'autopsie. Il sera rendu à la famille ce soir, pour pouvoir être enterré demain.

— Si vite ? s'étonna Mackenzie.

— Les cadavres ne résistent pas longtemps à cette chaleur, répliqua le *jefe* en levant le menton vers la maison. Vous avez dû vous en rendre compte vous-même.

Mais Mackenzie ne pensait qu'à une seule chose : la veille, Antonio avait préparé un dîner de côtelettes grillées pour sa famille, et demain, celle-ci le mettrait en terre. La vie était si fragile, si immatérielle, on ne savait jamais quand la chandelle allumée à la naissance serait mouchée par la mort.

— Cristina encaisse mal, dit le *jefe*.

— Je m'y attendais.

— Vous pensez que c'est vrai, ce que raconte Paco ? Que Cristina voulait quitter Antonio ?

Mackenzie se souvint des échanges houleux entre les deux époux chaque fois qu'il s'était trouvé en leur présence dans l'appartement, mais il n'avait pas envie d'en faire part au *jefe*.

— Je n'en sais rien.

— Ce message continue à m'enquiquiner, señor. Vous dites qu'elle se trouvait avec vous. Mais est-elle restée *tout* le temps à côté de vous ? N'a-t-elle pas pu passer un coup de fil à votre insu ? Ça ne lui aurait pris que quelques minutes.

Mackenzie essaya de se rappeler si elle s'était absentée, et secoua la tête.

— *Jefe*, même si elle avait téléphoné, ce n'était pas Cristina au centre Eroski.

— Non.

Il hésita un long moment avant d'ajouter :

— Mais quelqu'un agissant à sa demande ?

— Vous y croyez vraiment ?

Le *jefe* fit la moue, secoua la tête et répondit, tout en examinant le dos de ses mains :

— Non. Vous comptez assister à l'enterrement, demain ?

Mackenzie repensa à la cérémonie singulièrement impersonnelle organisée pour sa tante au crématorium de Glasgow. Puis aux larmes de son oncle, plus tard. Et au fait qu'il n'avait lui-même éprouvé aucun chagrin.

— Non. Je ne crois pas que ce serait une bonne idée.

— Pour ma part, je déteste les enterrements.

Faisant alors un effort visible pour chasser la dépression qui s'abattait sur lui, le *jefe* prit une profonde aspiration et proposa avec un sourire triste :

— Pourquoi ne monteriez-vous pas à la maison, ce soir, comme on en avait parlé ? Un peu de compagnie me ferait du bien. Surtout le genre de compagnie qui apprécie de partager un bon single malt.

Mackenzie pensa que dans ces circonstances, le whisky, au moins, semblait être une excellente idée.

38

Une file de réverbères montait en serpentant depuis le complexe hôtelier désert qui mijotait dans le noir au pied de la colline. Les mosaïques des murs salis par la pluie s'écaillaient. Des palmiers jamais taillés et des buissons anarchiques enserraient le bâtiment, cachant portes et fenêtres. Des mauvaises herbes d'un mètre de haut poussaient à travers le macadam fissuré des parkings couverts installés devant l'entrée. Au-delà du pont qui enjambait la route à quatre voies, en contrebas, des phares balayaient la nuit vers le sud et la silhouette lointaine de Gibraltar.

Le peu de lumière subsistant dans le ciel virait du rose au violet, en bandes étroites au-dessus de l'horizon. De l'autre côté d'une mer Méditerranée qui reflétait l'infini, un banc de nuages masquait l'Afrique du Nord. La lune n'était pas encore levée.

Cleland engagea son SUV noir dans un passage envahi de végétation, caché sous l'accès principal de l'hôtel. Quand il était arrivé dans la région, le Condesa Golf Hotel était une affaire prospère, avec son Thalasso Spa très apprécié des vacanciers et des habitants fortunés de l'endroit. Les différents soins proposés étaient alimentés par l'eau purifiée de la Méditerranée. Et ses restaurants répertoriés au guide Michelin.

Mais quelque chose, Cleland ignorait quoi, avait mal tourné. Un revers de fortune. L'hôtel avait fermé. Vide depuis des années, il se délabrait gentiment en bordure du port, sans aucune indication de réouverture.

Cleland attrapa un sac noir sur la banquette arrière avant d'aider Ana à descendre du véhicule. Elle n'avait opposé aucune résistance depuis qu'ils avaient quitté l'église, et suivait toutes ses instructions avec une résignation tranquille. Il la guida prudemment, en la tenant par le bras, et lui fit dépasser l'entrée du spa. Une peinture opaque recouvrait les vitres de façon à rendre l'intérieur invisible, mais des vandales avaient utilisé ce fond pour gribouiller leurs noms, ceux de leurs petites amies et toutes les obscénités oiseuses qui leur étaient passées par la tête. Sur un autocollant intact collé en travers des portes, on pouvait lire *Protegido Por Seguridad*. Il était impossible de distinguer quoi que ce soit au-delà des reflets des saules et des bambous poussant juste en face, dans le lit asséché de la rivière.

Ils se hâtèrent de contourner une haie hirsute à moitié affaissée sur le trottoir, pour emprunter une allée courbe presque entièrement engloutie par un front d'arbres et de buissons qui gagnait du terrain. Au-dessus de leurs têtes se dressaient, sur trois étages, des balcons de verre et des murs à la peinture écaillée ; ils durent se frayer un passage au milieu d'un fouillis de branches pendantes et de racines rampantes avant de trouver la volée de marches qui menait à l'entrée principale.

Un ruban adhésif rouge avait été tendu en travers du chemin aboutissant sur une aire circulaire, devant la porte à tambour par laquelle les clients étaient autrefois introduits dans un impressionnant hall d'accueil. Cleland le déchira ; approcher sous cet angle lui permettait d'éviter les caméras de surveillance. Elles ne fonctionnaient peut-être plus, mais il ne voulait courir aucun risque. Une porte latérale était protégée par une chaîne et un cadenas. Il lâcha Ana, posa son sac sur le dallage craquelé et en sortit une grosse pince coupante dont la mâchoire mordit l'acier comme si c'était du beurre. Quelques secondes plus tard, il poussait Ana à l'intérieur de l'hôtel, à la forte odeur de renfermé.

À la lueur de sa lampe torche, Cleland aperçut des empreintes de pas dans la poussière qui s'était déposée comme du givre sur le sol de marbre. Des empreintes anciennes. Il s'arrêta un instant afin de consulter le plan qu'on lui avait donné. Au sous-sol, traverser le spa, sortir par l'arrière, côté chambres, puis monter l'escalier de secours entourant la cage d'ascenseur. La chambre qu'il cherchait se trouvait au deuxième étage. N° 233. Elle ne serait pas verrouillée. Il y trouverait un lit avec des draps propres, des toilettes en état de marche, des bouteilles d'eau, des bougies, des allumettes. Une planque sûre. Un endroit où faire le mort pendant trente-six heures en attendant l'échange.

— Où sommes-nous ? demanda Ana, manifestant pour la première fois de l'intérêt.

Il lui prit la main :

— Peu importe. Nous sommes en sécurité.

Cette fois, sans la lâcher, il l'entraîna vers les ténèbres du sous-sol. Il éclaira les bassins surélevés du spa, deux piscines placées côte à côte. Elles occupaient un vaste espace ayant dû résonner autrefois des voix insouciantes des clients. Tous disparus. Jadis, dans ces bassins, bouillonnaient les eaux bleues transparentes de la Méditerranée. À présent, ils étaient pleins de poussière et de débris, les piliers tachés par le temps et l'humidité. D'un côté, des portes donnaient sur des cabines et des salles de massage où des pierres chaudes enveloppées de serviettes douces avaient soulagé des dos douloureux.

Ils naviguèrent autour d'un petit labyrinthe d'escaliers d'accès aux bassins en soulevant la poussière du sol au fur et à mesure qu'ils avançaient. Elle restait en suspension derrière eux comme une brume. Enfin ils trouvèrent la sortie, tout au fond, et montèrent au deuxième étage.

La chambre 233 avait de la moquette au sol. Même si ses fenêtres exposées au sud étaient protégées par des volets roulants, elle avait emmagasiné la chaleur du jour et l'atmosphère y était étouffante. Cleland fit asseoir Ana sur le lit pendant qu'il relevait le volet et ouvrait la baie vitrée donnant sur le balcon. L'air frais s'engouffra dans la pièce, il en aspira une bouffée.

— Ne me faites pas mal, dit alors Ana d'une petite voix.

Il la regarda en fronçant les sourcils. Croyait-elle réellement qu'il allait la violer ? Il s'assit à son tour sur le lit et lui prit la main. Comme moyen de communication, c'était désespérément lent.

— *N'ayez pas peur. Ici pour quelque temps. N'appelez pas à l'aide. Personne n'entendra. Je m'absenterai par moments. Après-demain, je vous emmène sur le rocher. Vous le connaissez ?*

— Gibraltar ?

— *Oui.*

— Je n'y suis jamais allée.

— *Un endroit pourri. Stratégique pour les Britanniques. Et pour nous.* (Une pause.) *Ensuite, ce sera fini.*

39

La villa du *jefe* se trouvait au bout d'une longue piste cahoteuse qui grimpait entre des chênes-lièges noueux et des bananiers aux grandes feuilles oscillant dans la brise. La vieille Seat de Mackenzie peinait à monter la côte, ses pneus projetaient des nuages de poussière sous le clair de lune. Pas étonnant que le chef de la police se soit payé une Audi, pensa-t-il. Sans 4×4, l'accès à sa maison était tout bonnement impossible par temps de pluie.

La piste finit par devenir horizontale avant de descendre en pente raide vers la fausse finca, une belle maison, avec des arches et trois niveaux de terrasses en terre cuite ombragées. Construite dans le style traditionnel des fermes blanches andalouses, elle ne devait pas avoir plus de quinze ou vingt ans.

Derrière des massifs d'azalées et de bougainvillées, Mackenzie aperçut une piscine où se reflétait la lune. Après avoir garé sa voiture à côté de l'Audi, il descendit plusieurs marches menant à une terrasse en contrebas. De là, on avait une vue grandiose sur la mer, au loin, et les perles de lumière alignées par intermittence le long de la côte.

Le *jefe* était assis sous un auvent de bambou, un verre à la main, une bouteille à moitié vide, de l'eau et un second verre posés sur une table ; un éclairage indirect illuminait discrètement l'endroit et faisait ressortir la belle couleur ambrée du whisky. Il se leva pour serrer la main de Mackenzie, et lui désigna un fauteuil, de l'autre côté de la table.

— Bienvenue dans mon humble demeure.

— Pas si humble que ça, dit Mackenzie en le regardant remplir son verre puis le diluer avec un peu d'eau.

— Démesurée aujourd'hui, sans doute. Pour un homme seul. Mais quand je l'ai fait construire, nous étions trois.

— Votre femme et… ?

— Mon fils. *Salud.*

Il leva son verre. Les deux hommes trinquèrent et burent une gorgée de whisky.

— Comment ça s'est passé avec la Policía Nacional ? demanda le *jefe*.

— Ils m'ont fait attendre plus de deux heures avant de prendre ma déposition. J'ai l'impression qu'ils ne m'aiment pas beaucoup, vous savez.

— Pourquoi donc ?

— Eh bien, pour commencer, je suis étranger.

— Et puis ?

— Et puis, ils n'ont pas apprécié que je relève les erreurs commises pendant la sécurisation de la scène de crime.

Renversant la tête en arrière, le *jefe* éclata de rire.

— Ça, je m'en doute ! Vous dites toujours les choses directement, señor, n'est-ce pas ?

Mackenzie haussa les épaules, sans vraiment comprendre ce qu'il y avait là d'amusant.

— Y a-t-il une autre façon de les dire, *jefe* ?

— Avec tact, mon ami, glousssa ce dernier. Avec tact.

Mackenzie répliqua avec un sourire en coin :

— Je croirais entendre ma femme. Ou plutôt mon ex-femme. Enfin… bientôt ex.

— Vous avez des enfants ?

— Deux.

— Alors, vous leur devez de réparer ce qui s'est brisé dans votre mariage. Vous souffrez peut-être, mais ce sont vos enfants les vraies victimes.

— Et vous parliez de tact ?

Le *jefe* sourit d'un air triste :

— Ce n'est pas non plus mon point fort.

Ils restèrent silencieux pendant un moment, à siroter la sève du sol natal de Mackenzie tout en contemplant les milliers d'étoiles qui scintillaient dans le ciel. Il n'y avait aucune pollution lumineuse ici, la limpidité de l'air était stupéfiante.

— Qu'est-il arrivé à votre femme ?

Le *jefe* regarda l'Écossais et répondit :

— Oh, le truc classique. Cancer.

Il poussa un profond soupir, et un peu de l'amertume accumulée au fil du temps se déversa en même temps.

— Un diagnostic tombe du ciel. Il fait voler en éclats vos rêves, vos espoirs, toutes vos certitudes. Puis arrivent les colporteurs de faux optimisme, les médecins et leurs traitements toxiques pires que la maladie elle-même. Tout ce qu'ils sont capables de faire, c'est de prolonger la vie de quelques malheureux mois. Quel intérêt ?

Il avala une gorgée de whisky puis fixa pendant de longues secondes le fond de son verre avant de poursuivre :

— Il y a une chose à laquelle je ne me suis jamais habitué, c'est rester seul. Surtout ici. À tourner en rond dans cette grande maison vide. Au début je voulais jeter toutes les affaires de Maria. Les brûler. M'en débarrasser. Je suis content de ne pas l'avoir fait. C'est au moins une petite part d'elle qui demeure. (Il gloussa et jeta un regard gêné à Mackenzie.) Parfois, je me surprends à lui parler. Je ne compte pas les matins où j'entre dans la cuisine, sûr de la trouver devant l'évier. La bouilloire en marche sur le plan de travail. Et non. Ou bien en me mettant au lit le soir, je me tourne pour embrasser ses lèvres, sur un oreiller vide.

Il pivota à moitié dans son fauteuil afin de contempler sa maison, la lumière douce de ses murs blancs sur l'impénétrable fond noir de la montagne.

— J'adore cet endroit. Et je le hais. Tant de souvenirs heureux. Et tant de mauvais souvenirs.

— Vous ne pensez certainement pas à la vendre ?

— Je partirais sans hésiter, señor. Mon seul avenir est de me pencher sur mon passé. (Il remplit les verres.) Alors, que pensez-vous de ce whisky ?

Mackenzie prit la bouteille pour l'examiner et haussa les sourcils.

— Je savais qu'il était bon. Mais pas qu'il était aussi bon.

— Glenfiddich 69. Une des bouteilles auxquelles je tiens le plus.

— Je me sens privilégié.

— Pas du tout. Ça fait des années que je l'ai, et j'aurais pu la finir depuis longtemps. Mais un whisky de cette qualité demande à être partagé.

Mackenzie savoura sa douceur veloutée et boisée.

— Que fait votre fils ?

— Il ne fait rien, señor. Il est mort.

Mackenzie ferma les yeux un instant. Il entendait Susan murmurer à son oreille qu'il aurait pu s'en douter.

— Excusez-moi, dit-il, conscient de sa médiocrité. Que s'est-il passé ?

— Joachim était flic. Il suivait les traces de son vieux père. Je crois qu'il espérait un jour perpétuer la tradition familiale et devenir *jefe* à son tour, ici. Il aurait probablement réussi, qui sait. Sans cette attaque terroriste de Madrid qui nous l'a enlevé à un âge scandaleusement jeune. Vingt-quatre ans.

Mackenzie vit des larmes briller dans ses yeux.

— Incroyable la vitesse à laquelle ceux qui donnent leur vie sont oubliés par leur pays. Par ceux pour lesquels ils se sont sacrifiés.

Mackenzie ne savait plus où regarder. Il redoutait d'ouvrir la bouche de peur de sortir quelque chose d'affreusement banal, stupide ou simplement offensant. Il ne savait jamais quoi dire et, en général, quand il essayait c'était une catastrophe. Du moins, selon Susan. Garder le silence lui parut à la fois plus éloquent et plus discret.

Le *jefe* le brisa avec un rire forcé :

— Je suis désolé, señor, je n'avais pas l'intention de me montrer aussi larmoyant. Ces deux jours ont été éprouvants sur le plan émotionnel.

Mackenzie hocha la tête.

— Cristina travaille pour vous depuis longtemps ?

— Pas très. Mais je la connais depuis qu'elle est petite. Je connaissais déjà ses parents. (Il secoua la tête.) Je l'ai même conduite à l'autel le jour de son mariage, après la mort de son père. C'est une tragédie ce qui est arrivé à Antonio. Et je ne lui ai pas encore parlé d'Ana. Je pense qu'elle n'aurait pas été capable d'en supporter davantage.

Il cligna des yeux pour refouler de nouvelles larmes et ajouta :

— Parfois... parfois les choses ne tournent pas comme on le voudrait. Je ne sais pas pendant combien de temps ils vont vouloir vous garder ici. Jusqu'à ce que Cleland soit repris, j'imagine, ou qu'il disparaisse dans la nature. De toute façon, ça va se décider dans les prochaines quarante-huit heures.

Mackenzie vida son verre.

— Dire que j'aurais pu l'avoir. Par deux fois ! Mais aujourd'hui, c'était pire que tout. Je l'ai laissé filer avec Ana. Si jamais il arrive un malheur à cette femme...

Même après tant d'années, les paroles de son oncle résonnaient encore à ses oreilles : *Ton père n'était qu'un jean-foutre. Qui se croyait mieux que les autres. Eh bien, putain, il est tombé de haut quand il a compris qu'il se gourait complètement.*

— Pas votre faute, fiston.

Le sous-entendu paternel n'échappa pas à Mackenzie. La façon dont le *jefe* utilisait le mot *fiston* avait quelque chose de très écossais. Il se rendit alors compte que ce dernier était sans doute assez âgé pour être son père.

Le *jefe* parut prendre conscience lui aussi de l'implication de ce qu'il avait dit et s'empressa de la chasser d'un haussement d'épaules.

— Quoi qu'il en soit, ne culpabilisez pas. On l'aura. Ça me fout vraiment en rogne de devoir assister à cette conférence à Malaga après-demain. J'ai essayé de me défiler, mais manifestement ils estiment que je serai plus utile là-bas qu'ici. (Il se moqua de lui-même en faisant une grimace.) J'espère juste ne pas rater le meilleur.

40

Les premières lueurs du jour pénétraient en oblique par une fenêtre et tombaient sur le cercueil à moitié ouvert, laissant dans l'ombre le visage d'Antonio auquel un thanatopracteur avait rendu sa sérénité. Cristina était assise sur une chaise dure, comme elle l'avait été une grande partie de la nuit, Lucas endormi à côté d'elle, la tête sur ses genoux.

Nuri et Paco lui avaient tenu compagnie durant toute la veillée, accueillant le flot des visiteurs venus rendre hommage au mort, jusqu'à ce qu'il se tarisse aux alentours de minuit. Des gens leur avaient apporté de la soupe et des tapas. Mais Cristina ne pouvait rien avaler. Quant à Nuri, elle avait passé la plupart du temps à vomir dans les toilettes, deux portes plus loin, à cause des toxines perfusées la veille dans son corps. Tout le monde avait entendu ses haut-le-cœur. Paco s'était éclipsé juste après le lever du soleil pour s'occuper des derniers préparatifs de la cérémonie.

Plus encore que son chagrin, plus que la peine éprouvée pour son fils désormais privé de père, c'était le message découvert sur le répondeur de son appartement qui avait tourmenté Cristina pendant cette longue nuit.

Comment était-ce possible ? Comment pouvait-on croire que c'était elle qui l'avait laissé ? Dès que Paco lui avait rapporté la nouvelle, elle avait voulu l'écouter. Le mettre sur haut-parleur afin que tout le monde puisse l'entendre, et crier : *Vous voyez bien ? Ce n'est pas moi !* Comment ceux qui la connaissaient pouvaient-ils être dupes ? Et pourquoi, au nom du ciel, Antonio avait-il pu croire qu'elle voudrait le rencontrer dans le parking souterrain du centre Eroski ? Ça n'avait aucun sens.

Elle vécut ainsi une nuit partagée entre le chagrin et la colère. Et la frustration. Au matin, n'ayant plus de larmes à verser, elle se sentait vidée. Les yeux brûlants, la gorge enflée. Elle avait à peine entendu la litanie des condoléances prononcées la veille. Quelle importance ? Sa vie était fichue.

Le bruit d'un moteur de voiture tournant au ralenti lui parvint avec celui d'une porte qu'on ouvrait quelque part dans le bâtiment. Puis des voix. Juste avant que Paco ne revienne pointer la tête dans la pièce.

— On devrait y aller et se préparer pour la messe. Ils vont emmener Toni à l'église.

La petite chapelle du funérarium avait paru totalement inadaptée si, comme ils le pensaient, presque tout Marviña assistait à l'enterrement.

En regardant son enfant endormi, Cristina eut de nouveau le cœur brisé. Comment pouvait-elle le réveiller pour affronter une telle souffrance alors qu'il avait fini par trouver refuge dans le sommeil ?

Le corbillard arriva à l'église, couvert de fleurs qui tombèrent par terre dès que le hayon s'ouvrit. Les porteurs firent glisser le cercueil à l'extérieur avant de le hisser sur leurs épaules robustes. Ils lui firent ensuite franchir le porche en silence et pénétrèrent dans la fraîcheur de l'édifice où chacun retenait son souffle. Un grand nombre de voitures étaient garées dans les rues étroites alentour. Les gens avaient fait des kilomètres pour venir assister aux funérailles d'Antonio. Certains par respect, d'autres par curiosité.

Pour Cristina, la cérémonie se déroula dans un brouillard. La voix sonore du prêtre, la chair et le sang du Christ, le caractère tribal des psaumes chantés. Puis, de nouveau dehors sous un soleil et un ciel bleu incongrus. Encore une belle journée. La première sans Toni.

Ce fut ensuite la longue marche derrière le corbillard jusqu'au cimetière, en bordure de la ville, où des rangées de tombeaux verticaux à quatre étages descendaient le flanc de la colline comme les terrasses d'un vignoble. Autant de cases en ciment pour cercueils, achetées ou louées, les ossements devant être transférés dans l'ossuaire au bout de vingt ans afin de laisser la place aux futurs voyageurs de l'éternité.

Sur la colline, des conducteurs arrêtaient brièvement leur véhicule à la barrière de péage de l'autoroute avant de continuer leur chemin, inconscients du passage d'une vie vers la suivante, dans le cimetière en contrebas.

Debout à côté de Cristina, le *jefe* lui tenait la main comme il l'avait fait le jour de son mariage. De l'autre côté, Lucas lui étreignait les doigts, et il les serra encore plus fort au moment où les porteurs introduisirent le cercueil dans l'obscurité du tombeau et de l'au-delà.

Elle sentit plus qu'elle n'entendit les sanglots déchirer la poitrine de son fils. Et pour la première fois, elle prit conscience de l'absence d'Ana.

41

À l'heure où Mackenzie remonta à pied la calle Utopiá, la ville était déserte. Tout le monde, semblait-il, assistait à l'enterrement d'Antonio. Au dire du *jefe*, c'était à lui que la plupart des habitants avaient acheté leur voiture.

La chaleur s'était installée de bonne heure et faisait déjà vibrer l'air lorsque les cloches se mirent à sonner par-dessus les toits, annonçant le début de la messe de requiem. Mackenzie regarda, de l'autre côté de la place, la mosaïque des vignerons en train de fouler le raisin. Les hommes passaient mais le vin, lui, était éternel et les raisins l'élément vital de cette communauté. Il se demanda qui vendrait les voitures désormais.

Un agent en uniforme montait la garde devant chez Cristina. Mackenzie ne savait pas trop pourquoi. Ce n'était pas une scène de crime et, de toute façon, la police scientifique avait déjà passé les lieux au peigne fin.

Il reconnut un policier qu'il avait vu aux réunions. Après avoir échangé un salut, Mackenzie lui demanda d'ouvrir la porte de l'immeuble. L'appartement n'était pas fermé à clé. En y pénétrant, il eut l'impression de s'immiscer dans une douleur invisible. C'était un lieu de vie et d'amour où une famille avait vécu sans jamais soupçonner qu'il pourrait ne plus y avoir de lendemain. Pour Antonio, du moins. Pour Cristina et Lucas, le lendemain n'offrait que du chagrin. La guérison serait longue.

Il pensa au couple, à leur relation, leurs chamailleries chaque fois qu'il était venu. Mais n'était-ce pas normal ? Les couples se bagarrent. Et quand les choses tournent mal, le conflit, même au sujet de choses sans importance, semble inévitable. Ce qui s'était passé pour lui et Susan. Les derniers temps, leurs querelles, devenues violentes, éclataient trop souvent devant les enfants.

Il se rappela les paroles du *jefe*, le soir précédent. *Vous souffrez peut-être, mais ce sont vos enfants les vraies victimes.* Aussitôt, il se sentit accablé de regrets. Cristina se disputait avec Antonio, et maintenant il était mort. Pas moyen de demander pardon, pas de seconde chance. Comment se sentirait-il si jamais il arrivait quelque chose à Susan ? Malgré tout ce qui avait pu aller de travers entre eux, leur amour n'avait pas toujours été brisé.

Sur la porte de la chambre de Lucas, son nom était écrit en lettres de plastique de différentes couleurs, avisant le monde entier que cet endroit lui appartenait. Il pensa à Alex et Sophia, à leurs espaces qu'il ne partageait plus. Le poids du regret se transforma en douleur. Il poussa la porte et vit sur une table une collection de peluches entassées dans un panier. Chacune ayant, sans doute, une signification propre, rattachée à un souvenir précis, une histoire de son enfance.

Sur le mur, au-dessus du lit, une illustration montrait un garçon volant dans un univers étoilé, sous cet aphorisme : *Me pregunto si las estrellas se iluminan con el fin que algún día cada uno pueda encontrar la suya.* Que

Mackenzie traduisit ainsi dans sa tête : *Je me demande si les étoiles brillent pour qu'un jour chacun puisse trouver la sienne.*

Lucas avait seulement perdu une des deux étoiles les plus lumineuses de sa vie. De nouveau, Mackenzie pensa à ses propres enfants. Et à la lumière qui ne brillait plus dans leur vie.

Il se promena dans l'appartement en effleurant de la main certains objets. Un manteau pendu dans l'entrée. Des bougies en forme de cœur posées sur une étagère. Un foulard jeté sur le dos d'une chaise. Un lecteur au milieu d'une pile de CD sur la table basse.

La douleur n'était plus invisible. Elle résidait dans tout ce qu'il regardait, tout ce qu'il touchait. Photos de mariage encadrées sur le mur, livre de coloriage sur la table, étui à lunettes vide. Tous composants de vies détruites.

Finalement, il souleva le téléphone et fit repasser le message. *Toni, retrouve-moi sur le parking d'Eroski. J'y suis déjà. Il faut qu'on parle.* Puis il le réécouta. Encore. Et encore.

La qualité de l'enregistrement était plus mauvaise que dans son souvenir. Plein de pauses et de claquements, comme si le signal s'interrompait. Cristina n'avait pas eu l'opportunité de laisser ce message après qu'il l'avait retrouvée devant le Zhivago, c'était une certitude. Mais elle avait peut-être pu téléphoner avant. Pourtant, même s'il n'avait pas regardé sa montre, il avait l'impression d'être arrivé bien avant 14 h 47.

La voix ressemblait fortement à celle de Cristina ; d'ailleurs, elle avait réussi à tromper Antonio, son mari depuis dix ans. Mais si ce n'était pas Cristina, qui était-ce alors ?

Mackenzie sortit son iPhone, ouvrit l'application *Dictaphone*, et le tint devant le répondeur pendant qu'il repassait une fois de plus le message. Puis, il l'écouta de nouveau sur son propre téléphone. C'était un exemple parfait de mauvais enregistrement. Il sauvegarda le fichier et l'envoya par mail à un expert en bandes sonores avec lequel il avait travaillé à la Met. Mick Allbright était un véritable crack, aussi asocial que Mackenzie, ce qui expliquait peut-être pourquoi ils s'entendaient bien. Il ignorait si un enregistrement d'aussi piètre qualité pouvait être exploité, mais s'il existait un individu capable de le décortiquer avec précision, c'était bien Mick. Il l'étiqueta *Urgent*.

Dehors, la chaleur l'assomma une fois de plus. L'agent de garde, venu chercher de l'ombre dans le hall, prit un air coupable en voyant l'Écossais. Mais ce dernier était plongé dans ses pensées. Les choses allaient-elles si mal entre Cristina et Antonio qu'elle avait menacé de le quitter ? Voilà en tout cas ce que racontait Paco. Il s'efforça de revivre dans sa tête la scène dont il avait été témoin entre les deux beaux-frères, au club de golf. Il s'était trouvé un peu loin pour entendre ce qu'ils disaient, mais avaient-ils vraiment l'air de se disputer au sujet d'une séparation conjugale ?

Sur le trottoir d'en face, le soleil se reflétait sur un globe de verre sombre fixé au mur, au-dessus de la porte de la supérette. Une caméra de surveillance. Il y avait de fortes chances pour qu'elle ait filmé Antonio sortant de chez lui. Mackenzie traversa la rue en courant et était déjà en nage en entrant dans la fraîcheur, relative, du magasin.

Le propriétaire lui jeta un regard méfiant depuis l'autre bout du comptoir et refusa de le laisser regarder les images. Un étranger sans badge ni papiers ! Mackenzie ressortit pour revenir aussitôt avec l'agent qui gardait l'immeuble. Cette fois, le commerçant accepta à contrecœur de satisfaire sa demande. Il le conduisit à l'arrière, dans une petite pièce où un vieux PC ronronnait et gémissait sur une table éraflée. Les images de la caméra, dit-il, étaient enregistrées sur un disque externe puis automatiquement réenregistrées toutes les quarante-huit heures, effaçant ainsi les enregistrements précédents. Cela faisait moins de vingt-quatre heures qu'Antonio avait été assassiné.

Mackenzie approcha un tabouret, remonta jusqu'à l'après-midi de la veille, interrompit le *code time* à 14 h 45, et visionna les images. La caméra couvrait un espace assez large devant le magasin, mais l'entrée de l'immeuble de Cristina tombait juste dans le coin supérieur droit du cadre. Si Antonio avait garé sa voiture le long du trottoir, elle serait hors champ. Mackenzie attendit. Personne n'entrait ni ne sortait. Cinq minutes passèrent. Sûrement qu'après avoir reçu l'appel, Antonio serait ressorti tout de suite ?

Perplexe, Mackenzie laissa les images défiler pendant quelques minutes supplémentaires. Rien. Maintenant, Antonio aurait eu du mal à atteindre le centre Eroski avant l'heure où les coups de feu avaient été tirés. Puis, soudain, il prit conscience que si Antonio avait pris l'appel, Cristina n'aurait pas laissé de message. Alors, comment savait-il qu'il devait se rendre au centre Eroski ?

Il revint en arrière, dix bonnes minutes avant l'heure de l'appel. À 14 h 40, un Antonio renfrogné émergeait de l'immeuble, mains dans les poches, cherchant ses clés de voiture. Il disparut du cadre. C'était la dernière fois qu'il avait été vu vivant, sauf par son ou ses assassins. Soit sept minutes avant l'appel de Cristina.

Poursuivi par les récriminations du propriétaire, Mackenzie quitta la supérette en emportant le disque dur. Il lui fallut moins de deux minutes pour traverser la place jusqu'au commissariat et grimper les marches menant à la réception.

Le planton de service lui jeta un regard surpris ; il pensait peut-être que ce policier aurait dû se trouver à l'enterrement avec tous les autres.

— Il faut inscrire ceci comme pièce à conviction, dit Mackenzie en posant le disque dur sur le comptoir. Et j'ai besoin que vous me rendiez un service.

42

L'après-midi tirait à sa fin quand Cristina rentra chez elle.

Le *jefe* avait attendu que l'enterrement soit terminé pour lui parler d'Ana. Furieuse, elle s'était déchaînée contre lui. Patron ou pas patron, il n'avait pas le droit de lui cacher une chose pareille ! Dans le vide de son âme, le désarroi avait supplanté le chagrin ; l'espace d'un court instant la peur qu'elle éprouvait pour Ana avait remplacé le déchirement d'avoir perdu Antonio.

Après les obsèques, tout le monde s'était rendu chez Nuri et Paco. Malgré son état, Nuri avait fait de son mieux pour nourrir les invités. Une procession ininterrompue de voisins était arrivée avec de la soupe de poisson, du ragoût de chevreau et de la paella. Mais Cristina n'avait rien pu avaler. Elle avait cuisiné le *jefe* pour lui soutirer tous les détails de la disparition d'Ana. Sa présence dans la rue avec Cleland, sous les yeux de Mackenzie. La poursuite en plein milieu de la *feria*. Le corps découvert dans sa maison. Ni elle ni Nuri ne savaient qui était Sergio García Lorca et quelle était sa relation avec Ana. S'il y en avait une.

À présent, elle se sentait littéralement vidée. Une nuit sans sommeil. Vingt-quatre heures sans manger. Le chagrin et la peur, double fardeau presque impossible à supporter. Elle devait concentrer toute son attention sur Lucas maintenant. Elle en était pleinement consciente. Son fils ne pouvait pas s'appuyer sur les ressources mentales et émotionnelles qu'elle-même possédait. Même si elle n'en avait pas beaucoup.

Le policier de garde devant son immeuble avait depuis longtemps quitté son poste. Elle se traîna péniblement en haut de l'escalier, Lucas collé contre elle, sa main agrippée à la sienne. Il avait été plus courageux qu'elle l'aurait imaginé. Toute une journée sans larmes. Peu de mots, un sourire stoïque devant les voisins empressés.

Elle s'arrêta un instant, la main sur la poignée de la porte, ferma les yeux et prit une profonde inspiration. C'était leur nid. À quel point leur paraîtrait-il vide sans l'homme qui l'avait aidée à le construire ? Première épreuve d'une longue série à venir.

Dès qu'elle entra, elle devina une présence dans l'appartement. La peur et le choc lui brûlèrent le visage ; aussitôt elle s'interposa entre Lucas et le séjour, prête à affronter quiconque se trouvait là.

La baie vitrée du balcon était ouverte ; adossé à la balustrade, Mackenzie tapotait sur l'écran de son mobile. En l'entendant approcher, il leva des yeux étonnés et, immédiatement, ressentit une gêne horrible à s'immiscer physiquement dans son chagrin.

— Qui vous a fait entrer ? aboya Cristina.

— Je suis désolé. Il y a un agent posté en bas de l'immeuble. Il ne vous a pas prévenue ?

— Non ! Il n'y a personne !

Mackenzie se gratta la tête et rangea son téléphone dans sa poche.

— Oh. D'ailleurs, je ne sais pas pourquoi ils estimaient avoir besoin de quelqu'un. Je suis vraiment désolé.

— Comment avez-vous pu laisser ce salaud emmener Ana ?

Mackenzie rougit. D'abord l'embarras, maintenant la culpabilité.

— Je n'ai pas…

Mais il n'avait pas d'excuse.

— Je suis désolé, répéta-t-il pour la troisième fois.

— Oui. Eh bien moi aussi ! Désolée d'avoir rendu service à un collègue. Désolée d'être intervenue sur cette intrusion à La Paloma. Désolée d'avoir été obligée de croiser votre route.

Mackenzie baissa la tête en souhaitant que la terre s'ouvre sous ses pieds et l'engloutisse. Lorsqu'il finit par la relever, Cristina se tenait debout dans le séjour, les yeux fermés. À côté d'elle, agrippant toujours la main de sa mère, Lucas fixait sur lui un regard profondément malheureux ; sa lèvre inférieure tremblait, mais il retenait ses larmes.

Finalement, Cristina rouvrit les yeux et dit d'une voix frémissante :

— Excusez-moi. Ce n'est pas votre faute. (Une pause.) Qu'est-ce que vous faites ici ?

Il pensa que le moment était mal choisi pour parler du message téléphonique, ou des images de la caméra de surveillance, et entendit à ses oreilles les louanges muettes de Susan le félicitant de sa discrétion exceptionnelle.

— Je me suis dit qu'il ne serait pas convenable de ma part d'assister aux funérailles. Je connaissais à peine…

Il sentit alors le fantôme de Susan lui pincer le bras.

Mais se désintéressant de lui, Cristina demandait à Lucas :

— Tu veux que j'allume la télé ?

Le garçon haussa les épaules, ce qu'elle prit pour un acquiescement, et l'alluma lui-même. Des voix de dessin animé emplirent aussitôt le séjour, remplaçant l'atroce silence. Mais ça ne l'intéressait pas. Il dégagea sa main de celle de sa mère, quitta la pièce et partit s'enfermer dans sa chambre.

Cristina demeura un moment immobile. Impuissante. Désespérée. Ne sachant que faire ou dire. Elle jeta un coup d'œil au téléphone. Toute la nuit elle avait eu envie d'écouter ce message qu'elle avait prétendument laissé à Antonio. Mais pour l'instant, elle ne pourrait pas supporter de l'entendre. Demain, peut-être…

— Il vaut mieux que je m'en aille, dit Mackenzie.

Brusquement, elle ne souhaitait plus le voir s'en aller.

— Vous avez faim ? demanda-t-elle.

Il n'y avait pas pensé, mais il n'avait rien mangé de la journée.

— Je crois bien.

— On a essayé de me faire avaler quelque chose pendant des heures, mais j'en étais incapable. Maintenant, c'est différent. De toute façon Lucas a besoin de se nourrir. (Elle inclina la tête vers la cuisine.) Je vais voir ce que je peux préparer en vitesse.

Laissé seul, Mackenzie n'avait pas la moindre idée de la conduite à adopter. S'écartant de la rambarde, il entra dans le séjour où il se mit à rassembler les jouets et les vêtements éparpillés sur des chaises et par terre, et à les empiler sur la table. Puis, trouvant la télécommande de la télé, il baissa le son, et entendit alors un faible bruit de sanglots provenant de la chambre de Lucas. Après avoir jeté un coup d'œil vers la cuisine où Cristina s'activait à grand bruit pour s'empêcher de réfléchir, il décida d'intervenir. Il l'aurait fait si le garçon avait été son fils.

Il s'avança dans le couloir et frappa doucement à la porte. Les sanglots cessèrent presque aussitôt. Il frappa encore, et une petite voix l'invita à entrer.

Lucas était assis au bord de son lit, les mains jointes sur les genoux, les joues luisantes de larmes. Il regarda Mackenzie avant de vite détourner les yeux – le machisme imposait aux garçons espagnols de ne pas pleurer. Mackenzie s'assit à côté de lui. Que pouvait-il dire ? Il n'avait jamais vraiment su comment consoler ses propres enfants quand ils avaient du chagrin. Susan était douée pour ça. Pas lui.

— Mon père s'est suicidé, finit-il par dire.

Lucas tourna vivement la tête et ouvrit de grands yeux étonnés. Mackenzie ne savait pas pourquoi ça lui avait échappé. Il ne l'avait jamais confié à personne. Pas même à Susan. Préférant prolonger le mythe du père mort en héros, avec lequel il avait grandi.

— Il était policier. Il a essayé de sauver une femme retenue en otage, mais n'a réussi qu'à la faire tuer. Comme il ne pouvait plus supporter de vivre avec ce poids, il s'est pendu.

Prononcer ces mots pour la première fois de sa vie lui procura un extraordinaire sentiment de soulagement.

Lucas plissa les yeux :

— Vous aviez quel âge ?

— Oh, je n'avais que deux ans. À l'époque, on ne m'a rien dit. Je l'ai appris beaucoup plus tard.

— Vous êtes resté tout seul avec votre maman, alors ?

— Eh bien, non. On m'a enlevé à ma mère. J'ai été élevé par mon oncle et ma tante.

— Comme Paco et Nuri ?

— Oui. Mais, toi, personne ne va t'enlever à ta maman. Elle sera toujours là pour toi.

Redoutant d'avoir effrayé le garçon, il promena son regard autour de la chambre à la recherche d'un objet qui lui permettrait de changer de sujet. Ses yeux tombèrent sur un cahier posé sur le bureau de Lucas.

— Tu as toujours des difficultés avec les maths ?

Lucas hocha la tête. Puis, avec un petit sourire, il dit :

— Papa était nul, lui aussi. Peut-être que je tiens ça de lui.

Mackenzie attrapa le cahier et l'ouvrit.

— Qu'est-ce que tu apprends en ce moment ?

— Les pourcentages.

— Ce n'est pas si difficile.

— Vous voulez rire ? Évidemment avec 10 ou 100, c'est facile…

— Mais si on te demande, par exemple, de trouver 17,5 % d'un nombre plus compliqué et que tu n'as pas de calculette, ton cerveau se bloque. C'est ça ?

Lucas hocha la tête.

— Ouais. Il se bloque. Je n'arrive plus à réfléchir.

Mackenzie sourit.

— Je vais t'apprendre un petit truc. Il débloquera ton cerveau et tu passeras pour un génie auprès de ton professeur.

Lucas le fixa d'un air sceptique :

— Ah oui ?

— Comme tu l'as dit, c'est facile de multiplier ou de diviser par 10 ou 100. Mais si on te demandait de trouver 17,5 % de, disons, 416, ça deviendrait vraiment dur.

— Ben, oui.

— Parce que 17,5 est un nombre plutôt antipathique, non ?

Lucas acquiesça avec enthousiasme.

— Mais un nombre antipathique est formé de nombres sympathiques, des nombres avec lesquels il est facile de travailler. Donc, tout ce que tu as à faire, c'est de trouver des nombres sympathiques à ajouter ou à soustraire pour arriver à 17,5. Par exemple, 10 + 5 + 2,5 = 17,5, d'accord ?

La lumière commençait à se faire dans le cerveau du garçon.

— 5 est la moitié de 10. 2,5 est la moitié de 5.

— Exactement. Si tu divises 416 par 10, qu'est-ce que tu obtiens ?

— 41,6.

— Juste. Dont la moitié est… ?

— 20,8.

— Et la moitié… ?

— 10,4.

— Donc, tout ce que tu as à faire…

— Est d'additionner ces trois nombres ensemble…

Lucas s'empara du cahier et d'un crayon pour les écrire.

— Ça fait 72,8.

— Ce qui représente 17,5 % de 416, annonça Mackenzie avec un grand sourire. Tu vois ? Je t'avais dit que c'était facile.

Les yeux sombres de Lucas étincelaient. Comme si tout un univers de compréhension venait de s'ouvrir devant lui.

— On peut en essayer un autre ?

— Oui, bien sûr...

Cristina contemplait les magnets disposés le long de la hotte. Un cornet de glace, un juke-box, deux Minions (Bob et Kevin), une icône religieuse, une moto. Chacun rattaché à un souvenir d'Antonio. Un autocollant de Pollo Pronto, à Santa Ana, le fast-food où il achetait souvent du poulet pour le dîner en rentrant du boulot. Elle avait envie de les arracher tous, d'effacer ces souvenirs qui, pour l'instant, lui étaient si pénibles. Mais, au fond d'elle-même, elle savait que ces souvenirs lui apporteraient un jour plus de plaisir que de douleur. Et qu'elle regretterait de les avoir jetés.

Elle avait improvisé des tagliatelles à la carbonara qu'elle servit sur trois assiettes. Pendant qu'elle cuisinait, elle n'avait pensé qu'à Ana. Elle mourait d'envie de téléphoner au commissariat pour savoir s'il y avait du nouveau. Mais ses collègues l'auraient évidemment appelée si cela avait été le cas. Elle apporta les assiettes à table et les posa en soupirant quand elle vit toutes les affaires entassées par Mackenzie. D'un mouvement du bras, elle les envoya valser sur le sol, puis se dirigea vers la chambre de Lucas où elle resta clouée sur le seuil.

Assis côte à côte au petit bureau sous la fenêtre, Lucas et Mackenzie étaient penchés au-dessus d'un cahier. Lucas se retourna, les yeux brillants, et dit à sa mère :

— Señor Mackenzie m'apprend les maths, mamá. C'est trop facile. Je vais être premier de la classe. Et rendre papá vraiment fier de moi.

Lorsqu'ils finirent les tagliatelles, Cristina et Mackenzie avaient bu presque une bouteille entière de vin rouge. Lucas avait dîné en vitesse et s'était retiré dans sa chambre pour continuer à faire des maths. Mais quand Cristina alla le voir, elle le trouva profondément endormi sur son lit, son cahier ouvert à côté de lui, le crayon coincé entre ses doigts recroquevillés.

Au lieu de faciliter la conversation, le vin avait rendu l'ambiance encore plus tendue. Mackenzie avait rapidement épuisé ses ressources très limitées en bavardage anodin, et Cristina ne semblait pas du tout encline à parler. Seul le fond sonore de la télé comblait le silence de la pièce.

— Pourquoi aviez-vous décidé de vous séparer d'Antonio ? finit-il par demander. Vous n'arriviez pas à régler les choses en discutant ?

Elle fixa sur lui des yeux pleins de colère et d'incompréhension :

— Qu'est-ce que vous racontez ?

— Vous avez prévenu Antonio que vous alliez le quitter et que vous vouliez la garde de Lucas.

Elle bondit sur ses pieds.

— C'est complètement ridicule ! D'où sortez-vous une idiotie pareille ?

La violence de sa riposte le prit de court.

— Ce n'est donc pas vrai ?

— Non, ce n'est pas vrai !

Il était perdu.

— Je suis venu ici deux fois, et chaque fois vous vous disputiez.

— Oh, pour l'amour du ciel, tous les couples se disputent ! Vous ne vous êtes jamais disputé avec votre femme ?

Il haussa les épaules et essaya de sourire. Il ne tenait pas à lui faire savoir jusqu'où c'était allé.

— Ça ne veut rien dire, ajouta-t-elle comme pour s'en convaincre elle-même. Vous feriez mieux de vous en aller, maintenant.

Rouge de confusion, il se leva. Mais contrarié de n'avoir réussi qu'à faire empirer les choses, il souhaitait à tout prix se rattraper.

— J'ai visionné les images de la caméra de surveillance de la supérette, de l'autre côté de la rue. On voit Antonio quitter l'appartement sept minutes avant que vous laissiez votre message.

— Je n'ai pas laissé de message !

— Là n'est pas la question. Comment pouvait-il savoir où et quand vous retrouver si le message a été laissé après son départ ?

Elle réfléchit un instant et regarda le téléphone. Elle écouterait ce message tout compte fait. Mais après le départ de Mackenzie.

— Allez-vous en, señor. S'il vous plaît.

Gêné, il baissa les yeux vers ses chaussures, puis releva la tête :

— Je vous verrai demain, sans doute.

Elle le suivit jusqu'à la porte. Juste avant qu'elle ne la referme, il fit volte-face et lança :

— C'est Paco qui me l'a dit.

Cristina fronça les sourcils.

— Dit quoi ?

— Que vous vouliez quitter Antonio.

— Pourquoi irait-il inventer une chose pareille alors que c'est faux ? soupira-t-elle, exaspérée. Allez-vous-en.

Sur ce, elle lui claqua la porte au nez.

Malgré la chaleur, la chambre de l'Hostal Totana lui parut froide et inhospitalière. Question d'ambiance plus que de température. Il avait commis une erreur à table, avec Cristina, et regrettait de l'avoir bouleversée. Néanmoins, il savait maintenant que Paco avait menti sur le sujet de sa querelle avec Antonio. Pourquoi ?

Il se déshabilla, ne gardant que son caleçon, et s'allongea sur le lit dans le noir. Mais la chaleur était tellement étouffante qu'il balança les jambes hors du lit, alla ouvrir les volets et sortit sur le balcon.

Dans la rue, il n'y avait plus un chat. Tout était fermé pour la nuit. Il aspirait à pleins poumons l'air légèrement plus frais de l'extérieur quand il entendit son téléphone signaler l'arrivée d'un nouveau mail. Il rentra le prendre dans la poche de sa chemise puis retourna sur le balcon. C'était un message de Mick, l'expert en bandes sonores de la Met.

Hola, mon cher conquistador,

Je suppose que tu ne souhaites ni une transcription intégrale ni une analyse scientifique détaillée car tu n'as jamais partagé ma délectation pour les détails. Tu pourras toujours les demander plus tard dans le cadre d'une consultation ultérieure, mais voici maintenant, pour ton plaisir, un résumé des faits.

Il s'agit d'un rafistolage de bouts d'enregistrements d'un amateurisme grotesque. À partir d'autres messages téléphoniques, serais-je tenté de dire. Il suffit d'une poignée de secondes et de deux téléphones mobiles pour monter quelque chose d'aussi lamentable, en supposant qu'on a le matériel sous la main. Ça ne tiendrait pas cinq minutes devant un tribunal. Si tu en veux davantage, je suis à ton service.

El Cid

Le sens de l'humour puéril de son vieil ami fit sourire Mackenzie. Mais son message confirmait ce qu'il soupçonnait déjà. Quelqu'un avait appelé Antonio pour lui donner rendez-vous au centre Eroski, puis lui avait laissé le temps de quitter l'appartement avant de rappeler pour enregistrer le faux message de Cristina. Le correspondant ne pouvait pas savoir avec précision où serait Cristina à cette heure-là, si elle aurait un alibi ou pas. Mais cela sèmerait au moins le trouble dans les esprits. À un moment ou à un autre, demain espérait-il, Mackenzie serait en mesure d'identifier exactement l'auteur de ces appels.

Son téléphone vibra et sonna dans sa main. Une alerte Facebook. En ouvrant l'application, il vit un point rouge attaché à la double icône représentant une demande d'ami. Il cliqua dessus. Un nom apparut. Sophia Mackenzie. *Accepter* ou *Refuser*. Son cœur se gonfla d'amour pour la petite fille qui, quarante-huit heures plus tôt, l'avait supprimé de ses amis.

Il cliqua sur *Accepter*.

43

La sonnerie persistante du téléphone traversa des rêves agités qui se dissipèrent dès qu'il se réveilla. Il mit une seconde à se rappeler où il était, une autre à attraper le téléphone.

— Oui ?

La voix qui résonna à son oreille aurait pu être produite par un ordinateur. Monotone, curieusement affectée comme si son propriétaire essayait de la déguiser. Si c'était quelqu'un que Mackenzie connaissait, il avait parfaitement réussi son coup.

— Condesa Golf Hotel, dit la voix en espagnol. Trente minutes. Venez seul. Simple échange. Vous contre l'aveugle.

On raccrocha avant qu'il ait le temps de réagir.

Oppressé, en sueur, il se redressa sur son lit, le cœur cognant contre ses côtes déjà sensibles.

Très vite, il passa en revue dans sa tête toutes les possibilités, chacune aboutissant à la même conclusion. Même s'il était tendu avec la plus grande maladresse, ce n'en était pas moins un piège. Mais un piège bizarrement mielleux, un peu comme si son architecte savait que Mackenzie serait incapable d'y résister. Sa chance de racheter l'erreur commise autrefois par son père. Se sacrifier pour sauver l'otage. Mais qui pouvait être au courant ? Et comment imaginer qu'il serait assez stupide pour ne pas comprendre que c'était un piège ? Contrairement à ce que prétendait un adage populaire, l'honneur n'existait pas chez les truands ; il n'avait aucune garantie que la promesse d'un échange serait respectée. Cleland voulait seulement le tuer. Au fond de lui, il le savait.

Mais que faire ?

Il pesa le pour et le contre. Impossible d'impliquer Cristina. Elle avait déjà suffisamment de problèmes. Mais il avait le nom d'un lieu. Condesa Golf Hotel. Il était fort possible que Cleland s'y trouve. L'autre jour, Mackenzie avait remarqué cet hôtel perché au-dessus de l'A7, surplombant la mer à quelques centaines de mètres du centre Eroski. Verre fumé vert, murs jaune pâle. Un air d'abandon avec ses volets clos, son jardin en friche, et deux des lettres de l'enseigne pendant de guingois au-dessus de l'entrée. Évidemment, il était possible qu'Ana n'y soit même pas.

Mais que faire ?

Il débrancha son mobile du chargeur et appela le commissariat. Un policier de garde à moitié endormi lui répondit et mit un petit moment à comprendre qui était Mackenzie.

— J'ai besoin du numéro de téléphone du *jefe*.

— Est-ce que je ne pourrais pas plutôt vous aider ?

— Non. Il faut que je lui parle en personne.

Il entendit le policier soupirer. Mais un instant plus tard, ce dernier lui donnait le numéro.

— Il ne sera pas content de vous entendre à une heure aussi matinale.

Mackenzie raccrocha et appela aussitôt le *jefe*. Il ne prendrait pas de décision tout seul. Contrairement à son père, il s'en remettrait à une plus haute autorité. Les yeux fermés, il écouta le téléphone sonner dans l'obscurité de la maison, là-bas sur les collines. Il répéta ce qu'il allait lui dire. Mais le téléphone sonna, sonna jusqu'à ce qu'il finisse par raccrocher ; ses paroles soigneusement pesées se dispersèrent dans les brises de l'incertitude.

— Merde !

Sa propre voix renvoyée par les murs lui revint comme un murmure. Il regarda la pendulette de la table de chevet. 4 h 17. Cinq bonnes minutes s'étaient écoulées depuis l'appel. L'autre avait dit trente minutes. Le temps qu'il aille au commissariat et explique la situation au planton de service, la fenêtre des trente minutes serait refermée. Il devait partir tout de suite à l'hôtel.

Jurant entre ses dents, il enfila un jeans et des tennis blanches. Sa seule chemise propre était blanche. On le verrait venir à un kilomètre à la ronde. Il rentra les pans de sa chemise dans son jeans, glissa son mobile dans la poche de poitrine, puis, les doigts pressés contre les tempes, prit le temps de respirer à fond avant de dévaler l'escalier sans faire de bruit pour aller chercher sa voiture dans le parking souterrain.

Il n'y avait pas de circulation sur l'A7 lorsque Mackenzie la quitta. Il passa au point mort, laissa la voiture avancer en roue libre jusqu'au club de golf et s'arrêta. Il coupa le moteur et regarda sa montre. Les trente minutes étaient presque écoulées. L'hôtel, plongé dans le noir total, se dressait au bout d'une courte montée au-delà du club-house.

Il descendit de voiture, écouta, n'entendit que le craquètement des cigales et le bruissement des feuilles de palmiers agitées par une brise de mer. La lune décroissante et le ciel piqueté d'étoiles l'éclairaient assez pour qu'il voie où poser les pieds.

Il gravit la colline au pas de course en prenant la précaution de rester tout près du mur de soutènement, puis il piqua un sprint vers l'ombre profonde des auvents rouillés installés au-dessus des parkings vides envahis de mauvaises herbes. À moitié caché par la végétation, il surveilla l'entrée principale de l'hôtel. Elle paraissait fermée et sécurisée. Aucune lumière ne brillait à l'intérieur.

Demeurant dans l'ombre, il contourna le bâtiment jusqu'à un endroit où un spa occupait le niveau inférieur. L'hôtel était construit autour d'un jardin aujourd'hui transformé en jungle. Des marches conduisaient à un portail. Tout était cadenassé.

Mackenzie traversa la voie d'accès et trouva un sentier incurvé qui remontait vers le devant de l'hôtel. Il écarta les buissons enchevêtrés pour atteindre les marches menant à une entrée latérale. Là, il s'immobilisa. Une chaîne pendait du cadenas que Cleland avait sectionné ; la porte était entrouverte.

Il tendit l'oreille. Mais, tels des acouphènes, les cigales dominaient tout. Il n'entendait que le sang pulsant à ses oreilles. Avançant d'un pas, il poussa la porte et pénétra silencieusement dans le bâtiment.

Pendant un long moment, il resta sans bouger, le temps de laisser ses yeux s'accoutumer à l'absence de lumière.

Un faible rayon de lune tombait de très haut, d'une verrière située au-dessus de la réception ; cette lueur froide lui révéla de nombreuses traces de pas dans l'épaisse couche de poussière qui s'était déposée sur le sol en marbre. Certaines semblaient anciennes, d'autres récentes. Elles se dirigeaient vers un escalier descendant au spa. Lentement, Mackenzie suivit les pas de ceux qui étaient passés avant lui.

En bas, il faisait plus sombre. La lumière des réverbères de la route d'accès filtrant à travers les portes vitrées jetait des ombres profondes sur les bassins vides. Suivant toujours les traces dans la poussière, Mackenzie dépassa les vestiaires, les cabines de massage et franchit des doubles portes qui se distinguaient à peine au fond du spa.

Il se retrouva alors dans l'une des ailes résidentielles. Des mains peintes sur les murs de la cage d'escalier montraient les numéros des chambres situées aux étages supérieurs. Arrivé sur le palier du premier, il s'arrêta. Un gémissement étrangement pénétrant envahissait les ténèbres. Irrégulier, répétitif. Un son presque humain. Il savait que ce n'en était pas un. Mais, comme le crissement d'une craie sur un tableau noir, ce bruit lui donna des frissons.

C'était de la folie. Qu'espérait-il accomplir en venant seul ici, en se jetant tout droit dans un piège si grossier ? Il pensa que jamais il n'avait eu aussi peur de mourir. Peut-être aurait-il quand même dû aller au commissariat, après tout. Mais c'était trop tard. En fin de compte, il se révélait aussi stupide que son père. Il n'avait plus qu'une chose à faire, continuer.

Au deuxième étage, le gémissement était encore plus fort. Il provenait d'un endroit situé derrière une double porte qui donnait sur un ancien salon. Mackenzie slaloma entre des canapés, des fauteuils et des tables basses ressemblant à des fantômes sous leurs housses décolorées, pour atteindre une baie vitrée dont les portes coulissantes étaient ouvertes. À l'extérieur, une terrasse surplombait le jardin.

Une fois dehors, il identifia la source de ce gémissement presque humain. Les lambeaux d'un drapeau pendu au bout d'un mât se balançaient doucement dans la brise qui soufflait depuis la côte, et faisaient grincer une drisse métallique sur une fixation rouillée. Sinistre refrain sans fin que seuls les fantômes des clients du passé pouvaient entendre.

Il traversa la terrasse, se pencha au-dessus du garde-corps et observa le jardin. Des mauvaises herbes poussaient à travers les fissures du pourtour carrelé d'une piscine vide où une myriade de fragments de mosaïque bleue détachés des parois s'éparpillaient comme des paillettes sur le fond couvert de détritus.

Un bruit de verre broyé par des chaussures le fit soudain pivoter, juste à temps pour apercevoir la silhouette d'un homme debout sur le seuil. Il sut aussitôt qu'il s'agissait de Cleland, mais sa conscience fut noyée par le claquement d'un coup de feu qui se répercutait tout autour du jardin, et par la douleur et la violence de la balle qui l'atteignait en pleine poitrine. Propulsé contre la rambarde, il bascula en arrière vers les ténèbres. Et tomba. Tomba. Dans le silence.

Cleland regarda avec une grande satisfaction Mackenzie passer par-dessus le garde-corps et chuter dans le jardin. Sa première impression que ce flic était une andouille se trouvait confirmée par sa stupidité d'être venu se jeter tout seul dans la gueule du loup. Il ne lui avait pas fallu beaucoup de temps pour le retrouver sur Internet. Un article de tabloïd racontait l'héroïsme avec lequel il avait déjoué le braquage d'une banque. Mais aussi l'histoire du suicide dégotée par le journaliste en fouillant le passé familial. Le père flic, sa tentative complètement ratée de sauver un otage, sa décision de se supprimer. Tel père tel fils. Mais là, c'était Cleland qui supprimait le fils.

Il s'avança jusqu'au bout de la terrasse pour scruter, dessous, la végétation plongée dans le noir. Aucun signe de Mackenzie dans cette jungle où les clients venaient bronzer autrefois, allongés dans de luxueuses chaises longues. Aucun mouvement. Cleland ne doutait pas une seconde de l'avoir tué. Il avait remporté plusieurs prix dans son club de tir, et il avait visé le cœur de Mackenzie. Toutefois, ça ne coûtait rien de vérifier.

En se retournant, il vit l'ombre de Paco rôder dans le couloir.

— Appelle ton patron pour lui dire que le rendez-vous est maintenu comme prévu, lui lança-t-il. Et descends t'assurer que ce salopard est bien mort.

*

Ana a froid. Elle sait que l'air est chaud. Elle le sent sur sa peau. Mais elle est glacée à l'intérieur. Si profondément qu'elle en tremble.

Elle a l'impression d'être enfermée ici depuis une éternité, sans aucun moyen de communication. Cleland lui a tenu compagnie par intermittence seulement, et à chaque échange elle a senti croître son antipathie pour lui.

La plupart du temps, elle pense à Sergio. Revenant sans cesse sur ces jours qui furent les plus beaux de leur vie. Les soirées idylliques qu'ils avaient passées ensemble, il y a si longtemps. Au centre d'Estepona. Dans le restaurant de fruits de mer, sur la plage de Santa Ana. Elle se demande soudain ce qu'est devenu le propriétaire édenté. Elle suppose qu'il était plus jeune qu'elle, alors adolescente, ne se l'imaginait. Peut-être que son restaurant est toujours là, et lui aussi.

Contrairement à Sergio.

Sa rencontre avec la jeune Ana ne lui avait apporté que de la douleur et du malheur. Leurs deux pères unis contre eux. Le refus de ce qui aurait pu être la seule chance de bonheur du jeune couple. Toutes ces années perdues, ce pauvre Sergio regrettant ce qui n'avait jamais été sa faute. Et tout ça pour mourir des mains de Cleland quand il avait finalement essayé de remonter le temps, de rattraper le passé.

Il avait presque réussi. Presque.

Ses yeux se remplissent de larmes alimentées par la douleur et la colère. Comme c'est injuste. À croire qu'elle est maudite. Une malédiction involontairement transmise à l'homme qu'elle aimait.

Un changement de température lui signale le retour de Cleland. Quand il s'approche, elle le sent. Elle est assise devant la fenêtre, une autre chaise à côté d'elle, une table à sa gauche avec de l'eau et des biscuits. Tout ce qu'elle a reçu pour se nourrir.

Depuis la chaise voisine, il lui prend la main. Elle sent ses doigts tracer des mots sur sa paume. Son haleine est nauséabonde. Une étrange odeur de nitroglycérine se dégage de ses mains, comme celle du pistolet de Cristina.

— *On s'en va.*

— Où est Cristina ?

— *Peu importe.*

— Ne lui faites pas mal, s'il vous plaît. Vous m'avez, moi.

— *Oui. On va prendre un bateau. Pas longtemps. N'ayez pas peur.*

— Cristina…

Il lui pose un doigt sur les lèvres pour la faire taire.

— *Elle est chez elle avec Lucas. En sécurité. Plus besoin de lui faire mal.*

Sans que Cleland s'y attende, Ana lève une main, lui touche le visage et surprend le sourire qui étire ses lèvres. Elle sait qu'il ment.

44

Paco maudissait Cleland, qu'il haïssait de plus en plus. Lui tirer dans la jambe n'avait jamais fait partie du marché.

— Il fallait que ça fasse vrai, s'était défendu ce dernier. Juste un trou dans la chair. J'ai évité l'os et l'artère fémorale. Tu survivras.

Peut-être, mais ça lui faisait un mal de chien ! Le prix à payer pour le traitement de Nuri. Tout en grimaçant, il emprunta la voie de service latérale qui menait au jardin. Il ne semblait pas y avoir un autre moyen d'y parvenir. Toutes les portes de l'hôtel ouvrant sur l'extérieur étaient verrouillées.

Il fut tenté de revenir sur ses pas pour dire à Cleland qu'il avait trouvé Mackenzie, à l'état de cadavre. Mais si jamais ce n'était pas le cas ? Cleland était imprévisible. Brutal. Dingue. Impossible de deviner à l'avance ses réactions.

Une rampe de service descendait en pente douce vers une cave fermée, située sous le jardin. Le local des pompes qui alimentaient le spa et la piscine. Depuis le trottoir, des marches montaient vers un portail cadenassé hérissé de piques et de fil de fer barbelé, accès au niveau supérieur d'où d'autres marches conduisaient au jardin lui-même.

Paco grimpa jusqu'à ce portail, appuya ses béquilles contre le mur, dégagea de sa ceinture la pince coupante de Cleland, et sectionna facilement la chaîne, qui tomba par terre. Le battant rouillé s'ouvrit avec un grincement plaintif. Paco reprit ses béquilles pour se propulser en haut des marches et déboucha dans le jardin.

L'herbe lui arrivait presque à la taille, les feuilles mortes des palmiers abandonnés à eux-mêmes s'agitaient et bruissaient dans la brise. La lune qui se levait au-dessus du toit de l'hôtel projetait des ombres noires dans le bassin vide de la piscine. Il se fraya un passage à travers des branches couvertes d'épines, en s'écorchant le visage et les bras. La grande palme charnue d'un bananier le gifla de plein fouet et manqua de lui faire perdre l'équilibre.

En levant les yeux, il vit qu'il se trouvait à présent juste sous la terrasse d'où était tombé Mackenzie. Ce putain d'Écossais prétentieux. Au moins, il avait eu ce qu'il méritait. Mais pas de corps en vue. Seulement des feuilles écrasées et des branches cassées qu'il avait dû briser dans sa chute. Où était-il passé, bon Dieu ?

Paco releva la tête pour vérifier qu'il était bien au bon endroit quand, soudain, une forme surgie de l'obscurité le renversa avec force et s'abattit sur lui de tout son poids, chassant l'air de ses poumons. Un coup violent lui écrasa la bouche. Il sentit plusieurs dents se casser et se planter dans la chair tendre de ses lèvres. Puis un deuxième coup. Du sang bouillonna dans sa bouche et jaillit de son nez. Il chercha à se défendre en lançant désespérément ses poings dans le noir et heurta un os dur. La douleur lui arracha un hoquet ; en se tortillant, il parvint se dégager de la masse de son attaquant. La balle de Cleland avait peut-être blessé Mackenzie, mais elle ne l'avait pas tué.

Abandonnant ses béquilles, Paco s'enfuit en courant au milieu des fourrés, malgré la brûlure cuisante qui irradiait le long de sa jambe blessée. Catapulté dans le noir par la peur, il ne s'arrêta que lorsque ses tibias percutèrent un muret de pierre. Il se sentit voler dans le vide.

Sa chute se termina brutalement dans des souffrances épouvantables, comme si elles dévoraient son corps. Une seconde avant que les ténèbres ne se referment sur lui. Ses souffrances disparurent alors en même temps que tout le reste.

À moitié paralysé par la douleur, Mackenzie s'approcha en titubant du malheureux Espagnol. Ses jambes se dérobaient sous lui. Mais à la différence des souffrances de Paco, les siennes n'étaient pas près de disparaître. Arrivé au muret, il se laissa tomber à genoux, se pencha par-dessus et vit le jeunehomme qui le regardait. Il gisait de tout son long sur le sommet du portail dont les piques lui avaient transpercé la poitrine, le ventre, l'aine – embroché comme une sardine prête à griller. Ses yeux morts fixaient le firmament et, au-delà, l'éternité.

Soudain, en contrebas, les phares d'un véhicule balayèrent la nuit au moment où il abordait le virage de la voie de service. Lorsqu'il passa devant lui, Mackenzie aperçut, à la lueur des réverbères, le visage pâle et effrayé d'Ana pressé contre la vitre du côté passager.

*

En entendant la porte extérieure s'ouvrir, le médecin de garde d'Helicopteros Sanitarios leva la tête de son ordinateur. Ses yeux à moitié fermés s'écarquillèrent aussitôt à la vue de la silhouette débraillée de cet homme de haute taille à la peau claire et à la chemise blanche tachée de sang qui surgissait de la nuit en titubant. Il bondit sur ses pieds.

— Que vous est-il arrivé, señor ?

— On m'a tiré dessus, souffla Mackenzie, les dents serrées.

Le médecin l'aida à gagner une salle de soin, à l'arrière, où il le fit asseoir sur la table d'examen. Il avait l'obligation de prévenir la police en cas de blessure par balle, mais ça pouvait attendre jusqu'à ce qu'il ait évalué l'étendue des dommages.

Mackenzie grimaça lorsque le médecin décolla la chemise de sa poitrine. Les débris de son iPhone tombèrent par terre. Le mobile avait laissé sur la peau l'empreinte de sa forme, violette, presque parfaite.

— Bon Dieu, murmura le médecin. Vous ne pouvez pas vous imaginer la chance que vous avez d'être encore en vie.

— Je ne me sens pas particulièrement chanceux, à vrai dire, répliqua Mackenzie d'une voix rauque.

Le médecin sortit une paire de pinces d'un kit d'instruments stérilisés et entreprit de retirer les minuscules bouts d'écran, de circuit imprimé et de boîtier incrustés dans la zone la plus profonde de la contusion, là où la balle avait frappé le téléphone.

— Rien vu de pareil depuis Hérat, dit-il en levant les yeux. En Afghanistan. Mission Resolute Support. Là-bas j'ai eu l'occasion de soigner des blessures de ce genre. On les appelle des « effets arrière ». Effets lésionnels en arrière de la protection impactée. (Il gloussa.) Mais jamais je n'avais vu une balle stoppée par un iPhone.

Pour sa part, Mackenzie ne trouvait pas ça particulièrement amusant.

— J'ai des côtes cassées ?

— Je ne crois pas.

Le médecin appuya doucement sur les pourtours de la lésion, Mackenzie poussa un cri.

— Chez un jeune type comme vous, les parties cartilagineuses des côtes sont encore souples. Avec quinze ou vingt ans de plus, elles se seraient ossifiées et certainement brisées. (Il sourit.) La bonne nouvelle c'est que vous survivrez. La mauvaise c'est que, dès que votre blessure sera pansée, je vais devoir vous signaler à la police.

— C'est *moi*, la foutue police, soupira Mackenzie.

Quarante-cinq minutes plus tard, il reprenait la route, pansé, bandé, et avec l'impression d'être un mort vivant. Le médecin avait hésité à le laisser partir, mais n'avait pas pu l'en empêcher. Mackenzie l'avait laissé téléphoner aux autorités pour rapporter l'accident.

Pendant qu'il se faisait soigner dans les locaux d'Helicopteros Sanitarios, il avait essayé plusieurs fois d'appeler le numéro du *jefe*. Sans succès. Il se demanda s'il devait se rendre directement au commissariat. Mais ça l'obligerait à fournir des explications longues et complexes à l'équipe de nuit, tous des subalternes. Dieu sait combien de temps il leur faudrait pour obtenir l'intervention d'un supérieur. Il fallait qu'il parle au chef. Donc, il décida de se rendre chez lui.

La lune, assez haute dans le ciel maintenant, baignait la colline de sa lumière exsangue. La poussière soulevée par la Seat lancée sur la piste forestière desséchée flottait comme une brume dans cet éclairage fantomatique. Au sommet de la colline, il descendit la pente raide menant à la finca du *jefe* et trouva la maison plongée dans le noir. Aucun signe de l'Audi.

Désespéré, il frappa le volant avec la paume des mains, laissa sa tête retomber dessus et ferma les yeux. Où était le *jefe*, bon Dieu ?

Puis il se redressa et se força à respirer à fond, régulièrement. Il devait s'éclaircir les idées, réfléchir. Deux choix seulement semblaient se présenter à lui. Foncer au commissariat pour donner l'alerte. Ou sortir Cristina du lit. Ils partageaient au moins un objectif commun.

Cependant, il ignorait où se rendait Cleland avec Ana. Qu'est-ce que Cristina et lui pourraient faire ? Ils ne sauraient même pas dans quelle direction se tourner. Il était conscient qu'il devrait rendre compte du tir dont il avait été victime, et aussi de la mort de Paco, mais tout cela ne ferait que déclencher une pluie de critiques et détourner l'attention.

Il décida à contrecœur que Cristina était la meilleure option. Elle avait un intérêt direct à ne pas s'embarrasser des formalités de la bureaucratie. Puis il jeta un coup d'œil à sa chemise ensanglantée et se rendit compte qu'il ferait mieux de s'arrêter en chemin au Totana pour se changer en vitesse.

Il remonta à fond vers le sommet de la colline. Juste au-dessus de lui, la lune, qui semblait assise sur la crête, lui envoyait ses rayons droit dans les yeux. D'un coup sec, il abaissa le pare-soleil en claquant la langue d'agacement.

45

Cristina ouvrit brusquement les yeux. Quelque chose venait de la réveiller, mais dans la transition brumeuse entre sommeil et conscience, elle ne pouvait pas identifier ce que c'était.

Elle s'assit et se rendit compte qu'il y avait de la lumière dans sa chambre. La veille au soir, se coucher avait été l'une des choses les plus difficiles qu'elle s'était jamais obligée à faire. Pénétrer dans l'espace intime qu'elle partageait avec Antonio depuis dix ans. S'allonger entre ces draps où s'attardait son odeur, ce qui rendait encore plus difficile d'accepter sa mort. La forme de sa tête marquait encore l'oreiller sur lequel il l'avait posée une dernière fois.

Elle avait hésité à laisser une lampe allumée. Le noir lui faisait peur. Superstitions de l'enfance. Histoires de fantômes. Puis, se jugeant ridicule, elle avait fini par éteindre. Elle avait eu l'impression de ne pas dormir de la nuit, se demandant si elle y parviendrait de nouveau un jour, attendant l'arrivée de l'aube.

Malgré tout, elle avait fini par sombrer puisqu'elle venait de se réveiller, en clignant des yeux à cause de la clarté. Ce fut seulement après la disparition de la lumière qu'elle comprit d'où elle provenait. L'écran de son téléphone. Voilà ce qui l'avait réveillée. L'alerte d'un message entrant.

Elle tendit le bras en travers du lit pour soulever le mobile du chargeur. C'était un texto. Il était 5 h 43. Elle se redressa, écarta ses cheveux de son visage et ouvrit la messagerie. Tout à coup, elle se sentit pleinement éveillée, le cœur battant à tout rompre dans le silence de la chambre.

SKYWALK GIBRALTAR À L'AUBE. N'EN PARLEZ À PERSONNE. NOUS LE SAURONS. MACKENZIE MORT.

Dans le noir, la lumière de l'écran lui brûlait les rétines en même temps que les mots. Elle n'en croyait pas ses yeux. Mackenzie mort ? Comment ? Quand ? Avant de mesurer toute la portée de ce message énigmatique. Cleland détenait Ana. Et maintenant, il la voulait, elle.

Il la prévenait de ne pas attendre d'aide de Mackenzie, mais de toute façon personne ne pouvait la sauver de ce dilemme. Comment pourrait-elle ne pas y aller ? Comment pourrait-elle ignorer ce message et abandonner Ana à son triste sort ? Comment pourrait-elle se regarder en face après cela ?

D'un autre côté, si elle se rendait au Skywalk, l'issue était certaine. Cleland la tuerait – et rien ne garantissait qu'il épargnerait Ana. Si elle mourait, Lucas aurait perdu ses deux parents. Comment pouvait-elle le priver de sa mère après la mort de son père ? Qui s'occuperait de lui ? Nuri et Paco ?

Jamais elle ne s'était sentie aussi seule. *N'en parlez à personne – nous le saurons*. Ça ne pouvait signifier qu'une chose : ils avaient un complice au sein de la police. Impossible donc se tourner vers un de ses collègues ou vers le *jefe*. Il n'y avait plus personne pour la conseiller, l'aider. Elle se retrouvait confrontée à un horrible dilemme : mourir et faire de son enfant un orphelin, ou laisser Cleland tuer sa tante et vivre le restant de ses jours avec sa culpabilité.

Elle enfouit son visage dans ses mains et sentit ses yeux se remplir de larmes de désespoir. Ses pensées se bousculaient dans un tourbillon confus. Comment était-il possible que Mackenzie soit mort ? Peut-être qu'ils mentaient. Parce que l'Écossais était le seul au monde, semblait-il, en qui elle pouvait avoir confiance.

Essuyant rapidement ses larmes, elle chercha Mackenzie dans le répertoire de son mobile et appela son numéro. Elle entendit quatre sonneries avant d'être dirigée vers sa messagerie. D'une voix rauque, elle murmura :

— Señor, ils veulent m'échanger contre Ana. Au Skywalk de Gibraltar, à l'aube. Si vous entendez mon message, sachez que je n'ai pas d'autre choix que de faire ce qu'ils veulent.

Quand elle raccrocha, elle prit conscience qu'en cristallisant ses pensées en mots, elle avait pris sa décision. Le cœur brisé, elle se glissa hors du lit qu'elle avait partagé pendant toutes ces années avec le père de son fils et alla réveiller le garçon.

46

Il était un peu plus de 6 heures quand Mackenzie s'arrêta en haut de la calle Utopía, devant l'immeuble de Cristina. À l'hôtel, il avait changé de jeans, ressorti une chemise du linge sale, et pris quelques minutes pour se nettoyer la figure et les mains. Rien ne collait plus obstinément à la peau que le sang séché ; il s'insinuait dans la moindre ride, s'infiltrait dans chaque pore. Il avait la main droite déjà bleue et enflée à cause des deux coups assénés à Paco en pleine face. Les antalgiques donnés par le médecin d'Helicopteros semblaient efficaces, il sentait moins sa poitrine. Mais tous les muscles de son corps étaient ankylosés.

Il s'extirpa de la voiture avec raideur. Le jour n'était pas encore levé.

À la porte, il pressa le bouton de la sonnette et attendit. Pas de réponse. Il appuya encore en le maintenant enfoncé pendant une dizaine de secondes. Toujours rien. Un mauvais pressentiment l'envahit.

Reculant de quelques pas, il leva la tête. Les fenêtres de l'appartement de Cristina étaient noires. Mais une lumière brillait dans celui d'à côté. Il revint à la porte et appuya sur la sonnette voisine. La voix d'une femme furieuse aboya immédiatement dans l'interphone :

— Vous savez l'heure qu'il est ?

— Toutes mes excuses, señora, il s'agit d'une urgence. J'essaye de contacter l'officier Sánchez.

— Elle n'est pas là.

— Comment le savez-vous ?

— Je l'ai vue partir avec son fils, il y a une dizaine de minutes. Voilà comment je le sais.

— Mais j'imagine que vous ne savez pas où elle allait ?

— Et comment je le saurais ?

Mackenzie voulut attraper son téléphone pour l'appeler, avant de se souvenir que la poche de sa chemise était vide. Et l'appareil en miettes dans la voiture. Il pressa de nouveau la sonnette.

— Quoi encore !

— Pourriez-vous l'appeler pour moi sur son portable ?

— Pour l'amour du ciel, señor !

— Je vous en prie, señora. Vous avez son numéro ?

— Oui, je l'ai.

Un autre soupir, une longue pause qui parut s'éterniser, puis :

— Ça ne répond pas. Je tombe sur sa messagerie.

— Merde !

La puissance de traitement des informations de son cerveau passa en vitesse surmultipliée. Cristina avait le garçon avec elle. Si elle comptait se rendre à un rendez-vous hasardeux avec Cleland, comme il le craignait, elle n'emmènerait pas Lucas avec elle. Il sonna une fois de plus chez la voisine.

— Si vous ne partez pas, j'appelle la police !

Mackenzie leva les yeux au ciel.

— Je m'en vais. Promis. Je veux juste l'adresse de Nuri. La sœur de Cristina.

— Je sais que c'est sa sœur, grogna la femme.

L'appartement de Nuri et Paco se trouvait à l'est de la ville, en contrebas de la rue principale. Au quatrième étage d'un immeuble, au-dessus d'un bar à tapas dont les chaises et les tables étaient empilées sur une terrasse en bois. Mackenzie y arriva en moins de cinq minutes. Il se gara juste à côté de la terrasse et sortit dans l'air frais du petit matin. Les températures étouffantes de la nuit battaient finalement en retraite. Mais avec le lever du soleil, la chaleur reviendrait en force, il fallait s'attendre à une nouvelle journée accablante.

De l'autre côté de la rue, derrière un mur blanc, un patchwork de champs et de vignes descendait dans les ténèbres avant de remonter vers les contreforts de la lointaine Sierra Bermeja. De temps à autre, les phares d'un camion perçaient l'obscurité le long de l'autoroute qui traversait la plaine et dont les viaducs enjambaient une succession de lits de rivière asséchés et de vallées volcaniques.

Une pancarte était clouée sur le mur au-dessus de la porte de l'escalier. *Se Vende*, avec un numéro de téléphone. Mackenzie pressa le bouton du dernier étage. Une voix de femme effrayée répondit presque aussitôt :

— Qui est-ce ?

— Je m'appelle Mackenzie. Je travaille avec Cristina.

Un long bourdonnement métallique signala que la porte s'ouvrait. Mackenzie la poussa et, au prix d'un gros effort, monta les marches deux par deux jusqu'au quatrième. Il arriva essoufflé, en nage devant une Nuri affreusement pâle. Il vit qu'elle avait perdu beaucoup de cheveux. Elle serrait une robe de chambre rose autour de son corps décharné qui semblait fragile au point de se briser si on le touchait.

— Cristina est là ?

— Non.

Son cœur se serra.

— Savez-vous… ?

— Vous venez de la manquer, à dix minutes près. Elle est venue déposer Lucas chez moi. Mais elle n'a pas dit où elle allait.

Son visage se chiffonna quand elle ajouta :

— Oh, señor. Mon mari n'est pas rentré de la nuit. Je ne sais pas où il est. Cristina non plus. Je ne pense pas que…

L'image de Paco empalé sur les grilles du jardin du Condesa Golf Hotel obsédait Mackenzie. Mais comment lui annoncer une chose pareille ? Pourtant, il détestait mentir.

— Je suis désolé.

Ce fut tout ce qu'il trouva à dire. Et il l'était. Pas pour Paco. Mais pour Nuri.

— Cristina était en uniforme ? demanda-t-il.

Nuri secoua la tête.

— Donc elle n'était pas armée ?

— Je ne crois pas. Elle avait l'air très inquiète.

Il poussa un profond soupir de découragement. Si elle partait affronter Cleland sans arme, elle n'avait aucune chance. Mais il savait également qu'elle aurait dû passer au commissariat pour la prendre. Il redescendait les marches quand Nuri lui lança :

— Vous me préviendrez, señor ? Si vous avez des nouvelles de Paco ?

Il hésita. Cette fragile créature, veuve sans le savoir et engagée dans une bataille perdue d'avance contre une tumeur maligne qui la rongeait, lui donnait envie de pleurer.

— Oui, répondit-il tout en sachant qu'il n'en ferait rien.

L'agent de garde leva la tête et prit un air embarrassé en voyant Mackenzie franchir la porte de la rue. Il se leva :

— Señor Mackenzie…

Ce dernier regarda sa montre. 6 h 15.

— À quelle heure arrive le *jefe* ?

— Il ne vient pas aujourd'hui, señor. Il a une conférence à Malaga.

Se préparant à avouer quelque chose, il suça sa lèvre inférieure et ajouta :

— Je suis désolé. Quand vous avez appelé tout à l'heure, j'ai oublié de vous dire que le *jefe* ne serait pas chez lui. Il a laissé un mot disant qu'il passait la nuit à Malaga, pour ne pas être obligé de se lever aux aurores.

Mackenzie ferma les yeux. Tout ce temps perdu !

— Pauvre con ! lâcha-t-il en anglais.

L'agent fronça les sourcils.

— Pardon… ?

— Vous savez où est Cristina ?

Il secoua la tête.

— Non, señor. Je ne l'ai pas vue depuis l'enterrement.

— Elle n'est pas venue ici ?

— Non. (Il hésita.) L'information que vous avez demandée à mon collègue de chercher pour vous hier. De la compagnie du téléphone.

— Eh bien ?

— Elle est arrivée tard hier soir, de Movistar.

— Movistar ?

— La compagnie de téléphone.

— Et alors ?

— Je l'ai posée sur le bureau du *jefe*, señor, avec d'autres papiers. Il est parti tard, hier soir, mais je ne sais pas s'il l'a vue.

— Je vais regarder.

Au moment où Mackenzie ouvrait la porte donnant sur le couloir, l'agent sortit en vitesse de derrière son comptoir :

— Vous ne pouvez pas débouler comme ça dans le bureau du *jefe*, señor.

— Mais si, regardez.

Il ouvrit la porte du *jefe* et entra. Très nerveux, l'agent le suivit. Dans le bureau d'en face, les têtes de deux policiers assurant le service de nuit se dressèrent pour observer avec curiosité ce qui se passait.

Mackenzie trouva le fax de Movistar posé sur le dessus de la pile. Il avait demandé le numéro source des deux appels reçus chez Cristina l'après-midi du meurtre d'Antonio. Le premier correspondait à celui qui avait sans doute fixé le rendez-vous au centre Eroski. Le second au faux message de Cristina. Les deux provenaient d'un numéro de portable enregistré au nom de Nurita Sánchez Pradell. Incrédule, Mackenzie ferma les yeux et secoua la tête. Comment Paco avait-il pu faire preuve d'une telle maladresse dans sa tentative de duperie ? Il avait utilisé le numéro de sa femme pour passer l'appel qui avait envoyé Antonio à la mort, et de nouveau pour enregistrer la bande bricolée à partir de plusieurs messages de Cristina à sa sœur.

L'agent le regarda et parut pour la première fois s'intéresser à la situation.

— Qu'y a-t-il, señor ?

Rouvrant les yeux, Mackenzie aboya presque :

— Cristina court un grand danger. Je pense qu'elle est allée se livrer à Jack Cleland à la place de sa tante. Mais j'ignore où.

Automatiquement, il voulut attraper son téléphone, avant de souvenir qu'il ne l'avait plus.

— J'ai besoin d'un téléphone en état de marche. Vous en avez un ?

— Euh… oui, acquiesça l'autre à contrecœur.

— Quel genre ?

— Un iPhone X.

— Même que le mien. Je vais vous l'emprunter.

— Mais ce n'est pas un téléphone de la police, señor, c'est le mien.

— J'en prendrai le plus grand soin, le rassura Mackenzie. Attendez une minute, si ma carte SIM est toujours entière, je l'échange avec la vôtre, comme ça, j'aurai tous mes contacts. Ne bougez pas.

Il partit en boitillant vers sa voiture et revint deux minutes plus tard avec les débris de son iPhone. Le policier avait repris sa place derrière le comptoir. Mackenzie posa son téléphone devant lui.

— Trombone !

Mais l'agent ne pouvait détacher les yeux de l'iPhone en mille morceaux.

— C'est comme ça que vous prenez grand soin de votre téléphone, señor ?

— En fait, c'est lui qui a pris soin de moi, répliqua-t-il en tendant le bras pour attraper un trombone sur une étagère.

Il le déplia et enfonça la pointe dans l'orifice du tiroir de carte SIM, qui s'ouvrit. Miraculeusement, la carte paraissait intacte. Il claqua des doigts et lança :

— Allez, donnez-moi votre téléphone.

Avec infiniment de réticence, et un grand soupir, l'agent le lui remit. Mackenzie procéda à l'échange et redémarra l'iPhone. Presque immédiatement, un signal annonça l'arrivée d'un message vocal. Mackenzie l'écouta sur haut-parleur. La voix de Cristina, claire, reconnaissable, était apeurée :

— *Señor, ils veulent m'échanger contre Ana. Au Skywalk de Gibraltar, à l'aube. Si vous entendez mon message, sachez que je n'ai pas d'autre choix que de faire ce qu'ils veulent.*

— Bon Dieu !

Instinctivement, Mackenzie se tourna vers la rue. Il faisait encore noir, mais le jour n'était pas loin. L'agent écarquillait des yeux remplis d'inquiétude et d'étonnement.

— C'est quoi, ce putain de Skywalk ? demanda Mackenzie.

— Une passerelle en verre tout en haut du rocher de Gibraltar, señor. Construite autour d'un ancien poste de guet fortifié. Une attraction touristique. J'y ai emmené mes enfants pas plus tard que la semaine dernière, mais c'était fermé pour travaux. (Il secoua la tête.) Ils pourraient prévenir. Ça m'aurait évité le déplacement.

S'interrompant, il réfléchit un instant avant d'ajouter :

— Mais Cristina n'a pas pu aller à Gibraltar, señor. Le rocher n'est pas sous la juridiction de la police espagnole.

Affligé, Mackenzie haussa les sourcils.

— Elle n'y va pas en tant que policière. Combien de temps faut-il pour arriver là-bas ?

— À cette heure-ci ? Pas plus de trente-cinq minutes, je pense.

47

Lorsque Mackenzie engagea sa voiture sur le rond-point, de grandes lettres argent reflétèrent la lumière de ses phares. La Paloma. Il reconnut aussitôt ce nom. C'était ici que tout avait commencé, la nuit où Cristina et son collègue étaient partis enquêter sur une intrusion signalée dans une villa qui s'était révélée appartenir à Cleland.

Il accéléra le long des falaises, au-dessus de la phosphorescence de la Méditerranée, et chercha dans l'iPhone emprunté le numéro de la NCA à Londres. Il n'était pas encore 6 heures en Angleterre. Après avoir mis le haut-parleur, il laissa tomber l'appareil sur le siège passager. La voix de l'agent de permanence emplit la voiture :

— National Crime Agency, à votre service.

— Inspecteur John Mackenzie. C'est une urgence.

— Oui, monsieur.

— Je suis en intervention en Espagne et il me faut sans délai le nom et le numéro d'un contact au sein de la police royale de Gibraltar. Une importante livraison de drogue est en cours sur le rocher et la vie de deux femmes est en jeu.

— Je regrette, monsieur, mais je dois d'abord vérifier votre identité et en référer à mes supérieurs.

Exaspéré, Mackenzie poussa un long soupir, fouilla dans sa poche et en sortit son portefeuille avec son badge. Puis il alluma le plafonnier et loucha vers le numéro de sa carte tout en gardant un œil sur la route.

— Contactez le directeur Beard pour l'autorisation et rappelez-moi.

Il n'avait pas plus tôt raccroché que le téléphone sonna. Trop tôt pour la NCA. Il appuya sur l'icône répondre et annonça :

— Mackenzie.

— Señor, ici l'inspecteur Gil du GRECO de Marbella. Je suis désolé de vous tirer du lit à cette heure, mais c'est très important.

Jugeant inutile de perdre du temps à lui expliquer pourquoi il n'était pas au lit, Mackenzie répliqua :

— Je vous écoute.

— À la suite de notre discussion de l'autre jour, mon patron a accepté de reprendre la surveillance de Delgado et Rafa, ainsi que celle des principaux éléments de notre liste. Une de nos équipes est arrivée ce matin de bonne heure à Puerto Banús. Le yacht de Delgado n'était plus là. La capitainerie a confirmé qu'il avait quitté le port juste après 5 heures. L'équipe a alors procédé à une vérification de routine des images enregistrées. (Une pause.) Señor, un camion est entré dans la marina un peu après 3 heures et s'est garé au bout du *pantalán* où le yacht était amarré. Quatre hommes en ont déchargé une trentaine de ballots qui ont été ensuite embarqués à bord du yacht. Un des hommes a été identifié. C'est Vasquéz. Quand le yacht est parti, il a été confirmé que Delgado se trouvait à bord. (Mackenzie l'entendit soupirer.) Malheureusement, nous ne savons pas où il se dirige.

— Moi, je sais. Il va à Gibraltar. Je me trouve à mi-chemin.

Sans attendre que Gil se remette de sa surprise, il enchaîna :

— Je sais que les Espagnols et les Gibraltariens ne sont pas spécialement en bons termes, inspecteur, mais si vous ne vous mettez pas immédiatement en route, Cleland et le reste de la bande vont disparaître dans la nature.

— Vous êtes sûr de ça ?

— Oui. Cleland a pris en otage la tante de l'officier Sánchez Pradell. Celle-ci a rendez-vous avec lui à Gibraltar pour tenter de la libérer. Mais vous et moi savons qu'il la tuera.

— Nous avons des contacts au service des douanes de Gibraltar. Je les alerte immédiatement.

48

La baie de Gibraltar paraissait encerclée de lumières. Comme si un collier de perles épousait la courbe du rivage. Les eaux noires étaient parsemées de tankers et de cargos lançant des flèches scintillantes vers les profondeurs. Depuis les docks et les terminaux à conteneurs, de longs quais éclairés tendaient leurs bras protecteurs aux navires géants, leur offrant un abri sûr dans des eaux plus calmes. De l'autre côté de la baie, il y avait le port espagnol d'Algésiras niché au pied des montagnes et au-delà, la gare maritime de Tarifa qui assurait le transport des véhicules et des voyageurs entre l'Espagne et le Maroc. Juste en dessous, la ville de Gibraltar diffusait sa pollution lumineuse dans un ciel encore noir.

Assise à l'arrière du taxi, Cristina essayait d'ignorer les radotages du chauffeur, un homme plus habitué, d'après lui, à promener des touristes sur le Rocher.

Surplombée de grands arbres sombres, la route à sens unique menant au sommet montait en lacets serrés et très raides.

— Vous voyez ces gros anneaux métalliques scellés dans la chaussée ? disait le chauffeur. Ils faisaient partie d'un système de poulie utilisé par les Anglais pour hisser les canons en haut du rocher. Rien qu'à la force des bras.

Comme elle ne réagissait pas, il demanda :

— Espagnole ?

— Oui.

— C'est bien ce que je pensais, soupira-t-il. Les jeunes, ça ne parle plus aujourd'hui. Ma famille vient de Malte. Ici, beaucoup de gens viennent d'Italie, aussi. Vingt pour cent seulement des Gibraltariens sont d'origine anglaise, vous savez.

Pour la première fois, Cristina le regarda. Il tournait la tête à moitié vers elle. Il avait des traits méditerranéens.

— Mais vous vous considérez comme anglais ?

— Oh oui. Né sous le drapeau du Royaume-Uni, précisa-t-il fièrement.

Il ralentit pour aborder un virage en épingle à cheveux et, l'espace d'un instant, Cristina put apercevoir l'autre côté du détroit. Les premières lueurs de l'aube, bourgeonnant vers l'est, jetaient un léger voile lumineux sur les eaux ténébreuses. La ligne plus foncée des montagnes d'Afrique du Nord était clairement visible, l'ombre d'un sommet découpait sa silhouette contre le ciel pâle.

— Ceuta, dit le chauffeur. L'une des colonnes d'Hercule. L'autre, c'est Gibraltar. On raconte qu'Hercule a fendu la montagne d'un seul coup d'épée et utilisé sa force surhumaine pour séparer les deux continents et former le détroit. (Il gloussa.) À vous de décider si cette histoire est vraie ou non.

Une histoire qui plaisait sans doute aux touristes mais laissa Cristina indifférente – elle avait l'esprit ailleurs.

Le chauffeur lui jeta un coup d'œil dans le rétroviseur.

— Vous savez, ce n'est pas la peine d'aller au Skywalk. Comme je vous l'ai dit, il est fermé pour travaux. Tout ce que vous allez trouver, ce sont les singes. À cette heure-ci, il n'y a rien d'ouvert encore. La grotte Saint-Michel, les tunnels, le téléphérique…

— Aucune importance. Déposez-moi au Skywalk.

Son appréhension était maintenant si vive que le tremblement qui l'avait accompagnée par-delà la frontière s'était mué en un engourdissement glacé. Agrippée au siège du taxi, elle sentait son corps se rigidifier de la tête aux pieds.

La ville espagnole de La Línea était déserte, en dehors du trafic routier sur l'artère conduisant à la frontière. Mackenzie prit à vive allure une série de ronds-points ; une lumière jaune fantomatique tombait des réverbères sur la route à quatre voies où les véhicules roulaient tous dans le même sens. Sur sa droite, les eaux de la baie reflétaient les feux de signalisation d'une multitude de bateaux à l'ancre. Devant lui s'étendaient de vastes parkings couverts et, au-delà, une file de véhicules qui attendaient de passer le contrôle de la frontière avec Gibraltar. La queue s'était formée tôt, comme toujours ; un peu plus de 23 000 personnes venaient d'Espagne chaque matin pour travailler sur le rocher.

Quand il se retrouva bloqué au bout de la file d'attente, Mackenzie jura et regarda sa montre. S'il y avait autant de monde à cette heure-ci un samedi, ce devait être l'enfer en semaine. Presque 7 heures. Les premières lueurs de l'aube naissaient dans le ciel derrière la silhouette noire du rocher. Il baissa la tête de façon à pouvoir le regarder en entier et fut impressionné par sa taille, gigantesque par rapport aux bâtiments de la douane et à l'aéroport installé à son pied.

Son téléphone sonna.

— Mackenzie, se dépêcha-t-il de répondre.

— Monsieur, heureux de me mettre en relation avec vous. Lieutenant de police David Greene à l'appareil. J'appartiens à l'unité de lutte contre le crime organisé de la police royale de Gibraltar. La NCA de Londres vient de me contacter, et mes collègues de la direction générale des douanes ont reçu une alerte du GRECO de Marbella. Où êtes-vous, monsieur ?

— Coincé dans un putain d'embouteillage à La Línea, en attendant de pouvoir passer la frontière.

— Laissez votre voiture et venez à pied. Ce sera plus rapide. Je vous attends de l'autre côté.

Mackenzie braqua le volant à droite pour quitter la file et entrer dans l'un des parkings qui s'étendaient derrière des clôtures grillagées. Il arracha un ticket à la borne commandant la barrière, gara sa voiture dans le premier espace libre et partit à pied en essayant d'ignorer la douleur qui le lançait à chaque pas.

Les gens semblaient affluer de partout. Peut-être descendus de voiture eux aussi, ou venus à pied de La Línea. Gibraltar était un employeur local majeur. Tous se dirigeaient vers le contrôle des passeports. Mackenzie força sans ménagement le passage au milieu de la foule.

À l'autre bout de l'entrée des douanes, un énorme panneau lumineux animé faisait la promotion du *Watergardens Dental Care*. Alignés sur deux files et plusieurs centaines de mètres, moteur tournant au ralenti crachant des gaz d'échappement dans l'air frais du matin, les véhicules attendaient de franchir les contrôles fastidieux instaurés par les Espagnols pour agacer les Anglais.

Mackenzie longea en courant la clôture rouillée, sous les arches jumelles marquant le point de passage des véhicules, et atteignit la porte du hall d'immigration. Une queue s'était déjà formée devant la rangée d'appareils de contrôle automatique des passeports. Ignorant les protestations et les insultes, Mackenzie passa devant tout le monde et se jeta sur la première borne libre. Depuis une fenêtre, tout au bout, des agents de l'immigration au visage fermé l'observèrent d'un œil suspicieux quand il posa son passeport sur le lecteur numérique et attendit que le flash de la caméra enregistre son image. Après une attente qui lui parut interminable, la lampe passa enfin au vert et le portillon s'ouvrit.

Tout en avançant avec le flot des piétons qui s'engouffrait par l'étroite ouverture communiquant avec le hall suivant, il agita son passeport sous le nez d'un agent britannique mort d'ennui qui, assis derrière un bureau surélevé, faisait semblant de contrôler les identités, puis il traversa en courant un hall lambrissé où des douaniers indifférents parlaient entre eux.

Dès qu'il sortit sur l'avenue Winston-Churchill, il repéra un homme trapu d'âge moyen, en costume sombre et chemise blanche au col ouvert, debout à côté d'une cabine téléphonique anglaise rouge, à l'ancienne, qui paraissait étrangement incongrue ici, au sud de l'Espagne, à quinze kilomètres du continent africain. L'homme jeta un coup d'œil au fax qu'il tenait dans sa main gauche, puis à Mackenzie, avant de venir à lui, la main droite tendue en avant.

— Monsieur Mackenzie, enchanté. Lieutenant Greene. Ma voiture est par là.

La Honda Civic gris argent de Greene était garée derrière une file de taxis dont les chauffeurs bavardaient et fumaient en attendant les premiers clients du matin. En travers de la chaussée, une énorme bande de bitume illuminée rejoignait le nouveau terminal de l'aéroport de Gibraltar.

Greene colla un gyrophare sur le toit de la Honda et actionna sa sirène en s'immisçant entre les voitures qui se dirigeaient vers la ville. Mais ni le gyrophare ni la sirène ne lui donnaient la priorité sur les barrières qui s'abaissèrent à ce moment-là pour bloquer la circulation, dans les deux sens, au croisement de la piste et de la route. Greene tambourina avec impatience sur son volant en attendant le décollage du premier vol EasyJet de la journée.

— Le cinquième aéroport le plus dangereux du monde, dit-il. Et pas seulement parce que la route traverse la piste. On a des vents de travers terribles ici. Ce matin, ce n'est pas trop mal.

Il se pencha en avant pour observer le rocher à travers le pare-brise.

— Mais, là-haut, il y aura du vent. Vous pouvez en être sûr. (Il jeta un coup d'œil à Mackenzie.) Des policiers armés sont en train de monter en voiture. Nous, nous allons prendre le téléphérique. Beaucoup plus rapide. J'ai été obligé de tirer l'opérateur de son lit. Normalement, il n'ouvre que dans deux heures, et en plus, avec le vent, le service devrait être annulé. Mais nécessité fait loi, hein ?

Les feux passèrent au vert, les barrières se levèrent, et Greene augmenta le son de sa sirène pour forcer le passage. Mackenzie eut l'impression qu'il en tirait beaucoup de plaisir.

Ils franchirent plusieurs ronds-points à vive allure, entre des hauts bâtiments, et dépassèrent des sections démolies de l'ancienne muraille. Par une brèche sur la droite, Mackenzie aperçut des conteneurs alignés le long d'un quai, des yachts dans une marina, et les lumières d'Algésiras scintillant huit kilomètres plus loin, de l'autre côté de la baie. Au-delà, les lueurs de l'aube coloraient en rose les sommets des montagnes.

La vieille ville de Gibraltar se trouvait quelque part sur leur gauche. En passant devant le cimetière Trafalgar, Greene demanda :

— Vous êtes armé ?

— Non. Et vous ?

— Oui. J'ai une formation m'autorisant à porter une arme de poing. J'en ai emprunté une avant de quitter la base.

Arrivé en face d'une caserne de pompiers art déco, il se gara le long du trottoir et sauta de la voiture. En levant les yeux, Mackenzie vit d'énormes pylônes, dangereusement inclinés sur la pente, supportant les câbles qui hissaient la cabine à plus de quatre cents mètres d'altitude. Il suivit Greene à l'intérieur de la station de base.

Cristina regarda disparaître les feux arrière du taxi qui redescendait de l'autre côté de la colline pour regagner la ville. Inutile qu'il l'attende. Elle ne reviendrait pas, elle le savait. Le vent soulevait ses cheveux et fouettait ses habits. Il était frais, presque froid dans les premières lueurs de l'aube.

Elle voyait, au-dessus d'elle, la plateforme en verre du Skywalk, construite sur deux niveaux autour d'une ancienne tour de guet où les Anglais avaient autrefois installé un canon Bofors. Un ascenseur, qui ne fonctionnait pas encore à cette heure, montait au niveau supérieur. Un ruban rouge et blanc tendu en travers de l'escalier en interdisait l'accès ; un panneau triangulaire rouge annonçait que le Skywalk était fermé pour travaux.

Au-delà, le rocher tombait à pic vers le rivage en arc de cercle, trois cent quarante mètres plus bas, ourlé de blanc par la Méditerranée. Du côté de la baie, sa pente escarpée couverte d'arbres descendait vers les lumières de la ville et du port qui se reflétaient dans l'eau. À la droite de Cristina, une arête vive s'élançait vers le deuxième sommet. À sa gauche, le rocher s'élevait vers la station du téléphérique et le point le plus haut de ce territoire britannique d'outre-mer.

Les étoiles pâlissaient maintenant dans un ciel variant du rouge sang de l'horizon au bleu le plus foncé du firmament sur le point de disparaître, en passant par un turquoise très pâle.

Elle respira profondément. Cet air pur et frais des dernières minutes de son existence avait quelque chose de revigorant. Mourir dans un endroit aussi beau au moment où le soleil commençait à répandre sa lumière sur la mer, omniprésente depuis sa naissance, ne manquait pas de poésie.

Néanmoins, son cœur pesait comme un poids énorme dans sa poitrine quand elle enjamba le ruban rouge et blanc pour monter l'escalier menant à la plateforme. Elle n'avait qu'une seule pensée en tête, son fils serait bientôt orphelin.

Le balcon inférieur enjambait le vide. Pendant la saison touristique, les visiteurs s'y pressaient pour marcher avec précaution sur le verre et contempler l'espace vertigineux qui s'ouvrait sous leurs pieds.

Il n'y avait personne.

Elle grimpa les marches jusqu'à la passerelle d'observation. Personne. Le vent la frappa de plein fouet ; elle se retint à la balustrade en verre et se demanda si elle avait mal compris les instructions. Le Skywalk était-il bien l'endroit où elle était censée rencontrer Cleland ? L'avait-elle raté ? La côte espagnole filait en direction du nord avant de dévier vers l'est. Elle apercevait les lumières d'Estepona, et, un peu plus loin, l'agglomération de Marbella. Quelque part dans les replis obscurs des collines se trouvait Marviña. Sa maison. La terre de son père et de sa mère. De sa tante. Une autre peur s'empara d'elle. Ana était-elle déjà morte ?

Puis elle vit un rayon de lumière jaillir du sommet sud, 60 mètres plus haut. Une fois, deux fois, trois fois. Un signal. Elle en était certaine. Ils voulaient qu'elle les rejoigne. Peut-être le Skywalk était-il trop exposé. Elle sortit une lampe torche de la poche de son anorak et, dans son faisceau, repéra en contrebas des marches taillées dans le rocher, qui longeaient la crête jusqu'au sommet. Après être redescendue au pied de l'escalier pour pouvoir les emprunter, elle entreprit de gravir la pente à la rencontre de son destin.

Ana sent le vent s'enrouler autour d'elle, presque violent dans sa caresse. Il s'engouffre entre ses lèvres et fait pleurer ses yeux aveugles. Il tire ses cheveux en arrière. Elle doit ancrer ses pieds fermement sur le sol inégal pour ne pas perdre l'équilibre.

Le voyage en bateau lui a semblé durer une éternité. Elle n'était pas allée sur l'eau depuis son enfance et même si la mer était assez calme, la lourde houle lui a donné la nausée. Assis à côté d'elle, Cleland lui a tenu la main pendant presque toute la traversée, allant lui chercher de l'eau quand elle en demandait, l'aidant à boire.

Lorsqu'ils ont fini par débarquer, elle a eu l'impression d'un grand espace autour d'elle. Une odeur industrielle. Huile de moteur et fumée. Sentir de nouveau la terre ferme sous ses pieds l'a soulagée.

Puis il y a eu un court trajet en voiture. Une montée en virages serrés qui les inclinaient sur leurs sièges, dans un sens puis dans l'autre. La main de Cleland toujours présente.

En descendant de voiture, elle a immédiatement senti la force du vent et aussi l'altitude. Elle a perçu la différence de pression, de température de l'air. Puis, une main sur son bras, Cleland l'a guidée sur des marches sans fin qui tournaient et viraient, jusqu'à ce que ses jambes lui fassent mal et que ses poumons soient près d'exploser. Son appréhension augmentait à chaque pas.

Elle sait qu'ils se trouvent à Gibraltar. C'est du moins ce que Cleland lui a dit ; elle suppose donc qu'ils sont quelque part sur le rocher. Ce grand promontoire monolithique en calcaire, si caractéristique de l'horizon sud de son enfance.

Elle peut se le représenter. C'est grisant. Si elle n'avait pas aussi peur, elle jubilerait de se tenir ainsi sur le toit du monde.

La main de Cleland ne l'a jamais quittée, ses doigts fermement resserrés sur son bras. Elle ne sait pas trop pourquoi, elle perçoit une autre présence, comme s'ils n'étaient pas seuls. Mais avec tous ses sens assaillis par le vent, elle ne peut pas en être certaine. Elle ne peut non plus s'empêcher de penser que s'il la lâchait, elle s'envolerait. S'envoler dans le vide, une évasion vers un endroit plus doux.

— On est sur le rocher ? demande-t-elle en haussant le ton parce qu'elle sait qu'autrement le vent noiera sa voix.

Elle tend la main pour sa réponse. Il la prend. Un petit coup pour oui, deux pour non, un code qui s'est instauré ces dernières vingt-quatre heures. Il tape une fois.

— Décrivez-le-moi.

Elle veut le voir dans sa tête, qu'il le dépeigne en mots sur sa paume. Mais elle sent son hésitation.

— S'il vous plaît.

— *On est près du sommet. 400 mètres de haut. L'aube. Ciel clair. Un mur à notre droite, puis un à-pic au-dessus de la mer. Une ancienne tour de garde. En contrebas à gauche, des arbres cachent la route qui monte de la ville. Au loin…*

Mais il s'interrompt. Elle le sent brusquement tendu. La peur au ventre, elle demande :

— Elle est là ?

— *Elle arrive.*

— Ne lui faites pas de mal, je vous en supplie. Tuez-moi plutôt.

Il ne répond pas. Elle respire à fond pour essayer de calmer son tourment intérieur. Elle tente de compléter le tableau qu'il n'a pas fini de lui dépeindre. Au loin, elle imagine les lumières d'Algésiras. Ses parents l'y ont emmenée une fois dans son enfance quand ils étaient partis visiter les plages battues par les vents de la côte sud. Elle sait que de l'autre côté de l'eau, à une faible distance, s'étend le mystérieux continent noir. Elle a aperçu le massif de l'Atlas. Respiré le parfum de l'Afrique dans la chaleur du vent.

— Je vous ai vu hier soir, dit-elle.

Les doigts de Cleland se resserrant sur son bras signalent sa surprise. Puis il lui touche la paume de la main :

— *Comment ?*

— En rêve.

— *Vous pouvez voir dans vos rêves ?*

— Et entendre. Comme si j'étais normale. Sauf que je peux aussi m'envoler. La nuit dernière, j'ai volé avec vous.

Perdue un instant dans ses pensées, elle se tait, puis reprend :

— Vous ne pouvez pas savoir quel effet ça fait de se réveiller et de se souvenir qu'on est sourde et aveugle, privée de vue et d'ouïe chaque jour de sa vie. Quand je dors, je voudrais ne plus jamais me réveiller.

Puis, avec un petit sourire triste et ironique, elle ajoute :

— Peut-être est-ce un rêve. Ou un cauchemar. Peut-être vais-je me réveiller, vous revoir, sans tristesse.

— *Je ressemblais à quoi ?*

— Difficile à dire. Plutôt gentil. Oui. Gentil.

Mais elle a perdu l'attention de Cleland. Elle sent son corps se raidir à côté d'elle, et elle sait que Cristina est venue mourir pour elle.

49

Même au mieux de sa forme et dans les meilleures conditions, Mackenzie avait le vertige. Or les conditions étaient loin d'être optimales : plus le téléphérique s'élevait dans la lumière de l'aube, plus le vent le secouait sauvagement. Il osait à peine regarder l'horizon qui s'inclinait tantôt d'un côté tantôt de l'autre.

Au loin, les montagnes étaient maintenant exposées en pleine lumière, baignées par le soleil du matin, alors que Greene et lui se trouvaient toujours dans l'ombre du rocher, dans une obscurité presque impénétrable. Un coup d'œil à son compagnon lui suffit à comprendre que celui-ci n'appréciait pas non plus cette ascension périlleuse. Agrippés aux barres fixées sous les vitres, collés aux parois, les deux hommes écoutaient les câbles siffler et claquer en priant pour arriver le plus vite possible au sommet.

Lorsque, finalement, la cabine glissa à l'abri entre ses quais en béton et que la porte s'ouvrit, ils sortirent sur la terrasse, les jambes flageolantes, et une autre peur remplaça la précédente.

— De quel côté ? demanda Mackenzie.

Greene indiqua le sud.

— Le Skywalk se trouve là-bas, dans le creux entre les sommets.

Mackenzie suivit son doigt et vit le soleil bas se refléter sur les parois de verre de la plateforme d'observation. Un peu plus haut, un éclat de lumière jaillit du côté sombre du rocher.

— Qu'est-ce que c'est ?

— Aucune idée. Il faut redescendre sur la route.

Ils sautèrent les marches deux par deux, traversèrent des buissons et atterrirent sur la voie à sens unique qui montait le long de la crête. Dans l'ombre qui les enveloppait de nouveau, Mackenzie vit soudain une silhouette sauter du mur qui les surplombait. Greene pivota tout en tirant son arme d'un holster d'épaule pour la braquer sur leur agresseur.

— Stop ! hurla Mackenzie.

Greene s'aperçut juste à temps qu'il s'agissait d'un singe. Un mâle adulte. Probablement en quête de nourriture. Le cri de Mackenzie le fit décamper et Greene, sur les nerfs, pointa vers le ciel le revolver qu'il tenait à deux mains avant de le rengainer rapidement.

Les deux hommes dévalèrent la route, projetant deux longues ombres vers l'ouest dans la lumière d'un jaune étrangement froid. Ils dépassèrent une Mercedes garée sur le bas-côté où des singes s'étaient rassemblés autour d'une aire semi-couverte creusée dans le rocher, sous une arche de pierre croulante. L'assise en béton était jonchée d'écorces d'oranges.

— Les restes de leur dîner d'hier, expliqua Greene. On ne va pas tarder à venir les nourrir.

Suspendus à des poutres en bois ou se balançant dangereusement aux balustrades, les macaques de Barbarie, d'un caractère en général amical, fixaient sur eux des yeux sombres, craintifs, simiesques. Peut-être sentaient-ils, eux aussi, la peur qui soufflait du sommet dans cette aube froide.

Il fallut plusieurs minutes à Greene et Mackenzie pour atteindre, hors d'haleine, la plateforme et découvrir qu'elle était déserte. Mackenzie s'avança sur le pont de verre et sentit ses entrailles se disloquer quand il regarda sous ses pieds. Aussitôt, il recula vers la sécurité des marches et, se protégeant les yeux contre la clarté du ciel, observa le sommet sud qui les dominait.

— La lumière venait de là-bas. Comment fait-on pour y monter ?

— Des marches partent du pied de la plateforme, répondit Greene, qui était déjà presque arrivé en bas de l'escalier.

Mackenzie courut derrière lui.

La tête penchée sur le côté, Cleland observa avec curiosité la mince silhouette de Cristina approcher de la minuscule terrasse en pierre, essoufflée d'avoir escaladé la pente escarpée. Son anorak paraissait se gonfler au vent et, bien qu'elle ait attaché ses cheveux en queue-de-cheval, des mèches folles dansaient autour de sa tête. Il se demandait presque comment il avait pu nourrir une telle haine envers une personne aussi insignifiante.

Cristina regarda autour d'elle, comme si elle cherchait un moyen de s'échapper. Les ruines d'un ancien corps de garde se dressaient sur sa droite. Sur sa gauche, un mur bas partait d'une petite tour de guet ronde vers les rochers et les plantes épineuses du maquis qui bordaient les dernières marches menant au sommet. Côté ouest, le rocher était encore à l'ombre tandis que le soleil révélait les premières couleurs de la face est et envoyait des diamants scintiller vers l'Afrique, de l'autre côté de la Méditerranée. Le vent était si violent qu'elle dut ancrer ses pieds dans le sol pour éviter d'être déséquilibrée. L'air provocateur que lui donna cette attitude ne fit qu'exaspérer davantage Cleland.

Sentant la présence de sa nièce, Ana l'appela et fit un pas vers elle. Mais Cleland la retint fermement par le bras et, de sa main libre, pressa un pistolet sur sa tempe.

— Ne lui faites pas de mal, s'il vous plaît, le supplia Cristina.

— Ce n'est pas mon intention, répondit-il avec un sourire triste. Ça l'était. Mais plus maintenant. Une femme remarquable, votre tante. Quand tout sera fini, je l'emmènerai. Je ferai tout ce qu'il faut pour qu'elle puisse de nouveau voir et entendre.

Sidérée, Cristina le dévisagea.

— Vous ne pourrez pas.

— Je peux faire tout ce que je veux.

— Sa maladie est génétique. Elle est incurable. Il n'existe aucun traitement.

— C'est incroyable ce qu'on peut acheter avec de l'argent. Or de l'argent, j'en ai beaucoup, Cristina. Et personne pour qui le dépenser depuis que vous avez tué mon Angela.

— Je ne l'ai pas tuée !

Mais il ne l'écoutait pas.

— Et mon enfant.

Cristina fronça les sourcils.

— Vous ne saviez pas qu'elle était enceinte, n'est-ce pas ? Personne ne le savait. Le test ne l'avait confirmé que deux jours plus tôt. Vous les avez tués tous les deux.

— Non ! C'est vous qui les avez tués, protesta Cristina en secouant vigoureusement la tête.

Il haussa les épaules.

— Je ne vais pas me disputer avec vous. Je suppose que vous avez une arme. Je vous conseille de la sortir très lentement et de la poser par terre.

— Je ne suis pas armée.

— Évidemment, s'esclaffa Cleland avec mépris.

Mais son rire s'évanouit en un clin d'œil, remplacé par une expression si horrible que Cristina se sentit presque violée.

— Posez-la par terre ou je la tue, hurla-t-il en enfonçant le canon de son pistolet dans la tempe d'Ana.

Son hurlement résonna autour du petit espace. Désespérée, Cristina secoua la tête.

— Je vous jure. Je n'ai pas d'arme. Regardez…

Avec d'infinies précautions, elle baissa la fermeture éclair de son anorak pour l'ouvrir. Dessous, elle ne portait qu'un tee-shirt. Elle sentit l'air froid glacer sa peau.

Cleland parut mettre plusieurs secondes à assimiler le fait que cette femme était venue sans arme pour l'implorer d'épargner sa tante. En sachant pertinemment qu'il la tuerait. Il l'en aurait presque admirée.

Éloignant alors le pistolet de la tête d'Ana, il le pointa à bout de bras sur Cristina, qui ferma les yeux et dit :

— J'ai un petit garçon.

— Moi aussi j'aurais pu en avoir un.

Elle comprit qu'il était inutile de discuter avec ce malade mental. De toute façon, il la tuerait. Son fils serait orphelin. Et Dieu sait ce qu'il adviendrait d'Ana.

— Pas un geste, Cleland !

La voix dure et menaçante provenait de derrière elle. Cristina regarda par-dessus son épaule et vit Mackenzie avec un autre homme en haut des marches, tous les deux hors d'haleine. L'inconnu braquait un pistolet sur Cleland.

Immédiatement, ce dernier retourna son arme pour l'appuyer de nouveau sur la tempe d'Ana. Sa confiance était ébranlée, mais il affichait un petit sourire en coin.

— Tiens, tiens, monsieur Mackenzie. Je vais donc être obligé de vous tuer deux fois, on dirait. J'étais pourtant certain d'avoir mis la balle au centre de votre sale cœur de flic de Glasgow.

Mackenzie s'efforça de contenir sa colère.

— Vous avez réussi. C'est mon iPhone qui m'a sauvé la vie.

Cleland en parut réconforté. Il avait donc bien atteint sa cible.

— Apple a beaucoup à se reprocher, alors.

— Baissez votre arme, lui cria Greene. Si vous appuyez sur la détente, vous êtes un homme mort.

Un coup de feu couvrit le bruit du vent. Greene regarda avec surprise le trou dans sa poitrine. Il tomba en avant, puis roula sur le côté, et Mackenzie vit une flaque de sang s'étaler autour de lui sur les dalles de pierre ; moins d'une heure auparavant, quand il avait réclamé l'aide de la police de Gibraltar, Greene était probablement encore au lit.

Juste au moment où il relevait la tête, une silhouette familière sortit de l'ombre des ruines.

— *Jefe !*

Il fallut l'exclamation de surprise de Cristina pour chasser la confusion et l'incrédulité de l'esprit de Mackenzie, qui sentit tout espoir l'abandonner. Il était désemparé, paralysé par son propre sentiment d'échec. Son père avait ignoré ses supérieurs et échoué. Lui avait placé sa confiance dans ses supérieurs et échoué de la même façon. Il allait mourir. Ainsi qu'Ana et Cristina. Et il aurait été incapable de l'empêcher.

Fermant les yeux, il repensa au *jefe* et à son accès de mélancolie pendant qu'il sirotait son Glenfiddich l'autre soir, à la finca. Son épouse disparue, son fils disparu. *Mon seul avenir est de me pencher sur mon passé*, avait-il dit. La perte dérobait la raison.

Il les rouvrit pour observer le personnage du chef de la police, quelque peu diminué. Le pistolet dans sa main, le regret sur son visage. Et tout se mit en place.

— Paco était donc votre homme. Un peu plus, et je vous trouvais ensemble au club de golf, l'autre jour.

Le *jefe* haussa les épaules.

— Voilà pourquoi Cleland a réussi à se cacher pendant tout ce temps sans se faire prendre.

— Ça aide d'avoir des amis au tribunal.

— Je ne comprends pas, dit Cristina, éberluée. De quoi parlez-vous ?

Mackenzie, qui ne quittait pas le *jefe* des yeux, demanda :

— Pourquoi, au nom du ciel, avoir tué Antonio ?

Cristina jeta un regard incrédule à Mackenzie, puis à son patron. Ce dernier eut l'air embarrassé.

— Il m'a entendu m'engueuler avec Paco dans les vestiaires. Paco en voulait encore à Cleland de lui avoir tiré dans la jambe. Il se plaignait que ça ne faisait pas partie du marché, que Cleland tue les gardes. (Il lança un regard venimeux à Cleland.) Et il avait raison. (Il soupira.) Antonio était hors de lui. Il voulait prévenir Cristina. Paco était sûr de pouvoir l'en dissuader. Mais je savais qu'on ne pouvait pas courir le risque.

— *Vous* l'avez tué !

Dans ce cri se concentraient la colère, la douleur et l'incrédulité de Cristina. Elle voulut se jeter sur lui, mais Mackenzie la retint par le bras.

Sans oser croiser le regard de Cristina, le *jefe* se défendit :

— Pas directement.

Puis il posa les yeux tour à tour sur les autres, comme s'il sollicitait leur compréhension :

— Je n'ai jamais pensé que ça finirait comme ça. Mais… vous savez… quand les choses vont de travers, on est obligé d'aller là où elles vous emmènent. Tant de choses ne peuvent être défaites.

— Et où ces choses qui ne peuvent être défaites vont-elles vous emmener maintenant ? lança Mackenzie d'une voix chargée de sarcasme.

Le *jefe* inclina un peu la tête.

— Vers un yacht amarré dans le port, señor. Avec assez de cash à bord pour que je n'aie plus jamais à me soucier d'argent. Nouvelle identité. Nouvelle vie. Et pas besoin de surveiller mes arrières.

— Enfin, ça c'était le plan.

Cleland parlait pour la première fois depuis un moment. Il avait tout écouté avec intérêt. Soudain, il écarta son pistolet de la tête d'Ana et tira sur le *jefe* en visant le visage. La force de la balle projeta en arrière la tête du policier, qui tournoya sur lui-même et mourut avant de toucher le sol.

— Derniers détails à régler, dit Cleland avec un pâle sourire. Je déteste ça.

Puis il redressa son arme pour la pointer vers Cristina et Mackenzie.

— À qui le tour ?

Ana a senti les deux coups de feu. Même avec ce vent, un tir d'arme à feu déforme l'air. Une sensation physique. Une bouffée âcre de poudre prise dans une rafale. Il est trop tard pour sauver Cristina ; une part d'elle-même meurt en le comprenant. Elle ne peut expliquer le second tir, mais elle a l'odeur de la mort dans les narines, et presque celle du sang.

Elle sent maintenant se relâcher l'étreinte de Cleland autour de son bras. Elle a une perception extraordinaire de leurs deux corps, ici, dans le ciel, fouettés par le vent, baignés par la lumière du soleil levant. Un grand vide derrière eux.

Ses descriptions tracées sur sa paume ont fait ressurgir dans son esprit des images enregistrées il y a longtemps, quand elle allait à l'école. Des photos du rocher dans ses livres d'histoire, l'indignation espagnole devant le vol commis par les Anglais. La longue crête qui relie les deux sommets, l'à-pic au-dessus de la mer.

Un sentiment de libération des chaînes du handicap se diffuse dans tout son être. Elle est un ange. Comme dans ses rêves, elle peut s'envoler. Mais c'est la pensée de ce pauvre Sergio et sa colère face à la mort de Cristina qui attisent la férocité avec laquelle elle se jette sur Cleland. Elle sent son front frapper l'os de l'épaule. Pris par surprise, celui-ci chancelle ; la furie et le poids du corps d'Ana le poussent vers le vide. Il panique, bat des bras ; déséquilibrés, tous les deux chutent dans l'abîme.

Ils volent maintenant. Ensemble. Elle tend la main pour trouver sa main et la serre dans la sienne tandis qu'ils semblent s'élancer dans le matin. C'est une sensation merveilleuse. Qui transcende toutes ses années de ténèbres. Battant des ailes vers l'éternité et l'ultime rencontre avec son créateur.

Cristina et Mackenzie virent avec horreur Cleland tituber de côté sous l'attaque inattendue d'Ana, trébucher sur le muret, tomber avec elle dans le vide.

Au dernier moment, Mackenzie plongea en avant afin d'essayer de la retenir. Mais ses doigts se refermèrent sur de l'air. Et il ne put rien faire d'autre que suivre des yeux la chute d'Ana et Cleland, main dans la main, vers la petite bande de sable, tout en bas. Ana tomba en silence, ce silence dans lequel elle vivait depuis toutes ces années. Le cri de Cleland résonna dans l'air du matin, porté par le vent qui soufflait d'Afrique.

Et Mackenzie se sentit aussi désemparé que son père avait dû l'être avant lui.

50

Le brouhaha d'un millier de passagers piétinant dans le hall des départs s'élevait dans le vide et se perdait dans la brume lumineuse du soleil qui entrait à flot par les baies vitrées.

Mackenzie n'avait pas de bagage à enregistrer. Les vêtements qu'il avait achetés, et fait laver au Totana, tenaient aisément dans son sac. Il avait l'impression d'avoir quitté Glasgow depuis une éternité alors que quelques jours seulement s'étaient écoulés depuis l'enterrement de sa tante, le mardi précédent. Pourtant, sa vie avait complètement changé entre-temps.

Cristina l'accompagna jusqu'au contrôle de sécurité. Ni l'un ni l'autre n'étaient pressés.

Ils avaient traversé l'épreuve, séparément et ensemble, d'un débriefing impitoyable. Pendant quarante-huit heures. Et les ondes de choc émotionnelles ne cessaient de se propager. Nuri apprenant la mort de Paco. Sa trahison. Sa complicité dans la mort d'Antonio. Mackenzie ne pouvait même pas imaginer comme Cristina et sa sœur pourraient jamais surmonter tout cela.

Au moins, Lucas avait toujours sa mère. C'était la seule consolation.

Les corps de Cleland et d'Ana avaient été retrouvés sur une pente herbeuse, juste au-dessus de l'étroite route qui longeait la côte au pied du rocher. Méconnaissables après la chute.

Ana avait été enterrée le lendemain.

Delgado, Rafa, Vasquéz et les autres avaient été arrêtés, et près de deux tonnes de cocaïne récupérées, ainsi que près de quarante millions d'euros. Les polices d'Espagne et de Gibraltar se disputeraient sans aucun doute la conservation des deux dans un avenir proche.

Mackenzie s'en contrefichait.

Au moment de se séparer, une fois arrivés aux portiques de sécurité, ils se sentirent un peu embarrassés, ne sachant pas trop comment se dire adieu.

— Qu'est-ce que vous allez faire, maintenant ? demanda Mackenzie.

Cristina haussa les épaules.

— Ce que font tous les survivants, j'imagine. Continuer en me demandant pourquoi je suis la seule encore en vie.

— Lucas a besoin de vous.

— Je sais. C'est tout ce qui me motive. (Elle marqua une pause.) Et vous ?

— Rentrer chez moi et dire adieu à la NCA. J'ai compris que je n'aurais jamais dû devenir flic. Je ne suis pas taillé pour ça. Exactement comme mon père. On a échoué tous les deux.

— Je trouve au contraire que vous avez presque tout réussi, señor.

— Sauf sauver Ana.

— Moi non plus, dit Cristina en baissant les yeux.

Puis, elle les releva et ajouta :

— Mais c'est Ana qui a pris elle-même les choses en main. Ou elle pensait me sauver, ou elle voulait venger ma mort, on ne le saura jamais. En tout cas, elle nous a sauvé la vie en sacrifiant la sienne.

Comme il n'avait pas assez confiance en lui pour ajouter quelque chose, Mackenzie se contenta de hocher la tête.

— Et que ferez-vous si vous quittez la police ?

Il répondit avec un petit rire dépourvu de tout humour :

— Pour un homme qui, sur le papier, possède des qualifications lui permettant de faire à peu près n'importe quoi, je me sens totalement inadapté à presque tout. Bref, je n'en ai aucune idée.

— Vous devriez enseigner, dit-elle en se souvenant de la manière dont il avait révélé à Lucas les secrets du calcul des pourcentages. Vous feriez un bon professeur.

Gêné, il rougit.

— Ce que je sais… ce que *vous* m'avez appris… c'est que les enfants sont tout. Alors, d'abord, je vais essayer d'être le père que je n'ai jamais été. Je n'ai pas eu de modèle pour m'enseigner comment devenir un bon parent. Jusqu'à maintenant.

Les joues de Cristina s'empourprèrent.

— Vous réussirez très bien, j'en suis certaine.

Sur ce, elle se haussa sur la pointe des pieds pour l'embrasser légèrement sur la joue.

— Au revoir, John Mackenzie.

Puis elle s'éloigna d'un pas vif en direction des portes coulissantes et de l'incertitude du monde. En la regardant partir, il se sentit envahi par un sentiment proche de la tristesse, avant de se retourner pour se joindre à la queue et se diriger, de son côté, vers un avenir inconnu.

REMERCIEMENTS

Pour ce roman, j'ai effectué la plus grande partie de mes recherches *in situ*. J'ai rédigé mes cinq derniers livres dans cette partie de l'Espagne où je possède un appartement qui donne sur la Méditerranée et convient admirablement, en hiver, au travail d'écriture. Je suis très reconnaissant à mes nombreux amis britanniques et espagnols de m'avoir aidé à me débarrasser du vernis superficiel plages, mer, soleil qui caractérise l'image touristique de la côte andalouse, pour pouvoir livrer une réalité légèrement plus dérangeante. Je remercie en particulier le chef de la Policía Local de Manilva dont j'ai emprunté le prénom « Paco » pour mon Guardia dévoyé, et Isabel Reina Gil, ma précieuse interprète, chercheuse et source de toutes ces particularités espagnoles – son appartement m'a servi de modèle pour celui de Cristina, et son fils de modèle pour Lucas. Enfin, j'adresse tous mes remerciements et ma sympathie aux sourds-aveugles dont les témoignages publiés dans le livre *Deaf-Blind Reality*, édité par Scott M. Stoffel, m'ont permis de me faire une idée de leurs vies privées de vue et de son.

PETER MAY
Lot, France, 2020

DU MÊME AUTEUR

La série chinoise

MEURTRES À PÉKIN, Le Rouergue, 2005 ; Babel noir n° 9.

LE QUATRIÈME SACRIFICE, Le Rouergue, 2006 ; Babel noir n° 15.

LES DISPARUES DE SHANGHAI, Le Rouergue, 2006 ; Babel noir n° 19.

CADAVRES CHINOIS À HOUSTON, Le Rouergue, 2007 ; Babel noir n° 26.

JEUX MORTELS À PÉKIN, Le Rouergue, 2007 ; Babel noir n° 34.

L'ÉVENTREUR DE PÉKIN, Le Rouergue, 2008 ; Babel noir n° 44.

LA SÉRIE CHINOISE (édition intégrale), volume 1, Le Rouergue, 2015 ; volume 2, Le Rouergue, 2016.

La trilogie écossaise

L'ÎLE DES CHASSEURS D'OISEAUX (prix Cezam Inter-CE), Le Rouergue, 2009 ; Babel noir n° 51.

L'HOMME DE LEWIS (prix des lecteurs du *Télégramme*), Le Rouergue, 2011 ; Babel noir n° 74.

LE BRACONNIER DU LAC PERDU (prix Polar international de Cognac), Le Rouergue, 2012 ; Babel noir n° 101.

LA TRILOGIE ÉCOSSAISE (édition intégrale), Le Rouergue, 2014.

Série assassins sans visage

LE MORT AUX QUATRE TOMBEAUX, Le Rouergue, 2013 ; Rouergue en poche n° 17.

TERREUR DANS LES VIGNES, Le Rouergue, 2014 ; Rouergue en poche n° 22.

LA TRACE DU SANG, Le Rouergue, 2015 ; Rouergue en poche n° 24.

L'ÎLE AU RÉBUS, Le Rouergue, 2017 ; Rouergue en poche n° 27.

TROIS ÉTOILES ET UN MEURTRE, Le Rouergue, 2019 ; Rouergue en poche n° 29.

UN ALIBI EN BÉTON, Le Rouergue, 2020 ; Rouergue en poche n° 31.

LA GARDIENNE DE MONA LISA, Le Rouergue, 2022.

SCÈNE DE CRIME VIRTUELLE, Le Rouergue, 2013 ; Babel noir n° 141.
L'ÉCOSSE DE PETER MAY (photographies de David Wilson), Le Rouergue, 2013.
L'ÎLE DU SERMENT (Trophée 813 du meilleur roman étranger), Le Rouergue, 2014 ; Babel noir n° 163.
LES FUGUEURS DE GLASGOW, Le Rouergue, 2015 ; Babel noir n° 190.
LES DISPARUS DU PHARE, Le Rouergue, 2016 ; Babel noir n° 210.
JE TE PROTÉGERAI, Le Rouergue, 2018 ; Babel noir n° 241.
LA PETITE FILLE QUI EN SAVAIT TROP, Le Rouergue, 2019.
RENDEZ-VOUS À GIBRALTAR, Le Rouergue, 2020 ; Babel noir n° 274.
QUARANTAINE, Le Rouergue, 2021.

OUVRAGE RÉALISÉ
PAR L'ATELIER GRAPHIQUE ACTES SUD
REPRODUIT ET ACHEVÉ D'IMPRIMER
EN AVRIL 2022
PAR NORMANDIE ROTO IMPRESSION S.A.S.
À LONRAI
POUR LE COMPTE DES ÉDITIONS
ACTES SUD
LE MÉJAN
PLACE NINA-BERBEROVA
13200 ARLES

DÉPÔT LÉGAL
1re ÉDITION : MAI 2022
N° impr. : 2201403
(Imprimé en France)